隐形钉子

王力 著

北京燕山出版社

图书在版编目（CIP）数据

隐形钉子 / 王力著 . –– 北京：北京燕山出版社，
2022.4
ISBN 978-7-5402-6468-0

Ⅰ.①隐… Ⅱ.①王… Ⅲ.①长篇小说–中国–当代
Ⅳ.① I247.5

中国版本图书馆 CIP 数据核字 (2022) 第 058493 号

隐形钉子

YIN XING DING ZI

著　　者：王　力
责任编辑：杨春光
装帧设计：陈　姝
出版发行：北京燕山出版社有限公司
社　　址：北京市丰台区东铁匠营苇子坑 138 号嘉城商务中心 C 座
邮　　编：100079
电话传真：86-10-65240430（总编室）
印　　刷：北京军迪印刷有限责任公司
开　　本：710 × 1000　　1/16
字　　数：330 千字
印　　张：20.75
版　　次：2022 年 4 月第 1 版
印　　次：2022 年 4 月第 1 次印刷
ISBN 978-7-5402-6468-0
定　　价：95.00 元

目 录

1942 年，中华民族同日本侵略者的斗争正值最艰苦的时期。战事的不断失利让国民政府内部弥漫着一股消极悲观的情绪，只有共产党仍然坚定地举着"抗日救国"的旗帜。日本侵略者在进行军事进攻的同时，一场通过思想教育来奴化中国人的阴谋正悄然酝酿着。

第一章　突然被捕

中国重庆。

雾都夜晚难得天气晴朗，星辰闪烁。在沙坪坝区的一座礼堂内，乐队正在舞台上演奏贝多芬的《第九交响曲》。台下坐满了人，所有人此时都陶醉在慷慨激昂的乐曲中。深陷大轰炸的噩梦，这座城市的人们确实需要用更多欢乐来驱散盘踞在内心的阴影。

姚胜利和同事们坐在观众席上，脚下已经扔了一大片瓜子壳。同事们正起劲地谈论着舞台上那位最漂亮的女琴手，姚胜利却是漫不经心。他其实对这种音乐会没多大兴趣，是同事硬拉着他来的。姚胜利的心思转移到了白天的一场围捕行动，事实上，他的心里这会儿正堵得慌。

围捕的对象是几名日谍，当时他们正准备撤离。隔着大老远，姚胜利首先一枪撂倒了一名走在最前面的日谍，那把用了多年的勃朗宁 M1903 每次射出的子弹都像长着两只眼睛。

眼下，日谍在重庆的活动已经猖狂到前所未有的地步，光 1941 年里就发生了二十多起国民政府高级官员遭到暗杀或袭伤的事件，为此，军统局副局长戴笠多次受到蒋介石的严厉训斥。然而，日谍像一滴水融进大海那样躲藏在这个城市成千上万的人口中，想把他们揪出来，其难度可想而知。

双方的激战只持续了十来分钟，最后日谍全部被击毙，军统局三处也牺牲了好几名弟兄。按照军统局惯例，每次执行消灭日谍的任务后，局里第四处，也就是电讯处里面的材料科都会第一时间将整个过程写成宣传稿，然后送给当地的《新蜀报》等权威媒体进行报道，一方面宣扬中华儿女奋勇抗敌的精神品质，同时也达到给其余潜伏在重庆的日谍以威慑的效果。

但今天的围捕行动，局里事后却一反常态地做了秘而不宣的处理，这让姚胜利等一干参与行动的人很不理解。后来上层给他们的正式说法是情报出现了错误，在围捕行动中被击毙的那几个人其实根本不是日谍，而是几个聚集在一起，图谋做军火走私生意的杂皮。抓捕走私贩子一向是缉私队的职责，既然搞错了对象，不光宣传表彰没戏了，而且行动的奖励也泡了汤，这让姚胜利等人登时气不打一处来。总之，那是一次令人十分不快的行动。

舞台上，一曲演奏已经结束，歌手们正准备离场，这时候观众席中突然站起一群募捐的青年学生，他们跑上台去挥舞着拳头高喊"打倒日本帝国主义""抗战必胜"之类的口号，一时间惹得全场群情激奋。

姚胜利忍不住笑了起来，心想，眼下的学生，功夫全在嘴皮子上，可就算上面能够跑火车又如何？在武装到牙齿的侵略者面前照样屁事不顶，人家直接一枪把你崩了，再厉害的嘴也是白搭。姚胜利心里清楚，一个国家在不同时期需要的东西是不同的，眼下国家需要的是能够打跑侵略者的劲旅，而不是这些空洞无用的口号。

募捐的学生走过来时，姚胜利往他们的箱子里塞了五元钱，周围的同事也往箱子里塞进了数额差不多的钞票。这时门外突然冲进来一大群宪兵，姚胜利不由得为那群学生担心起来。他以为是学生擅自上台号召扰乱了公共秩序，从而招来了宪兵。没想到的是，那群宪兵居然站在了自己面前。

为首的宪兵问道："你就是姚胜利吗？"

没想到对方居然还认识自己，姚胜利在惊讶中站起身，说道："是我，你们有什么事吗？"

宪兵队长说道："跟我们走一趟吧！"说完一挥手，两名宪兵立马上前要架走姚胜利。

姚胜利顿时被搞得莫名其妙，他没有配合，抗拒道："等一下！能告诉我这是怎么回事吗？"

宪兵队长说道："这个到了地方自然会有人告诉你，我们只是奉命行事，希望你配合！"

说完，队长手一挥，两名宪兵架起姚胜利往外走去。同事们全部围过来挡住宪兵，双方形成对峙局面，周围的人被这剑拔弩张的情形吓得纷纷退避。

宪兵队长呵斥道："干什么？想要造反吗？！"

有同事大声抗议道："你们随随便便就抓人，凭什么？"

宪兵队长亮出逮捕令，义正词严道："你们自己看看，这是委员长亲笔签发的逮捕令！"

同事们顿时不敢吱声了，都乖乖退到一边。

姚胜利被宪兵直接押到了白公馆，关进一个没有窗户的房间。房间里面只有一张破旧的木床，如果围在四周的不是墙而是铁栅栏，那简直与牢房没有区别了。

对于自己突然被捕，姚胜利真是丈二和尚摸不着头脑。能够惊动宪兵的，这事肯定小不了，但姚胜利思来想去也不知道自己究竟触犯了什么。他心想，自己今天可真是倒了邪霉，先是行动中被指弄错了抓捕对象，后是莫名其妙被捕，接下去等待自己的，又会是怎样离奇的事？

被关押的第一个夜晚就在各种猜测的飞蹿中度过了。第二天，除了工作人员来送一日三餐之外，任何事情都没有发生。虽然被关押，但顿顿饭都有红烧肉和酒，在这种地方能够享受到酒肉绝对算得上是优待。然而即便美酒美食一次次摆在面前，姚胜利心里的疑惑却一点没有减少，反而越来越深了。

从一场大觉中醒来，姚胜利看了看手表上的时间，已经是下午五点五十五分了，想必外面的天此时已经黑下来。

这时候门开了，一名穿着黑色制服的工作人员端着托盘进来，说道："喂，吃饭了！"

这一顿格外丰盛，除了前两顿有的红烧肉，还增加了清蒸鱼、白斩鸡、酱牛肉。

姚胜利感到异样，他没有动筷子，问道："这么丰盛啊？"

工作人员不耐烦道："吃你的吧，管那么多干吗？"

姚胜利于是抓过白斩鸡吃起来。胃口到了晚上似乎更加好了，一大盘食物没一会儿就下了肚。姚胜利拿起餐巾擦了擦嘴，将食盘推到一旁。

酒足饭饱后，姚胜利重新躺下来，他感到自己已经喜欢上了这样的状态，除了猜想下一顿吃什么之外别的都不用想。

快要睡着时，脚步声隐约传入耳中。姚胜利以为是工作人员来收拾餐盘了，他没有去理会。突然，他感到屁股被人踢了一脚，紧接着响起一个冰冷的声音："快点起来了！"

姚胜利坐起身，只见眼前站着一名陌生的工作人员。他问道：

"有什么事吗？"

工作人员说道："给你换个房间，走吧！"

姚胜利的心猛地一沉。自己在军统多年，里面一些或明或暗的规则早已烂熟于胸。比如这句"给你换个房间"，真正的意思是，你的死期到了。

姚胜利的冷汗瞬间冒出来，他坐在原地没有动。这哪跟哪？自己被关了一天一夜，然后就直接拉上刑场了？哪怕要枪毙，好歹也得给自己个罪名吧？这样就算毙了也顺理成章。

"快点儿，别磨蹭！"对方催促道。

姚胜利只好从床上起身，跟着他向门外走去。

刚走出房间，一只头套冷不丁地罩住了姚胜利的脑袋，视线一下子变得漆黑。接着，他被塞进一辆车内。姚胜利猜测，此行目的地大概是郊外一处偏僻空地，那里也将成为自己的葬身之所。

此时，他的心里五味杂陈。作为饱受战场血与火洗礼的军人，他并不畏惧死亡，可是实在不想死得不明不白。姚胜利的手攥成拳头，心里盘算着要不要想办法逃走。

车子停住了，下车后姚胜利被架着走去。没一会儿，他听见开门的声音，估计自己被带进了一间屋子里。疑问也瞬间冒出来：这是要干什么，难不成要在屋子里毙了自己？

头套冷不丁地被一把扯掉了，眼睛重新露出来的时候，姚胜利看到自己的上司于少春站在眼前。于少春挥挥手，左右的人退出门外。于少春关切地问道：

"他们没有虐待你吧？"

姚胜利说道："要不是看见您站在面前，我还以为自己已经在阎王爷那儿了。"

于少春笑道："你运气很不错，刚刚与阎王爷擦着肩膀过去。不过，你这会儿最想知道的应该是自己为什么被捕吧？"

姚胜利点点头。

于少春将一张照片递给姚胜利。

姚胜利接过一看，照片上是一个倒在血泊中的男人。他认得，这是之前那次缉私行动中第一个被自己击毙的杂皮。

于少春问道："这个人你认识吗？"

"认得。他是在之前一次行动中被我击毙的杂皮。"

"但你知道他的身份吗？"

姚胜利茫然摇头。

"他的名字叫陈重，是陈国骏的一位远房亲戚。"

"陈国骏"三个字让姚胜利觉得自己的心仿佛挨了重重一击。没想到自己打死的居然是陈国骏的亲属。陈国骏是何许人姚胜利心里自然清楚，打死了他的人，不管对错，定然是大祸临头了。

"这个人从事走私活动已经有很久了，犯下的事足够枪毙他十回。只是政府碍于陈国骏的面子，一直是睁只眼闭只眼，没想到他阴差阳错地死在了你手上。眼下陈国骏已经知道这件事，他到委员长面前反诬我们军统局滥杀无辜，委员长为此亲自签署了逮捕令。"

姚胜利总算明白了："我说宪兵怎么突然把我抓了，原来是这样！"

"你知道，'CC系'一向与我们水火不容。这件事一发生，他们必定想借机将我们一军，到时候局长这边就不好应付了。"

姚胜利立即听懂了于少春话里的意思，说道："于主任请放心，祸是我闯下的，那就由我个人承担！"

于少春听后很是赞许："好一句'由我个人承担'！有骨气，有担当，不愧是我局的精英。不过，无心之失本就情有可原，何况你击毙的还是发国难财的恶棍，这本来是大快人心的事。只可惜对方有大人物撑腰，所以你接下去只能隐藏起来。"

"隐藏起来？"

"是的，这样才能保你周全。"于少春还补充了一句，"你知道吗，今晚是你执行死刑的时候，本来这会儿你已经死了。"

姚胜利愕然："连审都没审就直接枪毙？"

"特事特办，这个面子陈国骏还是有的。"

"看来，我没别的选择了。那就请于主任说说对我的安排。"

于少春拿起笔，在一张纸上写了几个字，然后将纸条递给姚胜利，说："这就是安排。"

姚胜利看见纸条上写着一个日本名字：熊谷昭夫。

尽管心里已经明白了七八分，姚胜利还是问道："不会是要让我化名这个人，打进日方阵营中去吧？"

"不是化名，是冒充。这个人实际是不存在的，但他同时又是存在的，并且是日本'杉魂'特别行动组的成员。你知道'杉魂'吗？"

姚胜利摇摇头。

"那你应该知道，日本在中国的特务组织除了特高课之外，还有'梅兰竹菊'四大特务机关，其中以梅机关组织最为庞大，架构也最为复杂。'杉魂'特别行动组是梅机关下属的一支秘密部队，分布在川渝一带，主要从事刺探我方情报，暗杀国府高官以及对我方重要军事设施进行破坏，磁器口的高射炮群就毁于他们之手。据我们得到的情报，这支部队是在晚上活动的，白天他们扮作各色人等混在三教九流当中，彼此间互不认识。'杉魂'特别行动组之前在我们的一次围剿行动中被消灭了，不久前，日方在南京重组了'杉魂'特别行动组，我和局座经过反复商量，决定让你冒充这个人，以幸存者的身份打入那个机构。当然，'熊谷昭夫'这个人实际是不存在的。"

姚胜利听得目瞪口呆。当"南京"这两个字跃入耳中时，姚胜利感到一段记忆瞬间活了过来。

"今晚还有一班客轮，你到了南京先去颐和路21号特工总部南京区报到。如今的'杉魂'特别行动组办公地点就设在特工总部南京区内，这样安排的目的是协助日本人将特工总部南京区控制在手里。现任组长叫渡边勇，我们潜伏在日方大本营中的卧底已经替你做好一切安排，任命的文件已经下达到渡边勇的手中。你去他那里报到完了，然后去宁海路30号大丰旅社找他们的掌柜张兴国，他就是日后你在南京地区的直接领导。"

姚胜利将顾虑说了出来："既然熊谷昭夫并不存在，日本人怎么会不知道真假呢？这样做未免也太危险了吧！"

"这点你放心好了。'杉魂'的组员从事的是绝密工作，每次集体行动，组员都会戴着面罩，所以他们其实谁也不认识谁。所以，你的真伪无从辨别。关于他的资料，我已经替你全部伪造好。你会说日语，而且说得有日本当地的口音，这是天然的优势。等你走后，我们会发布消息宣称你其实是日本特务，并且已经逃离。虽然是诬陷，但也是对你的掩护，希望你能有心理准备，今后一段时间内，'姚胜利'这个名字你要忘掉，明白吗？"

"明白。"

一张纸片，四个字，一个子虚乌有的人。摆在眼前的这三样都轻巧得没有重量，却让自己的命运从此发生巨大的变化，姚胜利感到无比荒诞。而更荒诞的是，今后自己必须努力将这个子虚乌有的人变成实实在在的人，唯有如此，自己才能活下去。进入军统局已经有些年头了，其间自己从事的无非是跟踪、暗杀以及收集情报的工作，像潜伏这类工作却是从未接手过的。此次任务不同以往，自己能否完成，可以说没有任何底气。

对于于少春的安排，姚胜利心里仍有一个疑问，他正想说出来，身后有脚步声响起。姚胜利转过身，一个中年男人站在自己面前，他立刻将身板挺直敬了一个礼。中年男人没有说话，只是冲他点点头。姚胜利感到一股豪气正从心底直冲上来。

风萧萧兮易水寒，壮士一去兮不复还！古代诸侯争霸时，尚有燕楚壮士荆轲只身入秦行刺，今日祖国遭受外敌侵略之际，需要更多像荆轲这般视死如归的壮士挺身而出。姚胜利觉得只要对国家民族有益处，纵然是龙潭虎穴、刀山火海，自己也要闯上一闯。

姚胜利走后，于少春嘴角扬起一丝带着嘲讽的冷笑，说道："他必死无疑！"

中年男人满意地点了点头。

第二章 龙潭遇险

姚胜利拎着简单的行李来到朝天门码头。

苍白的月光在嘉陵江水面上碎成一把一把，客轮化作一团暗影在水面悄然移动着，悠扬的汽笛声随同夜风飘到码头上。

望着在夜雾中模糊不清的客轮，姚胜利觉得自己正走进夏夜一个谜一般的梦里。客轮开动，发出一声悠长的汽笛声，此时在姚胜利听来就像苍凉的告别。对自己来说，这一刻是在向这个城市告别，也是向这里无数过往的岁月告别。他回过头望着正在退进夜雾中的重庆，心里各种滋味掺杂成难以言说的情绪。

他觉得自己的目光中此时只有不舍，这一去，不知何时才能回来。或者说，还能否在龙潭虎穴中全身而退。未来犹如前方被雾气笼罩的江面那样模糊不清，一切全是未知。

从巴蜀川渝到江南金陵，其间隔着千山万水的距离。这一路上并不太平，几乎每天都会看到黑压压的日本轰炸机群从头顶呼啸而过，姚胜利乘坐的客轮每次都要临时挂上德国纳粹党的"卐"字旗才得以躲过轰炸。

自从来到重庆，姚胜利一直觉得这个城市虽有崇山峻岭作为屏障，但同时也被困住了，变得封闭、隔绝，活脱脱地显露出国民政府苟安一隅的现状。姚胜利并不喜欢这样的环境，他觉得在那里待久了会逐渐消磨掉抵抗侵略者的斗志。他一直渴望从那里"逃"出来。

姚胜利抵达南京时，时节刚好转入盛夏。相比于重庆迷雾笼罩的糟糕天气，姚胜利觉得南京上空的阳光难得地刺眼。

对他来说，这是旧地重游。姚胜利没有直接前往目的地，他在大街上晃荡。视线中，盛夏的阳光为街道两侧的建筑物镀上一层金色，这让他记忆中与这个城市有关的部分也重新亮堂起来。姚胜利对这个城市的记忆还停留在五年前，此时他的脑海被回忆一点一点填满。

同样是在盛夏。那个午后，南京中央陆军军官学校操场上，学员们分散在各处训练。他们顶着天上热辣的太阳，磨砺的是高超的杀敌本领与钢铁般的坚韧意志。操场四周的树上知了在放声聒噪，令人困倦的声音在空气中交织出夏日午后的慵懒氛围。每位学员的脸庞看上去都很年轻，甚至连稚气都未消褪干净。

突然，一声凄厉的警报将安静的空气刺破，所有学员都停了下来。随后，姚胜利看到有几个同学朝远处跑了过去，紧接着有越来越多的同学朝那个方向跑去。

那里已经围起了一大群人，姚胜利挤入人群。一只装在木杆顶端的广播正在向外发送声音：

"广大同胞们，昨日夜间，驻丰台日军以寻找失踪士兵为理由要求进入宛平县城，遭到我方守军拒绝后当即炮击宛平县城，造成我方人员巨大伤亡与财产严重损失。我二十九军向全国人民昭告，坚决驱逐敌寇，誓与国土共存亡！"

这篇通讯稿来自千里之遥的北平。前一天是 1937 年 7 月 7 日。

原本交织在空气中的知了叫声突然消失了，广播也停止了播放，全场静得只有轻微的喘气声，此时所有学员都获知了同一个消息：意料之中的抗日战争，终于爆发了！

这一天，《申报》《大公报》《新华日报》等报纸头版出现了同一条新闻标题：日军炮轰宛平城，二十九军誓死保卫国土！同日，中国共产党中央委员会通电全国：平津危急！华北危急！中华民族危急！

空气中一下子充满了火药味！所有人都意想不到，战争就这样到来了。

时间马上到了 1937 年 8 月。

8 月 9 日，两名日本士兵强行闯入虹桥机场，中国守军鸣枪警告无果后果断开枪将其击毙。虹桥机场的事件还未解决，四天后，中国军队向盘踞在上海杨树浦的日军发动猛烈进攻，中日淞沪会战正式打响。不久后，姚胜利所在的中央军校教导总队接到命令迅速开往前线。姚胜利觉得战争是突如其来的。在此之前，战争还在遥远的北方，没想到一下子就蹿到了面前。

时隔多年后，姚胜利依然清晰记得那天的情景：南京下关火车站，在被太阳光照得锃亮的铁轨上，一列列火车喷射着白烟缓缓开动，车厢内坐满了年轻的军人，今天他们要奔赴远方。曾经，远方对他们来说是充满诗意的，是一切美好想象的所在地。如今，远方是战场，是残酷，是连绵的炮火，是死亡的威胁。那样的远方，没有半点美好，但他们依旧义无反顾地奔赴远方。

后面来的军人站在月台上，冲着已经随火车远去的战友匆匆地挥手。战友的身影在视线中不断模糊，最后消失在辽阔的天地间。他们当中的大多数人从此无影无踪，彼此间再也没有见面。

姚胜利没有想到，之后自己再次来到南京是跟随着从上海撤退，准确说是溃败的大军来的。

那时已是深秋时节，盛夏的狂热早已遁走，风中飘荡着的丝丝寒意让人觉得严冬马上要迎面扑来了。从上海通往南京的路上，撤退大军一眼望不到尽头。士兵们浑身是伤，无精打采地行走着，没有了彼时出征英武的军容。道路两旁的树上，叶子已经闪烁起四季中最悲壮的颜色，被风轻轻晃了晃后就落到战士们的身上。此时深秋的萧瑟气氛更加衬托出这支败军低迷的士气。姚胜利搀扶着受伤的战友，身上的伤口在隐隐作痛，心也凉到了极点。

三个月的淞沪会战，成千上万的将士前仆后继，浴血奋战，最后换来的却是全面溃退的结果。七十万中国军队竟然被数量顶多只有自身三分之一的日军打得落花流水，这是每一位中国军人的耻辱。更让姚胜利痛心的是，那些一同出征的战友，许多熟悉的面孔，如今已经与上海的土地永远融为一体。

重新站在南京城门前，眼前高大古老的城墙正反射着强烈的阳光，显露出神圣庄严，也让姚胜利心里产生一种南京城墙固若金汤的感觉。但事实上，在日军现代化的武器装备面前，冷兵器时代的城墙顶多比窗户纸稍微厚一些。想到这里，一股恐惧与担忧交织而成的寒意掠过姚胜利的心头。

远处，一道道硝烟正从地平线上升起。姚胜利心里明白，冬季的寒潮即将来肆虐这座城市，而比寒潮更加可怕的，是装备精良的日本侵略军。

再后来，时间就到了1937年12月。在这场保卫南京的战役中，每一位中国军人都拼尽了全力，事实上，从一开始这就是一场不可能获胜的战役。因为指挥官的对形势的错误判断和决策时的犹豫不决，大部分中国军人被推进万分凶险的境地。这个历经六朝的古都在陷落后，马上揭开了建城史上最血腥残酷的一页。

姚胜利赶紧掐断记忆的重播，五年前那个寒冬，自己在这个城市的经历犹如一场噩梦久久笼罩在心上。姚胜利迅速走进一大团阳光中，也只有刺眼的阳光才能驱散内心的阴霾。

姚胜利在颐和路21号停住脚步，那是一处宽敞的院落，也是自己即将孤身闯入的龙潭虎穴。姚胜利还惊讶地发现，21号隔壁就是日本宪兵队司令部所在地。大门两侧的卫兵端着中正式步枪，枪头的刺刀闪动着寒光。大院内办公楼的屋顶在阳光下闪耀着一大片金色，好似在释放新的活力。汪精卫成立新政权后虽然也号称"国民政府"，然而这个"国民政府"只是一个掌管着浙江、江苏、安徽等附近几个省的小朝廷，完全成不了什么气候。

身后突然传来刺耳的警笛声，没等姚胜利转过身去，一辆囚车就从他身边趾高气扬地冲进21号大门，车轮扬起的尘土扑了姚胜利一身。

一旁的行人急忙躲避，姚胜利赶紧将身上的灰尘拍落，他还听到有人用南京方言狠狠地骂道："奶奶个呆比，青天白日要出人命了！"

面对阻拦，姚胜利亮出证件，卫兵赶紧退到一边并朝他敬礼。姚胜利来到"杉魂"特别行动组组长办公室门前，他深吸一口气，敲响了门，里头立刻传来一个阴冷的声音："请进！"

这个声音让姚胜利的心跳瞬间加速。眼前这扇看似并不起眼的门一旦被推开，自己生命中一段全新的、同时充满凶险的时光也将正式来临。

姚胜利再吸一口气，压下内心的退缩推门进去。

视线前方，一名年轻男子正低头擦拭军刀，姚胜利进来时他连头都没有抬。男子的面容无法看清，只见一道刀身发出的寒光正好投映在他的额头上，增添了几分杀气。姚胜利没有直接走到他面前。

一会儿军刀入鞘，响起清脆的金属铮鸣。男子抬起头来，一张消瘦但并不显病态的脸映入姚胜利的眼中。

男子嘴角勾起一丝笑容，客气地问："你找我吗？"

姚胜利敬了个礼，说："报告渡边长官，熊谷昭夫前来报到！"

渡边勇的目光中露出好奇，说："熊谷昭夫？请问你来自哪里？"

姚胜利顿时愣住了。这是怎么回事？眼前这个人竟然不知道自己的身份，不是说任命的文件已经到他手中了吗？难道自己来错了地方不成？

姚胜利干脆先报出来头："大日本帝国'杉魂'特别行动组！"

渡边勇"哦"了一声，说："在你来之前，听说'杉魂'特别行动组已经全体阵亡了。"

"是的长官，除我之外其余的人，包括我们的组长东乡正治都已经为天皇玉碎了。"

渡边勇脸上显露出好奇："那么，你又是如何大难不死的呢？"

姚胜利将事先准备好的话一字不漏地说了出来：他接到"杉魂"特别行动组组长东乡正治的指令，独自外出执行任务。期间遭到了军统特工的追杀，他还险些死在对方的枪口下。为了躲避军统特工的追杀，他在一处地方躲了很久。等他回来后发现"杉魂"整组人都已经被中方人员剿杀了。讲到最后，姚胜利还特别加了句："我想，是天皇陛下要让我活着，为'杉魂'留下种子。"

姚胜利发现渡边勇脸上的好奇并没有消失，这说明自己的这套说辞并没有让对方完全相信。

姚胜利干脆以攻为守："渡边长官好像不太相信我说的话。"

"经历是完全可以编造出来的，我无法断定你说的完全是真话，所以只能用半信半疑的态度。按照'杉魂'特别行动组的规矩，一旦有组员玉碎，他的资料就会被马上销毁掉。眼下全体成员的资料都已经被销毁，换句话说，你的真假已经无法辨别了！"只见渡边勇此时的目光中充满了深邃的审视和高度的怀疑，姚胜利感到自己的后背开始发凉。

没想到见面时的情况并没有顺着事先预料中的发展，反而几乎是南辕北辙。即便心里这会儿已经慌得不行，姚胜利还是作出一副从容淡定的样子。

姚胜利反问道："那么，我究竟该怎样才能获得您的信任呢？"

渡边勇拉开抽屉，从里面拿出一只口琴放到姚胜利面前。

"你说你是'杉魂'的成员，那么一定会吹那首曲子吧？把它完完整整地吹给我听，我就相信你。"

姚胜利听得一头雾水，他差一点直接问出来"是什么曲子"。他判断渡边勇提到的曲子指的是"杉魂"特别行动组的接头暗号，按理说行动小组之间约定接头暗号并不是什么稀奇的事。然而这至关重要的一环，于少春在交代任务时半点都未提及，这又是怎么回事呢？姚胜利心里冒出个大大的问号。

在渡边勇目光的逼视下，姚胜利缓缓拿起口琴，其实他的手已经开始颤抖。

这时候，一件往事在姚胜利脑海中跳出来。那是一次嘉陵江畔的偶遇，姚胜利想试试刚买的短笛，于是在江风中吹奏起一首曲子。曲子刚吹完，一个男人走到他面前。

男人鼓了鼓掌，说："你吹的这首曲子真好听。"

姚胜利听出男人话中淡淡的日本口音，他马上警惕起来，口头上客气地说道："您见笑了。"

男人拿出一只口琴吹起来，他吹的曲子很动听，似乎是一支日本民谣。那时姚胜利不知道的是，自己在不知不觉中记住了这首曲子，更不知道日后这曲子会帮自己摆脱一次致命的困境。

男人的曲子刚吹完，突然一声枪响，男人倒在了地上。一位军统局的同事跑到他面前，手中的枪正冒着白烟。

同事问道："他跟你说什么了？"

姚胜利笑了笑，说："他说，我吹的曲子很好听。"

同事说："他是日谍，我们已经追踪他很长时间了。"

姚胜利说："那么，祝贺你立了功。"

日本男人吹过的那首曲子，此时完整地呈现在姚胜利脑海中，也是他唯一学会的一首日本曲子。姚胜利鬼使神差地吹起来，而且全过程居然丝毫没有走调。

一曲吹完，渡边勇拍了拍手。

"毫无疑问了。"

这一瞬间，姚胜利仿佛听见自己的心狠狠落下时砸出的声响。

不过，渡边勇态度的突然转折让姚胜利很是意外："凭借一首曲子就能确定我的身份？"

渡边勇说道："你们的组长东乡君与我是童年好友，他曾经在我面前吹过这首曲子。他告诉我，这首曲子便是'杉魂'特别行动组内部的暗号，除了全体组员之外没有其他人听过，更没有其他人会吹奏。"

姚胜利问道："你不打算检查下我的证件吗？"

"不需要，证件是可以被伪造的，说明不了任何问题。"

姚胜利说道："看来是我多虑了。"

接着，渡边勇向姚胜利讲解"杉魂"特别行动组现在的职能：

"帝国的特工已经在1941年就摧毁了军统在南京建立的潜伏系统，所有军统人员都已被消灭。但是，如今南京城内还存在另一股由重庆分子组成的抵抗力量。到目前为止，我们只知道他们组织的名字叫作'忠义救国军'南京特别行动总队，有关他们的其他资料一无所知。他们虽然也在军统局的序列内，却与军统南京站没有任何横向或者纵向的关系，直接隶属于重庆军统局总部，听命于军统局局长戴笠。与军统南京站相比，他们潜伏得更为隐秘，行动也更自由，性质与共产党的游击队有些相似。'杉魂'特别行动组现在的职责就是想尽办法找到他们，消灭这股抵抗力量。"

姚胜利说道："我还有个问题。"

"你说。"

"我们的办公地点，为什么要设在中国的特务机构内呢？"

渡边勇笑了，说："你在来的路上，一定看见隔壁的宪兵司令部了吧？"

"当然，仅有一墙之隔。"

"我们虽然已经占领这个城市五年之久，但是中国人已经在这里生活了成百上千年。与他们相比，我们仍然属于外来者，因此借助他们来统治这里才是最佳的方式。况且中国的特务机构虽然为我们效劳，但他们就像一把尖刀，我们必须始终牢牢地抓住刀柄，才能保证刀尖不是朝向自己的。"

姚胜利说道："说白了，一半是协助，另一半就是监视了。"

渡边勇摇摇头："不，确切地说，一小半是协助，另一大半是监视。"

接下去，渡边勇向姚胜利问起了他在川渝地区，尤其是重庆的所见所闻。姚胜利告诉渡边勇，重庆是一座建在山坡上的城市，走在重庆的街巷上就好像在爬山一般。特别需要提的是，重庆的天气真的很糟糕，时常弥漫着雾气，看不到阳光，真不明白政府为何会选这个地方作为临时中央所在地。

"因为他们没得选择。"渡边勇说，"而且过不了多久，他们就将失去那里了，截至目前，帝国的空军已经完成了对那里的空中占领，陆军也在不断逼近，中国政府投降只是时间的问题而已。"

敲门声响起来，一名特工走到渡边勇身旁说了几句话，渡边勇随后站起身说道："熊谷君，一起来看看我刚捕获的战利品吧，那可是一条好不容易才网着的大鱼！"

走廊里，有个女子迎面走来。女子低着头，长长的秀发垂在两侧，随着步伐而微微摆动着，远远看去就让人有赏心悦目之感。即将走到两人跟前时，女子依然没有抬起头来。姚胜利觉得这个女子似乎有心事。

渡边勇主动向她打招呼："方小姐！"

女子闻声抬起头来。这一瞬间，姚胜利整个人惊呆了。他看见自己的表姐正站在自己面前。时间像是突然退回到了过去。女子朝渡边勇微微点头，甚至看都没看姚胜利一眼就走了过去。

"她是谁啊？"女子走后，姚胜利急忙问道。

"特工总部南京区机要室主任方小雨。"

这个叫"方小雨"的女子，居然有一张与表姐几乎一模一样的脸。姚胜利心里既惊讶，又惊喜。他觉得自己一下子找到了留在这里的理由。

之后，姚胜利在审讯室看到一名被捕的中共地下工作者。渡边勇告诉他，这名中共分子毕业于剑桥大学，原先就职于英国皇家文学院，中日战争爆发后不久回国。被捕前刚刚担任中共情报科上海组组长，是在与下级接头时被捕的。

渡边勇拿起炭盆内的火钳点燃烟吸了一口，对着刑架上那名奄奄一息的中共人员说道："赵先生，你为什么非要回到这个贫穷的祖国呢？要知道，你在英国拥有大好的前程。你的决定，我感到非常不理解。"

这位被称为"赵先生"的中共人员吐出一口血水，他的牙齿已经全部被敲掉了，说话的声音变得含糊不清："因为这里是我的祖国，我的祖国正在遭受灾难。"

"但是你们的国家号称有四万万民众，难道还会差你一个人吗？"

赵先生把身子挺直，开始背诵起蒋介石 1937 年发表的庐山演讲："如果战端一开，那就是地无分南北，年无分老幼，无论何人，皆有守土抗战之责任，皆应抱定牺牲一切之决心。"声音虽然含糊，却能让人感受出铿锵有力。

渡边勇脸上露出阴森的笑容："如果我没有记错的话，这是国民政府最高长官说的话，我听说你们共产党之前与国民政府一直斗得死去活来，因此，我不明白来自对立政权领导者说的话为何会被你奉为圭臬？"

"抗战是挽救全民族的伟大事业，在抗战面前没有党派之分，所有坚定抗战者发出的呐喊都值得我拥护，中正先生说的话也不例外。倒是你们，居然为自己的侵略罪行编造了"建立'大东亚共荣'圈"这样冠冕堂皇的说辞，真是厚颜无耻！"

渡边勇甩掉烟头，冲下属打了个手势，一顿暴打随之落在赵先生身上。整个过程，赵先生的喉咙里没有发出一点惨叫。有一束阳光从上面狭窄的窗户射进来，落下的地方正好是赵先生的身体。一顿暴打过后，原本就遍体鳞伤的赵先生更是奄奄一息。他挺直身子迎向那束阳光，身上的血污在阳光中闪闪发亮，犹如佩戴着一枚枚红色的勋章。他冲着渡边勇发出一连串带着咳嗽的笑声：

"在我身上，你们永远都别想得到一个字！记着，我的身后还有中国共产党，还有四万万同胞，你们永远都别想征服中国！"

接着，他放声大笑起来，笑声仿佛在有力地撞击着四周的墙壁。随后一声枪响，笑声戛然而止。姚胜利转过头去，只见渡边勇手中握着一支南部十四式手枪，枪口刚好冒出一缕青烟。

"为什么要杀死他？"姚胜利的语气听起来很是平静，但内心却恨不得夺过那支南部十四式手枪将里面剩余的子弹全部射进渡边勇的身体。

渡边勇冲枪口吹了一口气："你也听到了，从他身上休想得到一个字，那还留他何用呢？中共的人骨头都特别硬，严刑拷打对他们是起不了任何作用的。"

离开审讯室时，姚胜利回头看了一眼赵先生。此时他全身都沐浴在金灿灿的阳光中，好似获得了新的生命。姚胜利没有察觉的是，自己两只手掌此时都在衣袖中攥成了拳头。

这名共产党人体现出的大无畏精神让姚胜利深深地震惊。

躺在那里的，是真正的战士，即使面对穷凶极恶的敌人也没有丝毫畏惧和屈服。这就是中华民族抗战胜利的希望。联想到自己只能小心翼翼隐藏起真面目，像只刺猬般紧紧缩成一团，姚胜利觉得自己此时真的很羡慕"光明正大"这四个字。

从刑讯室离开后，姚胜利前往渡边勇给自己安排的办公室。

他在走廊里再次见到了方小雨，对方依然是迎面走来，似乎没有看见他。姚胜利叫了女子一声，对方居然吓了一跳，手中抱着的一叠文件掉得满地都是，还有一个东西从她怀中跌落，在地上碎成好几块。

姚胜利连忙替她捡起地上的文件，并表示歉意。当近距离看到女子的脸时，姚胜利再次愣住了。那张深藏在心中的面孔穿过记忆的迷雾回到他面前。此时站在自己眼前的，分明是表姐。可是表姐早已经牺牲……难道她实际并未牺牲，而是在敌人内部潜伏了起来？若真是如此，为何见到自己时又完全无动于衷呢？

姚胜利捡起地上的碎块，那是一只八音盒。盒子的做工很精致，但表面的漆已经掉落很多，说明其被主人带在身边的时间已经不短。姚胜利将碎块交给女子，这时他注意到女子的目光中好似飘浮着一层雾气，显得像梦一般迷离，右边眼角有一滴眼泪不易察觉地落下来。

"你怎么了？不舒服吗？"女子的异样引起了姚胜利注意。

女子微微转过头来，眼睛却看都没有看姚胜利："嗯？"似乎没有听懂。

姚胜利不由得怀疑，眼前这个女子的魂是否已经丢掉了。

"你身体不舒服吗？"

"没有，谢谢关心。"女子用力摇摇头，起身离去。

"请等一下！"姚胜利追上去几步，指着八音盒的碎块说道，"这个东西很漂亮，能否告诉我这是哪里买的？我想买一个来赔给你。"

女子直接拒绝道："不用了！"语气坚定得不容抗拒。

"请问小姐怎么称呼？"

女子头也不回，嘴巴里生硬地挤出三个字："方小雨。"

姚胜利站在原地，目光一直看着方小雨的背影远去。她并不是表姐，但长得又与表姐如此相似。姚胜利再次坚定了留在这里的决心。

后来姚胜利从渡边勇那里得知，方小雨在汪伪政府宣传部新闻中心供职，她所在的新闻中心主要负责发布一些反蒋反共以及与汪精卫曲线救国理论相关的报道，除此之外她还负责《女声》杂志政治版面的编辑工作。不久前，汪伪政府宣传部副部长胡兰成指派方小雨来特工总部南京区挂职锻炼，工作部门是机要室，主要负责日常文稿起草。今天是她来这里上班的第一天。

在方小雨的内心深处还隐藏着一个身份，那个身份才是她真正认可一心一意捍卫的。

不久前，她趁在上海公干的时候同上级接头。然而见面不久，汪伪76号特工闯进了接头地点，上级与战友们为了掩护方小雨撤离而主动暴露了自己。战友在战斗中牺牲，上级不幸被捕。就在没多久前，方小雨得知了他的死讯。那一刻，方小雨觉得眼前的天地飞速旋转起来，日月变得黯淡无光。这些年里，自己已经送走了数不尽的战友，他们光荣地赴死，成为国人心目中一颗颗闪亮的星辰。只有自己依然活着，却是孤独地生，忍辱负重地生，也是苟且偷生。

方小雨环视着办公室，视线中是崭新的桌椅、崭新的门窗，一大团崭新的时光也在她面前绽放开。对此，她心里却没有半点欢愉。上海的吉斯菲尔路76号，南京的颐和路21号，都是稳固日伪统治的爪牙，也是国人心里闻之色变的大魔窟。杀戮在这里是家常便饭，空气中时刻充斥着浓烈的血腥味。自己来到这样的环境中，不知神经是否经受得住？不知未来吉凶如何？方小雨在感到恐惧的同时也感到深深的迷茫。

第三章　不存在的接头人

夜已渐深。

姚胜利坐在桌前，从钱包里掏出一张照片。此时他的目光充满忧郁。

照片已经有些泛黄，里面是一男一女两个人。女孩看上去十七八岁的样子，男孩年纪则要小一些。即便有些模糊，但还是能看出女孩的面容姣好，脸上笑容很甜美，若仔细看还能看出女孩脸颊上两只浅浅的酒窝。女孩的左手搭在男孩的右肩上，显现出亲密无间的样子。姚胜利的眼睛渐渐湿润，一滴眼泪落在照片中女孩的脸上。姚胜利赶紧用手拭干，愧疚得像是做了错事一样。

照片上的女孩是姚胜利的表姐。当年她制造了上海滩震惊一时的刺杀大汉奸事件，虽然最后失败牺牲，但她的形象在国人眼中已经像英雄般高大。然而在姚胜利的眼中，她只是自己的表姐。如今，表姐已然魂归黄泉，唯有这张发黄的照片时时牵动着自己的思念。表姐牺牲时，自己已经随国民政府撤到重庆，就连消息也是过了很久才从上海执行任务归来的同事口中得知的。姚胜利记得抗战刚爆发时，表姐突然像变了一个人似的，不久后，表姐就消失了。

姚胜利小心地将照片装进一只精致的铁盒，然后锁上放入抽屉。白天与方小雨相遇的情景浮现在脑海中，如果不是事先知道表姐已经牺牲的消息，他会以为自己与表姐在这里重逢了。姚胜利做了一个决定：在接下来的日子里，他一定要走进方小雨的生活，无论对方是敌是友。

此时在这个城市的另一处，同样是坐在书桌前，方小雨也凝视着一张照片。她显然刚刚哭过一场，贝齿轻咬嘴唇，眼眶红肿，嘴角微微颤抖着。照片也已经泛黄，上面也是一男一女两个人的合影。女的是方小雨自己，上面的她扎着两条麻花辫子，一脸幸福地依偎在男人身上，看得出来他们是一对情侣。凝视良久，方小雨将照片放在胸口上，泪珠再度滚滚而落。

这个夜晚，安静得都无法听见那些夏夜原本该有的声音，姚胜利和方小雨不约而同地陷入回忆的浪潮中。

第二天，姚胜利前往宁海路30号。

首先出现在他面前的是一扇高大的铁门。铁门没有上锁，姚胜利推门进去。里面是一个小院子，几块开垦出来的菜地上种着番茄、丝瓜、甜瓜等果蔬，空气中还能闻到果实散发出的淡香，让人感受到浓浓的生活气息。院子里有一幢三层小洋楼，此时大门紧闭着，似乎屋主人并不在家。

想来，在动荡的乱世中，宁静恬淡的生活尤为珍贵，也令人格外向往。姚胜利没有立即去敲门，他在高大的建筑物前一直站着。

身后冷不丁响起一个声音：

"喂喂喂，你是谁啊？"

姚胜利转过身，面前站着一个拎着酒瓶的中年男人。

"您是张兴国张掌柜吗？"姚胜利直接问道。

中年男人一愣，说道：

"什么张掌柜李掌柜的，我姓'吴'。"

姚胜利还以为自己找错了地址，连忙问道："那这里是宁海路30号吗？"

中年男人说道："是啊，你又是哪个？"

姚胜利不敢贸然报出自己的名字，说道："有位朋友叫我来这里找一位'张兴国'掌柜。"

"我刚才不是说了嘛，这里没什么张掌柜，你朋友八成是搞错了，要不然就是把你给耍了。"

"是不是他以前住这里，现在搬走了？"

男人不耐烦了："屁话！这是大爷我花了三千大洋买的宅子，整整三千大洋哪！什么时候变成客栈了？走走走！"

男人开始驱赶起姚胜利。

姚胜利请求道："麻烦您再仔细想一想看。"

男人直接发飙了："你再不走，我叫巡警了啊！我可告诉你，这一片的巡长是我二表舅的妹夫！"

姚胜利只好带着深深的疑惑离开。回想起对方笃定的神情，基本可以判定他说的话并不假。但是说好的接头人，到了地方竟然会是查无此人，这到底是怎么回事呢？

难不成上司在耍弄自己？眼前荒诞却又真实的现实让姚胜利产生一种如坠梦中的感觉。

第四章　意外之外

　　姚胜利在大街上晃荡，他觉得热闹的街面上此时只有自己一个人。

　　过了一会儿，他停下来点燃一支烟，在缕缕升起的烟雾中开始梳理自己凌乱的思绪。在来南京之前，从莫名其妙被捕到意料之外的赦免，接着被要求打入敌营，这一桩桩、一件件当时就让姚胜利隐隐觉得，此次任务似乎有什么地方不太对劲。

　　到了南京后遭遇的离奇事件坐实了姚胜利心里的猜想，尽管他极其不希望这个猜想是事实。事实就是，此次所谓的潜伏任务，其实是个骗局，自己被上司无情地欺骗了。要说上司耍弄了自己，姚胜利是打死都不会相信的。但是，将渡边勇对自己前来报到毫不知情的反应和宁海路 30 号不存在的接头人这两件事串联到一起，这个解释便无懈可击了。

　　姚胜利接着也明白了上司的真正用意：自己杀了陈国骏的亲属，倘若军统将自己交给陈国骏那边处置，无异于是向整个"CC 系"低头，这是上司万般不愿的。但如果不交出人，陈国骏定然不会善罢甘休。于是就想出了这条计策，借日本人的手除掉自己。然而人算终究不如天算，自己居然误打误撞地通过了身份甄别，大概是上天不忍自己就这么葬送掉性命。

　　有风吹来，姚胜利顿时感到一阵悲凉涌进了内心。所谓秘密的使命，所谓光荣的任务，在上司口中是那么崇高，其实是借刀杀人的卑劣伎俩而已。姚胜利悲怆地笑起来。

　　在这个城市广阔的街道和来往不绝的行人面前，姚胜利觉得自己就像一个被遗弃的人，原来的地方已经回不去了，现在的地方看上去也不会接受自己。眼下，一个难题已经摆在自己面前：该何去何从？

此时大街上的喧闹声姚胜利全然听不见，听见的只有内心绵绵不断的疑问。烟已经抽完了，姚胜利扔掉烟蒂继续向前走去。

突然，一辆轿车猛地在姚胜利面前停住，一连串刺耳的摩擦声让姚胜利如梦初醒。他抬起头来，马上就看见正前方亮着红灯，而自己已经走到路中央。

这时候，轿车司机从里面探出脑袋来，张口大骂道：

"奶奶的，眼睛不会看路的啊！"

姚胜利没有理会司机的骂声，从车前走开。

司机的又一句骂声追上来：

"魂被鬼叼走了！"

视线中，大街两旁的民宅前，家庭妇女们围在水池前洗衣服。早餐铺环绕着白烟，牛肉锅贴在"吱吱"冒响的油锅里翻着身子，散发出诱人的香味，排在早餐铺前的队伍望不到尽头。姚胜利觉得，此时展现在眼前的是一幅美好安宁的生活图景。他的心里冒出两个疑问来：这还是那个正遭受着屈辱和灾难的民族吗？这个民族是否还在同穷凶极恶的侵略者战斗着？

当他走到另一处十字街头时，并不知道自己接下去的命运也将发生180度大转折。

姚胜利先是被一声巨大的闷响吓了一跳。不光是他，周围的许多行人也被吓了一跳。他马上朝声音传来的方向望去，那里有一辆黑色别克轿车刚刚停下。

这是一辆崭新的别克轿车，黑色车身在太阳下闪烁着刺眼的光芒，好似扬扬得意的神情。车前躺着一个人，姚胜利马上意识到出事了，他旋即与许多行人一起向那边跑去。

只见轿车车头的保险杠已经歪挂下来，车旁还有一辆被撞得严重变形的脚踏车。有个男人躺在地上一动不动，身下已经积起一大摊鲜血。很明显，这里发生了一起交通事故。

车门打开了，轿车里面跳出来一个日本军曹。军曹急切地跑到车头前查看保险杠的受损情况，似乎压根没看见地上还躺着伤者。没过一会儿，军曹突然跳起来对着地上的伤者拳打脚踢。

旁边围过来几名警察，他们在一旁看着日本军曹施暴却无人上前阻止，这让姚胜利心里对他们产生一阵鄙夷。过了一会儿，其中一名警察终于跑上前去劝说，结果没说几句，日本军曹便哇哇叫起来，似乎引起了他的不满。紧接着，日本军曹飞快从腰间抽出一支南部十四式手枪，对着那名劝阻自己的警察就是一枪，警察被当场打死。

日本军曹朝地上躺着的人吐了一口唾沫，用蹩脚的中文骂了句"该死的中国人"，然后气冲冲地回到车内。

怒火瞬间在姚胜利心里蹿起，他的手马上抓住藏在腰间的那支勃朗宁M1903手枪。而下一秒，他又将手放了下来。他告诫自己，此时绝不能轻举妄动。刚才发生的那一幕也让他清醒地认识到一个事实，那就是顺从的下场只不过是像砧板上的肉那样任人宰割，面对侵略者，投降绝非活路。

轿车重新发动。在所有人的注视下，轿车竟然毫不避让，直接碾过地上的两人往前驶去。姚胜利似乎听见血肉撕裂和骨头破碎的声音，仿佛给了他的心重重一击。一种屈辱感霎时间笼罩在他的心头。

一声刺耳的刹车响再次将空气划破。姚胜利循声望去，只见那辆别克轿车又停了下来，轿车四面围着许多人。姚胜利惊讶地发现，围住轿车的是那群刚才还在洗衣服的妇女、早餐铺里忙里忙外的伙计以及排在铺前的顾客。妇女的手里拎着木棒和搓衣板，伙计的手中举着菜刀和火钳，他们将轿车围在中央。

那名日本军曹又从车里跳出来，他用蹩脚的中文恶狠狠地问道："你们要干什么？"

没有人回答他。

日本军曹挥着手又吼道："都给我滚开！"人们依旧不为所动。

接着，日本军曹从腰间抽出枪对着天空放了一枪，枪声吓得附近的行人四散奔逃，然而那群围住轿车的人还是一动不动。枪声引来了附近巡逻的日本宪兵，他们扑向围住轿车的人群，两拨人混战在一起。

此时望着眼前的情景，姚胜利如梦初醒。就连手无寸铁的百姓面对侵略者都毫不畏惧，自己作为军人又有什么理由退缩呢？同时他也欣喜地发现，这个城市的人民反抗侵略者的斗志依然还在。姚胜利不再犹豫，他飞快地拔出枪，对着那名日本军曹扣动了扳机，日本军曹瞬间像死猪一样栽倒。腰间那支勃朗宁 M1903 仿佛早已按捺不住。还没等日本宪兵反应过来，姚胜利已经连开数枪，接着闪进旁边的一条弄堂里没了影。姚胜利不知道的是，自己刚才的所有举动都已经落入一个人的视线中。

弄堂里，姚胜利跑得像一阵风，他还时不时地回头看一眼。前面有个垂直拐角，姚胜利马上就要跑过去。就在这时，一个男人从拐角后面闪出来。姚胜利猛地停下，举起枪对准来人。

男人四十岁左右，身上穿着一件蓝布马褂，头上戴着一顶紫色礼帽，看打扮像是商贾之人。

面对枪口，男人看起来却丝毫不畏怯，他的脸上露出带着嘲讽的微笑，说道："你的枪里还有子弹吗？"

姚胜利凭手感就知道，弹夹里此时已经空了。他用目光逼视着对方，说道："你是什么人？"

中年男人说道："中国人。"

"中国人"这三个字让姚胜利的戒备心稍微松了些，他又问道："你想干什么？"

中年男人回答："我想帮你。"

姚胜利嘴角扬起一丝冷笑："我凭什么相信你？"

中年男人看了看四周，说道："此时你还有别的选择吗？日本人很快就会找到这里，而你的枪里已经没子弹了。"

这番话道出的，确实是姚胜利的真实处境。即便如此，他内心的戒备还是没有消除。对于这位突如其来的援助者，在不了解对方情况的前提下，姚胜利实在不敢轻易给予信任。

就在犹豫的片刻，他的身子突然一直，有一把枪从身后顶住了他。同时有个声音从后面传来："还是跟我们走一趟吧，总好过落到日本人手里。"

姚胜利只好放下枪，顶住他身子的那把枪也收了起来。姚胜利微微转身，就看到一个戴着鸭舌帽的年轻人，年纪看起来同自己相仿，应该是这位中年男子的随从。

中年男人一拍姚胜利肩膀，说道："走吧，遇见了就是缘分，一块儿喝杯茶去！"

姚胜利跟着两人来到上海路的一间茶楼，他们应该是这里的熟客，刚一进门伙计就热情地迎上来。

"哟，杜老板来啦，楼上雅间请！"

伙计引着三人来到楼上的一个雅间。

中年男人摘下礼帽放到衣架上，向姚胜利做了个"请坐"的手势，自己也坐下来。

"兄弟是哪里人？"

姚胜利说道："上海人。"

中年男人"哦"了一声，将一杯冒着热气的茶放到姚胜利面前，说道："我听说上海那边的人都喜欢喝江浙一带的绿茶，尤其是杭州的西湖龙井，也确实很不错。不过到了南京一定要尝尝当地的雨花茶，比起西湖龙井来也毫不逊色的。"

姚胜利这时也确实有些口渴，他端起茶杯喝了一口。事实上，姚胜利并不懂茶道，不同的茶到了他嘴里都是同一个味道。

中年男人还在介绍："雨花茶的历史也很悠久，在我国茶圣陆羽编写的《茶经》中就有相关的记载，南京当地的民间一直流传着陆羽南京栖霞寺采茶的传说，栖霞寺的后山现在还保留着试茶亭的遗址。"

姚胜利自然没心思听这云山雾罩般的介绍，他将杯中的热茶一口气喝完，然后放下茶杯，说道："你把我带到这里，有什么事就请直说吧！"

中年男人指着桌中央那壶热气腾腾的茶，说道："我不是说过了嘛，请你来一起喝杯茶。你刚才跑了大半天，难道不想找个地方歇歇脚吗？"

这时，外面传来尖锐的哨声。中年男人朝年轻人使了个眼色，年轻人走到窗前看了看，回来说道："掌柜的，外面好像戒严了。"

伙计也敲开了房门，说道："杜老板，外面开始戒严了，您还有什么事要办的话，恐怕得先等等了！"

这位被称为"杜老板"的中年男人对伙计微笑道："不要紧，我们要在这里坐上很久。"

伙计准备告退，中年男人叫住他问："是出什么事了吗？"

"听说不久前，街上突然有个人掏出枪来打死了好几个日本兵，现在日本兵和汪精卫的二狗子正在全城搜捕呢。你们说啊，南京城里头现如今还有好汉哪，真是好样的，是该让鬼子汉奸尝尝苦头，知道咱中国人也不是好欺负的！"

伙计离开后，中年男人从容地喝了口茶，说道："看来兄台在城内是翻起了一个大浪啊！"

姚胜利拿过茶壶往自己杯里续上茶，说道："是不是大浪倒无所谓，能给侵略者狠狠一击就好。"

"看这身手，兄台是军统的人？"

姚胜利摇摇头。

"那是中共？"

"一名中国人而已，只因之前看不过日本人对同胞的肆意残害，所以才出手，这也是每个中国人应该做的。"

中年男人说道："那么，你愿不愿意加入我们的阵营呢？"

姚胜利反问："你们到底是什么人？"

一旁的年轻人这时候说道："站在你面前的这位，可是'忠义救国军'南京特别行动总队队长杜禹泽。"

无论是听到"'忠义救国军'南京特别行动总队"这个名号，还是听到"杜禹泽"这个名字，姚胜利心头皆是为之一震。

没想到渡边勇口中那支来无影去无踪的队伍，自己刚来南京就遇上了。姚胜利更想不到，这支队伍的领导者是杜禹泽。

杜禹泽，军统少将级特工。早在1937年底南京即将沦陷的时候，他带领手下将大量中国军队伤员转移到江北的安全地带。南京沦陷后，他受命潜伏在城内。一方面，日寇在南京城内展开疯狂杀戮，另一方面杜禹泽带领军统潜伏人员伏击日军官兵。还曾经在一个晚上摸进日军兵营，将十多名日军少佐级军官杀死在宿舍内，这件事当时在日本占领军中引起了极大恐慌。

虽然军统局内至今很少有人见过杜禹泽，但他的名字早已成为一个如雷贯耳的传奇。姚胜利心里清楚，要是自己能在这样的人物带领下，对敌工作定能收获事半功倍之成效。

但是，想起不久前上级卑劣的行径。姚胜利已经对军统这个组织充满了厌恶。他推托道：

"我也是有组织的人，只是与他们暂时失去了联络而已。"

杜禹泽笑了，说道："那么，在重新找到你的组织前，就先在我的手下干吧！"

杜禹泽的话，让姚胜利的心头震动了一下。

想到自己目前只身潜伏在这个沦陷的城市里，确实需要依靠更强大的力量，孤军奋战往往最后收效甚微。既然如此，那就宁可组织负我，我绝不负组织！

姚胜利将对军统的怨恨抛到了一边，点头道："那好吧！"

杜禹泽说道："我暂时不将你编入南京特别行动总队的序列之内，让你做外围人员，也是对你的一种掩护。从今天开始，你的身份除了我们三人之外不能有第四个人知道。南京也有南京的斗争，只要一心为国，其实在哪儿开展斗争、开展怎样形式的斗争都不是主要的。"

"明白了！"

杜禹泽指着一旁的年轻人说道："他叫颜超，以后就负责我们之间的联络。"

颜超点头致意。

杜禹泽问道："你目前是在什么部门做事？"

"汪伪政府特工总部南京区！"

杜禹泽与颜超互相看了一眼，两人眼中同时发出惊喜的光芒。

第五章　初试牛刀

姚胜利刚到南京不久，家乡浙江金华传来了战争的消息。日军大举进犯浙赣铁路沿线，妄图摧毁盟军在浙江南部的军用机场。为粉碎日军的战略意图，国民政府投入了十一个军的兵力共计三十万人与日军展开了一场规模宏大的会战。姚胜利听到了从老家兰溪县传来的一份捷报：进犯的日军第十五师团师团长酒井直次中将在城郊踩上了中国军队埋下的地雷，在火光中，他的一条腿飞上了天，本人还没等送到兰溪抢救便在担架上咽了气。

尽管家乡已经沦陷，但听到这条消息时，姚胜利依旧感到无比振奋。虽然酒井直次并非害死表姐的元凶，但他依旧觉得家乡人民是替表姐报了仇。

上级的批文下达到了渡边勇手中，熊谷昭夫正式被任命为"杉魂"特别行动组副组长。说白了，就是给渡边勇当副手。

鉴于岗位的特殊性，渡边勇给了姚胜利三个月的时间来熟悉事务。在这三个月里，姚胜利上手了"杉魂"特别行动组的一切事务，对渡边勇也有了更加深入的了解，这为他们未来实现工作上的默契配合也奠定了基础。

这天，姚胜利接到一个电话，电话那头是一个熟悉的声音：

"表兄，好久不见啦！今晚是否肯赏脸来紫光茶楼叙叙旧？听说有位海上的朋友要来了。"

最后那句话说明有任务要来了，姚胜利赶紧答应道：

"那敢情好，求之不得！"

电话那头说道："晚上七点，紫光茶楼五号包厢，不见不散！"

姚胜利放下电话，他瞬间兴奋起来。置身敌营，唯有来自战友的声音方能让自己明白不是在孤军奋战。有任务要来了，自己总算可以再展手脚，对于杀敌报国的战士来说，敌人的鲜血就是自己最好的兴奋剂。

特工总部南京区的下班时间为下午五点三十分。下班后，姚胜利打发小特务吴永强出去给自己买了一份寿司。

吴永强将寿司盒递给姚胜利，问："熊谷长官，今晚您要加班吗？"

"还有一些渡边长官交代的文件没有处理完。"

"那我……"吴永强的目光中闪出一丝狡黠。

姚胜利会意点头，说道："你赶紧下班吧，不用等我了。"

"谢谢熊谷长官！"吴永强兴奋地跑出门去。吴永强是浙江永嘉人，听说是汪伪组织部长梅思平的亲戚，但关系也已经拐了好几道弯儿，所以仅仅安排上了一个跑腿打杂的职务。

姚胜利是六点半出门的。从方小雨的办公室的窗户下面走过去时，他看见里面还亮着灯。此时方小雨一定在加班写稿子，内容无非是些"中日亲善""大东亚共荣"的鬼话。日本人特别重视意识形态层面的宣传工作，姚胜利心想也是难为他们了，明明是穷凶极恶地侵略他人国家，还要努力装出一副伪善的嘴脸，让对方觉得是朋友之间的互利互助。任凭话说得天花乱坠，可是谁会相信呢？也苦了汪伪政府新闻战线的工作人员，整天要费尽心思为日本的侵略编些看似有理有据实则荒唐至极的说辞。

紫光茶楼二楼一个较为隐蔽的包厢里，姚胜利进行了潜伏以来与杜禹泽的第一次碰头。

桌上泡着一壶茶，杜禹泽倒了一碗："从杭州来的狮峰龙井，是上品，这年头可很难喝到。"

姚胜利端起茶碗抿了一小口，此时他根本无心品茶，心里只惦记着这次的任务，但杜禹泽似乎并没有立即切入正题的意思。

"在里面感觉如何？"

"虚与委蛇而已。"

杜禹泽笑着说道："看来已经成功入戏了。"

"不管这出戏有多精彩，我都更加期待出戏的那一刻。"

"不要着急，既然入戏了，不妨就先好好享受一番过程中的乐趣，也许到后面会无法自拔呢。"

姚胜利冷笑一声，说道："对于干我们这一行的人来说，'后面'这两个字是十分遥远的吧？过了今晚，你能保证自己一定可以见到明天的太阳吗？"

杜禹泽笑了起来："这话听起来怎么感觉像是老牌特工的告诫呢？"

姚胜利摇摇头道："不过初生牛犊的胡言乱语罢了。现在可以告知任务了吗？"

杜禹泽放下茶碗，掏出一张照片放到姚胜利面前。拿起照片一看，里面是一个戴着眼镜的老人，穿着打扮和神情看起来像一位资深的学者。而从拍摄的角度看，这张照片十有八九是用微型相机之类的工具偷拍而来的。

"这个人是谁？"姚胜利问道。

"日本语言学家高野正司。"

"语言学家？"

"是的。他是我们此次任务的制裁对象。"

姚胜利有些意外，他觉得所谓语言学家其实就跟学校里的国文教师没什么区别，这样的人与军界政界头目等职位的人都是没有可比性的，他不明白军统为什么要针对这样一个人采取行动。

而杜禹泽仿佛看出了姚胜利的疑惑，他开始介绍起高野正司的背景："你可不要小看这个人，他曾是日本教育部的副部长，后进入日本早稻田大学任语言学教授。他此次来南京，是受日本军方所托完成一项事关重大的任务。"

"什么任务？"

"协助日本军方在占领区内开展奴化教育！"

"奴化教育"这个概念之前姚胜利已有耳闻，但具体是什么内容他却并不了解。

"奴化教育？"

"具体来讲，高野正司此次来南京是为了帮助日本占领当局编纂一部以'中日亲善'为主题的教材，如此一来，'中日亲善'之类的言论便更加系统化、专业化。等教材编纂完毕后，届时将投入到南京地区所有的小学教程中，使中国的孩子从一开始上学就接受日本人的奴化教育。"

听杜禹泽这么一介绍，姚胜利马上意识到问题的严重性，周围是盛夏炎热的空气，他却不禁打了一个冷战。有道是"润物细无声"，别看意识形态这个东西看不见摸不着，对人产生的影响却是绵长悠久的，尤其是在人小时候产生影响，往往就会占据人的脑海一辈子。试想一下，一旦中国孩子开始接受日本的奴化教育，那么随着一代代人的更迭，中国人对于日本侵略的抗争意志就会逐渐被瓦解，到最后真的就成为日本人的顺民了。日本采用这样的方式进行侵略恐怕要比拿枪拿炮更加有效。

杜禹泽脸色也严峻起来，说道："高野正司必须要除掉，否则我们民族抗战胜利的希望将不复存在。委员长对这件事情很重视，亲自把电话打到戴局长那里。戴局长已经给我们下达了紧急指令。"

没想到自己潜伏后第一项任务便是如此重大的使命，姚胜利内心激动起来。他犹如一只准备觅食的猎豹，站起身说道："需要我怎么做？我一定全力配合！"

"考虑到你刚刚进入敌营，还未完全取得敌方信任，为了不影响你后面的潜伏，我与上级研究后决定，此次任务你不直接动手，而是掌握高野正司在南京的行踪，配合我们的人员伺机寻找机会下手。"

临走时，杜禹泽交给姚胜利一只小木盒，姚胜利打开一看，只见里面塞着一大团海绵，海绵中央还嵌着一颗像花生豆那么大的黑色小球。

"这是什么？"

"这是苏联伏尔加兵工厂最新研制的微型炸弹，从今以后你要时刻把它带在身边，可以出其不意地攻击敌人，一旦自己暴露了也能够派上大用场，明白我的意思吧？"

姚胜利点点头，将小木盒塞进怀中。走在回去的路上，姚胜利还在脑海中想着杜禹泽交代的任务。有一点是毋庸置疑的，一旦奴化教材在南京地区乃至整个中华大地上传播开，后果将是极其可怕的。

与杜禹泽碰头后的第二天，姚胜利被渡边勇叫到办公室。

渡边勇递给姚胜利一张照片，照片上的人姚胜利昨天已经见过，但他此时还是装作一无所知地问道：

"这个人是谁啊？"

"我们大日本帝国的国宝级语言学家——高野正司。"说这话时，姚胜利看见渡边勇脸上泛起自豪的神情，"两天后，他将抵达南京。此次来南京是为了替大日本帝国完成一项重要的任务。"

"什么任务？"

"对中国的孩子进行'中日亲善'的教育。"

姚胜利让渡边勇说得再具体些，渡边勇解释道："在军事上，'兵不血刃'是最高明的战术。中国古代的军事学家已经提出过'不战而屈人之兵'的构想。要想真正征服一个民族，最好的方式就是实现思想上的占领，军事的占领只是手段，并不是目的。而中国的成年人已经不可避免地对大日本帝国产生敌意，唯一的突破口就是中国的孩子，要让他们从一开始就觉得大日本帝国是他们最亲切的朋友，实现'大东亚共荣'是他们应该为之奋斗的人生目标。否则的话，等这群孩子长大了，就会和他们的父辈一样，投身到对抗大日本帝国的战斗中来。"

听完渡边勇的讲述，姚胜利马上表示赞同："说得没错，这无疑是一条绝妙的计策，其价值甚至可以胜过一场大规模战役的胜利。"心里却是暗暗骂道，小日本不光像狐狸那样卑鄙，而且还像蛇那样歹毒，真是一个具备畜生特质的民族。

"没休止的战争只会越来越激起中国人的反抗意志，唯有消除掉他们心中对大日本帝国的敌意才能彻底瓦解中国人的斗志。况且经过这么多年的战争，大日本帝国无论是国力还是兵源都已近枯竭了，这是个不得不面对的残酷现实。所以对中国的问题上，我们必须另辟蹊径。"

"那么需要我做什么？"

"高野教授是从佐世保港口坐军舰启程，到连云港上岸然后坐火车过来。考虑到中国谍报人员耳目众多，从连云港到南京一路上并不安全，教授打扮成了商客独自一人前来。等教授到了南京，你带人去车站接他。记住，千万不要引人注意。"

渡边勇的这一安排着实让姚胜利吃惊不小，这么重要的人居然让他在没有安保人员陪同的情况下来南京，莫不是拿中国的情报网当摆设了？可转念一想又很是赞同，带的人越多反而越容易引起注意。

"明白了，中国管这叫作'灯下黑'。"

渡边勇目光一闪，说道："熊谷君看起来对中国文化很是了解嘛，这一点与你们队长东乡君可大不一样。"

姚胜利的心紧了一下，他马上想起"言多必失"的古训。首领在一个组织内往往有着表率作用，既然"杉魂"的队长对中国文化没有兴趣，那么想必组员也是如此。自己一时失言了。

姚胜利脑子飞快转了个弯："这话还是来这里后，听那些中国的工作人员谈话时学会的。"

渡边勇说道："还是少学，因为迟早会消失的。"

"明白了。"

两天后，姚胜利出现在南京下关火车站的月台上。南京的夏天充斥着江南地区特有的闷热，姚胜利赶到车站时已经汗流浃背，他松开衬衫的第一粒纽扣，让皮肤表层凝结的热意尽快散发到空气中。月台上平日里售卖汽水的摊点今天恰好没在，只有一个小贩支了口大锅在卖酸梅汤。姚胜利对这种酸不溜丢的饮料并没有什么好感，但是眼下也没有别的选择了。

姚胜利买了杯酸梅汤一仰脖子喝完，正准备要第二杯，悠长的汽笛从远处传来。姚胜利回过头，只见一列火车喷射着白烟缓缓进站。姚胜利看了看车厢上喷涂的车次，正是高野正司乘坐的那班火车，南京是此班火车的终点站。按照事先的安排，火车停靠后，高野正司不随乘客一同下车，而是先留在包厢里等待接应人员找上门去。

姚胜利赶紧扔掉空杯登上火车。按照渡边勇事先的交代，姚胜利来到高野正司所在的包厢前敲了三下门，前两声重，后一声轻。里面有人用日语应了一声：

"请进！"

姚胜利拉开车厢门进去，一位头发花白的老者从报纸上抬起头。姚胜利鞠了一躬，用日语问道：

"请问是高野正司教授吗？"

老人点点头："正是。"

姚胜利觉得自己呼吸瞬间沉重起来，高野正司就在自己面前，在这里就可以直接干掉他，对于自己来说拧断他的脖子不会比拧断一根火柴棍难多少。然而一旦这么做了，自己也就暴露了身份。姚胜利不得不强行按下了内心涌起的杀意。

"是渡边勇长官委托我来接您的。"说着，姚胜利掏出自己的工作证递过去。

高野正司接过去看了一眼，念道："熊谷昭夫，大日本帝国'杉魂'特别行动组副组长？"

姚胜利立正敬了个礼："是！"

高野正司缓缓起身，姚胜利想要帮他拿起行李箱，却被他制止了。姚胜利只好尴尬地走到门口。

来到南京后，高野正司立即被任命为教育部副部长，紧接着又被任命为南京地区所有小学的名誉校长。后一项任命让姚胜利的心为之一紧：渗透终于开始了！

虽然被任命为教育部副部长，但是高野正司从不去教育部办公，他直接进驻日方为其准备的研究所。

几天后，原国际联欢社的大楼内举办了一场新闻发布会，发布会内容是"中日亲善"友好学习教材的推广应用，邀请了南京市各大媒体前来。姚胜利事先将这一消息传递给了杜禹泽，得到的回复却是按兵不动。姚胜利清楚，发布会上实施刺杀的可能性几乎为零。且不说会上戒备森严，就算能够进入并成功实施刺杀也无法全身而退，那无疑是同归于尽。

发布会上，颜超扮作一名《大美晚报》的记者混入了现场。这次他的任务只有采访。轮到记者提问的环节，颜超挤到最前面并第一个举起了手，于是他被幸运地选中。

颜超从容地提出自己的问题："高野教授您好，请问您觉得语言对于两个国家的友谊意味着什么呢？"

高野正司回答道："意味着维系友谊的那条纽带。"

颜超接着问道："那么高野教授觉得倘若两个国家之间只剩下一种语言，那又意味着什么呢？"

"当然意味着两国之间实现了融合。相信这样的局面是两国人民都希望看到的，就像'中日亲善'一样，虽然还面临层层阻力，但'大东亚共荣'的神圣光芒终将会照亮中国大地的角角落落。"

主持人说道："这位先生还有什么要问的吗？"

颜超转过头，对着一旁的中国派遣军总司令官畑俊六问道："最后一个问题，我想问将军阁下。"

畑俊六点点头，算是默许。

"我的问题其实很简单，请问将军阁下，我可以将这些问答在我供职的报纸上如实报道出来吗？"

"这个当然可以，就像刚才高野教授说的，两个国家之间最好的关系就是语言上不分彼此，而我认为要想实现这一目标，前提是相互尊重，因此我十分尊重中国的言论自由，只要是有利于两国和平共处的。"

颜超冲着讲台鞠了一躬："我的问题问完了，十分感谢二位长官！"

从发布会现场出来，颜超走进一条狭窄的胡同里，随后推开一扇门进去。里面有个男人被绑在立柱上，他的嘴巴里塞着布条，不断发出"呜呜"的声响。

颜超一把扯掉男人口中的布条，男人立即大口喘起气来。颜超蹲下来看着男人，说道："宋先生，多有得罪了，我马上就放了你。不过你要记住，现在是为了国家、为了民族做事情，当亡国奴的滋味想必不好受吧？"

男人连忙顺从地点点头，说道："那是自然，说实在的，谁愿意当亡国奴？可我又能怎样呢？一介书生，手无缚鸡之力，只能好死不如赖活着。"

颜超掏出记录的本子丢给男人，说道："你接下去要做的就是回到报社将上面的东西一点不漏地报道出来。"

男人连连答应。

颜超替男人松开绳子，男人刚想站起身子，却被颜超一把按住肩膀："你记住了，回去之后就跟别人说本子上这些都是你自己发问并记录的，一定要在之后见报，尤其是最后一个问题，非但不能删去，而且要重点报道。你要是敢耍花招，知道会是什么下场，我们的人是无处不在的。"

男人用力点点头。

颜超放开手，从怀里掏出记者证，扯掉上面自己的照片扔给男人："我先走，你过五分钟后再出来。"

"是是。"

这个男人才是《大美晚报》的记者，今天奉命参加汪伪政府的"中日亲善"教材发布会。在半路上颜超将其劫持绑在这处院子里，并且将他的记者证抢去，用自己的证件照换掉了上面的照片，于是顺利地进入了发布会现场。

第二天《大美晚报》上刊登出这样一则新闻："中日亲善"教材发布会顺利举办，畑俊六将军表示日方充分尊重中国言论自由。

这则新闻刊登出来不久，那位先前被颜超绑票的《大美晚报》记者宋先生收到一只包裹，包裹里面有两根"大黄鱼"和两颗子弹，于是他把嘴巴紧紧闭上了。这位记者一定不知道，几天前汪伪政府内一位官员的家里遭了贼，满满一保险箱"大黄鱼"被搬得精光。

这天，姚胜利去街上买了好几份《大美晚报》放进抽屉的夹层中。在这个城市另一处，杜禹泽坐在桌前悠闲地吃早餐，他的手边放着一张《大美晚报》。颜超站在一旁。

杜禹泽喝了一口咖啡，问道："那位先生安抚好了吗？"

"都办妥了。"

"他那边现在怎么样？"

"这几天没有消息传来。"

杜禹泽拿起报纸扬了扬，脸上的神情有些得意，说道："戏已经有一个不错的开头了，接下去就要到重点部分。过几天安排碰个头。"

"是。"

发布会之后过了一段时间，汪精卫向畑俊六提议再召开一场大规模的见面会，届时不光邀请南京的各大媒体前来，而且还将邀请南京地区所有小学的师生代表前来参会，会上由高野正司向大家介绍"中日亲善"友好教材的编写情况，如此在前期扩大影响，可以方便后期推广使用。畑俊六想了想，认可了汪精卫的建议。

见面会的地点定在中央饭店，整个会议的安保工作由特工总部南京区负责。听到这个消息，姚胜利欣喜万分。但是，一个难题马上摆在他的面前。中央饭店的见面会同样是戒备森严，在会场上下手的概率微乎其微。而且这次会议的嘉宾都是指定人员，事前经过反复甄别才确定下来。眼看这次机会又将错过，不久后一个意外发现又让姚胜利找到了突破口。

在巡视会场外部时，姚胜利无意中发现距离饭店正门大约一百米处有一座红绿灯塔，而且红绿灯塔居然正对着饭店内的讲台。姚胜利脑海中做了个大胆的设想：倘若带着狙击步枪爬上那座红绿灯塔，那是完全有可能将正在讲台上的人一枪击毙的。而且这座红绿灯塔地处四通八达的繁华地带，执行完任务后可以顺利撤离。

杜禹泽在会仙茶楼的包厢里约见了姚胜利。见面时，姚胜利将自己的设想说了出来，得到了杜禹泽的认可。至于谈到执行任务的人选，颜超从地上拎起一只长方形的手提箱放到桌上打开，里面是一堆零部件，姚胜利看了一眼就判断出手提箱里是一支被拆解的德国毛瑟98式狙击步枪。

颜超很有信心地说道："让我来吧！"

从茶楼出来，姚胜利带着颜超来到那处红绿灯塔。为了防止被汪伪政府内部的熟人看见，姚胜利找了一顶宽檐礼帽戴上并将帽檐拉低。

颜超朝正前方的中央饭店竖起大拇指目测距离，接着他做出一个手枪的手势，说道："你到时候就等着看那鬼老夫子脑袋开花吧！"

姚胜利提醒道："千万不要大意。要记住，你只有一枪的机会，无论有没有击中对方都必须立刻撤离，否则你就会被汪伪特工打成马蜂窝的。"

"放心吧！"

见面会定在晚上六点举行，而参会嘉宾必须在傍晚四点半前就入场。离嘉宾入场大约还有十分钟时，三辆军用卡车在中央饭店门口停下，卡车上站满了荷枪实弹的日本宪兵，他们跳下车将饭店的前前后后都围得水泄不通，气氛一下子紧张起来。

紧接着，姚胜利得到通知，会场的安保工作临时被移交到了日本宪兵队的手里，汪伪政府特工只负责协助工作。如此一来，控制局面的主动权便被日本人牢牢掌握在手里。不光如此，自己和渡边勇都被指定为参会嘉宾。得知这一消息，姚胜利的心顿时凉了半截，同时还感到不安。这一突然的调整是否意味着日本人已经觉察到了什么？

姚胜利没想到，真正令自己措手不及的还在后面。

当嘉宾开始排队入场时，姚胜利看到吴永强满头大汗地跑过去。姚胜利叫住了他：

"吴，你在做什么？"

吴永强抹了一把额头上的汗珠，说道："熊谷长官，我们刚刚按照渡边长官的指示，把饭店窗户的玻璃全换成了防弹玻璃。"

这句话让姚胜利的心猛地一沉。

"换成防弹玻璃？"

"是这样，渡边长官为了提高会场的安全性，临时决定将大门两侧窗户上的玻璃换成清一色的防弹玻璃。我和弟兄们整整折腾了一下午才弄好呢。"

"渡边君考虑得很周到。你先休息去吧！"

吴永强走开了。

看着会场如临大敌的布控，姚胜利明白，颜超再无得手的机会，而自己也来不及通知杜禹泽他们。他一方面为颜超的安危担忧，另一方面也思考着该用怎样的方式补救。

脑海中忽然闪过一个东西。上一次会面，杜禹泽送给自己一颗微型炸弹。那颗微型炸弹此时就带在身上，要是能够在高野正司身边引爆这颗炸弹，就有把握让他毙命。

中央饭店门口的队伍已经排得很长，两名背着长枪的日本宪兵正在检查每一位进入饭店的嘉宾。日本宪兵在检查时蛮横的态度已经在嘉宾中激起了很大不满。姚胜利意识到眼下的事情有些棘手，搜查这么严格，要是身上那粒微型炸弹被搜到该怎么办？

姚胜利突然感到衣服下摆好似被人碰了一下，他低头看去，只见一个穿着博多织和服的日本小男孩站在自己面前，手上拿着一块巧克力蛋糕，同时姚胜利看到自己的衣服下摆处已经染上了一片巧克力。看见姚胜利凝视着自己，小男孩有些慌张。随后一位面容姣好的日本妇女走过来向姚胜利鞠躬道："请您原谅！"然后拉着小男孩说："赶快向叔叔道歉！"

小男孩听话地对姚胜利鞠了一躬，认真地说道："叔叔，对不起！"

姚胜利用日语说了句"不要紧"。他对此并不在意，但是当看到小男孩另一只手拿着一只纸袋子，里面盛满了圆溜溜的巧克力豆时，一条计策顿时在他脑海中产生。

他将染在自己衣服上的巧克力抠下来涂在那粒微型炸弹表面，这样一来微型炸弹也就伪装成了一颗巧克力豆，接着姚胜利偷偷将微型炸弹丢进小男孩手上的纸袋中。虽然还是要冒点险，但就算被发现至少不会牵连到自己。

果然，小男孩带着微型炸弹顺利通过了关卡。姚胜利让日本哨兵搜查完后追上去问道：

"这是什么东西呀？"姚胜利和蔼地指着纸袋问。

"是巧克力豆。"小男孩说道。

"可以让叔叔尝一颗吗？"

小男孩将纸袋子举过来，姚胜利迅速从里面拿出那颗伪装成巧克力的微型炸弹。这样一来，微型炸弹也就顺利带进了会场。

一次危机总算被自己化解，接下来就是实施刺杀行动。高野正司此时坐在贵宾座上与汪精卫、周佛海等汪伪政府核心人物交谈，他能够说一口很流利的汉语，他们周围站着一圈特工，每位特工都斜背着一支冲锋枪，腰间还插着一把德国造的毛瑟手枪。这样的火力搭配是渡边勇的独创，冲锋枪属于全自动武器，毛瑟手枪属于半自动武器，两者配合使用能够交织成密集的火力网。姚胜利数了数，围在高野正司他们身旁的特工足足有三十人，他清楚自己只能见机行事。

姚胜利抬起手腕看了看手表，还差两分半钟就到六点了，按照会务安排，高野正司上台演讲的时间在六点一刻，也就是说还有不到半个小时的时间，颜超的枪声就要响起了。曾经是胜券在握的一枪，如今已成为徒劳无功。

随着热烈的掌声响起，"中日亲善"友好教材见面会正式开始。汪精卫走上讲台，这次见面会由他亲自主持，可见其对此的重视程度。这位傀儡政府的领袖穿着一身洁净的白色西装，乌黑的头发梳得油光发亮，脸上虽微微显露出病色，但依旧神采飞扬。

眼前这个男人曾经是舍生忘死的革命青年，如今已成为侵略者的走狗帮凶，从他变幻曲折的人生经历中似乎还可以窥见这个国家波谲云诡的政治演变进程。

姚胜利早就听说如今国民政府内部有不少高级官员与汪伪政权有着或明或暗的联系，就连自己效力的军统局，虽然与汪伪76号特工时刻进行着刀光剑影的厮杀，却同时也合作从事着走私之类的勾当，在姚胜利看来这实在是一个不可思议的现象，更是一件荒唐至极的事情。正是应了那句"没有永恒的朋友，也没有永恒的敌人，只有永恒的利益"。对于他们来说，像"南京大屠杀"之类的事件影响力大概就像吹面而过的微风，只有一闪而逝的感受。

汪精卫的开幕致辞据说是方小雨连夜起草的，里面提到的许多关于"中日亲善""大东亚共荣"之类的内容则是汪精卫亲自口授给方小雨的，这些也是汪精卫一生的政治抱负。舞台上，汪精卫已经说完了最后一个字，他在随后响起的掌声中宣布高野正司上台演讲。

台下，高野正司在一大帮特工的簇拥下离开座位向舞台走去。来到舞台边时，高野正司微笑着伸出手拦住打算继续跟上舞台的特工，特工们识趣地退到一旁。

随着高野正司的腿迈到舞台上，姚胜利的心不由自主地提起来。高野正司面带微笑地走到扩音器前，首先对着台下的人们鞠了一躬。姚胜利想象着，外面颜超此时正把一发子弹推上膛，然后将一只眼睛凑到瞄准镜前。

高野正司弯下的腰刚刚直立起来，外面有一声尖锐的枪响刺破夜空。枪声没有惊动会场，却惊动了守卫在会场外的日本宪兵与汪伪政府特工，他们几乎同时向枪声来源的方向扑去。颜超动手了，此时他一定想不到自己射出的子弹被窗户上看似脆弱易碎的玻璃挡了下来。也许对着第一颗子弹再射几枪就可以突破阻拦，但颜超并没有开第二枪的机会，这会儿他的身影应当已经消失在夜色中。枪声响起的下一秒，门外一阵密集的枪声紧随其后，姚胜利听出来那是三八式步枪、毛瑟手枪和冲锋枪同时射击造成的动静，外面的守卫人员已经迅速作出反应。

枪声立马引发了会场的混乱。所有人都在四散奔逃，惊呼声、哭喊声在场中响成一片。特工们立刻围上去将高野正司、汪精卫等重要人物保护在中间。

此时，姚胜利目光瞄到舞台下面右侧的角落里停着的一辆餐车，餐车上面放着一只硕大的两层蛋糕。此次见面会还有最后一个环节，到时将由高野正司切开那只蛋糕，然后宣布"中日亲善"友好教育工程正式启动。那只蛋糕让一个大胆的设想在姚胜利脑海中浮现出来：将那颗表面涂了巧克力的微型炸弹藏进蛋糕中，到时刀刃碰到炸弹时便可引爆。

眼下，除此之外再无别的计策，虽然成功的可能性并不高，但也只能试上一试。姚胜利趁着混乱闪到餐车前，只见蛋糕白色的奶油表面用巧克力写着"中日亲善"四个字。制作人当时在写字的时候似乎没有掌握好手法，"日"字右边部分和"亲"字左边部分连在了一起，这一疏漏此时给姚胜利提供了便利条件。姚胜利飞快掏出那颗微型炸弹，将它摁进两个字的连接处，然后回到混乱的人群中。

虽然成功将炸弹放入蛋糕，但这依然是一步险棋。"日"字和"亲"字连接处是整只蛋糕的中间部分，一般人切蛋糕在下刀时都会先从中间将其切成对称大小的两部分，到时刀刃压到炸弹，炸弹就会被引爆。但如果到时候高野正司突发奇想地从其他部分下刀，那就功亏一篑了。姚胜利此时能够做的，只有在心里祈祷高野正司能够按照寻常的手法来切蛋糕。

门外的枪声渐渐稀疏下去，场内的混乱却丝毫没有平息下来，留在屋内的特工们一边保护重要人物，一边试图将混乱的场面控制住。这时候渡边勇冲上舞台，他径直奔到扩音器前将音量调到最大，于是他的说话声就像炸弹产生的冲击波在会场中蔓延开来：

"女士们先生们，请不要惊慌，你们难道没有听出来枪声是在外面响起的吗？"

此话一出，有些人停下了奔逃的脚步。

"请大家转过身看看大门口的窗户，窗户上的玻璃已经全部提前换成了防弹玻璃，为的就是保护大家的安全。刚才的那阵枪声是我们的战士在消灭破坏分子，请大家现在都回到自己的座位上去，大日本帝国一定能够保证诸位的安全！"

话音刚落，大门外跑进来一小队特工，他们手上都拎着冲锋枪，枪口正冒着白烟。为首一人冲渡边勇敬了个礼，说道："报告渡边长官，破坏分子已经被我们赶跑了！"

渡边勇点点头："干得好，继续加强警戒！"

"是！"特工们重新冲出门外。

场内的混乱总算被控制了下来。人们陆续返回到自己的座位上，高野正司也在众多特工的簇拥下重新来到舞台，整个会场甚至还爆发出比之前更加热烈的掌声。

接下去，高野正司以一种较为特殊的方式开始了演讲：演讲与记者问答同步进行。也就是说，在演讲中台下的记者可以随时打断演讲者的话提出问题。这一安排让人颇感意外，当一名《南京新报》记者询问原因时，高野正司笑了笑，说道："不久之前，畑俊六将军不是代表大日本帝国表示，会充分尊重中国的言论自由吗？"

演讲时间并不长。当服务员走向那辆餐车时，姚胜利的整颗心立马揪了起来。那边，高野正司刚刚结束了演讲。这边，服务员立即捧起蛋糕走上舞台。

工作人员搬来事先准备好的桌子，蛋糕被摆在桌子正中央。全场目光都汇聚在了蛋糕上。视线中，高野正司已经对着蛋糕切了下去。内心强烈的紧张让姚胜利闭上了眼睛。

就在他视线刚刚变黑之际，一声震耳欲聋的巨响让耳膜如遭重击。姚胜利猛地睁开眼睛，他看到的是，舞台上有一大团粉红色正快速散开。姚胜利内心顿时涌起一阵狂喜。

台下的人们都被眼前景象惊呆了。过了几分钟，人群中突然响起一声凄厉的尖叫，紧接着爆发出一阵歇斯底里的哭号，人们又像刚才那样四散奔逃。这一次奔逃的人群没有受到任何阻拦，因为特工们也都惊呆了。

就在台下乱作一团时，姚胜利看到渡边勇抢过特工手中的冲锋枪奔上舞台，他先是低头看了一眼地上，然后举起冲锋枪对着天花板一通长点射，声嘶力竭的咆哮穿透了密集的枪声：

"浑蛋！"

第二天，南京各大报纸的头版头条刊登了同一则新闻：日本语言学家会场被炸身亡，凶手身份扑朔迷离。这一次，日方没有封锁消息，爆炸过后记者们围到舞台前拍照也没有遭到半点阻拦，消息也像爆炸后的冲击波般在南京的街头巷尾蔓延开来。

在同一时间，汪伪政府官方报纸《中华日报》也发了声，在头版头条刊登出昨晚中央饭店的爆炸事件，标题是：日本语言学家惨遭横祸，政府誓杀重庆反动分子。

看到这行标题，姚胜利忍不住笑了，他觉得这个标题十有八九是汪精卫本人起的，这样一来不光在日本主子面前表明了自己对此次事件的态度，而且还将日方的怒火转引到了重庆特工的身上，可谓一箭双雕。

姚胜利在紫光茶楼会见了杜禹泽，向他们详细陈述了昨晚的事件，一听说自己没能击毙高野正司，颜超脸上立刻浮现失望的神情。

杜禹泽说道："看来对手远比我们想象的更难对付，这次实在是不幸中的万幸。"

"是啊，要不是你当时送给我的那颗微型炸弹，我一定完不成这项任务。"

几天后，中央饭店那名当时把蛋糕捧上舞台的服务员突然不见了，据其他工作人员讲，这名服务员是突然辞职的，辞职之后便不知所终。再后来，一种说法便在汪伪政府内部流传开来：那名服务员事先被重庆特工收买，将微型炸弹藏进蛋糕里，完成任务后便逃离了南京。总之，重庆特工行刺的说法被彻底坐实了。

姚胜利明白，那是杜禹泽他们在掩护自己。潜伏工作并不仅仅是简单的执行任务，执行完任务后也需要想办法保全自己。这就好比事先撒了一个谎，后面就需要用更多的谎来圆。通过这次任务，姚胜利也直观地认识到谍战工作的凶险性和复杂性。

中央饭店爆炸事件发生后，日本梅机关机关长影佐祯昭专程从上海赶来，一见面就抬手抽了渡边勇四个响亮的耳光，打得他脸颊高肿鼻血直流。姚胜利清楚，在这件事情上，渡边勇的面子算是栽大了。而渡边勇是个喜欢把自己不好的情绪发泄到他人身上的人。姚胜利盘算着身边哪个人接下去会成为倒霉的出气筒。

这天，姚胜利下班经过渡边勇办公室，听见里面有凄厉的哭声传出来。姚胜利上前敲了敲门，里面除了哭声外没有任何回应。于是，他提高嗓门朝里面问道：

"渡边君，你在里面吗？"

从里面传出来的依旧只有凄厉的哭喊声。姚胜利意识到事情不对劲，他用力地把门撞开。只见渡边勇满脸通红地坐在地上，还隔着老远就能闻到一股浓烈的酒气。渡边勇手里抓着一个五六岁大的小女孩，小女孩被剥光了衣服，四肢不停地乱蹬着。

眼前的情景让姚胜利惊呆了："渡边君，你在做什么？！"

渡边勇低垂的头抬了起来，姚胜利首先看到两只充血的眼睛，仿佛一团正在燃烧的邪恶火焰。渡边勇冲姚胜利勾起一丝冷笑，然后对着小女孩稚嫩的身体咬去，小女孩立即痛得大声哭喊。

"住手！"姚胜利冲过去一把将小女孩夺过来。

看到小女孩的身体，姚胜利顿时倒抽了一口凉气。只见她浑身上下布满咬痕，有的地方已经被咬破，鲜红的血在身体上流出一道道细长的线。这个小女孩是樱花魂孤儿院里的一名孤儿，姚胜利之前见过她。

姚胜利将小女孩抱在怀里，用中文说了句"别怕"。他强抑住怒火问道："渡边君，你疯了吗？"

渡边勇没有回答，他晃荡着站起身试图将小女孩夺回去。姚胜利护住小女孩，说道："渡边君，请你冷静点！"

渡边勇扑过来又要抢小女孩，姚胜利直接挥出一记勾拳重重击在他的脸颊上，渡边勇重新栽倒在地上。小女孩受到惊吓又哇哇大哭起来。

姚胜利来不及安慰小女孩，渡边勇已经再次扑来。姚胜利将小女孩往身子后面一放挡住渡边勇，两个人扭打在一起。渡边勇虽然已经喝醉，但下手还是掌握好了分寸，最后他们都落了个鼻青脸肿。渡边勇放开揪着姚胜利衣领的手，身子一瘫倒在了地上。姚胜利立即抱起孩子快步离开。

方小雨和几个工作人员匆匆跑过来，方小雨问道：

"熊谷君，出什么事了？"

"没什么，渡边君喝醉了。"说完挥挥手示意大家散去。

就在方小雨转身要走的时候，姚胜利叫住了她："方小姐，请等一下！"

方小雨回过身来："你还有事？"

"这个孩子能不能先送到你办公室？"

"可以的。"

在办公室，方小雨突然看见小女孩身上的累累伤痕，她惊叫起来，连忙问道：

"这是谁干的？"

姚胜利没有回答，说道："麻烦你去打盆热水，再拿一块毛巾来。"

方小雨拿来热水和毛巾，姚胜利一边擦洗小女孩身上的血污，一边向方小雨说起了之前发生的事情。没一会儿，脸盆中原本清澈见底的水变作刺眼的红色。

听完姚胜利的讲述，方小雨眼泪流了下来，她咬了咬嘴唇说道："渡边勇，他就是一个魔鬼！"

因为没有小孩子的衣物，他们只好将方小雨午睡用的毯子裹在小女孩身上，没一会儿小女孩就在姚胜利怀中睡着了。姚胜利轻轻将小女孩放在沙发上，他搬过凳子坐在一旁守护着，方小雨也在旁边坐下来。她看到此时姚胜利的脸上满是温情，她感到自己的心突然热了一下。

第二天清晨，他们前往樱花魂孤儿院。小女孩还没有从睡梦中醒来，方小雨抱着她坐在副驾驶座上。虽然是在盛夏，山区的清晨还是有些凉意，姚胜利停下车，将自己的外套脱下来盖在小女孩身上，方小雨感到自己的心也变热了许多。

院长无奈地告诉姚胜利，这类事情已经发生过不止一次了。他们虽然是坚定的反战者，但在日本没有任何高层力量的支撑，因而一直是敢怒不敢言。听完院长的诉苦，姚胜利当即决定找渡边勇谈一谈。

刚进渡边勇办公室，一把雪亮的武士刀就架到了姚胜利脖子上。渡边勇双手紧握着刀把，面部肌肉紧绷，目光充斥着杀意，犹如一头被激起兽性的猎豹。

姚胜利毫无畏惧，嘲讽道："渡边君，看来你的酒并没有醒。"

渡边勇发疯般地咆哮起来："你居然为了一个下贱的中国小孩对我动手！"

姚胜利冷笑："因为你的所作所为简直丢尽了帝国军人的脸，我是在替天皇陛下惩罚你！"

"咣当"一声，武士刀掉落在地上。

第六章　血证突现

食堂里，姚胜利看见同事三三两两坐在一起，似乎正在谈论着什么。于是，他挪身到吴永强身边，问道：

"吴，你们在讲什么？"

"熊谷长官，是这么回事，昨晚鸡鸣寺集中营发生了越狱事件，渡边长官正在下令全城搜捕呢。"

姚胜利听说过鸡鸣寺集中营，那里面关押着上千名南京城破后还没有被处决的战俘。

"哦？居然会发生这样的事情？"

"是啊，我们也是才听说。其实就逃出去一个人，好像还是个外国人。"

姚胜利有些惊讶："怎么，那里面还有外国人被关押？"

"是啊，好像是个美国记者，原先被关押在老虎桥监狱，听说在里面还不老实，后来被转移到了鸡鸣寺集中营里。居然还能从里面逃出来，这可真是奇了怪了。"

"那边戒备很严密吗？"

吴永强咬了一口锅贴，说道："那可不，因为里面关押的都是当过兵的人，为了防止他们暴动，那边特意安排了比一般集中营多三倍的兵力守卫呢。能从这种地方逃出来真是不可思议，难道这个美国佬能像土行孙那样钻到地底下去？"

刚刚得知的这一消息让姚胜利隐约觉得非比寻常，紧接着，他的脑海中浮现出了一种假设：这个美国记者是因为掌握了日军实施南京大屠杀的证据而遭到软禁的。虽然只是一种猜想，但姚胜利觉得如果这个猜想是真的，那么自己就不能坐视不理。南京大屠杀的证据必须尽可能多地保存下来，以便日后指控日军暴行时能够有更大的胜算。姚胜利决定去渡边勇那里探一探消息。

在渡边勇办公室，姚胜利拉过一张椅子在他对面坐下来，说道："我听说，昨晚鸡鸣寺集中营跑掉了一个人？"

渡边勇从酒精炉上取下水壶倒了一杯茶，推到姚胜利面前："是啊，我正要找你说这件事。"

"看来这名犯人的身份非同寻常。"

"确切地说，这名犯人手中有样东西对我们来说非同小可。"

"哦？是什么？"

当听到"胶卷"这两个字从渡边勇嘴巴里说出来，先前那个猜测又闪烁起光芒。

"什么胶卷？"

渡边勇将身子往后一靠，说道："1937年底帝国军队在攻进南京时，南京城里滞留了许多外国记者，他们隐藏在各个角落里用相机拍摄下了帝国军人的所作所为。后来大本营从安全区搜捕了一大批外国记者，将他们关押在鸡鸣寺集中营里，当时我方人员一再命令他们将自己的相机上交，可是有很多人并没有照做，他们坚持声称自己的相机早在混乱中丢失了，我方一时也拿他们没办法。"

"那位逃跑的外国记者就是当时不肯交出相机的外国记者之一？"

渡边勇点点头："我猜测他手中也掌握有帝国军人施暴的证据，一旦让他将证据交给中国政府，那帝国军人违反国际公法屠杀平民及战俘的罪名就会被坐实。我刚刚将此事报告给了影佐机关长，他非常重视，要求我立即将那名外国记者捉拿归案。"

"眼下中国政府已经迁都到重庆，重庆距南京千里之遥，他要想将证据交给中国政府几乎是不可能实现的事情。"

"但是你不要忘了，国民政府的特务机构在南京城里布置了大批的潜伏人员，据我所知城里还有中共的地下交通站，胶卷落到国共任何一方手中，后果都不堪设想。"

"这倒是。"

渡边勇拜托道："熊谷君，你马上安排处里的人手进行全城搜捕，就算他躲到地底下也要给我挖出来！"

从渡边勇办公室出来，一幕情景在姚胜利脑海中快速闪现：

今早来单位的路上，姚胜利经过一幢建筑物，那是原《大公报》南京记者站的办公楼，如今已经废弃，墙面上用白石灰写着一个大大的"拆"字。听说汪伪政府城建规划司计划在原址上修建一个国际俱乐部。姚胜利看到有个人正站在建筑物不远处，忽然头上的礼帽被风吹得歪向一边，对方急忙将礼帽拨正。

就在刚才礼帽歪向一边的瞬间，姚胜利看到帽子下面露出了一片金灿灿的头发，看样子那是个外国人。南京虽然不似上海这等国际化大都市，但有几个外国人也是不足为奇的。那名外国人刚才礼帽被风吹歪时的惊慌反应却引起了姚胜利的注意，对方似乎有意要掩盖起自己的一头金发。再看向墙边，那名外国人已经不见了踪影。在当时，姚胜利就觉得事情似乎有些不同寻常。

回办公室路上，姚胜利的脑海中飞快搭建着各种可能性，其中出现次数最多的是那名站在墙前的外国人就是昨晚从鸡鸣寺集中营逃走的美国记者，而他留下的南京大屠杀证据，极有可能就藏匿在那幢废弃的办公楼里。

虽然这件事并不在自己的工作职责内，但姚胜利觉得自己绝不能坐视不理。之前日军在南京实施大屠杀的行为已经引起了全世界的愤怒，日方对此狡辩为是小股无纪律士兵的个人行为，死难者的统计数字也是言过其实，联合国为此连续组织了好多次声讨，但多是因为证据不足而草草收场。这次一定不能让证据落到日本人手中，否则南京惨案中死难同胞的血就会白流。

姚胜利赶紧面见杜禹泽，向他作了详细汇报，没想到杜禹泽却一口回绝。

姚胜利气得一下子从座位上站起来，愤然道："总队长，难道你就甘愿看着这么重要的证据落到日本人手中吗？"

"当然不。"

"可你为什……"

"我问你，你能证明这个消息百分之百是真的吗？"

此言一出，姚胜利顿时语塞。

"这件事你只是听说而已，你又怎能知道真假？万一这是敌人抛出的诱饵，想借此将我方人员引出来一网打尽，那又该如何呢？"

面对杜禹泽的反问，姚胜利感到无言以对。

姚胜利从接头地点失望地离开，尽管他觉得杜禹泽说的也很有道理，毕竟通常情况下，对于一份一时间难辨真伪的情报是不宜迅速作出反应的。可如果这件事是真的，到时候被日本人抢先了一步，那么这片土地下成千上万的冤魂将永远不得安息。

姚胜利在心里做了决定，宁可信其有也决不错失机会，得不到援助，那就自己来干，就算最后失败了也对得起自己的良心。然而要想在南京的茫茫人海中找到一名已经伪装起身形的外国人，其难度简直不亚于大海捞针。姚胜利一时间头绪皆无。

当天晚上，下着纷乱的大雨。闪电在混浊的夜空中晃动，将被雨淋湿的地面映出一块块瘆人的白色。

有个穿着灰色雨披的人在原《大公报》办公楼前停下，楼内漆黑一片。来人走到一扇窗户前，窗台上有一个湿漉漉的鞋印，正在月光下闪闪发亮。他推开窗户跃进屋内，天空中忽然响起一记惊雷。

灰色雨披在屋内移动着，犹如夜晚飘荡的幽灵。离他不远的一侧，一根木棍在黑暗中悄悄升起。

灰色雨披忽然停住，他听见了身后传来空气被划破的细微声响。木棍向雨披的头部挥来，雨披下的人反应也并不慢，头部快速向一侧移开，棍子只击中了他的肩膀，他被打得一个趔趄。雨披下的人趁机抓住木棍向前一甩，一大块东西被摔到了前面。

雨披下的人正是姚胜利。

这时候，闪电在天空中亮了一下，光芒照进屋内。姚胜利看见倒在身前的是一个人，他还听见地上的人用英文咒骂了一句：

"Shit！"

姚胜利正准备上前，地上的人忽然跳起，再次挥舞着木棍扑过来。这次，姚胜利巧妙地闪避开，并反手夺过木棍扔到一旁。对方一见情形不妙立即转身逃离，姚胜利飞快地用一招扫堂腿将其绊倒，同时从腰间抽出手枪顶住对方的脑袋。

见对方不再反抗，姚胜利将他扶起来，从衣兜里摸出微型手电点亮。他首先看到一双蓝色眼睛正闪烁着愤怒的光芒。

站在身前的，赫然是一个外国人。

姚胜利问道："你是谁？"

外国人没有回答，傲慢地将头扭到一旁。

姚胜利又用英文问了句"你是谁"，对方依旧拒不回应。

为了化解掉对方的敌意，姚胜利宽慰道：

"你不要害怕，我没有恶意。"

对方终于开口了："那为什么拿枪对着我？"

姚胜利赶紧赔笑着垂下枪口。谁知刚放下枪，对方整个人突然像沙包一样撞过来，姚胜利毫无防备，顿时向后一个趔趄，手枪也掉落在一旁。对方抢先一步捡起手枪，随即惊讶地说道："这是日本军人配备的手枪，你是日本人？"

姚胜利重新站起来，他向前一步正欲解释，对方直接将枪对准了他，并毫不犹豫地扣动扳机。然而枪却没有打响，因为枪的保险并没有打开。

就在对方惊愕的那一瞬间，姚胜利瞅准机会反扑过去，对方直接将枪掷了过来，趁着姚胜利闪身的工夫向窗户飞奔而去。姚胜利顾不上去捡枪，就在他刚冲到窗口时，对方正好跳了出去，他马上也跟着跳出去。激烈的暴雨总算停了，一场激烈的追逐却刚刚拉开序幕。

在跑过一个路口时，一辆车突然从对面朝奔跑的外国人疾驶而来，姚胜利赶紧大声提醒：

"小心！"

但已经晚了，外国人被撞出很远，一头栽在地面的积水中，溅起高高的水花。汽车停了下来，司机从车窗里伸出脑袋，大声骂道：

"喂，找死啊你！"

姚胜利不理会汽车，赶紧跑向倒地的外国人。谁知对方毫发无损般地又从地上蹦起来，继续向前跑去。

"前面的人马上站住！"

与此同时，一个声音从后面传来。

姚胜利一惊，向后看去。只见那辆撞倒外国记者的轿车也追了上来，三名身穿黑色制服的人将身体探出车窗外，他们每个人都举着一支中正式步枪。

姚胜利马上认出来，车上的那三个人是南京警察厅的巡警，情形一下子朝着未曾预料到的方向发展。

外国人奔跑的脚步丝毫没有放慢，巡警将枪口对准了他。姚胜利还没来得及喝止，枪就响了。外国人倒在了地上。

姚胜利赶紧冲过去一把扶起他，刚触碰到对方身体，手就被一股温热黏稠的东西沾湿。姚胜利抽出手，只见自己整只手掌都红得触目惊心。外国人身体抽搐着，鲜血不停从嘴角涌出来。

姚胜利压低声音用英文说道："我叫姚胜利，我是潜伏在日方阵营的中国特工。"

外国人顿时露出一丝惊喜的神色，此时他已经说不出一句完整的话：

"楼……照片……大屠杀……"说完，头一歪断了气。

姚胜利放下外国人。那三名巡警都围了过来，其中一人将枪对着姚胜利盘问道：

"你是什么人？"

姚胜利亮出工作证件，三名巡警吓得身子一直，赶紧收起枪。

姚胜利逼视着那名开枪的巡警，说道："刚才谁让你开枪的？"

巡警低下头去。

姚胜利对着他就是一个耳光，打得他在原地转了一圈。

"成事不足败事有余的家伙，给我滚蛋！"

三名巡警转身就跑。

"回来！"

巡警们又跑回来，开枪的巡警胆怯地问道：

"长官，您还有什么吩咐？"

姚胜利指指外国人的尸体，说道："把他抬走吧。"

"是，是！"

第二天，姚胜利将昨晚的事情向渡边勇作了汇报，他刻意隐去了与外国人在楼里遭遇的部分，改成自己在大街上邂逅了那名外国人，盘问之下对方突然逃跑，最后被巡警击毙。

渡边勇一拳砸在桌上，愤愤道："这帮人简直成事不足败事有余！这样一来，我们很可能再也找不到证据了。"

姚胜利说道："找不到，那就让它永远埋藏吧，这也是一种毁掉的方法。"

"也只能这样了。"

从渡边勇办公室里出来，姚胜利在走廊里又一次邂逅了方小雨。此次见面，方小雨寒霜般冷峻的脸上居然露出了一丝笑容，这让姚胜利颇感意外，心里也涌起一阵暖意。姚胜利觉得方小雨若不是平时脸上始终挂着如冰霜般冷淡的表情，她是个顾盼生辉的美人。

姚胜利也礼貌性地冲她一笑。擦肩而过后，方小雨对自己刚才的举止感到很诧异。她清晰地感觉到那一刻自己对于这位来自敌营的人无论是仇视还是厌恶统统都没有了，这是一种从来没有过的感觉。她觉得这种感觉很不可思议，同时，她也觉得这个人与敌营中的其他人有些不一样。

汪伪政府城建规划司对原《大公报》办公楼正式启动改造工作，第一步是旧物清理。为此，城建规划司专门招募了一批劳工。

在这之前，姚胜利将那一晚的情况向杜禹泽作了详细汇报，杜禹泽终于重视起来，他们很快达成了一致。城建规划司发布招募劳工的公告后，"忠义救国军"南京特别行动总队队员颜超和徐勇前去报名参加，伺机找回大屠杀证据。

劳工们很快被送进了楼内。为了防止引人注目，颜超和徐勇专门换上破烂衣服，还往脸上抹了土灰，打扮成一副邋遢的模样。在汪伪政府警备军的看守下，劳工们开始清理楼内旧物。颜超与徐勇分散开来，时不时地用眼神交流一下。

有两名劳工在一个柜子里找到一袋银元，两个人你夺我抢很快扭打起来。劳工们闻声都围了过去，但只站在原地，无一人上前劝阻。

"你们在干什么？快住手！"汪伪政府警备军的头目赶过来说道。

两名劳工却仿佛没听见似的仍在抢夺袋子。头目又重复了一遍，两名劳工依旧不为所动。头目拔出枪直接将两人打死。

颜超的火气立马蹿了上来，他往前一步要和头目拼命，却被徐勇一把拉住。徐勇冲他摇了摇头。

头目抓起袋子往地上一倒，只听"哗啦"一声，闪亮的银元落了一地。头目笑嘻嘻地对属下说道："弟兄们，拿去买酒喝！"

地上的银元几分钟内被抢得精光。

头目朝围观的劳工们喝骂道："看什么看？赶紧去干活！"

劳工们吓得连忙散开。

眼看一楼的东西已经被清理了一大半，要找的东西还是半点踪影都没见到，颜超和徐勇的内心都焦急起来。

楼内突然响起爆炸声，整幢楼剧烈摇晃了一下。爆炸声过后，所有人都赶到了爆炸地点，那里正弥漫着一股呛人的硝烟，还有浓烈的血腥味，人们赶紧捂住口鼻。只见一堵墙被炸出一个巨大的缺口，地面也出现了一个很大的弹坑，还有两具已经残缺不全的尸体，周围的墙壁溅上了一大片血污。

头目也很快赶了过来，他大声问道："怎么回事？"

一名监工说道："报告长官，刚才这两个人不小心触发了一枚暗藏的手榴弹，导致被炸身亡。"

头目惋惜道："真是太不小心了！这下修楼的成本又要增加不少。"

报社内还藏有手榴弹并不是什么稀奇的事情。自从民国二十三年，《申报》创始人史量才被暗杀后，凡是涉及政治类的报纸都加强了警戒措施，这颗手榴弹多半也是《大公报》为了防备政治暗杀而准备的。

回到原先所在的位置，颜超看见身边的一堵墙上掉下了巴掌大的一块墙皮，应该是被刚才爆炸的冲击波震落的。地上还有个长方形的东西，似乎是从那处缺口中掉落出来的。

颜超将东西捡起来，那是一本陈旧发黄的小簿子，看样子已经在墙体中封存了很长时间。翻开后，映入眼帘的画面让他浑身上下的血液仿佛在一瞬间被点燃了。每一页上都贴着一张照片，照片上的内容赫然是日本占领军对中国人的血腥屠杀！

找到了！颜超感到自己的心脏用力蹦跶了一下。他赶紧脱下一只鞋子，将东西藏进暗格当中。见到徐勇时，颜超悄悄打了个"任务完成"的手势，徐勇会意地点点头。活干完后，他们逃也似的离开了现场。

杜禹泽约姚胜利在据点见面。

那本从废楼里抢出的相簿此时就摊放在他们中间的桌上，周围还摆着一圈白蜡烛。杜禹泽划起火柴将白蜡烛点亮，柔和的火光在恐怖血腥的图案上荡漾开来。

杜禹泽说道："惨案发生这么多年了，那些死难的同胞们至今还没得到过像样的哀悼。当初要不是上海战事失利波及南京，那场惨案兴许就不会发生了，我们这些军人是最愧对他们的。"

"你接下来打算怎么处理这份相簿？"

"只能将它交给我们的交通员，由他一路护送回重庆交给国民政府。"

姚胜利想了想，说道："我觉得目前还是不要让太多人知道这份证据的存在，这样有利于我的长期潜伏。"

"那就由颜超护送回重庆，向上级说明情况。当然了，不会提到你的存在。"

"同时为了以防万一，我觉得应该再用照相机对每一张照片进行二次拍摄，作为备份保存下来。"

"有道理。"

接下来，两人并排站到一起，对着桌上的相簿双手合十，闭上眼睛默哀。姚胜利极力踩住回忆的刹车，避免让那些伤心的往事此时从记忆深处的封印中跑出来。

临走时，杜禹泽向姚胜利伸出手，说道："我替南京死难的同胞以及此时正在前线浴血奋战的将士再次感谢你！"姚胜利第一次看到，这位长官冷峻的脸上露出些许温情的神色。

南京郊外的一片小树林里，姚胜利站在一座新立的坟头前，墓碑做成十字架的形状，上面刻着一串英文字母。

姚胜利打开一瓶香槟倒在墓碑前的泥地上，说道："外国朋友，我来是告诉你任务完成了，那份证据已经被我方人员夺回，你可以安息了。我代表中国人民对你为中国所做的一切表示深深的感谢。接下来的战斗，就交给我们吧！"

对着墓碑连鞠三个躬后，姚胜利转身离去。

国际反法西斯战场刚刚传来最新消息：苏德战场上，斯大林格勒保卫战已经拉开序幕，德国军队遭遇了自从开战以来苏联军队最顽强的阻击；太平洋战场上，美日双方航母在中途岛海域展开了一场惨烈的厮杀，日方多艘航母被击沉，还损失了大量训练有素的飞行员，美军开始掌握太平洋上的战略主动权。

姚胜利知道，胜利的微弱曙光已经闪现。在全人类的生死存亡以及文明存续面前，没有哪个国家可以置身事外，所有誓死捍卫正义的战士都亲如一家。未来，还有更多的战斗在等待着自己，也许哪一天，一座立起的新坟上写的会是自己的名字。而自己在牺牲之前所要做的，只有一刻不息地继续战斗下去。

另一边，渡边勇站在办公室的窗前，他的眼角此时居然有一滴闪亮的泪水。渡边勇的眼角抽搐了一下，那滴泪水就流淌下来，在脸上滑出一道透明的直线。

太平洋战场传来最新消息，帝国海军在中途岛战役中损失惨重，"赤城"号、"加贺"号、"苍龙"号、"飞龙"号四艘航母被美军击沉，这是帝国联合舰队从未有过的惨败。

渡边勇举起右手，向天空中冒着亮光的太阳敬了一个无比庄严的礼。他要向太平洋上那些帝国勇敢的灵魂致敬。

第七章　为公？为私？

进入盛夏后，江南特有的闷热总是让人的心情在烦躁、慵懒与压抑中游走。

一天午后，姚胜利趴在办公桌上睡着了，旁边的台式电扇摇头晃脑地替他驱赶周围的热气，整间办公室里充斥着极易让人产生困意的"嗡嗡"声。

忽然，一阵敲门声将姚胜利惊醒。只见小特务吴永强此时站在门外，整个人显得有些胆怯。姚胜利的眉头微皱起来。现在是午休时间，下属们一向懂规矩，不会在这个时间段来汇报工作。眼下贸然打扰，只怕定是有非同寻常的事情。

姚胜利客气地问道："吴，有事吗？"

吴永强的语气也是怯生生的："报告熊谷长官，渡边长官请您现在过去一趟。"

"哦，什么事情呢？"

"说要宴请您。"

姚胜利一愣："宴请？"

"是的。"

"午饭刚吃没多久，渡边君在搞什么名堂？"渡边勇突如其来的宴请让姚胜利有些摸不着头脑。

渡边勇办公室摆起了一张简易的餐桌，姚胜利刚一进门就问道："渡边君，你又在搞什么名堂呢？"

姚胜利的话马上停下来，他看到方小雨此时坐在餐桌前。方小雨冲他微微点头，算是打招呼，她的旁边还坐着一个陌生的男人。姚胜利带着疑惑在餐桌另一边坐下来。

渡边勇说道："我来介绍一下，这位是军统武汉站'和平鸽'行动组组长严锋。严组长刚刚作出弃暗投明的明智抉择，成为我大日本帝国的忠实朋友。"说完，渡边勇首先鼓起掌来，姚胜利等人也跟着鼓掌，掌声在这间并不十分宽敞的办公室和寥寥几人之间响起来，不免显得有些尴尬。

得知眼前这个男人的身份，姚胜利先是吃了一惊，随后又庆幸不已。这个男人居然是军统的叛逃者，幸亏他们并不相识，否则自己会有当场暴露的危险。

渡边勇当着所有人的面将一张纸放在桌上摊开，说道："这是严组长带来的珍贵礼物。"

姚胜利刚瞄了一眼，就看到一行字：军统武汉站"和平鸽"行动组全体成员名单。他仿佛听见自己大脑中发出"嗡"地一声巨响。

标题下面是一列列密密麻麻的名字，每个名字上面都被画上了触目惊心的红叉，代表着那个名字主人所遭受的厄运。姚胜利的心里顿时一阵悲痛，又有很多战友暴露了。

即便内心悲痛翻涌，口头上还得装出若无其事的样子。姚胜利说道："这可真的是大礼。"

严锋啜了一口茶，笑道："唯有先双手奉上大礼，才能充分表达严某人的诚意。"

眼前这个男人，背叛了祖国，背弃了信仰，罪该万死！姚胜利忍不住将手偷偷伸到腰间用力攥了一把枪柄，此时他很想拔出枪来将里面的八颗子弹全部射进这个无耻叛徒的身体中。但他表面上也只能冲严锋露出友好的笑容，说道："中国倘若像严先生这样懂形势、识大局的人多一些，就不会死那么多人了。"

严锋说道："中日之间唯有进行合作才能实现共赢的结果。可惜蒋先生太固执，非要打，结果这么些年过来，中国死了多少人呢？敢情死的人里面没有他的兄弟姐妹来着。"

渡边勇嘲讽地说道："诸位知道吗，此时此刻在武汉，我们的人已经完成对军统'和平鸽'行动组的包围，鸽子再也不能自由飞翔了，而是成了'瓮中之鳖'，等待它的只有被捕的命运。"

姚胜利观察了方小雨一眼，对方脸上平静得没有丝毫波澜，似乎对此完全无动于衷。

渡边勇继续说道："既然客人都到齐了，那么宴会可以开始了，我们一边吃一边静候佳音。"说完，他冲门外打了个响指。几名小特务小心翼翼地端着菜盘走进来，原本空荡荡的餐桌上转眼间就摆得琳琅满目。

姚胜利看了看，这是一桌鸽子宴。其中有碳烤鸽子、油炸鸽子、清蒸鸽子、红烧鸽子、酱爆鸽子，诱人的香味瞬间将整间办公室塞满。

最后一名进来的特务端着一只更大的菜盘，菜盘上面还倒扣着一只铝盖。当铝盖揭开时，方小雨登时一声惊呼，盘子中赫然是一只鸽子的尸体。鸽子的脑袋软绵绵地歪到一旁，看样子应是被扭断脖子而死的。

渡边勇拿起那只鸽子，说道："请大家随便用餐，不过这只鸽子由我一人独享。"

姚胜利说道："这只还没熟呢，你想吃生的不成？"

渡边勇笑道："有人说鸽子是神圣的、是纯洁的，我偏不信。"

说完，他动手拔起鸽子的羽毛，柔软的羽毛如雪花般纷扬落地。羽毛被拔光后，鸽子变得鲜血淋漓，渡边勇将鸽子举到众人面前，说道："你们看看，等拔光了毛，还不是一团血肉模糊？什么神圣，什么纯洁，还不是徒有其表而已。"

接下来，渡边勇刀叉齐上地享用起那只生的鸽子。一旁的方小雨忍不住捂住嘴巴，浓烈的血腥味赶跑了这里原先菜肴的芳香，姚胜利的胃囊中也一阵翻江倒海。

此时，他的目光已经穿透厚实的墙壁，抵达千里之遥的武汉。在那里，一场惊心动魄的围捕刚刚展开。毫无防备的军统站点遭遇偷袭，许多人在突如其来的枪林弹雨中倒下，剩余的人进行反击，最后英勇牺牲。因为无耻叛徒的出卖，抗日战线遭到严重破坏，坚贞不屈的战士抛洒了鲜血，浇灌了信仰，更向侵略者彰显了气节。

当其他人都感到反胃时，只有严锋平静地看着渡边勇的举动，他好似有着极其稳定的心理素质。当看到渡边勇吃完时，他还问了一句"味道怎么样"。

渡边勇舔了舔沾满鲜血的手指头，说道："妙不可言！鲜血的味道真让人兴奋。"

这时候电话响了，渡边勇走过去拿起电话听了听，随后放下话筒对着所有人说道："任务顺利完成，和平鸽已断翅。"

办公室的门又被敲开了。吴永强走进来，一只手拎着红酒，另一只手拿着高脚杯，给所有杯子里倒上酒，然后告退。

渡边勇举起酒杯，向所有人说道："为了这激动人心的胜利，干杯！"

四个酒杯碰到一起发出清脆的响声，有些动听，似乎在歌颂一段即将开始的美好友谊。当红酒流进嘴里时，姚胜利觉得像是一大团鲜血灌进了喉咙。

关于严锋的职位安排很快就公布了，他被委任为汪伪政府特工总部南京区区长，委任状由组织部部长梅思平亲自签发。这个安排丰厚得出乎了所有人意料。

上任后没多久，畑俊六在愚园亲自召见了严锋。

畑俊六穿着军装跪坐在茶几前，茶几上一壶刚冲泡好的茶正冒着热气。畑俊六拿起茶壶往一只杯子里倒上茶，将杯子推到严锋面前，说道："这是宇治茶，与静冈茶、狭山茶并称为日本三大名茶。在日本，用这三种茶的任何一种招待客人，都是友谊的象征。严区长可以尝尝看。"

严锋端起茶杯一口气喝完，说道："真是好茶，将军阁下费心了。"

畑俊六语气冷淡道："严区长这不叫品茶，而是喝水。"

面对畑俊六的隐讽，严锋也不辩解，面色从容地笑道："在生理学上，水不就是用来解渴的嘛，只要最终达到目的，过程到底叫'品茶'还是'喝水'，我想都是无伤大雅的。"

畑俊六喝了一口茶，目光注视着严锋，说道："严区长虽然不懂得欣赏，但你的敞开心扉我倒是很赞赏。既然如此，我也有话直说了。"

"将军请讲。"

"你现在的职位与之前军统那边相比，是提升了整整两级。我想，大日本帝国已经给足了诚意，那么，严区长也得继续让我们看到你的诚意。在你们中国人的话里，这叫'礼尚往来'，我说得没错吧？"

严锋说道："将军阁下说得一点不错。"

畑俊六说道："那么，希望严区长能将这四个字不打折扣地贯彻执行下去。"

"请将军阁下放心。"

这句话刚落地，南京以及周边地区一场袭向抗日武装的血雨腥风就浩荡而起了。

颐和路 21 号特工总部南京区和相邻的日本宪兵司令部在同一时间忙碌了起来，满载着日本宪兵和汪伪特工的卡车一天之内频繁进出院门。特工总部南京区因为与日本宪兵司令部相邻，配合行动起来尤其默契。

在两家单位配合下，宁海路 25 号看守所和老虎桥监狱刑讯室里的惨叫声、雨花台刑场上的枪决声还有日本占领当局庆祝胜利的欢呼声，这三种截然不同的声音前所未有地交响到一起。

南京上空，刺眼的阳光霎时间消失了，大团的乌云聚拢到一起，营造出末日来临的压迫与沉重。南京城内的抗日力量遭到了严重破坏，交通站、发报站接连被拔出。潜伏人员被捕后有的宁死不屈，最后英勇就义；有的当即成了叛变者，将枪口掉转向了自己的同志。

几天后，已经成为日军招待所的福昌饭店内举行了一场盛大的庆功仪式。仪式上，畑俊六代表日本当局上台为严锋颁布勋章，所有的镁光灯统统聚集在严锋的脸上，也记录下了他那一刻扬扬得意的神情。

在授勋仪式过后的舞会上，姚胜利拿着酒杯在人群中晃荡，见到方小雨时，对方只是微微点头，露出一丝隐隐笑意。姚胜利觉得这个女人脸上仿佛隐藏了无数种表情，显得那么深不可测。而这样的人，往往是做特工的好料。

在另一边，在来客频繁敬酒之下，严锋有些喝大了，他的双颊已经蹿出两片绯红，但他依然端着酒杯，与客人高声谈笑着。

一位穿着裘皮大衣的漂亮女郎上前来邀请姚胜利跳舞，正巧方小雨目光看向他们这边，姚胜利礼貌地拒绝了对方，女郎面露不快地甩身离去。

"怎么，美女邀舞都不给面子啊？"

姚胜利一转身，只见渡边勇端着酒站在面前。姚胜利晃了晃杯中的红酒，说道："已经喝多了，再摇两下就晕了，到时候劳烦美女将我从地上扶起来岂不是更难为情？"

渡边勇说道："你倒挺有自知之明的。"

"你挺能喝啊，到现在脸还没红。"

渡边勇诡谲地一笑，将自己的酒杯递给姚胜利，说道："因为我的红酒与众不同，你尝尝。"

姚胜利带着疑惑喝了一口，只觉得全无酒味，只有酸中带甜的味道。

"葡萄汁？"

渡边勇点点头："没错。"

姚胜利将酒杯递还给渡边勇，赞赏道："你倒挺有招数。不过这样偷天换日可对不起朋友哦！"

"无妨。在我看来，酒桌上莫过于'逢场作戏'四个字，人家只会关心你是否有所表示，至于是跑过去还是走过去，那都无关紧要，毕竟只是无用社交。"说着，渡边勇将杯中的葡萄汁一饮而尽。

姚胜利笑道："这么好的招数你怎么不教教我呢？那样我也不用拒绝美女的盛情了。"

渡边勇双眼一亮："后悔了？"

"当然。对大多数男人来说，与美女的失之交臂既是遗憾，更是损失。"

渡边勇目光扫视全场，然后对着远处的一个身影扬了扬下巴，说道："别难过，美人就离你不远。"

姚胜利循着他的目光看去，最后落入视线的是方小雨。

"你去邀请方小雨主任跳一支舞吧。"

姚胜利放下酒杯，很快就与方小雨在舞池中旋转起来。他们各自施展开曼妙的舞姿，彼此间却又配合得密切合拍，一时间将场中人的目光悉数吸引了过去。

一曲跳完，全场爆发出热烈的掌声。之后，当严锋前去邀请方小雨跳舞时，却遭到了对方以跳累了为由头的婉拒。看到严锋怏怏离去，姚胜利心里有些幸灾乐祸。

严锋从方小雨身边走开后，马上被李士群拉到了另一名漂亮女子面前。

李士群介绍道："这位是我的表侄女宁黛琳。"

女子马上朝严锋露出一个足以颠倒众生的笑容。

严锋赶紧自报家门："久仰了，在下是……"

没承想女子抢先道："特工总部南京区严锋区长，早就耳闻大名。今天有幸见到本人，该说久仰的人应该是我才对。"

李士群在一旁补充道："严区长可能不知道，我们黛琳对你可是早就仰慕至极呢，今天来之前央求我一定要给你们做引见。"

这一番话令严锋颇感意外。李士群说了句"你们聊"后就走开了。接着，女子火辣的目光就像杯中的红酒那样，让严锋陷入深深的迷醉当中。

严锋与宁黛琳的婚礼在扬子饭店举行。现场，严锋穿着做工考究的西装，在一片欢呼声中为自己的新娘戴上了他托人从南非买回来的钻戒。宁黛琳眉目如画，婚纱胜雪，犹如童话故事里的公主在现实中被迎娶。

李士群亲自担任了证婚人以及婚礼主持人，就在夫妻双方互相致意时，李士群迅速朝宁黛琳抛了一个眼神，宁黛琳脸上立即露出会意的神情。

夜深时分众客散去。严锋刚走进卧室，一股浓烈的烟味就钻进鼻腔。只见新婚妻子正坐在梳妆台前抽烟，她对着严锋吐出一个漂亮的烟圈，将垂到额前的一缕秀发归拢到头顶的发丛中。

严锋脱下外套甩在沙发上，有些不满道："好好的房间搞得乌烟瘴气的，我在门外还以为着火了呢。"

宁黛琳笑而不语。

卧室内只开着落地台灯，严锋忽然发觉，宁黛琳在台灯昏暗又柔和的光芒下正散发出别样的风情。他的心神一时间荡漾起来，忍不住对着新婚妻子白皙的脸颊伸出手去。

严锋的手被一把打开。他的眉头马上紧拧起来，说道："这是什么意思？"

宁黛琳冷笑一声："这是提醒你不要越界。"

"什么越界？我听不明白。"

宁黛琳将燃尽的香烟丢入烟灰缸，拍了拍掉落在身上的烟灰，说道："先申明一点，与你结婚完全是我叔父的安排，我只是配合而已，个人没有任何的主动意愿，所以在家还是要约法三章。不过，我并没有那么多条条框框，只有一点，那就是以后你要做什么我不会管，那么我要做什么也不需要你过问。明白了吗？"

严锋明白了，这就是所谓的政治联姻。李士群为何如此主动地给自己介绍女人以及张罗婚事？说白了就是要牢牢地将自己掌握在手心，成为他的旗子。他感到新婚妻子的话犹如一盆冷水从头顶浇到脚掌，也将他内心燃起的激情狠狠浇灭了。

良辰佳人的新婚之夜，严锋却丢了魂魄般地走出家门。他晃荡着来到秦淮河边，水面上恰好有一只画船驶过，他跳了上去。

严锋离开家没一会儿，另一个男人从夜色中出现并走进了他的家门。男人穿着深色的长风衣，一路上无论是警卫还是用人见到他都低下头去。

卧室内，宁黛琳刚洗浴完。她换上一件宽大的睡袍，随着身体的摆动时不时地露出里面雪白的肌肤，配上昏暗的灯光显得风情万种。宁黛琳打开角落里的留声机，随着唱片的缓缓转动，由周璇演唱的《何日君再来》歌声在卧室内飘荡开来。

歌刚唱完，门"吱呀"一声开了，有个人大模大样地走进卧室。见到来人，宁黛琳马上露出妩媚的笑脸，娇声道：

"你来啦！"

走进来的人竟然是她的表叔父李士群。

李士群看了看四周，问道："他人呢？"

"放心，已经被我赶走了。"

闻言，李士群脸上瞬间浮现出淫邪的笑容。他快步走上前去，将宁黛琳一把抱起扔到了床上。紧接着，李士群整个人如捕食的野狼般扑了过去。

宁黛琳双手环住李士群的腰，笑嘻嘻地打骂道："发情的老饿狗！"

秦淮河上。

画船包厢里，艺伎拿着琵琶演奏姑苏评弹，严锋只顾一杯接一杯灌酒。最后，严锋喝得脑袋发涨，恰巧画船在行驶中摇晃了几下，他的胃里顿时一阵排山倒海。

严锋朝外面没头没脑地吼道："他妈的，晃什么晃！"

可惜这一声吼没有起到效果，画船依旧摇晃个不停。

严锋摇摇摆摆地走出包厢，苍白的月光在河水之上微微晃荡着。模糊的视线里，河水中出现了新婚妻子的身影，妻子正陷在别的男人怀抱中，严锋怒火一下子蹿上来。他抽出枪，对着身影开了一枪。枪声在夜幕中传出去，飞溅起的水花打湿了严锋的脸。他突然对着水面大口呕吐起来，整个人无力地趴倒在甲板上。

不知什么时候，空中落下丝丝细雨，带给酒醉后的严锋万缕凉意。忽然，一条毯子从后面盖住严锋瑟瑟发抖的身子。严锋缓缓回头，夜色下，一张年轻女子的面孔映入眼帘。

女子的声音温柔，说道："先生小心着凉。"

虽然毯子又轻又薄，但严锋感到身上猛地一热。

"谢谢你！"

女子正是刚才包厢里的艺伎，她没有再说话，也没有重新回到包厢，只是默默凝视着严锋，犹如一团安静的月光。

这时候，严锋的酒已经醒得差不多了，他主动问道："你叫什么名字？"

女子说道："小名唤作明月。"

严锋说道："我问的是你的大名。"

女子微微一笑，说道："做我们这一行的，从来都只有小名，没有大名。"

严锋突然一把抓住女子的手，将她整个人拽入怀中，说道："从今晚开始就有了。"

没多久后，那名叫做"明月"的艺伎就从画船上消失了，同行的没有一个人知道她的下落。

而后，军统局本部连续发了六封密电命令"忠义救国军"南京行动总队立即针对严锋实施制裁行动。当杜禹泽将那六封密电拿给姚胜利时，姚胜利看见每封密电的最后都是同一句话：不计代价，立即锄杀！

看起来局长恨不得马上要了严锋的命，这让姚胜利很是奇怪。以往军统局也发生过多起特工叛变的事件，针对他们的制裁行动的确会随之实施，但像局长这样大发雷霆并急切要锄杀对方的情况还是第一次发生。毕竟制裁行动需要缜密部署，尤其要掌握好时机，姚胜利觉得局长似乎已经丧失了理智。后来姚胜利得知严锋从军统叛逃的真正原因是与戴笠的反目。二人反目的原因在于一个女人：严锋的妻子。

武汉沦陷后，严锋受命潜伏下来开展对敌斗争。为了安全起见，他将自己的父母妻儿送到了重庆。严锋的妻子长时间没有见到丈夫，不堪忍受寂寞，时常去各大舞厅跳舞，后来在皇后歌舞厅遇见了军统局局长戴笠，戴笠很快勾搭上了严锋的妻子，而后迫使严锋与妻子离婚。此举无异于让严锋将自己的老婆双手奉上，对于任何男人来说都是天大的耻辱。

都说色字头上一把刀，再想到先前离开丈夫转投向戴笠怀抱的当红明星胡蝶，姚胜利不由得叹息一声。这位戴局长为了得到女人可谓是无所不用其极，据说就连自己亲人中的女子也不放过，局本部里的年轻女工作人员更是不在话下。戴笠本人的淫乱奢靡，多多少少也折射出了这个政权的腐朽。

杜禹泽给姚胜利传达了上级的指令，完毕后，姚胜利说道："长官，我有一事不明。"

"你说。"

"我搞不清楚，这项制裁行动，究竟是为了国家铲除败类，还是仅仅为戴局长解决他的个人恩怨？"

杜禹泽眼中顿时冷光一闪，说道："你是不是听说什么了？"

"我并没有听说什么，只是内心忽然产生了这个疑问。"

听到这里，杜禹泽的脸上浮现起了一丝冷笑："前者如何？后者又如何？"

"如果是前者，我自当全力以赴。"

杜禹泽望着他，问道："如果是后者呢？"

"那我拒绝执行！"

杜禹泽重重一掌拍在桌上，杯子里的茶水溅出一大片。

"混帐！"

姚胜利马上立正。

"你有什么资格说这句话？你有什么资格做出这么一副大义凛然的样子？你以为你是谁？啊？"

姚胜利没有吭声。

杜禹泽厉声道："回答我！"

"我是一名特工！"

"哪里的特工？"

"'忠义救国军'南京特别行动总队！"

"这支队伍的领导人是谁？"

"戴笠！戴局长！"

"下属对于领导应当做到什么？"

"忠诚！"

"请再说三遍！"

"忠诚！忠诚！忠诚！"

杜禹泽脸色稍有缓和："'忠诚'二字不光要说出来，更要做出来。记住了，以后别再提出这样的问题，否则，我会用委员长的原话回答你，'杀无赦'！"

"是，长官！"

潜伏在敌占区，每一次行动都犹如踩着刀尖行走，随时可能付出伤亡的代价。倘若执行任务是为国家民族的利益，那么即使付出伤亡代价自然也在所不惜。可如果仅仅是为了领袖个人恩怨而让手下人承担生命的风险，那就是假公济私了。

这一项任务，姚胜利全然没有以往的积极，相反，他感到不情愿，甚至是厌恶。虽然如此，姚胜利还是将目光暗暗盯牢了严锋，并及时把有关情况密告给杜禹泽。

颐和路 21 号，汪伪政府特工总部南京区。

当雨花茶在杯中冒出第一缕热气时，汽车发动的声音刚好从窗外飘进来。姚胜利起身来到窗前，他看见两辆轿车一前一后驶出院门。

他知道，严锋此时就坐在其中一辆轿车上，他们此行的目的地是瞻园。通过一段时间的打听，姚胜利得知严锋在每个礼拜的这一天都会去瞻园与手下的线人们碰头，他第一时间将这个情况报告给了杜禹泽。

瞻园大门口。

小摊贩在道路两侧摆上桌椅，向过往路人售卖南京地区的特色小吃。桌前坐满食客，伙计大声吆喝着，诱人的香味在空气中荡漾开来。

"忠义救国军"南京特别行动总队一分队队长霍铮正坐在小吃摊上。在他面前，一份鸭血粉丝以及两块梅花糕冒着蒸蒸热气。他掰下一小块梅花糕送进嘴里，在一众食客中，他不紧不慢的吃相显得有些与众不同。

霍铮的目光此时密切关注着每一辆往这边驶来的汽车，在他的周围，一分队的队员们散坐在各处，目光同样充满机警，他们犹如已经搭在弦上的利箭，只等指令下达。

当霍铮小心翼翼地吃完一块梅花糕后，他的目光忽然一亮，因为有两辆黑色轿车从大老远向这边驶来。从轿车行驶的速度就能看出，坐在里面的人身份定然不同寻常。

霍铮的手滑向右腿旁的挎包，挎包里面装着两颗捆在一起的反坦克手榴弹。因为严锋乘坐的轿车是经过防弹结构改装的，必须使用威力更强的炸弹才有可能将其击毁。霍铮的目光快速向四周扫了一圈，正在进食的队员们立马放下了碗筷。

按照以往惯例，严锋每次前往瞻园都会安排两辆车，保镖乘坐的车辆会在前面开路，快到瞻园大门口时才会放慢速度让严锋的车超过去。这一次，保镖车上的司机因为一路上保持较快的车速，导致最后减速不及，整辆车凭着惯性径直开到了瞻园门口。

就在轿车停下的后一秒，霍铮的右手往前一送，冒着白烟的反坦克手榴弹像兔子一样蹿进了轿车底部。

第二辆车上，看到前面的车直接开到了瞻园门口，严锋的脸色瞬间阴沉下来。他正要发脾气，突然，前面的车在一声轰鸣中变成了一团火球。严锋迅速扑倒在座位上，旁边的保镖同时扑过去将他护住。

下一秒，枪声响了起来。当反坦克手榴弹爆炸后，一分队的队员们同时拔出枪冲上前，对着后面的车就是一通密集的长点射，子弹击在轿车的防弹外壳上，溅起灼亮的火星，周围小吃摊上的人们被突如其来的枪战吓得四散而逃。

第二辆轿车内的人被火力压制得根本抬不起头来。等他们回过神来，一分队队员们已经趁着混乱的局面撤离。枪战只发生了不到十分钟，现场留下一辆正在熊熊燃烧的轿车以及满地狼藉。

严锋理了理身上的凌乱。保镖慌张地问道：

"区长，现在怎么办？"

严锋没好气道："什么怎么办？回去搬救兵！"他不知道，自己此时的脸色已经跟白纸一样。

颐和路 21 号的办公楼内。

桌上的茶杯里已经空了，被水泡得软答答的茶叶安静地躺在杯底。姚胜利双眼紧闭，眉宇微蹙，好似听天由命的样子，唯有耳朵，此时轻轻动着，仔细捕捉着来自外面的动静。

本次任务事先已经进行周密部署，执行任务的人员专业素质均是一流，不光如此，就连反坦克手榴弹这等稀罕武器都登场了，这些个优越的条件凑到一块儿，似乎没有失败的可能。然而，从严锋的车驶出颐和路 21 号大门时，姚胜利就清晰感受到了自己心脏跳出的慌乱。

有刹车声传进来将屋里的安静打破。姚胜利迅速起身走到窗前，出现在视线中的是一辆遍布弹孔的轿车，犹如一只巨大的甲虫，弹孔就像是甲虫身上的斑点。

当严锋毫发无损地从车里下来时，姚胜利的两只眼睛同时瞪大了，就像是大白天冷不丁看到了鬼魅。天上，阳光刺穿乌云投下强烈的光芒，严锋被一大团阳光包裹着，整个人都在闪闪发光，让人联想起那些不容置疑的事实。

回到单位后，严锋第一时间找渡边勇汇报了自己在瞻园门口遇袭的经过。而后，渡边勇派人清理了爆炸现场，并取回了被炸毁的轿车残骸。渡边勇组织人手对轿车残骸进行检查，他接过从残骸上取出的弹片看了一眼，语带嘲讽地说道："RPG-43 式反坦克手榴弹。这是目前苏德战场上，苏军用来对付德国虎式重坦克的有力武器。看来严区长已经成为某些人迫不及待想要除去的眼中钉了，我不知道是应该恭喜你有此待遇，还是要替你的性命担忧。"

严锋说道："这么好的装备都用上了，还真是抬举我严某人。不过，属下觉得，当务之急是让他们知道自己鸡飞蛋打的下场，否则的话，那群人恐怕就要发电报向戴笠邀功了。"

渡边勇会意道："回头我签份文件，你去和机要处的方小雨对接一下吧。"

"属下感激不尽！"

当方小雨将那篇题为《瞻园门口突发枪击，特工总部南京区长九死一生》的新闻稿交到严锋手中时，严锋快速扫了一眼标题，指着最后四个字说道："'九死一生'太泄气了，还是改成'绝处逢生'更显得振奋。也让戴笠知道，想杀我没那么容易！"

第二天，《中华日报》、《南京新报》等汪伪政府官方报纸头版头条刊登了同一则新闻，题目为：

《瞻园门口突发枪击，特工总部南京区长绝处逢生》

"忠义救国军"南京行动总队据点内。

满脸怒容的杜禹泽将一份《中华日报》用力甩在桌上。霍铮等一干参与行动的人员此时耷拉着脑袋，所有人的目光都落在报纸头版头条那行醒目的"瞻园门口突发枪击，特工总部南京区长绝处逢生"上。每一个字此时似乎都散发着尖锐的光芒，狠狠刺向他们的眼睛。

"整辆车都炸成碎片了，里面的人居然半点事情都没有，你们谁能向我解释一下，这究竟是怎样的天方夜谭？"杜禹泽目光如刀，冰冷地在每个人脸上扫过。

队员们偷偷望向霍铮，霍铮似乎感受到了四周向他包围过来的目光，他抬了抬头，果然发现大家正向自己投来求助的眼神。

霍铮只好硬着头皮上前一步，说道："我们没料到这次任务情况有变，是我们考虑不周，请总队长责罚！"

事实上，霍铮心里也在喊冤，倘若第一辆车里坐的是严锋，此时他已经在黄泉大道上赶路了，而他们这群人也已经站在受褒奖的仪式上。

杜禹泽余怒未消："下一次再失手，我让你们直接绑上炸弹上21号去同归于尽！"

一分队所有人齐声道："是！"

接着，杜禹泽面露凝重，说道："这次你们没有刺杀成功，对方想必已经成了惊弓之鸟，想要再实施刺杀恐怕一时半会儿不太可能了。"

全场鸦雀无声。

严锋坐在自己的办公室里，他回忆着先前自己遭遇袭击的全过程。虽然在渡边勇面前表现出一副毫不在意的模样，但回想起保镖轿车在自己面前变成火球以及运回来的轿车残骸时，严锋身上掠过一阵战栗。那次刺杀，自己真的是九死一生，而并非绝处逢生。

南京大街小巷如今到处活跃着重庆方面的特工，还有中共的地下工作者，那些隐藏在暗处的枪口，自己说不定哪天就进入了它们的射程之内。要想解除危机，唯有采取先发制人的措施。然而怎样才能将他们从潜伏的暗处悉数揪出来呢？

敲门声响起来。

严锋应道："进！"

姚胜利拎着一大包糕点走进办公室，严锋连忙站起身。姚胜利摆摆手："严区长请坐。"

"熊谷长官亲自前来，是有什么事情要交代吗？"

姚胜利说道："哦，没有没有，我听渡边君讲，严区长不久前遭到了重庆分子的袭击，这才来看一看。既然严区长毫发未损，我也就放心了。"

严锋说道："感谢熊谷长官关心，区区重庆小丑还掀不起什么浪头来，接下去，我会让他们在南京地面上消失！"

姚胜利试探道："严区长对于自己被袭击这件事是怎么看的呢？"

"必然是行踪泄露导致的。"

这句话仿佛敲击了一下姚胜利的心，姚胜利稳住心神。

"严区长的意思是，内部有奸细从中作梗？"

严锋笑了笑，说道："其实这也不奇怪，谍战工作向来是你中有我、我中有你。哪怕我们内部没有潜伏的重庆分子，自己人也有可能为一己私利出卖你的。"

姚胜利点点头道："这倒是防不胜防。"

"不知熊谷长官有没有读过我国的古典名作《三国演义》？里面有一段讲到曹操在落难时曾被他的叔父吕伯奢收留，后来曹操因为起疑而杀死了吕伯奢一家。面对同伴的质问，曹操说出了那句'宁可我负天下人，休教天下人负我'的话。虽然曹操的行为被大多数人所不齿，但属下很是认同他的做法，有时候，在敌友难辨的情况下，错杀要比被杀更明智。"

"意思是，主动去扫清眼前所有可能成为障碍的东西？"

"也可以这样理解。"

姚胜利走后，一条以退为进的冒险计策在严锋脑海中浮现，他的嘴角勾起冷酷的笑容。

一天，新街口的交通银行前发生了一起枪击案。

两辆黑色的奥斯汀轿车刚驶到交通银行门前，街道两旁的人群中突然伸出许多枪管冲轿车开了火，周围的行人吓得四散逃开。一阵爆豆般的枪声过后，两辆奥斯汀汽车成了蜂窝，第二辆轿车后座上一个西装革履的男人连座位一起被打得稀烂。

刺杀过后，行凶者上前查看车中的尸体。接下去，令人目瞪口呆的情景发生了：没等行凶者走到车前，车内倒伏的尸体突然复活了一般跃起，每个人手中都打出一串凶狠的长点射。这下轮到行凶者倒霉了。

枪声过后，从已成蜂窝状的车中出来一个人，他摘掉戴在头上的鸭舌帽扔到一旁，露出一张神情得意的脸，赫然是严锋。

躺在地上的行凶者中，有一个人还在抽搐着，严锋走到那个人身前，低头看着他。

"听说你是'忠义救国军'南京行动总队第一分队队长，上次在瞻园门口往我车底扔反坦克手榴弹的人就是你吧？"

霍铮中了五六发子弹，已经气息奄奄。他张了张嘴，似乎想要说话，但一股血水立马从嘴里涌出来，只能用鄙夷的眼神看了严锋一眼。

"不得不说，我差点就死在了你手上，不过谁让我的命比反坦克手榴弹还要硬呢！对你这位要取我性命的人，我该怎样报答？"

严锋指挥手下将霍铮拖到了一个比较空旷的地方，鲜血在地面留下一条红色长线。严锋接过手下递来的两颗手榴弹，拧开尾部的盖子。

"我们国家的传统文化里讲究礼尚往来，上次你送了我两颗反坦克手榴弹，那么这次我也回送你两颗手榴弹。"说完，严锋一拉弦线，手榴弹立刻喷出一股恐怖的白烟。

严锋狞笑着将手榴弹丢在了霍铮脚边，迅速跑开。白烟弥漫在空气中，几乎将霍铮大半个身子遮盖住。严锋没有看到，自己站在远处的下属们，此时有许多人面露不忍地别过了头去。

爆炸过后，地面上出现了一个大坑，空气中卷起一股呛人的硝烟。"忠义救国军"南京行动总队一分队全军覆没。

接下去，车后座上那具血肉模糊的尸体被抬出来，尸体是严锋的一个手下。严锋走到尸体前鞠了一躬，说道："兄弟，对不住了！放心，我会善待你的家人。"

严锋站在车门前，他让手下从路旁的照相馆里抢来照相机给自己拍了一张照片，而后自语般地说道："姓戴的发疯似的要我性命，我偏偏要叫他鸡飞蛋打！"

接着，他吩咐手下："给渡边长官打电话，请他派人来处理现场。"

新街口枪击案发生的第二天，《朝日新闻》《中华日报》《南京新报》等占领当局媒体头版头条刊登了一则题为"南京安保工作取得压倒性胜利，重庆特工横尸街头"的报道。标题下面还配着一张照片，照片中严锋站在一扇布满弹孔的车门前，场景看起来很是惊险，但严锋脸上却笑成了一朵花。

同时，严锋趁热打铁请人代笔写了一篇叫《军统局长猎艳记》的文章，在里面以一个知情者的角度悉数讲述了军统局长戴笠与多个女性之间的不堪往事。严锋兴冲冲地将文章交给方小雨，请她刊登在负责编辑的《女声》杂志上，没承想遭到方小雨当头一盆冷水。

看完严锋的文章，方小雨冷笑道："严长官，《女声》杂志不是用来宣传风月八卦之事的。"

严锋连忙辩解道："我想方小姐是误会了，风月之事不过是载体，重点在于揭露姓戴的虚伪好色，我想这一点无论是日本天皇还是汪主席都乐意看到的。"

"那你自己去跟日本天皇或者汪主席汇报吧！"

严锋的脸顿时拉了下来："方小姐当真不给机会？"

方小雨回答得十分干脆："决不！"

严锋气得抓过稿子摔门而出。

之前部署的针对严锋的制裁行动全盘皆输，杜禹泽为此受到了局本部的严厉问责，戴笠放出话，最后再给"忠义救国军"南京特别行动总队一次机会，倘若依然解决不了严锋，所有人都得回重庆上军事法庭接受审判。

"忠义救国军"南京特别行动总队据点内，一个简陋的灵堂刚刚布设完毕。

之前在行动中牺牲的一分队队员遗像全部陈列在灵堂中央，照片中的他们面容安详，有的人脸上还带着浅浅的笑意。遗像的周围白菊簇拥，柔和的火光在蜡芯上晃闪着，晶莹剔透的烛油像眼泪般顺着烛身流淌下来。姚胜利走上前，他点燃三炷香，对着战友们的遗像拜了拜，将三炷香插入香炉中。

杜禹泽目光扫了灵堂一眼，语气带着歉意说道："连个像样的祭奠仪式都没有，真是对不住弟兄们了。"

姚胜利说道："弟兄们不会在意这些的，他们在意的只是自己的血有没有白流。"

一听到此话，杜禹泽脸上立马掠过一丝不悦，语气也冰冷起来：

"你用不着话里带着讽刺，军人的使命就是服从！"

"听说这次行动的情报是从耳目贩子那里得来的？"

"没错。"

姚胜利忍不住质问道："难道事先没有验证过情报的真假吗？"

"来不及，局长催得太紧，我们只能任何机会都去尝试了。"

姚胜利依旧难抑内心的愤懑，说道："我觉得，弟兄们此时都需要一个说法！"

杜禹泽将嗓门提高了几度："战争就是说法！战争本身就是死亡，就是流血牺牲！"

姚胜利不再说话了，他感到自己整颗心彻底凉了下去。难道因为战争这个借口，领导者就可以全然无视下属的性命吗？试问一个没有温情的政权，是否真的能得到人民的拥护呢？

半晌后，杜禹泽将一张《中华日报》放在姚胜利面前，指着头版头条的新闻说道："我们得马上干掉严锋，否则他会觉得南京地区的重庆人马已经被他消灭光了！"

姚胜利冷冷道："我这边会抓紧行动的。"

杜禹泽摇摇头："我刚又接到了局长的加急电报，局长限我们三日之内解决掉严锋，否则，后果你懂的。"

姚胜利没有立即表态，他觉得三天之内干掉严锋是几乎不可能完成的任务。且不说对方亦非等闲之辈，除掉他也需要他人配合，否则自己会有暴露的危险。可眼下，最有可能完成此任务的也只有自己了。

想起自己和战友们先前的赴汤蹈火，为的只是替领导者蒙上遮羞布，姚胜利心里此时有一万个不甘愿在跳动。那些倒在新街口的战友，他们的性命仿佛形同蝼蚁般卑贱。

"你跟严锋在一起共事，了解他个人的生活情况吗？"杜禹泽突然问道。

这一问，有个片段迅速在姚胜利脑海里跳出来：

姚胜利驾着车行驶在大街上，视线中，远处出现了一个熟悉的身影。姚胜利加快车速来到对方身边，那是严锋的保镖马赫途，此时他正捧着一大盆龟背竹，身体因为双手的负重而几乎弯成了九十度。

"马，你的在做什么？"姚胜利将脑袋探出车外问道。

马赫途被这突如其来的问话吓了一跳，发觉是姚胜利时马上又换了一副恭敬的嘴脸，赔笑道："熊谷长官好！我刚去了趟花鸟市场，帮严区长买点绿植送到家里去。"

"噢，是这样。看起来挺沉的嘛。"

"还好，还好。"

姚胜利拍拍副驾驶座，说道："马，你坐上来，我送你一程。"

马赫途连忙婉拒道："熊谷长官，这怎么好意思呢！我还是自己走吧，路其实也不远。"

姚胜利坚持道："哎，不要客气，我反正也没事，正好送你一程，顺便跟你聊两句。"

马赫途不再推辞。

"马，你的很忠心！"车子开出一小段路后，姚胜利突然说道。

这句突如其来的夸奖让马赫途一愣，他随即假意谦虚道："熊谷长官过奖了，我们做下属的就是要给上级排忧解难。"话音刚落，他马上发现了什么。

"哎，熊谷长官，您好像开错了，我们区长家不是这个方向。"

姚胜利连忙刹住车，说道："哦，非常抱歉，请你指正。"他感到很意外，因为严锋的住所自己也曾去过，路线也记得清清楚楚。眼下顺着记忆中准确无误的路线开去，马赫途居然说路线错了，姚胜利感到有些反常。

马赫途指明了正确的路线。车子拐入扫帚巷后停下来，马赫途先将龟背竹搬到地上，然后对着车里的姚胜利深深鞠躬："非常感谢熊谷长官！"

姚胜利微笑着点点头。

之后，姚胜利将车开到一处角落里，他迅速熄火拔掉钥匙跳下车。视线中，马赫途在一扇门前停住，敲了敲。门马上打开了，马赫途走进屋。

姚胜利心想，此时的严锋一定坐在颐和路21号的办公室里，那么此时在屋里给马赫途开门的又是什么人？大约二十分钟后，门又打开了，马赫途从里面走出来，他东张西望了一番，然后朝另一个方向走去。

等马赫途的背影完全消失在弄堂中，姚胜利马上从藏身处闪出。他小心翼翼地走到那扇门前，门边还有一扇飘窗，里面的窗帘没有完全拉上。姚胜利沿着窗帘缝隙朝屋里看去，只见一个穿着月白色阴丹士林旗袍的年轻女人坐在沙发上。姚胜利马上意识到这个女人与严锋的关系非同一般，他记下门牌号后转身离去。

这个片段刚在脑海中闪现，姚胜利就有了主意。他向杜禹泽说出了自己的想法，马上得到了同意。

"眼下戴局长催得越来越急，我们一时又没有更好的办法，索性就试试看，死马当作活马医吧！"

姚胜利的办法很简单，就是通过绑架那个女人的方式逼迫严锋就范。至于能否成功，姚胜利心里一点底都没有，因为对于严锋这样的人来说，一个女人往往是无足轻重的，除非与自己有着深厚感情。

杜禹泽亲自带领下属执行了绑票行动。当他们冲进屋时，那个女人正在削一只苹果，她"呀"地尖叫一声，整个人像弹簧一样蹦起来，手中削了一半的苹果掉在地上，滚了出去。

　　接着，女人被架着拎到了杜禹泽面前，她已经吓得缩成一团，身体犹如筛糠般抖动不已。

　　杜禹泽说道："这位小姐不用害怕，我们不会伤害你，只是想打听几件事。你的男人是不是叫'严锋'？"

　　女人点点头，立刻又摇摇头。

　　杜禹泽笑了："小姐，你可能还不知道，如果一个人面对同一问题先后作出不同的回答，那么往往第一个回答是内心的真实想法，第二个回答则是为了掩饰而撒的谎。"

　　女人马上低下头去。

　　"爱撒谎的女人是不会讨男人喜欢的，我想，你的男人一定不会喜欢你对他撒谎。"

　　"好吧我说，我的男人的确叫'严锋'，现在是特工总部南京区的区长。"

　　"小姐怎么称呼？"

　　"明月。"

　　杜禹泽故作惊讶道："这个名字挺美。可是我记得，严区长的妻子叫宁黛琳，是警政部长李士群先生的表侄女。"

　　女子叹息一声，说道："你都知道啊！其实，我只是他的情人而已。你刚才说的宁黛琳才是他的妻子。"

　　"那你们是怎么认识的呢？"

　　"我原来只是秦淮河上的一名艺伎，有天晚上，他来到我的船上，喝得烂醉，而后，我就被他带走了。其实，我算是被他抢来做妾的。"

　　杜禹泽问道："那他对你怎么样？"

　　"平时对我还算好，但是每次喝醉了来我这里，我就免不了挨一顿打。"女子撩起袖子，雪白的手臂上赫然纵横着道道瘀青。

　　杜禹泽听了有些不忍："既然如此，你又何苦受这样的罪，为什么不趁早离开。"

　　女子露出有些凄然的笑容，说道："眼下世道这么乱，我一个女人，无论去哪儿都是漂泊，还不如找一个依靠，至少能过几天安稳日子。"

"你知道他是什么人吗？"

女子反问道："你们是不是与他有什么过节？"

杜禹泽在沙发上坐下来，说道："还真是。"

女人脸上顿时露出怯色："我只是给他料理家务，他在外面做什么我可是从来都不管的哪！"

杜禹泽宽慰道："请小姐放心，只要你肯配合我们，其他的都好说。"

女子重新抬起头来："需要我怎么做？"

"很简单，你跟我们走一趟，到了地方再麻烦你打个电话给你男人让他也过来。其实我们就是想跟他谈谈，只是如果不用这样的方式，你男人一定不肯来。只好委屈你了。"

"不能在这里谈吗？或者去饭店开个包厢，大家心平气和地一边吃饭一边谈。"

杜禹泽摇头道："饭就不吃了，严区长想必也是公务繁忙，就不多浪费他时间了，我们就和他说几句话。"

女子不情愿地点点头。

"那么，现在就走吧！"杜禹泽首先向门外走去。

女子还站在原地没有动，一名队员推了她一把，女子顿时一个趔趄。

队员不耐烦道："还愣着干什么？叫你走没听见啊？"

杜禹泽转过身来制止道："不得无礼！"队员赶紧放下手。

这时候，女子胸前一个亮闪闪的东西引起了杜禹泽的注意。那是一块怀表，怀表的款式看起来是男式的，挂在一个女子胸前显得极不相称。杜禹泽还注意到，这个女子此时的神情要比刚才更加慌乱，目光还时不时地落在怀表上面。

"小姐的这块怀表看起来不错。"

"是吗？谢谢夸奖。"女子的声音已经有些颤抖。

"不过，我怎么觉得这是一款男士的怀表呢？"杜禹泽说完就看见女子的身体明显抖了一下。

女子掩饰道："这是我男人买给我的，可能他不小心买错款式了吧。"

"是吗？可以给我看看问题究竟出在哪儿了吗？"

杜禹泽一把将怀表扯过来，女子连忙伸手去抢夺："还给我！"随即被两名队员一左一右架住。

杜禹泽将怀表打开，只见怀表翻盖背面贴着一张圆形的小照片，照片上是严锋和女子的合影。杜禹泽用大拇指在照片上搓了搓，他感觉这张照片好像特别厚，他用指甲将照片抠出来，结果里面又露出了一张照片。

这张照片上也是一男一女两个人，女的依然是眼前这个女子，男的却并不是严锋，而是严锋的保镖马赫途！杜禹泽的双眼一亮。

杜禹泽将照片对着女子，说道："通常情况下，装进怀表的照片都是对自己比较重要的，看来小姐跟你先生感情很深。但我想不明白的是，你为何要将自己跟自己男人保镖的合影也装进怀表中呢？你难道不知道，怀表里的照片是不能随便装的吗？"

"你到底想干吗？"女子已经有些被激怒。

一旁的队员掏出枪顶在女子脑门上："放老实点！"

"我想，我有必要弄清楚这里面到底是怎么回事，你可能不知道，我是个好奇心很强的人，而且总是改不掉。"

女子甩了甩头发，直截了当道："他是我另一个男人！"

队员们顿时发出一阵哄笑。

杜禹泽作出不理解的模样："这就奇怪了，你的第一个男人还没死，第二个男人怎么就出现了？"

"那又怎么样？你们男人可以有三妻四妾，我们女人就不可以多一个男人吗？"

"那怎么行？现在已经不是封建王朝了，你们汪主席不是在推行新国民运动吗？怎么还可以搞封建那一套？"

"不是要我跟你们走吗？现在可以走了吗？"

"别着急，我突然改主意了。"

女子警觉起来："你又想干吗？"

"我想先跟你第二个男人谈谈，地点嘛就在这里，现在麻烦你去给他打个电话，见面理由自己编。"

女子在枪口威逼下颤抖着拿起电话。

马赫途刚进门就被一把手枪顶住了太阳穴。

他惊道："你们是什么人？"

杜禹泽走到他面前："你胆子不小啊，连自己老大的女人都敢碰。"

马赫途狡辩道："我听不懂你在说些什么。"

杜禹泽亮出那块怀表，看到装在怀表中的合照，马赫途脸上迅速闪过一丝怯色，又马上作出一副淡定的样子。

"这是什么意思？"

杜禹泽挖苦道："一个女人将自己与你的合影小心翼翼地装进贴身的怀表中，她的心意你还不知道吗？"

"这与你有何关系？你们到底想干什么？"

杜禹泽收起怀表："我们想帮帮你。"

马赫途一愣："帮我？"

"帮你与她名正言顺。"

"怎么帮？"

"我们单独聊聊吧。"

队员们押着马赫途跟杜禹泽进入里面的卧室。

外面，女子大声抗议道："你们有什么事情冲着我来，放了……"

话还没说完，女子脸上挨了一记响亮的耳光。

从卧室里出来，队员们不再押着马赫途，他与杜禹泽并肩走在一起，似乎关系更近了一层。杜禹泽挥挥手，队员们放开女子，女子连忙迎上来搂住马赫途。马赫途拍着她的背连连说"没事了"。

杜禹泽说道："马先生，我们还是先办正事吧，正事办完以后有大把时间你侬我侬。"

马赫途轻轻推开女子，说道："我要跟这位先生去办点事情，你等我回来。"

女子追问道："什么事情？我跟你一块儿去。"

"你就在家等我回来好了，你一个女人家跟着我也不方便。放心，没事的！"

女子又将目光转向杜禹泽，显然马赫途的话没有打消她的疑虑。杜禹泽微笑着说道："小姐请放心，我向你保证，他一定会毫发无损地回到你身边。"

一个先前已经描摹好的计划，此时在杜禹泽的脑海中悄然发生了变化。

在颐和路 21 号特工总部南京区的会议室里，已经升任警政部长的李士群正在主持召开有关今后如何开展南京地区安保工作以及保障汪伪政府官员人身安全的会议。

会上，严锋正神采飞扬地向李士群汇报自己关于南京地区安保工作开展的几点构想。桌子另一边，渡边勇的脸色有些不好看，在他眼中，一个狂妄自大且不知收敛的后来者正在迫不及待地邀功请赏。共事刚没多久，渡边勇就对这个军统投诚人员厌恶到了极点。

严锋的办公室内，安静的电话突然响了起来，秘书范正快步走过去拿起话筒，随即变了脸色。

对于严锋的发言，全场人都显得漫不经心，唯有李士群在饶有兴趣地听着。严锋的发言远远超过了下属汇报工作的规定时间，对于他的这番陈词，李士群先是给予了肯定，并结合自己的想法开始进行具体的工作部署。

就在全场人都在低头记录的时候，范正行色匆匆地走到严锋身边。范正刚说了什么，严锋居然惊得大叫一声从座位上弹起来，这让所有人都抬起头看着他。正在布置工作的李士群皱起了眉头，问道：

"严区长，你怎么了？"

严锋看见李士群肥胖的脸上已经能看出明显的不快，但他此时已经顾不上那么多，解释道：

"部长，不好意思，我家里出了急事需要我马上去处理。"

李士群说道："那你去吧。"

严锋急匆匆地从会场离开，范正赶紧跟上去。

"到底怎么回事？"严锋侧过脸来问道。

"我也不知道，马赫途在电话里别的什么都没有说。"

严锋加快脚步走去，没想到突然和一个人撞了个满怀。

姚胜利刚把一壶烧开的水从酒精炉上取下来，就听见门外传来了争吵声，声音是一男一女，女的声音他十分熟悉。姚胜利赶紧放下茶壶向外面走去。

争吵双方是严锋与方小雨，两人站在走廊中间对峙着。两旁已经有不少办公室打开门，看热闹的人将身体从门里面探出来。

"方主任，你最好搞清楚，我的级别比你高，下属与长官说话应当保持必要的尊重！"严锋一副盛气凌人的样子。

方小雨也是毫不退让："我想严区长忘记了一个大前提，那就是一个领导只有先做到尊重下属才能赢得下属的尊重，如果那个领导就连直面错误的勇气都没有，那他不仅是个不称职的领导，更是个不值得下属尊敬的领导！"

此话一出，周围顿时响起一片唏嘘声。围观的人似乎都没有想到方小雨胆敢如此刚烈地顶撞上级。

"你！"严锋的脸瞬间涨红。

姚胜利咳嗽了两声走上前去，打起圆场道："隔着门就听见了二位的声音。其实大多数事情都不必用争吵来解决，或许只等一转身就会后悔刚才的鲁莽行为了。二位觉得呢？"

严锋甩脸离去，姚胜利将目光朝四周扫了扫，围观的人立刻将身子缩回门内。

姚胜利说道："真是太没风度了，一个不懂得谦让女士的男人在任何地方都不会受到欢迎的。"

方小雨蹲下身子，她从地上捡起一枚发夹，还有一串小小的塑料山楂，之前应该是粘在发夹上面的。

姚胜利也看得明白，说道："很漂亮，可惜摔坏了。"

方小雨机械般地点点头，眼睛依旧对着手中的发夹。

"给我吧。"

方小雨抬起头来。

姚胜利从方小雨手中接过发夹和塑料山楂，说道："交给我吧，我会尽全力修好它。"

方小雨如丢了魂魄般一步步走回办公室，关上门，她扑到办公桌上啜泣起来。方小雨之所以如此伤心，并非是刚才严锋的盛气凌人刺痛了她，而是心疼那枚发夹掉在地上摔坏了。

方小雨想起了自己的家乡，那片位于高山之间的谷地，村外的山丘上种满了山楂树，到了秋天，红彤彤的山楂果儿就在枝头晃荡起来。每到山楂成熟的时节，村里那位同她一块儿长大的阿哥就会拉着她的手去山上采山楂。山楂果儿一般都是带着酸味的，但那位阿哥采来的山楂果儿吃起来却都像灌进了蜜糖一般，他似乎生来就对山楂有独特的鉴别力。

那股甜味一直甜到了方小雨的心里，于是心里某些原先埋藏的种子就苏醒萌芽了。后来，方小雨与那位阿哥走出大山加入一个新生的阵营，投入一项伟大的斗争中。再后来，那位阿哥牺牲了，这让方小雨悲痛万分。

那枚粘着塑料山楂的发夹是他们一次赶集时，那位阿哥买给她的，这些年里她一直带在身边，视若珍宝。如今阿哥已经不在了，方小雨只能睹物思人。刚才被严锋碰在地上摔坏了，方小雨怎能不为之怒不可遏？

方小雨哭泣的声音从里面隐隐约约传出来，门外，姚胜利要敲门的手停在那里，他缩回手转身离去。

半个小时后，姚胜利将一枚发夹放在方小雨的办公桌上，发夹上面粘着一串塑料山楂。看到完整的发夹摆在眼前，方小雨愣住了。姚胜利微笑着冲她点点头，告辞出门。

"熊谷君！"身后突然传来一声呼唤。

姚胜利转过身，只见方小雨站在面前，她的脸上挂着少女般的笑容，说道："熊谷君，真的谢谢你！"

姚胜利看到那枚发夹已经被方小雨重新戴在头上，此时有一束阳光打在她的头顶，那枚发夹上的塑料山楂在乌黑的秀发间闪闪发亮，似乎变成了真的，有了鲜活的生命。

姚胜利感到有什么东西在心里融化开了："不客气，方小姐！"

回到办公室，方小雨靠在门上，她感到自己的心此时分明加快了跳动的速度。回想起刚才那一刹那的冲动，方小雨的脸上涌起淡淡的红色，刚才的想法是那么纯粹，自己只想对他笑，对他道一声"谢谢"，即便那个人实际上来自敌对的阵营。方小雨看到阳光大团大团地从窗外洒进屋内，她感到此时的阳光分外温暖。

一大团温暖的阳光中，方小雨幸福地笑了起来。

严锋到达宝兴仓库已经是夜里十点左右，秦淮河在苍白的月光下静静流淌着，两岸的房屋在河面上投下有些阴森的影子。宝兴仓库是一幢遗留下来的古建筑，初时为太平军建造的屯粮仓，"宝兴仓库"四个字在巨大的牌匾上幽幽闪烁着，犹如夜色中苏醒的鬼魅。严锋刚下车，就有一束远光车灯的光从身后照来。

另一辆吉普车在严锋身前停下，姚胜利从里面出来。

在这之前，从女子住所出来后，杜禹泽走进扫帚巷大街上的一座公用电话亭中。

颐和路 21 号，特工总部南京区办公楼内。

办公桌上的电话响了起来，姚胜利拿起话筒，之后他只对电话那头说了两个字：

"明白！"

严锋有些意外，他走上前去，说道："熊谷长官，你怎么来了？"

"之前看你急匆匆走了，听你秘书说你家里有麻烦，我就跟来看看能不能帮上忙。"

严锋顿时心生疑窦，嘴上还是客套道："非常感谢熊谷长官的关心，那就恭敬不如从命了。"

"客气！发生什么事了？"

"有人要挟了我的家人，要我独自一人来这里，说是要跟我谈谈。"

事实上，严锋安排了马赫途暗中尾随作为后援，这会儿他也已经摸到仓库附近。严锋不知道的是，马赫途此行也肩负了另一项任务。

"知道是什么人吗？"

"这就不清楚了。做我们这一行的，仇家比你们还多呢。"

严锋推开大门，仓库中看不到一丝灯光，大团的黑暗从里面涌出来融进夜色中。他正要走进去，被姚胜利一把拉住。

"小心！"

严锋点点头，二人同时拔出手枪。走出一小段路后，前面依然没有出现亮光，两人的脚步都慢了下来。姚胜利说道："好像没有人。"声音在空旷的仓库中显得格外清晰。

"那帮龟孙子该不是耍我来着吧？"

严锋已经走到前面，背影似乎即将融入黑暗中。姚胜利趁机将手伸向口袋，他刚抓住藏在里面的枪，突然，一声凄厉的枪响划破寂静，严锋身体猛地向前一晃栽倒在地。

姚胜利闪电般回身。借着微弱月光的映照，姚胜利看见仓库门口有个人举着枪。他大声喝问道：

"你是谁？"

回答他的又是一声枪响。

一颗子弹击中了姚胜利的右肩，强大的冲击力将他掀飞出去。

连续打倒了两人，马赫途却并没有上前查看两人是否已经毙命，而是迅速闪进夜色中不见了人影。

马赫途这一枪将姚胜利的脑袋也打蒙了，按照原定计划是由自己解决掉严锋，马赫途怎么会突然出现在这里？姚胜利捂着伤口站起来，他跟跟跄跄地走到严锋身边。

严锋中的那一枪同样也没伤到要害，甚至比姚胜利的伤势还轻。

"严区长，你要不要紧？"

说话的同时，他悄悄地从口袋中掏出一支已经打开保险的勃朗宁 M1900，也就是俗称的"掌心雷"藏在手心。这支枪是姚胜利今晚此行特意带上的，自己的配枪此时绝不能开火，否则射出的子弹极有可能带来暴露的危险。这种"掌心雷"袖珍手枪本身就比较稀缺，一旦日本人追查起来也很难锁定枪的型号。

姚胜利脑海中闪现起自己得到这把"掌心雷"时的情形，那是在重庆佛图关的一次缉私行动中，姚胜利带领缉私队花费了总共不到十分钟就消灭了所有进行走私买卖的杂皮。在清理现场时，姚胜利走到一个躺在地上的杂皮身前，杂皮还未断气，他的身体抽搐着，嘴巴里的血沫正随着身体晃动不断冒出来。姚胜利的目光落在杂皮手中的一样东西上，那是一把精致小巧的"掌心雷"。杂皮抓着枪的手艰难向上举去，似乎还想朝姚胜利再开一枪。

姚胜利蹲下身子说道："这枪挺不错，反正你也用不着了，不如送给我吧！"后来，这把枪就成了他的秘密武器。

严锋支撑着从地上坐起来："我没事，只可惜连累了你，真是抱歉！"

"这到底是怎么回事？"姚胜利觉得刚才发生的事大大出乎了自己的预料。

严锋捂着伤口苦笑道："我们要感谢他这么臭的枪法。"

姚胜利说道："第一枪没打中，第二枪一定能打中。"

"是啊，可惜他已经没机会了。"

姚胜利冷冷一笑："他是没机会了，我还有！"

严锋猛地抬起头，第一眼就看到了对着他的枪口。如果此时姚胜利面前放着一面镜子，他一定可以看见自己脸上狞笑的表情。

"熊谷长官，你这是……"

"我来替他开这第二枪！"

严锋脸上瞬间布满不可置信："你要杀我？！"

姚胜利拉动了下枪栓："没错，我才是那个要取你性命的人！"

严锋反而笑了起来："能让我这个要死的人知道，你到底是什么人吗？"

"有良知的中国人！"

严锋此时的眼神向姚胜利表达出他内心已经恍然大悟，他的笑容中显露出凄然，说道："我原本以为自己已经将那几条大鱼一网打尽了，没想到最大的鱼漏网了，而且现在就要从后面一口把我吞掉了。"

姚胜利懒得跟他多说，他扣动了扳机，装着消声筒的手枪只发出轻微的声音，接着重重的倒地声响起来。正义得到了伸张！一个背叛国家、背叛民族的罪犯的生命永远画上了句号。

夜色中的秦淮河水面上正升起一团雾气，犹如白天在此寻欢作乐的艺伎摆动的衣袂。河畔的一盏路灯下站着两个人，他们的影子都被路灯光拖出好长。

两个人都穿着黑色的风衣，这样的打扮似乎是为了准备随时融入到夜色中。其中一个人是刚刚在宝兴仓库门口开过枪的马赫途，另一个人戴着一顶黑色礼帽，风衣领子高高竖起，面部大半都被遮掩住，只有声音从衣领间传出来。

"这次任务你完成得很好。"

马赫途说道："活儿已经做完了，下面你也该履行自己的诺言了吧？"

礼帽下响起低沉的笑声："你放心，一个子儿也不会少给你的。"

说完，一只小包裹朝马赫途递了过来。

马赫途接过来说道："这里我接下去已经待不了了，我要带着她去香港，开始有名有分地过日子。"

"还是要感谢你。"

"你不用谢我，我们只是各取所需而已。告辞了！"

"一路顺风。"

马赫途转过身向前方的夜色中走去，突然他身子一歪栽倒在了地上。在他身后，那个人手中正举着一把手枪，枪口冒出一缕白烟，情景与不久前几乎一模一样。

开枪者走到马赫途身边，马赫途的身体不断抽搐着，血泡正一个接一个地从嘴巴里冒出来。

马赫途艰难地说道："你杀人灭口！"

开枪者发出一阵阴冷的笑："你必须要严守秘密，而只有死人才能做到这一点，不是吗？"

然后抬手又是一枪，马赫途立刻断了气。他那已经失去光泽的眼睛依然睁着，好似要把深邃的夜空看穿。

接下去，尸体被绑上沉重的石块推进秦淮河中，水面在被激起一个巨大的浪花后马上又归于平静。开枪者走到路灯下，放下衣领摘下礼帽，犹如话剧演员收工后的卸妆。

此时，清冷的月光照亮了杜禹泽那张同样清冷的脸庞。

杜禹泽没有告诉姚胜利，他私下改变了计划。杜禹泽觉得姚胜利需要挨上那一枪，不然渡边勇迟早会将怀疑的矛头指向他。毕竟在彰显忠诚与赢取信任的问题上，苦肉计向来是屡试不爽的。

姚胜利打着绷带被送进特工总部南京区的审讯室。渡边勇将一束强烈的手电筒光对准姚胜利的眼睛。姚胜利连忙用手阻挡，渡边勇命令道：

"把手拿开！"

姚胜利抗议："你先把手电筒拿开。"

"这样是为了看清楚你到底有没有说谎。把眼睛睁大了！"渡边勇的声音强硬得不容抗拒。

姚胜利无奈地放下手。接着，他在手电筒强光下艰难地说起了那晚的经过，这番说辞他早就想好了。听完，渡边勇惊讶道：

"你是说，严锋的保镖马赫途突然出现在那里并偷袭了你们？"

"不止是他，还有好几个人。"

"哦？这么说马赫途竟然是潜伏在21号内部的奸细？"

"很有可能，但同时也不排除他被人买通的可能性。"

"看来，这是一个针对严区长的圈套，而你误打误撞地也成了受害者。"

姚胜利说道："你再不收起手电筒，我要你赔我两只眼珠子了啊！"

渡边勇收起了手电筒。姚胜利晃动着脑袋试图平复眼前的缭乱。

"是啊，真是倒霉！现在严锋也死了，本来好歹还能敲他一顿饭的竹杠。"

渡边勇笑了起来："挨了一枪你就只敲他一顿饭？看来熊谷君不太会做生意啊！"

姚胜利也笑道："对自己人还是要手下留情。"

甄别工作完成后，渡边勇挥手示意下属先行离开。接着，渡边勇说道："汪精卫那边的组织部刚和兴亚院联合下发了文件，决定由我暂代特工总部南京区区长一职。"

姚胜利有些意外："这可不是什么好差事啊！"

渡边勇苦笑："特工总部就是个烂摊子，人心叵测、风雨飘摇，根本就指望不上。"

"不光是特工总部，我看汪精卫的整个政府都是如此。"

事后，日本宪兵司令部第一时间联合特工总部南京区发布了通缉令，全城通缉行凶者马赫途。然而日本宪兵同汪伪特工在南京里里外外找了好几圈，结果半点马赫途的踪影都没有摸到。

姚胜利住进了中央医院，渡边勇亲自将电话打给中央医院的院长，要求给姚胜利最好的医疗护理。于是在院长的安排下，姚胜利住进了那里条件最好的病房，每顿饭都是精心烹制的营养餐。

一天，方小雨拎着一只食盒来到病房。姚胜利正坐在床上翻看一本叫作《道林格雷的画像》的小说，书是从渡边勇那里借的。见方小雨进来，他颇感意外地说道："你怎么来了？"随即他便觉得这句话不太妥当。

好在方小雨并没有在意，她将食盒放在床头柜上，说道："渡边长官让我来看看你，给你炖了点鸽子汤。"事实上，渡边勇并没有让方小雨来探望他。

说着，她盛了一碗，还吹了吹从碗沿飘出的热气。

"他自己怎么不来？"

方小雨将碗递给姚胜利："可能太忙了吧。小心烫。"

姚胜利喝了一口汤就知道，这罐鸽子汤八成是方小雨第一次下厨，喝起来滋味寡淡，而且还伴有浓浓的腥气，一定是忘记了放盐和生姜。若是换作往常，姚胜利早就一口吐出来了，但是现在他看见方小雨一脸期待的表情，只得努力将汤咽了下去，并且说了一句"味道真好"。

方小雨的眉头瞬间舒展开了，脸上还泛起微微的喜色："鸽子汤对愈合伤口很有效果，你多喝点。"她一点都不知道自己炖的这罐汤实际上有多难喝。

姚胜利强忍住胃里的翻滚，一口气将食盒里的汤喝完，方小雨扯过一张手巾纸递给他。在接过手巾纸的时候两个人的手指无意间碰在了一起，方小雨连忙抽回了手，姚胜利没有捏住纸，那张手巾纸缓缓地飘到了地上。

两个人连忙说出"抱歉"，却没想到话又撞在了一起。姚胜利看到眼前这个女子脸上闪出一片微红，犹如朝阳出来前天空中亮丽的霞光。他笑了笑，又扯过一张手巾纸擦擦嘴巴，说道："让方小姐费心了，非常感谢！"

方小雨打起了官腔："熊谷长官为工作身先士卒，是我们所有人学习的楷模，我来尽一份心意也是应该的。"

其实，这会儿她心里的话是：我真的愿意费心。

姚胜利问道："马赫途抓到了吗？"

方小雨摇摇头："从那晚之后就消失了，贵国的宪兵联合咱们 21 号的人马在南京城里里外外搜了好几遍都没有发现他的下落，估计这会儿已经在重庆领赏了吧。"

"你的意思是，马赫途是重庆方面的特工？"

方小雨说道："这个说不好，我也只是猜测。"

姚胜利望向天花板，长叹一声："严区长估计到死的那一刻都没有想到，自己最信赖的人居然会朝他开枪。"

方小雨不屑地说道："狂妄自大的人总会招人恨的，最后被人杀了也是自作自受。"似乎那个已经死于非命之人也没有消除她心里的厌恶。

方小雨的态度让姚胜利有些意外，他说道："方小姐，我记得贵国有句古话叫作'死者为大'，看来方小姐对这句古话并不认同啊。"

"就像坏人就是坏人，坏人永远不会因为进入坟墓后就变成好人，身上的标签一旦贴上了，就是永远无法改变的。"

这时候，一位护士端着托盘走到两人面前，说道："熊谷先生，您该换药了。"

"不是才换过药吗，怎么又要换？"姚胜利有些奇怪。

"有些特效药的药效散发很快，所以要增加次数。"护士朝方小雨递了个眼神，方小雨起身走出去。姚胜利开始脱病号服。

来到床前时，护士突然抽出一把手术刀向姚胜利刺过来，姚胜利飞快地将身子一侧躲过那致命的一刀。一击不成，护士挥舞着手术刀再次向姚胜利刺来，姚胜利扣住对方的手腕使其无法动弹，手术刀刀尖就停在离姚胜利心脏一寸左右的地方。下一刻，要是对方的手冲破阻拦，刀尖就会深深地扎进他的胸膛。

右肩处突然一阵剧痛，刚才的打斗肯定让伤口又裂开了，大颗的汗珠从姚胜利额前滚落下来。护士戴着口罩，姚胜利此时看不到她的脸和她脸上的表情，只能看见两只血红的、如同发狂野兽般的眼睛。这时候，门外传来了响动，护士回头向门外看了一眼，姚胜利趁机将她的手腕一扭，夺下了手术刀。

见手术刀被夺，护士操起那张刚才方小雨坐过的凳子砸向姚胜利，姚胜利一把抓过床头的食盒挡在身前。凳子与食盒同时脱开二人的手飞到了一侧。

姚胜利顾不得揉揉发麻的虎口，闪电般地从枕头底下掏出枪。护士见状转身往门外跑去，姚胜利扣动扳机时护士已经跑到门口，一发子弹几乎擦着她的后脖颈飞过去。姚胜利还没来得及开出第二枪，对方已经跑得无影无踪。

"发生什么事了？"

方小雨几乎是下一分钟跑进来的，她跑到病床前，一脸关切地问道："熊谷君，你没事吧？"

姚胜利感到右肩的血肉处一阵钻心的疼痛，他解开病号服，只见鲜血正从右肩喷涌出来，枪伤肯定又裂开了。姚胜利用手捂住伤口，鲜血越过他的指缝流淌出来，将下面洁白的床单染红了一大片。他庆幸刚才的刺客没有同自己缠斗太长时间，否则自己很可能因为体力不支而落败被杀。

即便剧痛难忍，姚胜利的头脑依旧保持着清醒。一个疑问迅速在他脑海中出现：刺客究竟是何人？又怎么会知道自己在这里？难道是熟人引来的？

方小雨帮忙叫来医生给姚胜利右肩的伤口重新包扎好。医生走后，姚胜利苦笑道：

"这下好了，鸽子汤白喝了。"

方小雨掩嘴一笑，说道："没关系，我那儿还有半锅，本来是留给自己的。"

姚胜利俏皮道："那下次记得带来，不许自己一个人喝掉啊！"

"放心吧，我一定给你留着。"

说着这几句话时候，方小雨的内心像是有一个装着蜂蜜的罐子翻倒了，甜滋滋的味道登时将心浸透了。

"刚才到底发生了什么事？"

姚胜利轻描淡写道："有人要杀我。"

方小雨惊讶得只发出一个字音："啊？"

"幸亏你刚才出去了，否则要是那家伙劫持了你，我真不知道该怎么办呢。"

方小雨脸上闪过一丝异样的神情，随即又恢复了正常。姚胜利没有看到的是，刚才在门外，行刺的护士就从方小雨身边跑过去，经过时护士稍微停了下，方小雨低声说道："任务取消，马上撤离！"

护士快速消失在走廊尽头。

方小雨也俏皮道："你放心，我一定会丢下你先跑。"

姚胜利长叹一声："住个院都不平静，重庆的人真是越来越猖狂了。"

"你怎么知道是重庆的人？"

"感觉罢了。毕竟是老对手，彼此间都知根知底。"

方小雨建议道："要不要我回去跟渡边长官说一声，请他派人手过来保护你？"

"那倒不用，我一个大男人，被人保护着像什么话？再说，我能对付他们。"姚胜利拉了拉南部十四式手枪的枪栓。

接下去，方小雨沉默了一小会儿，问道：

"熊谷君……"

"嗯？"

"在你心里，天皇陛下是高于一切的吗？"

姚胜利被这个问题弄得有些莫名其妙："这个……天皇陛下是用来仰视的，但这也并不妨碍我注视眼前吧。不知道这个回答是否令你满意？"

方小雨微微一笑："还过得去。我该走了，你好好休息。"

"那我就不送你了。"

"你乖乖躺着吧。"

走到门外，方小雨想起什么似的回过头来，说道："以后你想吃什么，告诉我，我可以给你做。"

姚胜利哈哈大笑："你这是讨好上级嘛。"

方小雨白了他一眼，说道："不想吃就算了！"身影消失在门外。

姚胜利对着门外喊道："还是先吃了再说！"

方小雨拎着食盒下楼，她的步伐有些轻快，脸上带着难掩的笑意。到一楼大厅后，方小雨并没有向大门口走去，而是走到一处僻静的拐角，接着她清了清嗓子。

一个白色的身影从拐角后面闪出来，正是刚才在病房里袭击姚胜利的护士。刚见面，护士就不满地问道：

"你刚才为什么袖手旁观？"

方小雨说道："他不用死。"

"你别忘了，他是侵略者，是我们的敌人！就算我们不动手，重庆的人也迟早会对他下手的。"

"你别说了，先回去吧。"

护士并没有马上离去，说道："你好像跟他接触得特别多，据我所知还不完全是工作上的接触。"

方小雨没好气道："你一直在监视我吗？"

"我只是想提醒你，演戏也要掌握好分寸，一旦演过头了就会陷进去。"

方小雨冷冷道："我心里有数！"

第八章　他究竟是谁？

出院那天，姚胜利没想到来接自己的人是方小雨。而在来之前，方小雨也没想到此行居然会有意想不到的发现。

走出中央医院大门，姚胜利对着阳光伸了伸懒腰，说道："总算能离开这个讨厌的地方了！"

方小雨在一旁笑道："人家都说养伤的日子就是休假，难道熊谷君不喜欢轻松的日子嘛？"

"那人家还说了，坐牢的日子其实也和休假差不多，但你会喜欢这样的假期嘛？"

"说得也是。"

姚胜利看到方小雨两手空空，想起了什么，问道："对了，你这次来怎么没带上鸽子汤啊？"

"你的伤都已经好了，还喝什么鸽子汤呢？"

"可是我现在饿了。"

方小雨看了看附近，指着不远处的一个小吃摊说道："我请你吃碗馄饨吧！"

姚胜利要了两个烧饼一碗馄饨，没几分钟就全进了肚里。

方小雨取笑道："难道你是饿鬼变的嘛？"

邻近他们的另一个摊位上，一名年轻女子正在享用一大碗鸭血粉丝。她吃得满脸都是汗，不停地用手巾擦着额头。年轻女子名叫苏慧，她的真实身份是中共苏皖边区交通员，刚刚来南京将一份情报送达南京工委，她与方小雨也是老相识。摊主听她口音是外地人，一时兴起搞了个恶作剧，将许多辣椒拌入了汤里。这下，毫不知情的苏慧吃尽了苦头。

在接姚胜利出院前，她刚跟方小雨接完头。分开后她感到有些饿，便在医院门口随便找了一家小吃摊。没想到姚胜利和方小雨也来吃东西，苏慧更没想到不久后自己会有意外的发现。

姚胜利和方小雨的说笑声马上吸引了苏慧的注意，看着他们亲密无间的样子，孤身一人的苏慧内心涌起强烈的羡慕。她竟忘了组织内部禁止擅自见面的纪律，鬼使神差地朝他们走过去。

"小雨！"苏慧见面就打招呼。

一见来人，方小雨吓了一跳。她的反应让姚胜利也显出异样的神情。

苏慧说道："好巧啊，你也在这里吃东西。"

方小雨脑子还没完全转过来，她支吾着回答道："是……是啊，没想到这么巧。"

姚胜利看了苏慧一眼，说道："你们认识啊？"

"这位是苏慧，是我的一个小姐妹。"

苏慧笑道："交了男朋友也不告诉姐妹一声，太不够意思哦！"

方小雨顿时慌乱起来："没有啦！他是我的同事。"

面对方小雨的窘迫，苏慧脸上笑意更盛。姚胜利有些看不下去了，他觉得这个女子完全是故意的。当他看见方小雨脸颊上已经蹿出绯红，便赶紧自我介绍道：

"慧小姐你好，我叫熊谷昭夫，是方小姐在特工总部南京区的同事。"他特意采用了日式的称呼和说话语气。

日本人的身份并没有让苏慧表现出意外或者排斥来，她的目光流露出好奇，说道："你好，熊谷先生。话说，现在特工总部里面也有日本工作人员了嘛？"

姚胜利笑道："'中日亲善'，彼此分工不分家嘛。"

当目光无意间落在姚胜利的碗底时，苏慧脸上的笑容瞬间僵住了。只见碗底空荡荡的，作为佐料的香菜葱花和馄饨一起被吃得精光。之前在新四军根据地听说的一件事这时候回闪在她的脑海里：

那次华北的八路军根据地来了好几支宣传队，其中有一支宣传队的干劲特别足，一度到了队员就连上厕所时都在对老乡宣传抗日理论思想的程度。

这个不寻常的情况立即引起八路军指导员的注意。

根据地的八路军高层经过仔细观察和慎重研究后断定，这支宣传队极有可能是渗透进来的日本特务。为了证实这一推断，八路军指挥部专门宴请了那支宣传队，结果宴会上所有队员都喝干了碗里的汤，汤中的香菜却一点没动地剩了下来。猜想顿时变成了事实，后来八路军设计歼灭了那支宣传队，通过对俘虏的审讯得知，他们果然是日本特务假扮的，目的则是混入根据地伺机袭杀八路军重要领导人。

难道眼前这个叫"熊谷昭夫"的男人并不是日本人？苏慧被自己这个猜想吓了一跳。出于慎重，她决定再试探一下。

"医院里的伙食实在是太差，住个院都要掉好几斤肉。要不我请熊谷先生再吃一碗馄饨吧？就当是见面礼了。"

姚胜利将空碗一推，抹抹嘴说道："那恭敬不如从命啦！"

一碗热气腾腾的馄饨很快又摆上了桌，汤水上依旧漂浮着绿油油的葱花和香菜。姚胜利拉过碗：

"那我就不客气了！"

碗里的东西又是一扫而空，苏慧的心里随之掠过一阵轻微的战栗。

另一旁，苏慧初次见面就对姚胜利表现出的热情让方小雨有些不悦，同时也很奇怪。印象中，苏慧并非是那种自来熟的人，今天她的表现实在有些反常。

姚胜利放下汤匙，说道："非常感谢慧小姐的美意。"现场的气氛越来越融洽，苏慧却是一刻都坐不住了。她起身告辞：

"我得走啦！"

姚胜利挽留道："慧小姐既然来了，那不妨一起吃点东西再走吧。"

"不用啦！"苏慧头也没回地融入了街上的人群中。

望着苏慧远去的背影，姚胜利心里忽然有一种异样的感觉。方小雨在一边嘲讽道："你舍不得她啊？"

结果姚胜利嘴里这时没来由地冒出一句"挺不错的姑娘"，他没看见方小雨的脸瞬间沉了下来。方小雨将装着生活用品的行李包在姚胜利面前重重一放，自顾自走了。

姚胜利冲着她的背影喊道："你不帮我拿啦？"

方小雨冰冷的声音从前面飘来："你自己拿吧！"

姚胜利回过身，看见馄饨摊老板和几个食客正一脸坏笑地看着他。老板说道："醋坛子摔破啦，赶紧去补上。"

他无奈地笑了笑，提起行李追上去。

回到住处后，苏慧想了很长时间。自己明天就要离开南京返回根据地去了，临走前要不要把这个发现告诉方小雨？经过一番反复斟酌，她在当晚敲响了方小雨的家门。她的来访让方小雨很意外，也有些生气。因为她在一天之内连续犯了两个同样的错误，这是纪律上不允许发生的事情。

一见面，苏慧就觉察到方小雨内心的不悦。她直接表态道："我明白，贸然到访以及白天在外人面前向你打招呼都是违反组织纪律的。但是，我在白天有了重要的发现，我想来想去觉得还是应该告诉你。"

方小雨一愣："什么发现？"

接下去，苏慧的话让方小雨惊得直接从沙发上弹了起来。

"你跟我开玩笑的吧？！"

"我不会在大半夜用违反组织纪律的代价来跟你开玩笑的。既然这个人在你身边，我想了想，还是要告诉你。"

苏慧只待了不到半个时辰就离开了，她说的话却一直在方小雨耳边回荡。

这一晚，方小雨在床上辗转反侧，彻夜难以入眠。直觉一次次告诉她，苏慧说出的是一个百分之百的事实：这个叫"熊谷昭夫"的日本男人，身份极有可能是假的。如果是这样，那么他来自哪个阵营？

白天，当看到苏慧对这个男人表现得很热情时，方小雨发觉自己不高兴了。她意识到自己已经对这个男人产生了微妙的情愫。

从床上起来，方小雨理了理纷乱的思绪，接着作出一个决定：她要想办法搞清姚胜利的真实身份。

出院后，考虑到伤势未愈，渡边勇只是安排姚胜利先做一些较为轻松的工作。

一天中午，姚胜利正走在去食堂的路上。时间已经有些晚，前往食堂的人很少了，更多的人已经吃完饭折返回来。

"熊谷君！"身后传来一声呼唤。

姚胜利转过身，只见方小雨满脸笑容地站在面前。他有些意外，问道：

"方小姐，你有事吗？"

方小雨说道："我那里正好有两份寿司，我一个人又吃不完，能不能帮我解决一下呀？"

"乐意至极！反正这会儿食堂里估计也没什么好菜了。"

方小雨的办公桌上放着两份寿司，其中一份寿司拌上了绿芥末和酱汁。

姚胜利朝另一份寿司伸出手去，寿司盒却被方小雨一把拉走。方小雨指着搅拌了绿芥末和酱汁的寿司，说道："那份才是给你准备的。"

事实上，姚胜利压根无法忍受绿芥末的味道。此时他感到有些为难，表面上却还是笑道："没想到方小姐就连绿芥末和酱汁都给我涂好了，我真是现成吃的。"

方小雨一笑："你还是伤员嘛，要照顾好。"

姚胜利拿起一块寿司放进嘴里。刚嚼了一口，绿芥末的辛辣味道就在口腔里炸开，自己的牙齿和舌头像是遭了一场刑罚。姚胜利无比艰难地将寿司咽下去。

一旁，方小雨看似不经意的目光，实际上已经察觉到姚胜利太阳穴处的青筋隐约暴了出来。

两只寿司盒很快都见了底。方小雨扯过纸巾擦了擦嘴巴，问道：

"味道可还满意？"

姚胜利也扯来纸巾："非常好。"

"那就是物有所值了。"

姚胜利说道："我记得上次渡边君请我吃寿司，而后马上将一项艰巨的任务交给了我。方小姐请我吃寿司，不会也是有事相求吧？"

方小雨开门见山道："的确如此。"

姚胜利无奈道："这寿司也已经吃了，看来我只能答应下来了。说吧，什么事情？"

"能告诉渡边长官去哪儿了吗？"

"他一大早就去国民政府参加会议了。"

"大概什么时候回来？"

"这个不好说，那边的会议基本上一开就得一整天。你找渡边君有事吗？"

"渡边长官之前交给我一份针对南京地区重庆分子的清扫计划，让我帮忙再看看文字上有没有问题。因为明天上午就得上报给李士群部长，所以我想尽快还给他，以免到时候耽误了。"

姚胜利顿时心下一惊，难道敌人又将开展大规模的清扫抗日力量行动？这无疑是个重要且紧急的情报。

姚胜利为难道："渡边君开完会恐怕就直接回家了。"

"这样子啊，那我明天一早再还他吧。"

"除了这个还有什么事呢？"

"没有了。"

姚胜利有些惊讶："就为这事？"

方小雨笑道："是的。我没有渡边长官那么大的胃口。"

办公桌上，一壶刚泡好的雨花茶正冒着热气。这种雨花茶是南京地区的特产，南京著名老字号茶楼雅舍斋的掌柜与汪精卫是同乡，由此这种茶叶就在整个汪伪政权系统中推广开来。

姚胜利喜爱喝茶，而且是只喜爱绿茶，这也是江南一带人共同的爱好。以前在军统局，不少同事都喜爱喝咖啡，尤其是从国外进口的咖啡豆现磨的咖啡。对于那种颜色像泥汤一般、味道不亚于黄连的液体，姚胜利实在无法心生喜爱。在他看来，咖啡只能咽下去，而茶是用来品的。而最重要的是，品茶的时候可以让自己整个人都冷静下来。

在雨花茶袅袅升起的热气中，姚胜利想起中午吃饭时方小雨提到的那份清扫抗日力量的行动计划。在未付诸实施前，这份计划应该属于绝密文件，哪怕是内部人员也不能透露。方小雨为何要告诉自己？究竟是一不小心说出口的，还是故意抛出的诱饵？

如果这个消息是假的，自己一旦轻举妄动就会暴露；但如果是真的，自己哪怕暴露了也不能错过一次向战友们预警的机会。

思想激烈斗争了许久，最后姚胜利决心采取行动。他望向窗外，阳光渐渐消散，白昼的光亮正在微弱下去。等到黑夜降临，一切自见分晓。

敲门声响起来，来人是方小雨。

"渡边长官还没回来嘛？"

姚胜利说道："我想他今天应该不会回来了。"

"那我明天一早再来。下班了，早点回去休息吧！"方小雨转身向门外走去。

姚胜利叫住了她："方小姐！"

方小雨重新转过身来。

"嗯？"

"不知今晚能否赏光一起吃个饭？"

方小雨嫣然一笑，说道："哦，真不巧，今晚佳人有约。"

姚胜利耸耸肩膀："好吧，下次我一定提早预约佳人。"

夜幕降临，特工总部南京区大楼里已经人去楼空。姚胜利关掉办公室的灯，静悄悄摸出门。接着，方小雨办公室的门在没有发出任何声响的情况下被打开了。姚胜利像鬼魅一般潜了进去。

这是第一次潜入他人的空间，姚胜利一边试图压下过分慌乱的心跳，一边在黑暗中摸索着前进。即便自己之前来过好多次，但是当黑暗笼罩后，这里一切就统统变得无比陌生。

姚胜利看到白天他们吃剩的寿司盒还扔在垃圾篓内，当时坐过的椅子也还没有挪回到原来的位置，似乎自己是刚离开这里不久。他一处地方接着一处地方翻找，完后将那里恢复成原状。外面，从乌云中突然冒出来的月光总会在姚胜利心里激起一阵阵惊慌。

忽然，姚胜利感到一片冰凉贴在了后脑勺上，他的动作马上停了下来。姚胜利的脑袋已经被一支枪从后面顶住。几乎同一时刻，身后响起一个冷冰冰的声音：

"你果然来了！"

姚胜利身形微动，后面那个声音马上变得严厉。

"不许动，把手举起来！"

姚胜利顺从地举起双手。

身后的声音再次命令道："转过来！"

姚胜利刚转过身，昏暗的视线里马上出现了方小雨冰冷的面孔。此时，她的手中握着一支勃朗宁M1903，目光如同十二月的冰雪般冷峻逼人。

姚胜利说道："没想到方小姐的手不光会写漂亮的文章，还会拿枪。"

方小雨轻蔑地回应："这年头，要想活得长一点，最好什么都会上一点。"

"不过在下认为，其实方小姐是一个美丽的女人，只是太不喜欢笑了，所以美丽打了折扣。"

方小雨脸上露出冰冷的笑容："那是因为我觉得完全没有必要向那些居心叵测的人露出笑容。"

"你一直在等我？"

"没错。"

"你怎么知道我今晚会来？"

"请君入瓮。"

姚胜利叹息一声："看来，我中计了。你早就识破我的身份了吗？"

"没错。"

"能告诉我具体是什么时候吗？"

"你出院的那天。"

"哦？我到底是哪里露了马脚呢？"

"还记得我当时请你吃馄饨吗？我发现你对香菜并不反感，这极不符合日本人的饮食习惯。"

"就凭这个？"

"这还只是初步判断。今天中午吃饭的时候我向你透露文件的事情就是为了引诱你，果然，你上钩了。还有，我故意将那份涂了绿芥末和酱汤的寿司推给你，然后发现你在吃的时候虽然看上去很自然，但是太阳穴处的青筋暴了出来，这说明你其实是勉强将涂了绿芥末的寿司咽下去的，而日本人是不会对绿芥末的辛辣味道感到排斥的。从那一刻我就确定了，你的日本人身份其实是伪装的。"

这一番话听得姚胜利目瞪口呆，没想到自己身上竟然还存在这般多的漏洞。

"好吧，我不得不承认你的眼光确实厉害。我以为自己伪装得够严密了，没想到最终还是被你给识破了。"

"你虽有层层伪装，却还是缺了两样东西。"

"哦，是什么？"

"过分的谨慎和足够的冷静。"

"好吧，只是不知道自己还有没有弥补的机会。"

方小雨脸色稍有缓和，问道："能告诉我，你来自哪里吗？"

对方终于问到了关键，姚胜利决定赌一把："一个已经伤痕累累却依旧在英勇抵抗的地方。"

下一秒，方小雨放下了枪，同时证明姚胜利心里那个最向往的猜想变成了事实。他顿时长长松了口气。

"可以把你手中的枪给我看看吗？"

方小雨将手中的勃朗宁 M1903 递来，姚胜利接过，笑着说道："你难道就不怕我接过去后给你一枪么？"

"枪里没有装子弹。而且我的腰间还有一把南部十四式手枪，里面八颗子弹压得实实的。不过日本的枪我用不习惯。"

姚胜利将枪套在手指上转了一圈，说道："我也有一把这样的枪，陪伴我很多年了，好几次救过我的命。"

接着，姚胜利正视着方小雨的眼睛，问道："可否告诉我，你来自哪个阵营？"

"你非要知道吗？"

"当然。"

"为什么？"

"因为我想搞清楚我们之间究竟隔着多少距离。"

"一个一天到晚都阳光明媚、一年四季都温暖如春的地方。"方小雨目光中浮现起向往。

"还有这样的地方吗？"

"当然有，那里是净土，是圣地。"

方小雨的这句话虽然依旧没给出明确答案，姚胜利却已经联想到了那个地方。

接下来，他们两个人的手握在了一起。

办公室里的灯，下一秒光明正大地亮了起来。虽然早已相识，但姚胜利觉得，眼下仿佛是与这个女子的初识情景。

方小雨感叹道："真是没想到，在这里还能遇见自己人。"

姚胜利说道："你一个弱女子，身处这个豺狼虎豹遍布的魔窟里，心里害怕过吗？"

"当然，我心里害怕得不行。可是面对侵略者，总要有人去战斗的。"方小雨说得从容又坚定。

"你打算在这里待到什么时候呢？"

"到胜利的那天吧。"方小雨顿了顿，继续道，"或许牺牲的时刻会率先来到。"

望着方小雨的脸，另一个身影浮现在姚胜利的脑海中。

姚胜利忍不住说道："你很像一个人。第一次见到你时，我差点把你当作了那个人。"

方小雨一愣："哦？是谁啊？"

"我的表姐。她叫郑静茹，曾经是中统的特工。1939年底震惊上海滩的'刺杀案'就是她一手策划和执行的，只可惜最后失败了，她也英勇牺牲了。"

方小雨当即惊讶道："你是郑静茹的表弟？"

"是的。"姚胜利掏出那张与表姐的合影照给方小雨看。

方小雨看了照片后，露出一丝浅笑："真好，一看就是亲密无间的姐弟俩。"

"你认识我表姐吗？"

"我们并不认识，她的名字也是'刺杀案'发生后我才有所耳闻的。不过，我那里恰巧有一件她的遗物。"

姚胜利顿时目光一紧，追问道："什么遗物？"

"是一个日记本。当年郑静茹被处决后，76号特工总部搜查了她的住所，后来她的一些遗物被移交到了南京区的档案库。我也是在一次偶然的机会中看到了她的日记本。"

姚胜利听得心潮涌动。

方小雨继续道："日记的内容我看过一部分，里面确实提到过一个弟弟，而且很多内容都表达了她对弟弟的关切与祝愿。说实在的，她文字中所含的真情切意让我几次动容。只是没想到，日记中频繁提到的那个弟弟居然就是你。"

姚胜利的声音颤抖起来："日记本，现在在哪里？"

"在我的住所。"

接着，姚胜利几乎是吼出来的："把它还给我！"

方小雨登时被姚胜利突如其来的情绪失控吓了一跳。

"你别激动啊！"

姚胜利一把抓住方小雨的手，恳求道：

"求你了，把它还给我！"

看见姚胜利情难自抑的样子，方小雨叹息一声，说道："那好吧，一起去我的住处。"

中山北路，青禾公寓。

车子一路疾行，在公寓大门前猛地刹住，两人身体同时向前一倾。方小雨埋怨道：

"你开得也太快了！"

姚胜利一声不吭。

下车后，方小雨问他："要不要进去坐会儿？"

姚胜利说道："不用了，我还是在这里等你吧。"

"那也行。"方小雨转身走进大门。

不一会儿，方小雨从里面出来。她将一本有些陈旧的日记本交给姚胜利，姚胜利几乎是一把夺过去的。

翻开日记本，熟悉的字迹映入眼帘，仿佛表姐的音容笑貌阔别许久后再次在眼前出现。霎时间，姚胜利感到自己的心脏颤抖起来，浑身的血液颤抖起来，托着日记本的双手颤抖起来，看着里面内容的目光颤抖起来，还有紧紧抿住的嘴唇也颤抖起来。

一旁，方小雨说道："其实我刚拿到日记本时就想过，有一天把它交还给郑静茹的亲人。毕竟人已经不在了，有它在还可以睹物思人。战争的年代，有太多人消失得不留痕迹，与他们相比，你表姐其实还算是幸运的。"

清冷的夜风吹来，日记本被"嗖嗖"地翻过好几页，在姚胜利听来犹如满含悲痛的叹惋。他内心一直以来在支撑全身的刚强刹那间被融化了，整个人跪倒在风中，泪水不受控制地从眼眶中奔涌出来。

方小雨顿时傻眼了。姚胜利此时像个大男孩般地泪流满面，这让她有些措手不及，她实在不知道该组织起怎样的语言来安慰，或许这场哭泣正是他期待已久的。方小雨只得将手放到姚胜利的肩膀上，像姐姐关爱弟弟那样轻轻拍打着。

第九章　愈炸愈强

夏天接近尾声的时候，姚胜利从花鸟市场买来一株山楂树，种在特工总部南京区大院的绿化带里。

这天清晨，方小雨刚走进大院就闻到一丝熟悉的香味，瞬间激活了脑海中的一些记忆。她赶紧循着香味一路寻去，最后来到山楂树下。果然，叶子间原本青涩娇小的山楂果儿已经红透饱满。方小雨心里顿时跃起一阵欢喜，每当山楂果儿迎风飘荡，熟悉的往事便会再次涌上心头，带来久违的温暖。

此时，方小雨很想从树上摘一颗山楂果儿下来捧在手心，然而树很高，即便她挺直身子将手伸到最高依然无法够着。方小雨看见树下扔着几块砖头，她将砖头堆成一摞站到上面去。这下，她的手终于能碰到最近的山楂果儿了。

凹凸的表皮带来的手感特别踏实，在她的手指碰到山楂果儿的那一刻，时光仿佛迅速向后退去。熟悉的大山、熟悉的家乡、慈祥的父母、心爱的阿哥，那些让她无数次在梦中见到的人和物一一回到眼前，泪水悄悄从眼眶里滚落下来。

摞在一起的砖块忽然散开，方小雨摔倒在地上。当她支撑着重新站起来时，感到右脚脚踝一阵剧痛，险些再次摔倒。

就在这时，有个人从远处跑过来一把扶住了方小雨的身子。方小雨抬起头，只见姚胜利站在自己身边。

姚胜利关切道："你没事吧？"

方小雨尴尬地笑笑："没事。"内心在这时慌乱了起来。

说着，方小雨想要挣脱开姚胜利的手，结果她的身子又是一个趔趄。姚胜利连忙扶住了她。

姚胜利说道："你的脚一定是扭伤了，我送你回办公室吧！"说完，他直接拦腰抱起了方小雨。

方小雨连忙说道："你快放我下来！"

姚胜利嬉笑道："到了办公室马上放你下来。"

然后，他抱着方小雨大模大样地走进了办公楼。一路上，从身旁走过的人纷纷向他们看来，许多人目光中还带着惊讶和好奇。吴永强等一帮小特务跟在后面一个劲起哄，直到姚胜利回身给了每个人屁股上一脚，他们才在哄笑声中散去。

姚胜利将方小雨放在沙发上，他蹲下来撩起方小雨的裤脚，一片雪白的肌肤顿时显现在眼前，上面还有一团高高鼓起的瘀青。

方小雨连忙拉下裤脚，嗔怪道："你干什么呀！"姚胜利看到她脸上已经有一片绯红。

姚胜利笑着起身，他来到走廊里大声叫道：

"吴永强！"

吴永强从另一头旋风般地跑了过来。

"熊谷长官，您有何吩咐？"

"你现在马上去给我弄一斤冰块来。"

吴永强脸上顿时露出为难的神色，说道："熊谷长官，眼下这都已经入秋了，冷饮店早就关张了，实在没地方能弄到冰块。"

"少废话，要是搞不到，这个月薪水全部充公！我只给你半个小时的时间。"

"是、是！"吴永强赶紧向门外奔去。

回到办公室，姚胜利说道："你再忍耐一会儿，我已经让吴永强去买冰块了。"

方小雨说道："不用了，你回去吧，我真的没事。"

姚胜利指指方小雨肿起的脚踝，说道："除非你能说服它自动消退下去。"

方小雨不再说话了。

过了一会儿，方小雨抬起头，看见姚胜利还站在原地。她心里有些过意不去："你也坐一会儿吧！"

就在这时，敲门声响起来，吴永强那颗带着讨好笑容的脑袋从门缝里探进来。

姚胜利问道："交给你的任务完成了吗？"

吴永强连连点头道："完成了，完成了！"说着将一袋冰块放在茶几上面。

姚胜利掏出一张钞票塞到吴永强手中。

"买冰的钱算我的，剩下的赏给你。"吴永强便千恩万谢地出去了。

接下来，姚胜利命令道："把脚放到沙发上去。"方小雨顺从地将右腿放在沙发上，并主动撩起裤脚。

姚胜利从袋子里拿出一块冰用力捏成许多小碎块，然后按在方小雨脚踝瘀肿的位置。方小雨顿时发出一声惨叫。

"忍着点，想不痛就先得痛！"

方小雨俏眉紧皱："你轻一点行吗？"

"要想有效果，力道就不能减。"

接下去，方小雨不再叫喊了。姚胜利看见她的手紧紧抓着沙发，贝齿咬住衣领，脸上倔强与坚定交织在一起。

"好了。"姚胜利擦干方小雨脚踝上的水渍，"这几天尽量减少走动次数，我会替你请假，你回去好好休养吧。"

"谢谢你！"方小雨说道。

姚胜利起身告辞。走到门前时，他回过身来问道："你很喜欢山楂是吗？"没等方小雨回答，姚胜利已经开门出去。

方小雨转头看着茶几上还冒着冷气的冰块，嘴角浮起甜美的笑容。

姚胜利来到山楂树下，他踮起脚尖摘下一颗山楂果儿，放到嘴里咬了一口。酸涩的味道随着飞溅的汁水在口中散开，姚胜利不由得闭上了眼睛。山楂果儿虽然已经熟了，但并未熟透。

几天后，姚胜利捧着只纸袋走进办公楼，一丝丝香气正从敞开的袋口中飘出，惹得周围的人忍不住直咽口水。吴永强从对面走来，他显然已经被香味吸引，指着纸袋好奇道：

"熊谷长官，还在大老远就闻到了香味，这是啥好吃的？"

姚胜利回答道："糖炒山楂。"继续向前走去。

吴永强站在原地挠了挠头，问身旁的另一名特务："糖炒山楂是什么？"

特务耸耸肩，表示自己也一无所知。

办公室里，姚胜利将纸袋放到方小雨面前。

"趁热吃。"

方小雨也立马被香味吸引，她将鼻子凑过去闻了闻，问道："这是什么？"

"糖炒山楂。"

方小雨笑了，说道："还有这东西啊？从来没听说过，以前只知道糖炒栗子。"

姚胜利说道："它是专门为你出现的。"

方小雨拣起一颗放入嘴中，山楂已经脆化，嚼起来松香适口，而且里面的果核已经全部剔除，最外面还包着一层凝固的糖霜。这样的山楂制品，方小雨还是头一次吃到，与冰糖葫芦很相似，味道却要好上太多。

姚胜利问道："味道怎么样？"

"很不错，之前从来没尝到过。"

姚胜利得意道："确实，这是我的独创。"

方小雨眼中闪过惊喜："这样的吃法，是你发明的嘛？"

"没错。"

她不知道的是，在姚胜利住处的厨房内，被弄坏的山楂果儿已经在地上摞起高高一堆，汇成了一大片鲜明的红色。

方小雨忍不住又拣起一颗山楂果儿放进嘴里。山楂果儿还是热的，方小雨觉得山楂果儿身上的暖意一直流到了自己心里。

窗外涌进来一大片阳光，两人脸上的笑意都在阳光中闪闪发亮。

杜禹泽约姚胜利在据点见面。

一进门，姚胜利看见了许久不见的颜超。

"回来了啊？"

"是啊，今天刚到南京。"

"一路上还顺利不？"

"还行，遭遇了几次危机，都是有惊无险。"

"老家那边怎么样？"

"情况很艰苦。日本飞机几乎每天都来轰炸，有时候一天甚至来好几波，每天都要死很多人。不光如此，日本当局仍然在加紧对国民政府的诱降，据可靠消息，国府高层目前已经有不少人力劝委员长重提与日和谈。张自忠、戴安澜这些人的悲壮之举似乎成了白白牺牲。"

姚胜利的心刹那间沉重起来："老家还能支撑吗？"

"当然能，我们还有它。"杜禹泽递给姚胜利一张照片，"这是颜超带回来的。"

姚胜利接过照片，只见照片上是一堵轰炸过后的断墙，墙上用白漆刷着几个醒目的大字：

愈炸愈强。

姚胜利认出照片中正是重庆市区，这四个字让他内心一下子激动起来。

"屋子被炸塌了，可它还立着。"姚胜利激动道，"也代表着我们民族的尊严和抗战的意志永远不会倒塌！"

杜禹泽说道："我有个想法，这张照片完全可以在沦陷区内发挥重要作用。"

"怎么讲？"

"眼下日本人在占领区内大肆宣传轰炸重庆的战果，并放言重庆已被炸成废墟，用不了多久中国就会投降。我们不能任由这种谣言在国人中间产生连锁反应，必须阻止日本人的阴谋，这张照片就是中国军民还在奋勇抵抗的有力证据。"

姚胜利明白了："就是让更多的同胞看见这张照片，明白政府抗战到底的决心永远不变。"

"对。"

"需要我怎么做？"

"我们是地下工作者，不好公然现身，你的身份决定你的活动空间比我们更大一些，能否想办法让这张照片在沦陷区流传开来？当然，前提是你千万不能暴露自己的身份。"

"我来试一试。"姚胜利心里已经有了主意。

从据点出来，姚胜利沿着中山北路来到方小雨居住的青禾公寓。接过任务时，他首先想到的就是方小雨，因为方小雨供职于汪伪政府中央宣传部，目前又在特工总部南京区挂职机要处副主任，她的手上一定掌握着诸多宣传方面的资源。姚胜利想来想去，决定还是去方小雨那里寻求帮助。

当姚胜利敲响房门时，方小雨正在拨弄一盘水果沙拉。她放下盘子将姚胜利迎进屋内。

"看来你的警惕性有待提高啊！"一坐下来，姚胜利说道。

方小雨一愣："此话怎讲？"

"你都不问问外面是谁就开门。"

方小雨一笑："我知道是你呀。"

"是嘛，莫非你的目光还能穿透门板看到外面？"

"是根据敲门声听出来的。你每次敲门的频率都是一样的，从没有变化过。"

姚胜利脸上浮现出惊讶的神色。

方小雨将调好的水果沙拉放到姚胜利面前的茶几上，问道：

"要不要喝点什么？"

姚胜利点点头："随便什么都行。"

方小雨将一杯红酒递给姚胜利，自己也倒上一杯。

"说吧，来找我有什么事？"

"没事就不能来看看你？"

方小雨一笑："明人不说暗话。"

姚胜利喝了一口红酒，说道："的确有件事情想请你帮忙。"

"于公的还是于私的？"

"于公。"

"那么请说。"

姚胜利掏出照片放到方小雨面前，说道："这是我的人从老家带回来的，我们希望让更多人看到这张照片。"

"你的意思是给它作一作宣传。"

"差不多就是这意思。"

方小雨看着照片："确实是个好消息。现在日本人每对重庆轰炸一次就大肆宣传，沦陷区的国人们确实很需要看到这张照片，否则他们会以为重庆已经投降了，也会彻底对抗战失去信心的。"

"那就拜托你了！"

"我是无法利用自己公开的职务来完成这件事的。不过你放心，我会想别的办法。"

"谢谢你！"

姚胜利看到茶几上还放着一张照片，他将照片拿起来，里面是一座小山，山顶上还立着一座样子古朴的塔。

姚胜利指着照片中的塔问道："这是什么地方？"

"我家。"

姚胜利哑然失笑："你家住在塔里吗？"

方小雨白了他一眼："不可以吗？我告诉你，那是最温暖最舒适的地方，那里的阳光比任何地方都要明亮，那里的泥土是散发着香味的。"

"那不成天堂了嘛？"

"没错，那里就是天堂。"

"既然那里这么好，那你干嘛不回到那里去？"

方小雨沉默了。过了一会儿，她才轻轻说道："我做梦都在想着回到那里去。"

姚胜利看到眼前这个女子脸上此时满是落寞，似乎想起了某些伤心的往事。

之后，方小雨将照片送到了上级手里并说明了想法，立即得到了上级的认同。经过仔细研究后决定，将这一照片复制后送到各个沦陷区的学校、工厂、报社、杂志社等单位，同时采用组织学生游行、宣讲的方式将这一信息告知给国人。目前各个沦陷区内的日本当局正在采取怀柔政策，轻易不会杀人。

方案通过后，照片马上被复制出好多份，通过交通员送给各个沦陷区内的地下工作站。一时间，各大沦陷区原本已经渐渐销匿下去的学生运动又高涨了起来。一张照片出现在各大报纸、杂志的头版头条，也成了人们茶余饭后的谈论热点。这张照片让在沦陷区内逆来顺受的人们感到了振奋，就像在黑夜里踽踽而行的人前方出现的第一道霞光，虽然微弱，却让人相信黎明就在霞光后面。

南京中央大学，礼堂的阁楼内。

十几名青年学生围坐在一起，个个神情激动地讨论着一张照片。他们都是中国共产党苏皖边区南京工委领导下的南京中央大学青年救国社成员，此时讨论的正是颜超带回来的照片。

学生甲："虽然周围已经成了废墟，但这四个字就像代表着胜利。"

学生乙："重庆虽然不是我党的根据地，但也是大后方。这张照片至少让沦陷区的人民看到了大后方抗战到底的决心。"

学生丙："日本人先前得意扬扬地说，重庆已经被他们炸成了平地，国民政府的抵抗意志也已经被摧毁，这张照片可真是结结实实地打了他们的脸。"

青年救国社社长张少安说道："同学们，南京工委书记唐宁同志刚刚下达了指令，要我们每个人都承担起传播的使命，力争让更多人看见这张照片。"

学生乙："说的是，要让其他同学都看到！"

张少安说道："我有一个大胆的想法。我们可以联合南京地区其他大学的师生，搞一次声势浩大的游行，把这张照片拿出来，直接拿到光天化日之下，让日本人的谎言不攻自破。"

学生甲："想法是很不错，但这样会不会太冒险了？日本人肯定不会任由我们这样做的。"

学生丁："这个不用担心。现在日本人向外界大肆鼓吹'中日亲善'思想，他们又怎会轻易破坏自己好不容易塑造起来的友善形象呢？"

张少安右手握拳，高高举起来，号召道："让运动进行得更猛烈些吧！"

成员们纷纷举起拳头，齐声道："运动起来！"

十几双手握在了一起。

这张照片让各个沦陷区内的国人，尤其是青年学生像打了鸡血般兴奋起来。南京城内的学生运动就有十几场之多。

一天，姚胜利驾着车在上海路行驶着，行人突然退到了两侧，紧接着一群高举标语的青年男女从远处迎面走来，姚胜利赶紧将车开到路旁。

游行队伍转眼来到了面前，姚胜利看到他们高举的标语是：多难兴邦、愈炸愈强。两句话中间是那张被放大的照片。

街上的巡警很快聚集过来，试图阻拦游行队伍，但他们的身影很快就淹没在声势浩大的人群中。队伍一路前行，不断有人加入其中。姚胜利觉得这就是中国的抗战，在中国人民众志成城的抗争下，日本侵略军注定只是妄想撼树的蚍蜉。

学生运动让姚胜利想起往昔那些激情飞扬的岁月。那时候，在上海的大街小巷，姚胜利跟在表姐后面，高举着旗帜，与其他年轻的男女在清冷的风中大步向前，口中高唱着那首《热血歌》。

现在回忆起来，姚胜利只觉得那段岁月真的很美好，喜怒哀乐都可以光明正大地放在脸上，不用像现在，一天到晚都必须小心翼翼。更重要的是，那时候表姐还活着。他多么渴望能够与表姐再次并肩作战。目送着大步而去的青年学生，姚胜利的眼泪情不自禁地流了下来。

颐和路 21 号，特工总部南京区。

办公室内，渡边勇面前摊着一张申报，头版头条标题是：

重庆向全世界宣示：将在大轰炸中走向更强。

阳光恰好从窗外洒进来，于是标题就显得分外醒目。

渡边勇突然眉毛一拧，他将报纸撕碎，用力抛向空中。碎纸片像雪花一样飘落下来，在地上闪着亮光。

"浑蛋！"

姚胜利请方小雨在位于贡院东街的新亚舞厅跳了一次舞，这是他第二次和方小雨跳舞。方小雨的舞步优美，身轻如燕，刚一开始就赢得了周围的掌声。姚胜利又想起了表姐，那时候他们也经常出入上海市各大舞厅。表姐美丽端庄，谈吐优雅高贵，尤其舞技可谓炉火纯青，每次去舞厅都会有很多男人来邀请她做舞伴，自己的舞也是她教会的。

方小雨舞跳得也非常不错，于是在姚胜利心里，她们两人的相似度又提升了不少。一支舞跳完，方小雨被另外的男人邀请去，姚胜利来到柜台前要了一杯波旁威士忌。

有位舞女走过来邀请姚胜利跳舞，姚胜利婉拒了对方。舞女也不纠缠，礼貌地告退，这让姚胜利觉得眼前这个舞女身上全然没有风尘女子的那种轻佻和做作。随即，她被一名喝醉了的男子野蛮地拖到了怀中。姚胜利走过去，出手制止了那名男子。

"这位先生，请学会尊重女士！"

那名男子明显一愣，说道："她只是个舞女啊！舞女什么时候也需要尊重了？"

姚胜利说道："在任何时候都需要尊重女士。因为每一位女士都是可爱的天使，一个性格粗鲁的男人是不配与天使交往的，请你向她道歉。"

111

随后，男子果真向那名舞女道了歉。

舞女冲姚胜利微微鞠躬，说道："谢谢！"

"不用客气。"姚胜利坐回到沙发上。那名舞女没有立即回到跳舞的人群中去，而是默默注视着姚胜利，她感到视线中那个身影此时让自己内心荡漾起了一圈波纹。

刚才那一幕也被方小雨看在眼里，同时内心荡漾起波纹的还有她。

原来舞厅这等风尘场所内，温情尚在，灯光可亲。

第十章　为姐姐讨公道！

姚胜利跟随渡边勇去了趟上海。他们此行的目的地是闸北区绿树掩映下的一座叫"梅花堂"的小楼。当时很少有人知道，那便是大名鼎鼎的日本特务机构梅机关总部所在地。

汇报完工作后，二人走出梅机关的大门。渡边勇看了一眼上海的天空，感叹道："上海真是个不错的地方。"

姚胜利问道："想当年，帝国选择在上海与中国军队展开第一仗，是不是也因为觉得上海是个不错的地方呢？"

"上海有很多吸引人的地方，想说又说不出来，只能去感受。"

姚胜利好奇地说道："那么想必渡边君已经感受到了。"

"那是当然。帝国陆军在这里与中国军队厮杀的时候，我就在海上，我们的舰队在短时间内就消灭了中国的海军，然后从金山卫登陆，给了中国军队狠狠一刀。"尽管已时隔多年，渡边勇回忆起来内心依然有一股自豪升起。

而同样的往事，姚胜利却是另一番感受。姚胜利说道："走吧，我们该回去了。"

"不着急。自从你来组里，重大任务一件接着一件，都没让你休过一个像样的假期。这次来上海，你就好好在这里玩几天吧！"

姚胜利有些意外："你这是要给我放假吗？"

"反正来都来了，组里最近也没什么要紧事。上海与南京不一样，南京曾是中国古代六个王朝的都城，留下的都是古代建筑，尤其是象征中国封建皇权的建筑。这样的建筑天生带着压抑，所以南京只能用来览。而上海没有帝王文化的浸润，它给人感觉是轻松随意的，所以上海才是用来玩的。当地的方言把玩叫作'白相'，这个词很有意思。到了五光十色的上海滩，一定要做一回'白相人'才不枉此行。"

姚胜利笑起来："那我就恭敬不如从命，先在上海白相个几天喽。"

座驾停在了他们面前，渡边勇拍拍姚胜利的肩膀，说道："什么都不用想，玩得开心！"

渡边勇的车子已经远去。姚胜利站在原地，脸上渐渐浮现出微笑。接下去的日子里，姚胜利在这个熟悉却已有些陌生的城市游荡起来。

十里洋场总算恢复了昔日的繁华，曾经熊熊燃烧的战火、废墟里的瓦砾如今都已不复存在。时光的再造力量终究能修复一切，只是不知道，战争的炮火给这个城市的人们内心造成的创伤是否也一样永久愈合了？

再次穿行在上海的大街上，姚胜利内心并没有产生太多旧地重游的欢愉。这个城市虽然已恢复了往日的繁华，然而已经改变不了沦陷区的本质，生活在这里的人们，无论是清醒还是糊涂，身上都贴着一个共同的标签：亡国奴。日本占领当局在这里大肆抓捕抗日分子，汪精卫的傀儡政权助纣为虐，杀戮每天都在上演，恐怖时刻都在蔓延。在这个国际化大都市热闹繁华的表象之下，充斥着的是冰冷、无情。所以，这个城市看似没有变化，实则早已面目全非了吧。

姚胜利觉得，自己对这个城市的记忆是与表姐联系相连在一起的。记得在中学时代，到了每年的寒暑假，自己都会到女埠码头乘船沿着兰江一路向北去上海找表姐，假期时光大多是在表姐家中度过的。他们一起成长，一起分享年少的美好辰光，也一起投身到抗日救国的光荣运动中去。

1932 年"一·二八"事变爆发后，表姐带着自己参加了学生救护队，奔赴前线支援十九路军。这是姚胜利第一次亲身经历战争，也深深体会到了战争的残酷性。有一次，一发炮弹落在姚胜利身边不远处爆炸，表姐奋不顾身地扑过来将他护在身下，自己的右肩却被弹片削出一道又长又深的口子。表姐当时因为流血过多晕了过去，醒来说的第一句话是：

"我要是男人，马上去参军！"

这句话在当时深深影响了姚胜利。中学毕业后，他报考了南京中央陆军军官学校，然而未能如愿考上。后来，他考入上海法政学院，成了表姐的校友。

1935 年，"华北事变"爆发，中国军队长城抗战失利，国民政府被迫与日本侵略者签订了丧权辱国的《塘沽协定》。这一年，在中国共产党的呼吁下，中华民族的抗日情绪持续高涨，北平爆发了"一·二九"运动，也是"五四"运动之后又一次青年学生组织的大规模救亡图存运动。

同一时期，在上海，姚胜利利用课余时间和表姐也投身到学生运动中。他们拿着募捐箱一起出入戏院、剧场、茶楼等场所为抗日募财集资。为了唤醒迷茫麻木的国人，抨击国民政府软弱的对日政策，他们还经常组织起学生游行大军，拉着横幅，手挽着手在上海的大街小巷大步前进，口中高唱《热血歌》《旗正飘飘》《五月的鲜花》等红极一时的爱国主义歌曲。

1936 年底"西安事变"爆发，国民政府正式宣布"停止内战，一致对外"，抗日民族统一战线初步形成。随后，国民政府加大了对日整军备战的力度，南京中央陆军军官学校开始扩招，姚胜利又一次报考，总算如愿考入，也由此与表姐开始分隔两地。即便如此，他们之间的通信一直没有间断，直至抗战爆发，表姐突然失去了音信，不久后姚胜利也跟随部队开赴前线对战日军。

姚胜利觉得自己与表姐在一起的时光是最充实最开心的，虽然中间有不少惊心动魄的经历，但他毫无怨悔，因为他清楚，这是在为国家为民族做事。不光如此，姚胜利还深爱着表姐，这是他少年时光里一个最大的秘密，一直深藏在心不动声色。后来，表姐被姨父许配给了英俊的飞行员王勋烈，结果他们还没来得及举行婚礼战争就爆发了。

表姐已经牺牲数年，其间不知是否有人去凭吊过？她就牺牲在上海，这个自己再熟悉不过的地方。姚胜利很想继承表姐的遗志，在这片土地上继续战斗下去。

姚胜利走得有些累了，他停了下来。

一旁，眼尖的黄包车夫跑到他的身边，用地道的上海话问道：

"先生，侬要乘车子伐？"

姚胜利坐上车："拉我在市区逛上几圈，去哪儿都行，不要跑得太快。"

"好嘞！"黄包车夫一拎车把，甩开脚跑起来。

一路上，姚胜利的注视着道路两旁。经过苏州河畔时，一座高大的建筑物出现在视线中。建筑物很是破旧，墙面上几个已经严重褪色的字，勉强可以辨别出来：

四行仓库！

上海沦陷后，这里曾是中国军队最后的堡垒，全世界的目光都聚焦在这座外形并不起眼的建筑物上，中华民族抗战到底的决心也为之彰显和振奋。

如今这里已经人去楼空，那面在屋顶猎猎飘扬的国旗已经不见了踪影。那面国旗是上海失陷后由润州中学初二女学生杨惠敏冒着生命危险渡过苏州河送给死守在仓库的中国士兵的，当时极大鼓舞了将士与侵略者战斗到底的决心，也一时间成为佳话。还有那位铁血铮铮的谢晋元团长，如今已然冤死于叛徒之手。

还在重庆的时候，姚胜利就听说那位当初冒死给中国将士送国旗的巾帼英雄杨惠敏现在日子可不太好过，只因为她与当红影星胡蝶的一箱珠宝遗失扯上了关系，昔日的抗战楷模如今已沦为国民政府的阶下囚。本来丢了一箱珠宝也不是什么大不了的事，问题是那会儿胡蝶正是军统头子戴笠献殷勤的对象，戴局长正愁没有什么能博得美人一笑，这可是送上门来的机会，于是杨惠敏就遭了殃。想到一个抗战的英雄在当局者的心里，其分量居然还比不上一个搔姿弄首的戏子情妇，姚胜利感到的只有荒唐可笑。

来到静安寺附近，姚胜利让车夫在一家西伯利亚皮货行门前停下来。车夫擦了一把汗，转过身来问道：

"先生，侬要进去买东西伐？"

姚胜利没有回答，也没有下车，只是痴痴地望着皮货行的门面。车夫一脸奇怪地看着姚胜利，一般来到这里都是推门进去买东西，就算不买也会在里面逛上几圈，哪有在门外呆呆看着的，他觉得这位先生像是有些魔怔。

这里就是表姐执行第二次刺杀汉奸任务的地方，可惜还是让那个老狐狸逃走了，不久表姐也被捕入狱，最后英勇牺牲。姚胜利发誓，自己一定要找机会亲手干掉那个大汉奸，他觉得不管是为了表姐还是为了国家民族，他都应该这么做。

后面响起刺耳的汽笛声，一辆黑色的轿车在他们后面停下来。司机从车窗里伸出头来不耐烦地挥着手，示意他们挡住了道路。姚胜利只好说道："走吧！"车夫拉着车重新跑起来。

姚胜利在靠近城郊的地方下了车，此时他要去一个自己已经挂念了许久的地方。

姚胜利来到表姐被处决的那片荒地，还没等走到表姐倒下的地方，姚胜利的眼泪已经奔涌出来。表姐走得是那么地突然，自己就连最后一面都没能见上，她仿佛化作了一缕青烟，顷刻间便消散在这连天的烽火中。

随着距离越来越近，姚胜利觉得自己的心正被刀刃一下接一下地划开。寻到表姐倒下的位置，姚胜利跪在了地上，他的双手深深地抓进泥土中，大颗的眼泪也掉落进去。脑海中似乎重现起表姐临行前的情景：清风吹拂起她乌黑的长发，脸上的累累伤痕依旧掩饰不住她的青春秀美。表姐面对着黑洞洞的枪口挺起胸膛，脸上和眼神中尽是革命勇士的坚贞不屈和视死如归。

姚胜利感到手下的泥土渐渐变得温暖起来，不知是自己热泪浸润的缘故还是九泉之下的表姐感受到了自己对她的追思。虽然自己是个无神论者，但姚胜利此时还是很想知道表姐是否已经魂归故土。身在异乡终归是如飘散开的蒲公英，况且上海的土地烟火味太过浓重，这样的土地几乎是不带情感的。唯有回到故土，灵魂才能安息。不知在家乡那片广袤的土地上，巍巍横山、泠泠兰江，何处才是表姐的灵魂安息之地。

姚胜利朦胧的泪眼望向前方，只见不远处青草繁茂，五颜六色的野花竞相绽放，勾勒出万物生长的灵秀之美。他想起唐代诗人杜甫的诗句：国破山河在，城春草木深。感时花溅泪，恨别鸟惊心。姚胜利觉得草木终究是无情的，它们依然在这片土地上尽情生长绽放着，全然无动于衷这里曾经消逝过一个年轻美好的生命。不过在山河破碎的日子里，它们即便身处焦土，依然显露出强大的生命力，倒是叫人为之振奋，这仿佛也是表姐对他的鼓舞。

临走时，姚胜利掏出一方手帕在地上摊开，他捧起一把泥土放到手帕上包裹起来。泥土中也许有表姐的气息和血脉，之后的岁月里，他要将这把泥土带在身边，与表姐从此再也不分开。

在上海休假期间，姚胜利去吉斯菲尔路76号汪伪政府特工总部拜访了情报处处长汪世宝，随即受他的邀请前往其家中做客。

上海沦陷后，潜伏下来的军统特工与汪伪76号的特工展开了一系列刀光剑影的厮杀。刚开始，军统特工凭借在上海地区根深叶茂，在争斗中占尽优势；后来，汪伪76号在上海的各行各业、三教九流中发展了许多线人，军统特工的优势开始被削弱。到今天，76 号在上海地区已经形成一张盘根错节的情报网，给抗日行动的开展造成了极大的阻碍。如果能将这张情报网摧毁，那就能给予 76 号沉重打击。姚胜利早就听杜禹泽说起过，上海 76 号特工总部情报处处长汪世宝手里掌握着一张线人名单。此次上海之行，自己一定要想办法接近汪世宝，伺机拿到那张名单。

在汪伪特工总部的大小头目中，汪世宝是出了名的酒色之徒，其酒量没有几个人能够与之匹敌。临行前，姚胜利还担心自己到时挡不住汪世宝的盛情劝酒而被灌醉，妨碍到任务的执行。想了想，姚胜利编出一套正值家族祭日必须戒酒的说辞。

在酒席上，见姚胜利将不饮酒的理由说得有模有样，汪世宝也就没再坚持。姚胜利是第一次同这位 76 号小头目喝酒。汪世宝是个虎背熊腰的中年汉子，面部中央一只红扑扑的酒糟鼻让他粗犷的外表中显露出几分滑稽，而对方喝酒的样子更是让他刮目相看。

只见汪世宝面前放着一只碗，碗的口径就同桌子上装菜的盘子一般大小。每次往碗里倒满酒，汪世宝都是直接端起来一饮而尽，仿佛碗里盛的只是用来解渴的白开水。满满一大碗烈酒，配上高大的身躯，姚胜利觉得《水浒传》里的黑旋风李逵此时就站在自己面前。

桌上的菜肴大多为日系菜肴，所喝的酒也是日本清酒。姚胜利清楚，这是汪世宝在向自己示好。尽管对绿芥末、生鱼片等食物感到难以下咽，姚胜利也只能勉力作出一副满口生津的样子。

酒过三巡，桌上已是杯盘狼藉。满脸通红的三姨太马婉云依偎在汪世宝肩头向他传送秋波，姚胜利明白那眼神是在暗示什么，只见汪世宝微微点点头，接着又对姚胜利说道："烦请熊谷长官稍等片刻，在下带贱内去醒醒酒，失陪了。"

姚胜利顺势点点头，说道："汪处长请便，我也正好去排排水，刚才饮料喝得肚子都涨了。"

汪世宝连忙唤过用人道："小环，带熊谷长官去卫生间。"

姚胜利连忙推辞："不用了，只要告诉我在哪里就行，有人在边上我会不自在的。"

姚胜利在用人的指引下来到卫生间前，他惊奇地发现卫生间与汪世宝的书房只有一墙之隔。姚胜利确信用人走远后，马上掏出事先准备好的特种钥匙从卫生间折出来。特种钥匙很轻松就打开了书房的门锁，姚胜利闪进去并迅速合上门。

刚进入房间，姚胜利立刻被惊得后退好几步，只见汪世宝就站在对面冷冷地盯着他。难道自己已经被识破了？姚胜利额前瞬间冒出豆大的汗珠，手抓住了腰间的枪。

但是过了好一会儿，对面的汪世宝还是一动不动地盯着他，姚胜利大起胆子叫了声"汪处长"，对方依然是无动于衷。视线中的汪世宝仿佛被人点了穴道，就连眼睛都无法动弹。姚胜利慢慢走过去，当他走到汪世宝身前时，对方的目光还是呆滞地朝向前方。姚胜利吃惊地发现，站在眼前的这个汪世宝其实是个用蜡做的假人。

原来是虚惊一场！姚胜利松了口气。不得不承认，这个假人的做工极其精湛，乍一看去真的可以乱真。

姚胜利掏出手表，时间已经过去了两分钟，接下来的事情最好也在两分钟内做完，否则会大大增加暴露的危险。他看见书桌正中的抽屉上插着钥匙，要找的东西也许就在里头。眼前的抽屉上面插着钥匙，防备看上去最为松懈，然而最危险的地方往往也最安全。

姚胜利刚拉了一下抽屉马上又停下来，他清晰地感觉到里面此时有一股阻力正阻碍着抽屉被从书桌里拉出来。他马上意识到，抽屉里面暗藏着机关，自己如果贸然行动很可能会触响警铃之类的报警器。姚胜利不敢再轻举妄动，他轻轻将抽屉拉出一道小缝，然后拿出微型手电往里头照去。

里面放着厚厚一叠资料，第一页看上去没有任何关于线人名单的情报。但是姚胜利注意到一截突出来的纸角，上面用细小的笔迹写着好几个名字。直觉告诉他，这就是名单。眼下情况可谓是争分夺秒，无法鉴定这是否是名单，只能冒险赌一把。于是姚胜利用镊子伸进抽屉将那张纸小心翼翼地抽出来，当整张纸呈现在姚胜利面前时，姚胜利首先看到的是上面密密麻麻犹如蚁群聚集的字迹。在最上面，姚胜利看到一行令他激动的字：

特工总部线人名单汇总。

姚胜利迅速掏出微型相机将那份线人名单完整地拍摄下来，之后军统上海站的特工将会根据名单上的地址开展清除计划。

拍完后，姚胜利藏起微型相机，将名单放回原处。他注意到地上还有本笔记本，似乎是不小心掉落的。他本能地从地上捡起来，马上又意识到这很有可能是一个陷阱，是汪世宝为了鉴别是否有人进入过自己书房而摆下的迷魂阵。幸亏记得笔记本在地上的位置以及形态，他正要放回原处，里面露出的三个字却引起了他的注意：

郑静茹。

没想到在这里也会看到与表姐有关的信息，姚胜利马上翻开笔记本，接下去看到的内容却让姚胜利险些丧失了理智。只见笔记本一页中赫然记录着这样的内容：

……我们无意中在漕河泾监狱见到了被捕的中统分子郑静茹。虽然已经沦为阶下囚，但不得不承认她美丽优雅的气质丝毫未减，尤其是脸上那两个若隐若现的小酒窝更是给她增添万种风情。

望着那个美丽的身影，我突然感到了一丝怨恨。为什么我没有这样的美丽优雅？我觉得她在朝我炫耀，她在嘲笑我比不上她，我决定好好折磨她一番，我要亲手毁掉她的美丽！

我和陈太太、赵太太一起找来竹条，并且让我丈夫的手下将她趴着绑在一条长凳上。我们轮番用竹条抽打她的脸蛋、她的大腿、她的臀部，总之凡是显现出她美丽的地方我们统统抽打了一遍。听着她发出撕心裂肺的惨叫，我觉得那是最动听的音乐，比仙乐门当红女歌星的演唱还要动听一千倍一万倍。最后她晕了过去，变成了一个血人。我欣慰地觉得，她的美丽优雅终于被我毁掉了，她只剩下一具遍体鳞伤的丑陋躯体。

我真的太开心了！

姚胜利发觉自己的双手不知什么时候已经攥成了拳头，手背的青筋鼓起老高，仿佛就要挣出来。同时，他感到自己脸颊湿漉漉的，用手一抹才发现自己已是泪流满面。

表姐居然还受过这等折磨和屈辱！日记是汪世宝的三姨太马婉云写的，她与表姐无冤无仇，仅仅因为妒嫉表姐的美丽就下此毒手，姚胜利心里一瞬间产生了此时就冲出去结果了马婉云的念头。

待冷静下来，姚胜利在心里发誓：一定要手刃那几名折磨表姐的仇人！

姚胜利将笔记本放回原处，出门走进卫生间按下了小便池的水龙头。渐淅沥沥的冲水声传到了外面，姚胜利作出刚解完手的样子推门出去。当他刚回到桌前时，汪世宝夫妇也正好回来。仇人就在眼前，姚胜利此时却只能压制住内心的怒火。

一见面，汪世宝就客气地关切道："熊谷长官可找到卫生间了吧？"

"找到了。刚才喝得太多，刚解完走出门又要解了，让汪处长您见笑了！"

一个"您"字顿时让汪世宝连连恭维："不敢不敢，都怪世宝考虑不周，让熊谷长官受委屈了。"

汪世宝吩咐用人撤去桌上的酒菜，换上茶水糕点，两人继续闲聊。姚胜利注意到马婉云换了件淡蓝色的旗袍，人也重新梳妆过了。汪世宝原本通红的脸颊也已经恢复了正常，唯有那只酒糟鼻还在泛着红色的光芒。

在接下去的谈话中，汪世宝向姚胜利倾诉了自己作为特工总部情报处长的种种苦恼。手下的不忠、军统分子的疯狂破坏、上海帮会的捣乱让他时时活在心惊胆战中，每当讲到伤感处，汪世宝这个粗犷汉子眼睛里居然还流下了泪水。姚胜利很清楚，对方此举无非是为了让主子明白自己没有功劳也有苦劳的事实，从而为今后的平步青云奠定基础。趁着汪世宝眉飞色舞地忘我诉说，姚胜利偷偷用袖珍相机拍下了马婉云的照片。

此时，一条连环复仇计划已经在姚胜利心中慢慢成形。

告辞时，汪世宝两只熊掌般的手握着姚胜利的手，犹如抓住珍贵宝物那般不舍得松开，口中连连感激姚胜利肯赏光赴宴。姚胜利敷衍地回应着，此时他只想立刻离开这里然后立刻实施计划。事关表姐的深仇大恨，他一刻都不想等待。

当拍摄下的那份汪伪线人名单重新被洗出来时，姚胜利吃惊地发现里面的内容完全出乎了自己的意料。汪伪线人遍及军统在各个省份的分站。之前有许多在执行任务时突然失踪，而后又平安归来的军统特工实际上早已沦落为汪伪政府的鹰犬。除此之外还有饭店服务生、影视公司职员、银行经理、公董局巡警等，一句话，上海各行各业均活跃着汪伪线人的身影。姚胜利顿时倒抽了一口凉气，如果社会大部分行业都在为汪伪政权服务，那么不光是军统，沦陷区所有抗日力量的活动空间都会被不断压缩。

夜晚时分，姚胜利的身影穿过夜色来到位于西藏南路与延安东路交叉口的大世界游乐场。这里是上海最大的游玩场所，也是"包打听"聚集的地方。

包打听阿六站在一处角落里，此时眉毛拧作一团。四爷已经派人传话来，三天后再不把钱还上就把他装进麻袋扔到黄浦江里去，可他已经连续四天没有揽上活了。阿六叼起一根烟，手中的打火机却怎么也打不着火，气得他将打火机往地上用力一扔。接着，一只打着火的打火机凑过来替他点燃了烟，阿六看见一个人站在自己面前。

他马上意识到是来买卖了，连忙堆起笑脸并掏出一根烟递过去，说道："这位先生，侬有啥子吩咐？"

姚胜利挡下那根烟，说道："我想请这位兄弟帮个忙，可否借一步说话？"

"好说好说！"阿六赶紧收起烟跟随姚胜利走到马路旁的一处僻静角落里。

"先生尽管吩咐。"

姚胜利掏出马婉云的照片递给他，说道："我要你帮我打听清楚这个女人的所有情况。"

阿六看了一眼照片，说道："哟，这小娘们儿还挺俊的，像这样的俊娘们儿打听起来不是件难事，不过这个价钱嘛……"

姚胜利说道："你开个价吧！"

阿六伸出五根手指头，说道："这个数怎么样？"

姚胜利笑着说道："你只要给我打听清楚，事成后我给你两倍。"

一听到雇主肯出两倍的价钱，阿六立刻笑没了眼睛。

"这位先生真是爽快，要是雇主都像您这样，那我们的生意就好做多啦！"

姚胜利声明道："如果规定时间内完不成，我可要你的命！"

"放心吧！我们到时候在哪里见面？"

"就在外白渡桥上吧。我给你三天时间，可以吗？"

"好的，一言为定！"

三天后，姚胜利出现在外白渡桥上，他望着脚下苏州河安静的水面，回味着关于这个城市的记忆。过了一会儿，有个人在他身边停下。来人正是阿六。

姚胜利问道："事情做得怎么样了？"

阿六将一只资料袋交到姚胜利手中。

"这里面有你要打听的那个人的所有资料。"

姚胜利草草看了看资料，拿出一沓钱拍到阿六手中。阿六就在千恩万谢中跑开了。

走下外白渡桥，姚胜利经过一个小书摊，摊上都是些论斤出售的旧书、旧报纸杂志。姚胜利漫不经心地朝书摊扫了一眼，结果那里的一团鹅黄色让他猛地停住脚步。

姚胜利蹲下身子将那团鹅黄色抽出来，当鹅黄色完整地呈现在眼前，他瞬间热泪盈眶。只见画面中，表姐穿着鹅黄色的旗袍，正冲着他嫣然微笑。

那是1937年出版的《良友》杂志，表姐被选中做那一期的封面女郎。那时候的她青春洋溢，美丽动人，俨然是上海滩万朵鲜花中最光鲜照人的一朵。

摊主见姚胜利目光停在杂志上许久，连忙问道："先生，侬要这本杂志伐？"

姚胜利点头道："多少钱？"

"看你诚心想要，就给五毛钱好了。"

姚胜利掏出一张一元的纸钞递给他。

"不用找了。"

姚胜利抱着杂志离去，走了几步他又折返了回来。

摊主说道："先生还有啥子需要伐？"

姚胜利指着封面上的表姐问道："你知道她是谁吗？"

"知道啊，郑静茹嘛，那时候也是上海滩有名的大美人，没承想后来因为感情纠纷被人杀了。鲜花一样的人，真是可惜！"

摊主的话让姚胜利的心一颤，表姐已经牺牲数年之久，没想到人们对她的误解依旧没有消解。

姚胜利冷冷道："很多时候，你眼睛看到的并不是真实的。"说完，他转身离去。

摊主挠挠头，一脸疑惑道："侬刚额撒意思？"

姚胜利将《良友》杂志揣在怀中，没一会儿，他感到自己的整颗心都变热了。

回到住处，姚胜利仔细阅读起马婉云的资料，当他翻到其中一页时，上面记载的内容让他马上兴奋起来。

原来马婉云在外面还养着一个叫作"汤姆金"的小瘪三做情夫，汤姆金就住在闸北秋石弄 13 号。每个星期三晚上，马婉云都会去那里与情人约会。

姚胜利看了一眼日历，今天是星期二，那么明天晚上又是马婉云与情人约会的时候。机会就在眼前。

星期三晚上。临出发时，姚胜利拿出那本《良友》杂志。封面上，表姐一身鹅黄色旗袍，干净、优雅、笑容可掬，将他的思绪又拉回到了过去。与表姐在一起的每天，生活中的阳光与表姐的笑容都是那般明媚。

泪水流了下来，姚胜利将一杯酒洒在杂志前，目光满含柔情，他觉得表姐此时就站在面前。

"姐姐，我今晚就给你讨一个公道！"

姚胜利将另一杯酒喝干，然后把杂志揣进怀里出门。

上海闸北，秋石弄。

在漆黑的巷道里，只有清冷的夜风穿堂而过，此时正在门前热情相吻的一男一女根本没有注意到，有一个鬼魅般的身影就站在离他们不远处，他的身体、举动以及面部表情统统隐藏在一团阴暗中。

过了一会儿，一男一女终于发觉到了第三个人的存在。

女子发出一声惊叫，男人壮着胆子朝黑影骂道："喂，你在那里干什么？给我滚远点！"

黑影似乎压根没听见。

男人气冲冲地又朝黑影走近几步，骂道："我让你滚开，你他妈耳朵聋了啊？！"

对面的身影依旧一动不动。

男人顿时火冒三丈，他一边向对面的人影走去，一边撸胳膊挽袖子准备揍人。走到眼前，男人骂道：

"你他妈是不是吃饱了撑的，大半夜出来装鬼吓人！"

黑影右手一挥，刚才还跋扈嚣张的男人立刻倒在地上一动不动，像一条死狗。旁边的女人又发出一声惊叫，她正是汪世宝的三姨太马婉云。眨眼间，那团人影如幽灵般飘到了马婉云身前，马婉云感到自己的两条腿已经快支撑不住身体的重量了。

马婉云的嘴巴颤抖着发出问题："你、你、你要做什么？"

黑影没有回答，将一个东西举到她面前。

借着路灯的光亮，马婉云看清了举到面前的东西是本杂志。当看到杂志封面上的人时，她的身体顿时受到电击般哆嗦了一下。多年前被她摧残的那个妙龄女子仿佛满身血污地来找她索命了。

"你、你是谁？那个婊子……哦不，郑静茹是你什么人？"

黑影这时候发出一声叹息："真不容易啊！你居然还记得她的名字。那么你给我听好了，我是郑静茹的亲人！"

姚胜利看到马婉云脸上的神色瞬间变成惊恐。

"你到底想干什么？"

"你当初那样对待我的姐姐，有想过她的亲人有朝一日会来找你算账吗？"

马婉云转身想跑，姚胜利从身后一把勾住了她的脖子，另一只手轻而易举就制住了她的双手。马婉云张大嘴巴想要喊叫，但此时嘴巴里只能发出"呜呜"的声音。

姚胜利在她耳边说道："我回来复仇，今天就要你的命！"双手用力向后一错，马婉云的脖颈发出一声类似黄瓜掰断的响声，整个人就像没装满的面口袋瘫软下去。

接下去，姚胜利并没有马上离开现场。他抬起头仰望漫天银光闪烁的星辰，觉得表姐此时就在天空中默默看着自己，见到仇人被手刃，她一定备感欣慰。于是姚胜利脸上也就露出了欣慰的笑容。

汪世宝回到家时被告知自己的三姨太突然失踪了，他着急得发动所有手下满城寻找。整个上海几乎被掀了个底朝天，还是没有搜寻到马婉云的下落，她就像一滴水落进大海中，消失得不留一丝痕迹。汪世宝起初以为是帮会的绑架，他甚至已经从花旗银行提取出了一大笔现金，但是勒索电话迟迟没有打来。汪世宝又让手下满大街小巷地张贴寻人启事，最后也还是毫无收效。

几天后，汪世宝收到了一个包裹，在用金属针排除了里面装有炸弹的可能性后，汪世宝放心地拆解开包裹。包裹打开那一瞬间，映入眼帘的是三姨太惊恐万分的头颅。包裹里面还有一张纸条，上面写着一行字：

复仇者归来，下一个就是你！

饶是汪世宝这般五大三粗的精壮汉子也被眼前的情景吓得浑身颤抖。从惊恐中回过神来后，怒火一下子在心里蹿起，汪世宝用力将纸条撕成粉末往前一撒，骂道：

"老子在上海滩跺一跺脚，整条黄浦江的水都要翻腾起浪来，还怕你个球！"

过道里，办事的职员来来往往。情报处长办公室的门突然开了，汪世宝拎着盒子炮从里面冲出来，门板般的身躯险些将一名正好路过的职员撞飞。过道里的人们都被汪世宝吓了一跳，纷纷往两边避让开。在他们的视线中，汪世宝脸色铁青双眼通红，犹如一头发狂的野猪。照这样子看来，指不定又有谁要倒霉了。

汪世宝冲出 76 号的大门，往热闹的大街上奔去。他首先来到窦乐路一家照相馆门前，照相馆的门关闭着，上面交叉贴着两片封条。这是一处不久前被捣毁的军统据点。

汪世宝一脚端开大门，只见里面翻桌倒柜、一片狼藉，地上还隐约有一片片血迹。汪世宝举起盒子炮冲里头一通长点射，噼里啪啦的枪声吓得周围几名行人连忙躲避。汪世宝冲里头吼道：

"都给我滚出来！老子把你们一个一个都灭了！"

汪世宝又来到香厂路上的一处饭馆门前，这里也是一处被捣毁的军统据点，此时大门紧闭，上面贴着汪伪 76 号的封条。汪世宝又是一脚把门端开，接着对里头一通长点射。

枪声过后，接着响起愤怒野兽般的吼叫："滚出来！滚出来！和老子一对一单挑，不要做缩头乌龟！"

不远处，路人正围观着这一幕吓人又有些滑稽的情景，不少人在指指点点，脸上还露出讥讽的笑容。在人群中，一件深色大衣下面，一把装着消声器的微型手枪慢慢举起来。

那个发狂的人突然转过身来，他似乎在对面的人群里看见了什么，张开嘴正要说话。与此同时，大衣下面黑洞洞的枪口突然无声地吐出一团炽热的火焰，发狂者的身体明显往后倾了一下。他低下头，正好看见自己左胸绽放出一朵红花。

发狂者重新抬起头时，高大的身躯就重重砸落在地上，他的两只眼珠子正对着上方蓝得透亮的天空，渐渐失去了光泽。对面的人群中，有个人理了理大衣，从容地转身离去。

围观的人一下子拥上前去，映入所有人眼球的是地上一具僵直的尸体以及下面一大摊红得晃眼的鲜血。有人蹲下身探了探发狂者的鼻息，然后说道："他死了。"

口气轻松得犹如在描述一件已经司空见惯的事情。在那年代上海街头的人们，早已对死亡见怪不怪。

情报处长汪世宝在街头被杀的消息在整个76号中引起了轩然大波，日本特高课、梅机关等部门均派出人手调查这一事件，调查者后来在汪世宝办公室地上发现了一些被撕得粉碎的纸片。费尽一番周折后总算将碎纸片重新拼凑成了一张纸条，纸条上面写着：

复仇者归来，下一个就是你！

除此之外，此案再无任何线索，也没有任何证据表明是军统、中统或者中共方面的人所为，与帮派的手法也大不相同。于是最后此案草草收场，并向社会公布了根本站不住脚的结论：

特工总部情报处长汪世宝不幸在情感纠葛中丧生，凶手疑为其三姨太情夫，如今已逃至重庆。

上海市郊一处空地，一个身穿黑色风衣的年轻男子一动不动地站在那里，只有嘴巴在不停发出声音，似乎是在对一地傲然生长的花草说话：

"姐姐，当初伤害过你的人已经都进了地狱，你可以瞑目了。从小到大都是你在为我做事情，一直保护着我。如今弟弟已经长大了，也让我为你做些什么吧！"

有风吹过，两滴清冷的泪珠便从男人眼眶中掉落下来，温柔地融进脚下深色的泥土中。

在他身后，军统上海站一场声势浩大的行动正在展开，藏匿于社会各个角落的汪伪76号特工总部线人被挖了出来，军统内部的奸细也被逐一清除。

重庆，罗家湾。

军统局本部签署了嘉奖令，密密麻麻的受奖人员名字里面唯独没有姚胜利的名字。

第十一章　舞厅里的发现

　　位于南京紫金山上的中山陵安葬着中华民国缔造者孙中山，整个陵墓共有三百九十二级台阶，站在底下往上望去，连绵不断的阶梯犹如直通天际。此时，有个身影正在往上攀登。面对如此英伟的阶梯，他的身影显得非常渺小。

　　这个身影正是姚胜利。回到南京，他还没来过中山陵。在抗战爆发前，姚胜利每年的今天都会来中山陵拜谒沉睡于此的中山先生。伯父早年也是同盟会的成员，姚胜利从小就听他说起孙中山的革命事迹，心里一直对中山先生充满着崇敬之情。

　　中山先生穷尽一生，为中华民族擘画出了一幅宏伟的发展蓝图。在《檀香山兴中会章程》中，他提出"以四百兆苍生之众，数万里土地之饶，固可发奋为雄，无敌于天下"。在其所著的《建国方略》一书中，他构想今后中国要修建16万公里左右的铁路，把中国沿海、内地、边疆连接起来；修建160万公里的公路，形成遍布全国的公路网，并且通入青藏高原；开凿和整修全国水道和运河，建设三峡大坝，发展内河交通和水利、电力事业；在中国北部、中部、南部沿海各修建一个世界级大港，大力发展制造业、矿物业……一个富强的未来中国跃然而生！

　　遗憾的是，在当时中国的政治、经济等背景条件下，中山先生的这些构想注定只能是空中楼阁。中山先生逝世后，中华大地上依旧是军阀混战，民不聊生，三民主义的后继者们诸如蒋中正、孔祥熙等人，虽然办公室里高高挂着孙中山先生"革命尚未成功，同志仍需努力"的训词，可有哪个人真正记在了心里？平日里就知道把心思花在争权夺利上，个个中饱私囊、贪污腐败，甚至倚仗权势欺男霸女等封建社会弊病依旧根深蒂固地存在于他们身上。国民政府内部派系林立，相互倾轧，蒋宋孔陈四大家族自不必说，就连戴笠、徐恩曾这等当权者的走狗也是趾高气扬、无法无天。

　　算起来中山先生逝世也有将近二十年了。没想到中山先生逝世后，中华民族等来的却是遭受日本侵略这一更加深重的灾难。眼下自己被上级安排卧底到汪伪政权内部作为内应，平心而论，身处哪个政权姚胜利并不在乎，即便身处魔窟也毫不畏惧，他在乎的是中国抗战的命运走向。发生在 1937 年夏天的中日淞沪会战是中日双方第一次大规模的决战，也是姚胜利第一次真正意义上面对日军。那次战役中国失败的结局让姚胜利久久难以释怀。当时中国军队不光在数量上占绝对的优势，而且还有第 87 师、第 88 师、第 36 师以及中央军校教导总队这样装备德械的王牌部队参战。在战争中两国之间首先是军事实力上的交锋，然而事实证明即便中国军队的精锐也依旧无法与日军抗衡，那么姚胜利实在想不出来，中华民族究竟依靠什么才能战胜侵略者？虽然中国的每个地方陷落后，中方潜伏人员依旧能将那里搅个底朝天，但姚胜利清楚，抗战并不是搞几次暗杀便能成功的。

　　从底部爬到顶，即便精壮的小伙子也会累得气喘吁吁。姚胜利到达顶部时，额前已经沁出了细密的汗珠。他坐下来大口喘着气，放眼望去，紫金山上绚烂的秋色尽收眼底。抗战爆发前，每到秋天，紫金山上的中山陵、明孝陵、灵谷寺等景点总是吸引全国各地的游客慕名前来。如今南京成为沦陷区，游人顿时大为缩减，景区在萧瑟的秋风中显现出冷清来。

　　姚胜利刚走进流徽榭，一个穿着灰黄色长袍马褂、将礼帽的帽檐压得很低的男人就迎了上来。男人问道：

　　"先生，可以借个火吗？"

　　熟悉的声音让姚胜利打消了戒备，他应答道：

　　"抱歉，我最近戒烟了。"

　　男人拿下帽子，正是杜禹泽。

　　"怎么想到来中山陵见面？"

　　"你忘了？今天是 11 月 12 日。"

　　姚胜利接道："我当然记得，今天是中山先生的诞辰。"

"我早来了些，顺便给中山先生扫扫墓。"

"抗战爆发前，每年的今天我也会来这里，那时候还是跟着家人一块儿来的。"

听闻此话，杜禹泽不免叹息道："让金陵陷落敌手长达五年，实在愧对中山先生在天之灵。"

"我们更愧对中山先生的，是到现在也还没完成他的遗愿。"

杜禹泽听出了姚胜利话中隐含的另一层意思："中国的政权自古以来都是一笔怎么都算不清的糊涂账。委员长也有他的苦衷，你要理解他。不管怎样，他起码将中国统一了，彻底结束了军阀割据的国情，单凭这一点，他就值得百姓去拥护。"

"说的没错。"

杜禹泽问道："那你还在想什么？"

"我在想，民国二十六年底这里的那场战役，如果换作别的指挥官，是不是会是另一种结果？南京丢失，到底应该归责于长官指挥不力还是士兵作战不力？"

"从客观上来讲，南京三面环山，背靠长江，像这种口袋状的地形本就极不利于防守。况且组织南京保卫战时，我军历经淞沪会战损耗，已是疲惫之师；而日军经过几次增援补充，兵强马壮，战斗力大大提升，结局是可想而知的。"

"我倒是觉得，与其偏安一隅苟且偷生，还不如当年选择在中山先生英灵面前杀身成仁，唯有如此才无愧于心。"

杜禹泽笑起来："你这是激进派的思想。抗战不是靠牺牲取胜的，要讲究策略。我们首先在东部沿海地区开辟战场，然后边打边往内陆撤退，将日军引向腹地，使他们的战线越拉越长。长此以往，他们必然陷入首尾不能相顾的困境。抗战初期，国府采用的'以空间换取时间'的战略方针通过后期印证是非常合理的。"

"但是你别忘了，五年来我们一共丢了多少国土？目前有多少民众正处在侵略者的魔爪之下？他们可是天天都生活在水深火热中！"

"那是他们自己不思进取，心安理得留在沦陷区做亡国奴！"

这话姚胜利不爱听了，他冷哼道："照你的意思，他们都该去重庆？要是沦陷区的人都跑到重庆去，那到时候委员长的脑袋估计都要炸了。"

杜禹泽眉头微皱，脸色露出不快："你好像老是对委员长冷嘲热讽的啊？这可不是党国军人该有的行为。"

姚胜利不想再继续争论下去，便切入正题："你约我来这里见面，总不会是为了谈古论今吧？"

"当然不是。"

杜禹泽将一小瓶东西拿给姚胜利看。姚胜利打开，里面是一团半液体状的东西。他闻了闻气味，惊讶道：

"这个可是鸦片？"

"没错。"

"你怎么会有这个东西？"

"如今南京城里随便一家商店都能买到这个，关键是还费不了多少钱。"

杜禹泽的话让姚胜利大为惊讶："你说什么？这可是毒品啊！是明令禁止的，怎么可以公开买卖呢？"

"这你得去问日本人。"

"什么意思？难道这又是日本人的阴谋？"

"没错。这是日本当局继上次的奴化教材之后，对我们中国人实施的又一项毒害政策。"

"你的意思是，日本当局在沦陷区内公然推广毒品？"

"是的。对他们来说，这是一石二鸟之计。通过贩卖毒品，既将中国人手中的大量钱财收入囊中，还能借机毒害中国人的身体，真是歹毒之极！"

姚胜利气愤道："这群丧心病狂的东洋鬼子！"

杜禹泽说道："在上个世纪中期，鸦片就在中国掀起过浪头。所幸林则徐大人虎门销烟，一度将鸦片蔓延的势头遏止住。后来因为洋人向清政府施加压力，导致林大人最后被革职流放，鸦片也卷土重来，带给我们中国人更深重的灾难。我们绝不能让历史的悲剧重演，一定要阻止日本人的阴谋！"

姚胜利立马响应："需要我怎么做？"

杜禹泽说道："据可靠消息，目前南京市面上的毒品买卖实际是由特工总部南京区，也就是你所在的'21号'替日本当局暗中操控的。我们还了解到，他们有一部电台来具体负责买卖的联络工作。只要打掉那部电台，就能让南京地区的毒品交易陷入瘫痪。但是那部电台并不在 21 号里面，而是设在外面，藏匿在这个城市的某个角落里，这就给查找带来了巨大的难度。"

到这里，姚胜利已经猜到了上级接下来要说的话，说道："你不会是要让我把电台找出来吧？这可是无异于大海捞针的工作啊！"

"我知道这是个很大的难题，但是我们综合考虑之后觉得也只有你来，这个困局破解的可能性才更大一些。"

姚胜利没有立即表态。

走在大街上，姚胜利的目光扫视着马路两侧的建筑物。商场、餐厅、酒店、电影院、歌舞厅……究竟哪里才是那部电台的藏匿地呢？此时的姚胜利一头雾水，他觉得自己接受了一个压根无法完成的任务。眼前四通八达的街道、络绎不绝的行人显现出这个城市陆域面积的广袤，也带给姚胜利一种不知所措的迷茫。

姚胜利此时着实有些后悔当时一口应允下来，单靠一个人的力量，要在这个至少数十万人口居住、房屋密如森林的城市内找出一部电台，那简直是天方夜谭中才会发生的事。

正苦恼间，忽然，有个低着头走路的人不小心撞在了姚胜利身上。那人立刻抬起头来，似乎一句骂人的话就要脱口而出，但他马上愣住了。

姚胜利也愣住了，他没想到对方居然是个熟人：特工总部南京区电讯处的朱志刚。

一见自己撞到的是姚胜利，朱志刚吓了一跳。他慌忙道歉："熊谷长官，对不起！我不是故意撞到您的，真的很抱歉！"

"怎么回事啊？"另一个声音随后传来。

同在电讯处的郭振远走了过来，见到姚胜利，他也瞬间吓得呆住了。

两人此时有些夸张的反应让姚胜利感到很意外，他奇怪地问道："你们俩在干什么呢？"

朱志刚正要开口，郭振远抢先说道"熊谷长官，我们在逛街。"

姚胜利发现两人的神情都明显很不自然。

"逛街？现在是上班时间啊！"

郭振远一时语塞。朱志刚说道："我们休半天假，没事情做，所以就一起到街上转转。"

郭振远连忙附和道："是啊！是啊！"

姚胜利不知道的是，此时朱志刚和郭振远上衣口袋里各揣着三根"大黄鱼"。这是他们偷偷从上级交代转运的一批货中偷出一箱卖掉得来的。二人觉得姚胜利投来的目光像是刺穿了自己的衣服，口袋里面的"大黄鱼"暴露无遗，所以内心瞬间慌乱不已。

两人畏畏缩缩的模样让姚胜利顿时心生嫌弃。他摆出一副领导者的严厉口吻："逛街就光明正大地逛，鬼鬼祟祟的干什么？记住了，你们在外面也代表着特工总部的形象，明白了吗？"

两人一连说了好几个"明白了"。姚胜利又厉声道：

"给我站直了！"

两人立马挺直了腰板。

"就这样，走吧！"

两人像猫一样钻入了人群中。

朱志刚和郭振远刚消失了身影，一张熟悉的脸就出现在姚胜利视线里头。来人竟然是姚胜利上次在新亚舞厅帮助过的舞女。此时她已经换下舞女的装束，穿着一身银白碎花旗袍，显现出女性的淡雅与庄重。

姚胜利双眼一亮："怎么是你？"

舞女微微笑道："是不是感觉在舞厅外面遇到我，有点不敢相信啊？"

"没想到还会遇见你。其实我一般不去舞厅那种场所。"说完，姚胜利随即又感到刚才的话有些不妥。

舞女的笑容中露出假装的轻佻："是嘛，这个爱好倒是特立独行，也让人有点不敢相信。"

姚胜利也笑起来："人总有点与众不同的地方，而且我身上还特别多。"

舞女朝朱志刚和郭振远离去的方向看了一眼，问道："刚才那两个人是你的手下嘛？"

姚胜利说道："算是吧。你认识他们吗？"

"之前见过几次。他们也来新亚舞厅，而且都是每个礼拜的第三天晚上。但奇怪的是每次来他们都不跳舞，也从不喝酒，而且每次来和去都是匆匆忙忙地，就好像掐着时间一样。"

姚胜利很好奇："是嘛，那他们来做什么呢？"

"好像什么都不做，就只是来而已。"

"可能是没姑娘搭理他们吧。"

分别时，姚胜利想起什么来，问道："可以告诉我你的名字么？"

舞女说道："有这个必要吗？"

对方的回答让姚胜利既尴尬又有些惊讶。

"额，这个……我觉得既然认识对方，就该知道对方的名字吧，这样关系没准还能更近一些，对吧？"

"像我们这样的人是没有名字的，就算有，那也是并不真正属于自己的，所以你还是不必知道的好。"

舞女转身离去。

"等一下……"姚胜利欲言又止。

舞女又转过身来。

姚胜利终于将要说的话脱口而出："那个，其实我觉得，你穿这身衣服要更合适，也更好看。"

舞女露出一个清水芙蓉般的笑容，然后消失在街上的人潮中。

回到办公室，舞女那句最长的话回荡在姚胜利的脑海中。他隐隐觉得，这段话也许已经向自己透露了一个重要的讯息。

据他所知，朱志刚和郭振远也都是酒色之徒。他们为何进入舞厅又不消费？这不符合常理，而且来去都好像掐着时间。他们反常的举动中究竟隐藏着什么秘密？姚胜利的大脑飞快运转起来，试图探寻到答案。

难道新亚舞厅里藏着什么东西吗？还是他们在里面进行着某种不能被人知道的勾当？想到朱志刚和郭振远都是特工总部南京区的人，再想到南京市面的毒品生意也是由南京区暗中操控的，这两者难道只是巧合而已吗？一个更大胆也更具备可能性的答案突然跃进了姚胜利的思维中：

他们是在里面从事毒品交易的事情。负责联络的电台，也极有可能就藏匿在新亚舞厅的某个角落里。他们选择这里一定也是想利用舞厅人来人往的特点达到掩人耳目的效果。

姚胜利双眼登时散发亮光，内心的潜意识提醒他，这个猜想的可能性是非常大的。他没想到一度陷入僵局的侦破工作这么快就有了头绪，眼下要马上向上级汇报。

姚胜利第一时间来到据点面见杜禹泽。听完汇报，杜禹泽登时面露喜色，这是他冷峻的脸上极少地露出高兴的神情。姚胜利很清楚，是那位舞女在无意间帮他摆脱了困局，他更相信，这是冥冥苍天在帮助自己，接下去就要赌一把。

接着，两人很快达成了共识：由"忠义救国军"南京特别行动总队这边派出侦查员前往新亚舞厅踩点监视。在确定人选上，颜超自告奋勇想要参加。然而这次杜禹泽并没有批准，原因是之前颜超也在公众场合露过几次脸了，极有可能已经被汪伪的特务注意到，而侦查工作的大忌就是打草惊蛇。

后来，杜禹泽想到一个人：他手下二分队的队长徐勇。徐勇曾是侦察兵出身，对于侦查工作轻车熟路。更重要的是徐勇平时基本没有在公开场合露过脸，无疑是此次任务合适的人选。

杜禹泽将徐勇叫来谈了谈，徐勇当即表示愿意接下侦查的任务。而后杜禹泽拿出朱志刚和郭振远两人的照片，徐勇在极短时间内做到了熟记于心。

夜晚，瑟瑟秋风在贡院东街上回荡着。路上的行人已渐渐稀少，人们都急于摆脱这清寒的秋风，人力车拉着急忙回家的人在夜幕中一闪而过。在一幢建筑物前，"新亚舞厅"四个字刺破夜幕闪烁着，好似在向寒风炫耀它里面那个温暖如春的世界。没多久，有两个男人从夜幕中走进了舞厅，他们正是朱志刚和郭振远。

进门后，他们扫了一眼人头攒动的舞池。郭振远顿了顿身子，流露出渴望的神情，最后还是跟了上去。他们径直朝一个方向走去，身影很快就消失了。

他们谁都不知道，从刚一进门起，人群中有一双眼睛就已经锁定了他们。

时间大约过去了二十分钟。

朱志刚和郭振远重新出现在大厅中。

郭振远看了一眼舞池，有些留恋道："来都来了，要不要干脆跳会儿舞再走吧？"

朱志刚提醒道："我们主要是来办事的，别多留，免得到时候遇见熟人。这里人太杂了。"

两人于是加快脚步向外面走去。

朱志刚注意到了一个空荡荡的座位，他记得刚才进来时那位置上还坐着一个年轻男人。他还记得那个男人穿着白色风衣，衣领竖得老高，好似故意要遮住面部。才没一会儿的工夫，那个男人就不见了。朱志刚觉得有些奇怪，但他也没有往多了去想。

在舞池里，徐勇搂着一个打扮时尚的女郎正在翩翩起舞。女郎已经醉意朦胧，整个身子靠进他的怀中，她身上一股浓烈的法国香水味道让徐勇心生厌恶。就在两个人从视线中闪过时，徐勇的目光捕捉到了一个重要的细节。

他看见朱志刚耳朵上方的头发丛中各有一圈浅浅的压痕，左右两边的形状、大小都是一样，呈现出对称状。徐勇一眼就看出来了，那是电台耳机压出来的痕迹。他感到内心一下子兴奋了起来，自己已经窥到了真相的一角。

据点里，杜禹泽说道："徐勇已经在新亚舞厅里有了重大发现。"接着，他将徐勇的侦查结果详细告知了姚胜利。

姚胜利喜出望外："看来是八九不离十了。那就行动吧，迟则生变！"

杜禹泽又想到了什么，说道："不知道目前除了电讯车之外，还有什么工具是可以用来帮助查找电台的？尤其是那种轻巧便于携带的工具。有相关工具的帮助，事情会变得简单很多。同时也是为了保险起见。"

姚胜利说道："我知道有一种电台探测仪，是德国古登堡电讯研究院最新研制的。只要电台处在运行当中，在二十米的范围内都可以检测出来。而且，这种探测仪的体型很小，只有冰棍那么大，非常便于携带。"

杜禹泽连忙问："你知道哪里可以搞到这种电台嘛？"

"说来也巧，不久前日本军方向德国采购了一批电台探测仪，已经运到了南京，现在就存放在特工总部南京区的库房里。三天后，这批探测仪将被运往上海。我们只要在路上截住他们，趁机抢一台过来。"

杜禹泽的眉头皱起来，显现出凝重的神色："如果是这样，那我们必须要毁掉那批探测仪。如果任其在各个沦陷区推广起来，那么我们的潜伏人员在使用电台时暴露的风险将会大大提升。"

"我也是不久前才得知的。那就两个任务一起完成吧。"

杜禹泽说道："你把运送路线告诉我们，我们马上部署截取行动的方案。"

姚胜利只掌握了运输车队驶出南京的路线，车队出了南京后的路线却是一无所知。这次运输行动是绝密的，车队在城内的路线还是他七拐八绕之后才打听到的。杜禹泽原本打算等车队出了南京城后再实施截留，但是从南京到上海光是公路就有五六条之多，他们的人手有限，无法在每条公路上都设置拦截力量。最后，杜禹泽决定就在南京城内实施行动，地点在复兴路一处岔道口较多的地方。

三天后，一辆军用卡车驶出了颐和路 21 号的大门，另一辆坐满全副武装特工的卡车也紧随其后。两辆卡车行至复兴路时，车上的人谁都没想到，自己正在钻进一个张开的口袋里。

路旁出现了一个小吃摊，小吃摊占地面积很大，几乎占到了路中央。摊前还立着一根旗杆，底部插在一块巨大的旗杆石中，一面样式古朴的旗子在顶部迎风飘扬。小吃摊上坐满了人，似乎是这里售卖的小吃分外可口。

卡车车头内，坐在副驾驶位上的押运队长潘虎觉得前方那个小吃摊有些反常。这里他之前也来过几次，他清晰记得前几次来，并没有见到过这个小吃摊，似乎是刚设立不久的。从 21 号大院出发时，有一阵冷风吹来，潘虎的右眼皮忽然跳了三下，这让他的内心蒙上了一层不安。

经过时，潘虎看了一眼旗子，他心里不安地想着，旗子千万不要落下来才好。结果下一秒，旗子就真的落了下来。更糟糕的是旗子正好掉在了车头上，前挡风玻璃被整个遮住了，司机的视线顿时陷入一片昏暗。司机大吃一惊，他急忙一踩刹车。

卡车一个急刹，由于惯性的缘故一个木箱立即从车棚内掉了出来。后面的卡车也跟着一个急刹，车棚里的特工都向前猛一个趔趄。他们意识到有意外情况发生，全部都警觉起来。

有个黑色的身影一闪，掉落在地上的木箱马上被捡走。

特工们对着捡走木箱的人大声呵斥着：

"喂，把东西放下！"

"说你呢！"

"站住！给我回来！"

汪伪特工们骂骂咧咧地正要跳下车追赶，说时迟那时快，捡走木箱的人突然急转身，手中多了一支冲锋枪，对着特工们所在的车棚就是一通长点射，特工顿时倒下一片。其余的特工纷纷掏出枪还击，然而紧接着从四面八方射来的子弹瞬间将他们压制得抬不起头来。

刚才捡走木箱的人正是颜超。这一次行动，由"忠义救国军"南京特别行动总队二、三分队配合完成。在三分队缠住所有押运特工后，二分队的队员们趁机将十几颗手雷丢进了第一辆卡车的车棚内，震耳欲聋的爆炸声连接响起，整辆卡车连同车棚中的电台探测仪全部变成了一堆熊熊燃烧的碎片。

正在战斗中的潘虎脸色唰地白了。临出发前，上级特别交代过，这批货物关系重大，切不得有任何闪失。眼下还没出南京竟然就被炸了，自己当是罪责难逃。对于那些失职造成重大损失的人，特工总部从来不会手软。

想到这里，潘虎突然万念俱灰。他吼叫着，像受伤的猎豹那样冲向敌人，结果还没跑出十米远就被子弹打成了筛子。

队长一死，汪伪特工们更加陷入了慌乱。在"忠义救国军"南京行动总队二、三分队的合力进攻下，汪伪特工这边的枪声渐渐稀疏，最后被全部歼灭。

据点里，杜禹泽和徐勇在研究着抢回来的电台探测仪。这是一种相对较为精密的仪器，因而操作难度比一般电台还要高上许多。两人研究了两个多小时，才总算把基本的操作方式掌握了下来。他们还做了一个测试，发现效果十分理想。

杜禹泽将电台探测仪交给徐勇，说道"看你的了！"

徐勇点点头："请总队长放心，我一定完成任务！"

电台探测仪的问题解决了，制订好的计划马上就能付诸实施。

颐和路 21 号，特工总部南京区。

安保处处长办公室内，胡成峰气得猛一拍桌子，杯中的茶水都溅了出来。站在他对面的下属吓得一个激灵。

胡成峰愤愤道："这帮重庆分子真是无法无天了！"

此时他心里思索着，这件事该如何向渡边勇交代，同时也能让自己全身而退。

偏偏下属还不识相地问道："处长，这件事要不要去告诉渡边长官？"

胡成峰顿时没好气道："告诉你大爷！出了这么大的事，你当人家是聋子瞎子不成？"

就在这时，一个阴冷的声音从门外传了进来："这么看来，胡处长是不打算亲自将这件事告诉我了。"

熟悉的声音，顿时让胡成峰打了个冷战。

只见渡边勇站在门口，目光冰冷，脸上带着无尽的嘲讽。

胡成峰立马从椅子上站起身，大声道：

"属下不敢！"

渡边勇走进来，一旁的下属浑身颤抖不已。胡成峰向下属吼道："愣着干什么？赶快给渡边长官泡茶！"

特务赶忙跑向茶几。渡边勇摆摆手："不必了！渡边勇说道："发生了这么大的事，胡处长是不是应该给我一个交代呢？"

胡成峰连连点头："属下一定会对此事负责。现已查明，此事乃是藏匿在南京城里的重庆分子所为，他们早已处心积虑要劫夺我们的电台探测仪。"

渡边勇发出一连串"呵呵"的笑声，听得二人心里直发毛："看来胡处长办事效率很高啊，三言两语就把这件事的结果定好了。"

胡成峰心虚地低下头去，再次说道："属下不敢！"

"这件事呢，需要一个人来承担下所有责任。我记得你们中国有句古话，叫作'君要臣死，臣不得不死'。胡处长是否希望我亲自去畑俊六将军面前剖腹谢罪呢？"

胡成峰猛地抬起头来。同一时刻，渡边勇的枪响了；胡成峰的眉心陡然出现一个血洞。他向后连退，然后撞在墙上，整个人缓缓倒下，茫然的双眼还在盯着渡边勇的枪口。

渡边勇将枪口冒出的白烟吹散，他收起枪，平静地对一旁身体如筛糠般抖动的下属说道："你去机要室和方小雨主任说一声，安保处处长胡成峰因工作失职，在办公室内自杀谢罪。请她马上起草一份书面报告给李士群部长。"

"是！"下属的声音已经颤抖得不像样。

渡边勇指着他身下的一摊黄色液体，笑着嘲讽道："这么大个人了，怎么还会尿裤子呢？"

下属的身子颤抖得更加厉害了。渡边勇刚走出门，他一屁股瘫在了地上。

走廊里，渡边勇与方小雨迎面相遇。许多人都向安保处长办公室这边聚集而来，大概都是听见了枪声。

渡边勇没有搭理任何人，他一边走一边仿佛在自言自语：

"安保处长真不是什么好差事，难怪那么多人宁可降级调走也不肯上任。"

周边的人群一下子散开了，只有方小雨小心翼翼地走到安保处长办公室门口，她刚向里面张望了一眼，随即脸色变得煞白。

又是一个夜晚。朱志刚和郭振远走进新亚舞厅的大门，他们像往常一样绕过男女聚集的舞池来到空无一人的二层，很快在一扇门后面消失了身影。他们不知道，有一个尾随者已经离他们越来越近。

房间外面，徐勇的身影很快出现在廊道里头。他此时走路居然没有发出一丁点声响，仿佛双脚根本没落到地上。这身轻如燕的步伐是他的独家本领。来到那扇门前，徐勇俯身过去听了听，门的隔音效果似乎特别好，即便耳朵贴在上面也没有听到里面的任何动静。徐勇拿出电台探测仪，一打开，上面立刻显示出电台波长的图案。徐勇目光露喜，里面果真有电台！于是他掏出匕首，然后从容地敲响了房门。

房间内，朱志刚正在聚精会神地收发电报，郭振远全神戒备地站在一旁。突然，敲门声像鬼魅般地响起来。两人对视一眼，朱志刚向郭振远使了个眼色，郭振远拔出枪慢慢走到门前。他有些紧张，首先深吸一口气，然后一把打开门。

结果门外走廊里空荡荡的，半条人影都没有。

郭振远重新关上门。

朱志刚连忙问道："有什么情况？"

"见鬼了，半个人影都没有。"

"可能我们太紧张，出现了幻听吧。"

朱志刚才拿起耳机，鬼魅般的敲门声居然又响了起来。

郭振远打开门，外面依旧是空无一人。他骂道：

"妈的，真见鬼了！"

话音还没落地，一条人影真如鬼魅那样闪到了郭振远的跟前。郭振远吓得发出一声惊叫，他随即感到有个冰凉的东西闪电般抹过了自己的脖子。面前的墙壁瞬间变红了，因为他脖子中一根活蹦乱跳的东西被割断了，血疯狂地喷了出来。郭振远的尸体重重倒地。

眼前突如其来的恐怖情景让朱志刚张大了嘴巴，他似乎想要叫喊，喉咙却已经发不出声音。人影迅速闪到他身边，那个冰凉的东西同样飞快抹过了他的脖子。朱志刚整个人趴倒在了桌上，身下的地面很快出现一大摊鲜红。

身影正是徐勇。他在朱志刚衣服上擦干净匕首上的血迹，拿走了二人的枪，将他们拖放在一起。然后取出一枚定时炸弹放到电台上面，出门离去。

定时炸弹开始运作，"嘀嗒嘀嗒"的声音在寂静的房间中显得格外清晰。半个多小时后，新亚舞厅内突然爆出一声巨响。强大的火球推散了墙壁，一时间残砖断屑飞溅。电台连同不远处的两具尸体全部变成了碎片。外面，正在舞池中跳舞的男男女女都吓得趴倒在地上，不知所措。场中的尖叫声也如爆炸的冲击波般一浪高过一浪。

在此次任务中，徐勇还翻找到一份名单，名单上是各个藏匿在南京地区的毒品销售点。其中有日本人开设的"宏济善堂"特卖公司，也有南京朱雀路上中国人开设的"逍遥宫""广寒宫"等娱乐会所，规模之大、影响范围之广令杜禹泽、姚胜利等人始料未及。

杜禹泽看过名单马上意识到，任务还远远没有结束。

夫子庙的小吃摊上，姚胜利与杜禹泽相对而坐。

有个报童跑过来叫卖报纸，杜禹泽冲他喊道："小兄弟，给我来份今天的《南京新报》。"

报童将报纸放到桌上，杜禹泽递给他一枚光洋，说道："不用找了。"

报童如获至宝般地跑开了。

杜禹泽摊开报纸，一行标题立即出现在视线里头：

新亚舞厅昨晚发生爆炸，两名服务员丧生。

两人相视而笑起来。这次，汪伪政府着实是哑巴吃黄连，苦水只能往肚子里咽。

杜禹泽往嘴里塞了半块梅花糕，拍拍手说道："电台是炸了，但我们的任务还没完成。还有个新的问题摆了出来。"

姚胜利也将半块梅花糕送进嘴里："什么问题？"

"徐勇在那里还找到一份名单，上面全是日本人在南京设立的毒品销售点。只有把那些销售点都摧毁了，这张毒品销售的罪恶之网才算真正消失。"

"那就顺势打掉他们的销售点啊！"

"话是这么说，但是销售点实在太多了，就算把我们的所有人员投入进去，短期之内估计都很难取得比较大的成效。"

姚胜利顿时明白了，敢情是又有新任务紧随而来，于是主动请缨："把那份销售点名单给我吧，我来想办法让它们全部消失。"

杜禹泽好奇地看着他。

姚胜利此时已经有了主意，这个主意上一次已经得到了验证，事实证明非常好使。

颐和路 21 号，特工总部南京区。

电话机响起来，渡边勇刚听那头的人说了一句就怒不可遏地吼道：

"这绝对是有预谋的破坏！"

姚胜利刚上楼，大老远就听见渡边勇气急败坏的咆哮声。许多人围在渡边勇的门外，却又不敢靠得太近，正在竖着耳朵听。姚胜利走到了他们身后，他们都浑然未觉。

姚胜利咳嗽了两声，所有人都转过头来，随即统统站直了身子，脸上显现出偷听被发现后的慌乱与尴尬神色。看着他们好事又不务正业的样子，姚胜利顿时气不打一处来。

"别人都走到身边了居然还没察觉，如果我是敌人，你们此时都已经没命了知道吗？"

所有人都愧疚地奉拉下了脑袋。

"长官发火是不是特别好听？还听得这么专注！这份专注就不能用到工作中去吗？都散了，该干嘛干嘛去！"

人群立马散开，像逃跑一样往各自的办公室而去。

姚胜利叫住了吴永强。吴永强怯生生地走到他面前，做好了挨训斥的准备。

姚胜利将他拉到一个角落里，问道："别紧张，到底出什么事了？渡边君怎么发这么大的火？"

吴永强往左右两边警惕地看了一眼，说道："具体的我也不太清楚，好像是我们外面的一个联络点被重庆分子捣毁了，还死了两名弟兄。"

姚胜利朝自己的办公室走去，就在他即将走进门去时，有人叫了他一声：

"熊谷君！"

姚胜利从门里探出身子，只见渡边勇站在不远处看着他。

"渡边君，有事吗？"

"你来一下！"

渡边勇办公室里一片狼藉，看得出，他刚刚发过一场大火，这里凡是能拿得动的东西统统遭了殃。

"你怎么看见我就跑呢？"

姚胜利嬉皮笑脸道："渡边长官大发雷霆之怒，我们这等宵小自然得退避三舍啦！否则一不留神被渡边长官当作了出气筒，估计到时候也没地方给报销医药费吧！"

渡边勇居然"扑哧"一声笑了起来，说道："这时候还敢当着我的面开玩笑的，估计也只有你了。"

姚胜利也笑道："看来渡边长官的火气已经成功熄灭大半了。"

下一秒渡边勇就收起了笑脸。他凝视着姚胜利，慢慢说道："熊谷君，说句心里话，刚才看你嬉皮笑脸的样子，我觉得你根本不像个日本人。"

可谓是说者无心，听者有意。这句话当即像是给了姚胜利的心一拳，让他的内心产生了巨大震动。

尽管内心已经慌乱起来，表面上姚胜利还是淡然地问道："那我像什么人？"

"像那些油嘴滑舌的中国人，尤其是混在女人堆里的。"

姚胜利意识到自己刚才因为大意有些失态了。日本人是拘谨的，日本军人更是一本正经的，眼下的他们都是战争机器上的一个个零部件，身上只有冰冷和坚硬。

姚胜利似在自嘲："唉！在中国时间长了，不知不觉就沾染上了些中国人的习性。用中国的古话来讲，这叫作'耳濡目染'。"

渡边勇的语气变得严肃，说道："'中日亲善'只是暂时的，到最后必然是我们同化他们，而不是他们同化我们。熊谷君，你最好在任何时候都不要忘记这一点。"

姚胜利点点头，他把话题一转："渡边君，到底什么事情让你发这么大的火？"

渡边勇将一张《南京新报》扔在姚胜利面前，姚胜利刚扫了一眼就看到一行熟悉的标题：

新亚舞厅昨晚发生爆炸，两名服务员丧生。

心里已是再清楚不过，姚胜利还是装作一无所知地问道："一个舞厅爆炸，难道也值得渡边君大动肝火吗？"

渡边勇苦笑道："它要真是普通的歌舞厅，别说爆炸一个，就算爆炸一百个、一千个我也不会眨一下眼睛的。只可惜它并不是普通的歌舞厅。"

姚胜利一愣："什么意思？"

"那里面还有我们的一个联络点。我估计这次爆炸就是冲着联络点去的。"

"把联络点设在舞厅里面干什么？"

接下去，渡边勇一五一十地向姚胜利说出了日本当局通过汪伪政府在南京地区种植、售卖毒品的情况。

姚胜利假装惊得从椅子上跳起来："居然还有这种事？！"

渡边勇愤然道："兴亚院那帮愚蠢的家伙，居然想到通过在占领区贩卖毒品的方式来筹措军费。这样做无异于饮鸩止渴。"

姚胜利也假装愤然道："真没想到堂堂大日本帝国，居然会参与到贩卖毒品这种肮脏龌龊的事情中去。"

渡边勇叹了口气，说道："我所担心的还不止这些。1937 年底我们的军人在这里对投降的中国士兵和南京市民的所作所为已经让大日本帝国在国际舆论中处于相当不利的地位。如果这次贩卖毒品的消息再散播出去，那么大日本帝国在国际舆论中就会彻底陷入万劫不复的境地。这可不是危言耸听。"

姚胜利安慰他道："事已至此，担忧也是没用的。但愿我们的特工专业素质足够好吧，能够保证重庆分子只是破坏了那里，并没有从那里获取什么有用的讯息。"

"熊谷君，你还记得不久前那批电台检测仪在运往上海的路上被炸毁的事吧？"

"当然记得。当时警政部李士群部长得知后大发雷霆，咱们这边的安保处胡成峰处长还为此在办公室内自杀了。"

"从电台检测仪被炸毁到我们在新亚舞厅的电台被炸毁，你相信这两者之间没有任何关联吗？"

姚胜利一愣："你的意思是，这两件事都是重庆分子计划好的？但是这两件事都属于绝密情报，怎么会被对方轻易得知呢？"

渡边勇苦笑道："天底下哪有不透风的墙？你别忘了，这里曾经是重庆政府的大本营。如今，他们的特工散布在这个城市的角角落落，也许日常出现在你我身边的人中也有他们的成员。"

"既然如此，那为什么还要把电台设在外面呢？放在我们内部岂不是更加安全？"

"是为了长久考虑。其实我早有预感这件事会爆露，把那部电台设在外面也是为了到时候更容易推脱责任，毕竟这不是什么光彩的事情。所以电台被破坏了，我们也只能将此事压住，不能声张出去，用中国的话来讲，是'哑巴吃黄连，有苦说不出'。"

"那你下一步有什么打算吗？"

渡边勇有些不安道："熊谷君，我心里有种预感，这件事还没完。这只是个开头，后面还会有更大的动静。"

当姚胜利问及"会是什么动静"时，渡边勇沉默不语，他看向窗外，姚胜利的目光也跟过去。窗外，安静的香樟树突然间被狂风吹得簌簌作响。

回到办公室，姚胜利忍不住得意地笑起来。

渡边勇说得一点没错，新亚舞厅的爆炸声犹如前奏曲。不久后，更大的暴风雨紧随而来了。

第十二章　南京学生的怒吼

夜晚已经沉向大地。状元境街边的一幢小楼灯火通明，在冰冷的秋夜里透出了几分温馨。

夜色中，有个穿着深色风衣的人正在走近小楼。风衣人敲响了门，门马上打开了，屋里透出的亮光瞬间将外面的黑夜划破。直到走进门去的那一刻，风衣人还不知道在身后朦胧的夜色中，有一双眼睛已经将自己的行程看得一清二楚。

进屋后，风衣人脱下风衣，竟然是方小雨。

一个中年男人迎上来，接过方小雨的风衣挂到衣架上。方小雨叫了他一声"唐书记"。对于方小雨的来访，中年男人显得有些惊讶，说道："你怎么来了？"事实上，按照组织纪律，他们之间没有要紧事是不能够见面的。

方小雨拿出一份名单，直接说明来意："这是我不久前获得的日本在南京城内毒品销售点的名单。我想了想，这份名单对组织也许有用处，所以就拿过来了。"

没想到中年男人当即一拍大腿，高兴道："这可真是太好了！小雨，你这次真是给组织雪中送炭！"

这位中年男人是中国共产党苏皖边区南京工委书记唐宁。

方小雨有些迷惑："雪中送炭？"

唐宁说道："是这样的，不久前，中央大学青年救国社的社长张少安同志向我反映了一件事。你的上司，汪伪政府中央宣传部部长林柏生派人找到了他，说是希望南京的学生们能够组织起一场运动来抵制毒品在国人当中

146

蔓延。"

方小雨顿感意外："林柏生？他怎么会找上来的？"

"林柏生当然也没安好心，他说是为了阻止毒品蔓延，实则是借机讨好主子汪精卫。你可能不知道，虽然毒品生意是汪伪政权在张罗，但实际获利者是日本人。在毒品销售上面，汪精卫他们最多只能喝一口残汤，所以一直都心怀怨恨。"

方小雨顿时明白了七八成："于是巧妙地利用日本当局与汪伪政权的利益矛盾，来实现我们抵制毒品的最终目的？"

唐宁说道："就是这样。从目前战局来看，日军无论是在太平洋战场还是中国战场上都已经开始显现败象，这让他们加强了对沦陷区的管控。现在的南京，老百姓哪怕是口头说一句反对他们的话，也是轻则被捕入狱，重则当场被杀。在这种背景下，我们搞硬碰硬的学生运动肯定会吃亏。所以'林柏生'这三个字是我们这次运动的护身符。当然了，我们要利用林柏生，但同时也不能被他利用了。"

方小雨还是有点顾虑："话是这么说，主意也不错，问题是不知道与大汉奸合作，同学们能不能接受。"

"我想只要阐明其中利害关系，同学们会理解的。其实组织早就在注意南京城里毒品泛滥的问题了。眼下林柏生主动找上门来，你又送来了这份名单，我觉得这次是天赐良机。"

过了一会儿，方小雨起身告辞。这时候，唐宁忽然问道："这份名单应该是属于绝密的，你是怎么获得它的？"

方小雨的心一下子慌乱起来，与姚胜利发生横向联系的事她并未向组织汇报。眼下国共联盟虽在继续，但自1940年皖南事变发生以来，国民政府不断找借口与中共制造摩擦，可以说，抗日民族统一战线已经被国民党单方面弄出裂痕。在此背景下，党组织三令五申，与国民党方面人员往来要保持谨慎，每次合作或者行动都必须上报组织批准通过后才能执行。眼下，自己已经犯了自作主张的错误。

"偶然的机会得到的。"心虚让方小雨有些吞吞吐吐。

而唐宁似乎已经看穿了方小雨的心事，他不再追问下去，只是似有深意地说了一句："那边的人，能争取也尽量争取，抗战需要汇聚更多的力量。只要不是罪恶滔天，只要真心抗日，我们都应该不计前嫌吸收到自己阵营中来。"

方小雨心里登时亮起了一道曙光。

中央大学礼堂二楼的阁楼内灯火通明，中央大学各个系的"青年救国社"成员围坐在一起，一场会议正在热烈地召开。

场中，"青年救国社"社长张少安向所有人宣布道：

"同学们，今天召集大家来这里是有一件事情要告诉你们。相信你们大部分人也都看到了，眼下的南京被日本占领军和汪伪汉奸政权搞得乌烟瘴气。伪币不断贬值，物价日益高涨，人民生活在水深火热中。更有甚者，日本占领当局公然在南京城内制毒贩毒，大小烟馆遍地都是，简直到了'五步一灯、十步一枪'的程度。汪伪政府对此不仅不阻止，反而与之同流合污，戕害国人。"

这番话立即引得学生群中一片哗然。

"在不久前，汪伪中央宣传部部长林柏生派人找到我，表示希望南京城内的青年学生们能够组织起一场声势浩大的禁毒运动，来抵制毒品的蔓延。"

一听到"林柏生"这个名字，学生群里顿时炸开了锅。质疑声、反对声一浪高过一浪。

"怎么可以跟大汉奸合作？"

"人家八成没安好心！"

"坚决不和汉奸同流合污！"

"反对这个方案！"

"坚决不同意！"

……

面对群情激愤的学生，张少安一点都不慌。学生此时的反应是他已经预料到的。张少安从容地挥挥手，示意学生们安静下来。

"同学们静一静！静一静！听我说一句！"

学生们渐渐安静下来。

"我知道，林柏生是个不折不扣的大汉奸，我也知道他没安好心。但是请大家换个角度想一想，何不趁此机会利用一下他，以期达到借力打力的效果呢？现在南京是沦陷区，街上到处都是日本宪兵和汪伪特务，我们的行动到时候一定会遭遇阻拦。倘若挂上林柏生的名字，敌人也会投鼠忌器，那样我们的人身安全就能得到保障。像这样一举两得的计策，何乐而不为呢？"

学生们顿时被打动了，质疑声、反对声消失了大半。

"同学们，我理解大家对汉奸的痛恨，但是凡事都要讲究策略，尤其是在敌占区开展行动更要灵活应对。眼下，日本当局和汪伪政府在毒品销售上存在巨大的利益冲突，我们就要巧妙地利用他们内部的矛盾，趁机给他们的要害狠狠一击！"

到这里，学生们彻底被说服了，人们争先表态支持。

"社长，你说吧，怎么干？"

"我们听你的！"

……

张少安说道："据我们前期调查，日本人在南京地区的毒品生意是由一家叫作'宏济善堂'的特货公司暗中运作的，我们只要拿到'宏济善堂'特货公司销售毒品的证据，就可以顺理成章地发起运动。所以，我决定组织一些同学先去警察厅请愿，要求他们派出警力调查这件事。我想，如果可以借助警方的力量那是最好不过的，有没有人愿意与我一同去的？"

数十双手同时举了起来。

张少安点点头："好，那我们明天就行动起来。"

第二天，警察厅大门前聚集了许多学生，他们个个神情激愤，点名要求见警察厅厅长申振纲。荷枪实弹的守卫人员将他们阻拦在外面，双方人马你推我搡，吵成一团。

调查科主任陆建民来到门外，他挥手示意所有人安静。陆建民很清楚，学生都是感性的群体，因此对他们不能来硬的。等场中安静下来，他和颜悦色地问道：

"同学们，你们有什么事情吗？"

张少安越众而出，陈词道："我们要向你们请求在南京城内开展清扫毒品的行动。现在南京城里有越来越多的人开始吸食毒品了，再这样下去，这个国家迟早要完蛋！"

陆建民说道："你们说南京城里有越来越多的人吸食毒品，有什么确凿证据嘛？"

张少安将一沓照片交给陆建民，照片中有的是因为吸食大烟而死的男人，有的是因为丈夫吸食鸦片掏空家产而绝望上吊的女人，每一张照片中的情景都无比触目惊心。陆建民瞬间被惊到了。

"这些都是证据，你好好看看，吸毒的人都成什么样子了！"

证据确凿，陆建民自知已经无法找理由推脱，顺势说道："感谢同学们提供这么重要的证据，我们一定会立案侦查，对于任何违法犯罪者一律严惩不贷。"

对于这番走过场式的说辞，张少安自然不买账。他坚持道："我们要面见申厅长，当面将情况反映给他听！"同学们也纷纷出声响应，数十人的声音组成一面无形的高墙向陆建民压来。

陆建民连忙说道："同学们、同学们，请听我说！申厅长这几天去上海公干了，具体哪天回来我也不清楚。等他回来了，我一定向他转达大家的请求。"

学生们不知道的是，此时申振纲就站在楼上办公室的窗户前看着他们。学生群里的呼声渐渐小了下去，陆建民趁机说道："同学们，你们反映的情况我们已经记下了，快回学校去上课吧！"

人群离去，陆建民长舒了口气。刚回到办公室，陆建民就被申振纲叫了过去。当他说明事情原委后，申振纲冷哼一声道：

"这帮学生，不在学校里好好念书，成天就知道聚集闹事，喊些无用的口号，以为这样就能救国救民了。再这样下去，中国的未来还有什么希望？"

申振纲早前也是忧国忧民的文人，抗战爆发后中国军队接连在淞沪会战、南京保卫战、武汉会战等战役中失利，他与汪精卫一样对中国抗战产生了消极悲观的情绪，继而接受了汪精卫"曲线救国"的理论。等南京伪政府成立后，申振纲当即投入汪伪集团的怀抱。

"厅长，那我们接下去该怎么做？"

申振纲将照片摞在了一边："学生的话当不得真，他们那是不知道天高地厚。你以为毒品交易泛滥的情况政府真没看见吗？我实话告诉你，'宏济善堂'特货公司那是日本人在背后操纵的，真正的股东是日本人，销售毒品获得的每一分钱都汇往了东京。这年头，日本人才是爷，连汪主席都是恭恭敬敬，我们哪里惹得起？"

"那学生那边……"

"到时候你给他们写个回信，信的内容就写查无此事，让他们死了心吧。"

"好的。"

从厅长办公室出来，陆建民喃喃自语道："只怕他们不会善罢甘休的。"

几天后，张少安收到了警察厅寄来的调查结果书，只见上面明明白白地写道：

经调查，无确切证据表明南京城内吸食毒品人数增多，也并无证据表明"宏济善堂"特货公司和"逍遥宫""广寒宫"等娱乐会所存在毒品交易。故上述"宏济善堂"特货公司等销售毒品的事实不成立，不予立案。特此告知。

张少安顿时气不打一处来，他第一时间将调查结果书向大家公布。面对警察厅如此敷衍的调查结果，学生们个个义愤填膺。"青年救国社"的活动室内再次聚集满了人，张少安在人群中振臂高呼道：

"同学们，既然警察厅不肯查，那么我们自己查！"

这一想法立马得到了所有学生的拥护。

张少安说道："据我们了解，'宏济善堂'特货公司的公开法人叫李义夫，他在南京毒品市场有个称号，叫作'白面虎'。他所在的'宏济善堂'特货公司实际上操控了整个南京地区百分九十以上的毒品交易。而据可靠情报，这个李义夫为了安全起见，将毒品藏在自己家中。因此，我们可以先派出一名同学前往李义夫的住宅侦查，等摸清那里的情况再进行搜查，这样就可以确保行动万无一失。"

他的话音刚落，立即有个声音响起："我愿前往！"

场中的所有目光都朝那个人看去。喊话的是一名眉目清秀的男生，脸上的神情充满坚毅。

张少安问道："这位同学，你叫什么名字，来自哪个学院？"

男生说道："我叫王嘉恩，来自中央大学政法学院。"

张少安说道："此次侦查任务关系到日后清毒运动能否顺利开展，你能保证完成吗？"

王嘉恩向所有人发出自己的誓言："我愿用生命来担保！"

全场响起热烈的掌声。

第二天，王嘉恩来到丰富路 35 号。那里是一个很大的院落，但院落中的建筑并不是民国时期江南地区那种常见的西式别墅，而是一排呈回字形的中国传统楼房，与北平地区的四合院有些相似。

王嘉恩将手中的足球往地上掷去，足球在地面微微弹跳着。接着，王嘉恩运足力气朝足球踢了一脚，足球猛地飞起，撞在院子的铁门上，发出响亮的声音。

接下去，王嘉恩不断地将足球踢向铁门，铁门被撞得连连发出巨响。院子里面，有个人急匆匆地从平房里跑出来，往院子大门口走来。看样子是这里的管家。

管家打开小门走出来，严厉地责问道："喂喂喂，小鬼，你在这儿干什么呢？"

王嘉恩将足球踩在脚下，说道："我想在这儿踢会儿球，这不是一时没找到足球场嘛。我看这里还挺宽敞的，就想干脆在这里踢会儿算了。"

"这可是别人家的大门口，哪是你踢球的地方？你往东走，穿过两条街就是足球场，你上那儿踢去吧！"

王嘉恩挠挠头："这个，太远了吧！我还是在这里踢，我就踢一小会儿，还请您行个方便。"

管家连连摆手："不行不行！你知道这里的主人是谁吗？真是不知天高地厚！快点走！"

王嘉恩一脚将足球踢飞，足球划出一道高高的抛物线，然后越过铁门落进了院子。

王嘉恩赔笑道："哎呀，您看我这脚欠的，一不小心就踢出去了。您能让我进去把球捡回来吗？捡回来了我马上就走。"

管家没好气道："在这儿等着！"说完转身走进院内。

王嘉恩趁机也跟了进去。

管家捡起球，刚转过身，发现王嘉恩就站在不远处，他顿时吓了一跳，赶紧驱赶起来：

"谁让你进来的！不是说了让你在外面等吗？"管家一把将足球塞到王嘉恩手上，然后推搡着他往外走去。

"快走快走！"

王嘉恩索性耍起赖来。他又将足球踢飞出去，说道："这里挺宽敞的，我就在这里踢了！"说完就去追赶滚到远处的足球。

管家连忙追赶上来，"喂喂喂，你这人有完没完了？快出去，不然我对你不客气了！"王嘉恩权当没听见，两人在院子里你追我赶，场面有些滑稽。

王嘉恩时不时地将目光投向那排回字形的楼房，默默记下了一共有几扇门几扇窗以及门窗的方位排列。

一个身宽体胖的中年男子向他们走过来。他正是这所房子的主人，也是学生们接下来要制裁的对象，"宏济善堂"特货公司老板李义夫。

还隔着大老远，李义夫的吼声就传了过来："这是吃饱了没事情做吗？"

两人同时停下。

李义夫走到他们面前，责问管家道："干什么呢这是？"

管家一脸愧色："先生，这个人突然就闯进来，非要在这里踢足球，我怎么劝都劝不住。"

李义夫脸上浮现出怒色，但看见王嘉恩胸前佩戴的中央大学校徽，他的神情马上又缓和了些，语气也友善了很多。

"这位同学，足球场不在这里，你们老师应该在课堂上教育过你，别人的家不能随便乱闯吧？如果你觉得足球场太远，我可以让我的司机送你一程。"

王嘉恩已经暗中将这里的情况摸清楚，接下去就该全身而退了。他赔笑道：

"不用啦，我已经踢够了。您家这个院子挺不错的，我一时心痒痒就跑了进来，冒犯之处希望您不要介意。"说完，还向李义夫鞠了一躬。

面对王嘉恩的谦谦有礼，李义夫不冷不热道："早点回学校去吧，这年头没事别到处乱跑，外面不安全。"

走到门口，李义夫的管家一把将王嘉恩推出门，说道："先生看你是中央大学的学生，所以才对你这么客气。否则的话，你以为你私闯民宅这么好脱身？"

王嘉恩朝管家扮了个鬼脸，踢着足球一溜烟儿跑开了。

回到宿舍，他以最快的时间在一张纸上画出了李义夫宅邸的平面图，包括房子的前后门等详细情况。与此同时，张少安将情况汇报给了唐宁。唐宁请林柏生出面，通过一番周旋总算弄到了一张警察厅的搜查令。有了这两样东西，一场针对李义夫个人的行动立即开始了。

这天，一大群学生冲进了丰富路35号李义夫的宅邸。即便宅邸有坚固的铁门把守，依然无法阻挡学生们齐心协力汇成的强大冲击力。

管家急匆匆地跑过来，面对如此强大的阵容，他的心里其实已经有些发虚，但还是强作镇定地呵斥道："干什么？干什么？光天化日，你们这帮学生怎么敢随便闯进别人家里？快出去！"

王嘉恩走到前面大声说道："我们要来搜查！"

管家先是一愣，随即认出了王嘉恩："怎么又是你？这次你居然还带了一大帮人来，想要干什么？"

王嘉恩正气凛然道："我们奉国民政府中央宣传部林柏生部长和南京警察厅申振纲厅长之命，前来搜查毒品，同时以'非法售毒'的罪名逮捕李义夫！"

"这位同学，你上次平白无故闯入这里已经让主人很不高兴了，没想到你不仅不收敛，反而还变本加厉！你以为每个地方都会任由你们这些学生无法无天吗？"

空气中的火药味一下子浓了起来，学生们马上被管家这句话激怒了，人群中已经有抗议和不满的声音响起来，还有的人似乎打算直接推开管家冲进去。王嘉恩朝同学们摆摆手，示意大家先冷静下来。

接着，王嘉恩亮出警察厅签署的搜查令，说道："这是警察厅申振纲厅长直接签署的搜查令，你看清楚了！任何阻碍搜查的行为，均以妨碍公务罪论处！"

管家惊呆了，他刚开始以为这帮学生只是假借中央宣传部和南京警察厅的名头虚张声势而已，所以根本没把王嘉恩的话当回事。没想到他们居然搞到了货真价实的搜查令，真是见鬼了！

亮出搜查令比什么招都管用，管家乖乖退到一旁，学生们势不可当地拥进大厅。李义夫刚从楼梯下来，他险些被冲进来的人群撞倒。李义夫大惊失色道：

"你们是什么人，谁让你们进来的？"

管家赶紧跑到他跟前，面带愧色地说道："先生，他们是中央大学的学生，说是要来这里搜查。"

一听说要搜查自己的宅邸，李义夫顿时火冒三丈，说道："搜查？真是笑话！你们凭什么搜查我的……"

一张明晃晃的搜查令将他后半句话打回了肚里。

李义夫的双眼像死去的金鱼那样瞪大，眼睛里此时尽是不可置信，反应比刚才管家还要夸张。

"就凭这个！"王嘉恩收起搜查令，带领同学们往屋里走去。

"等一下！"李义夫追进去，"你们到底要来搜查什么？"

王嘉恩说道："毒品。有人举报，你的'宏济善堂'特货公司在暗地里从事毒品买卖，你的住处也囤积了大量的毒品。"

李义夫的心颤抖了一下，没想到自己私底下操控南京地面毒品生意的事情这么快就被人发现了。他还是假装愤愤不平道：

"这简直太荒唐了！'宏济善堂'特货公司明明是一家从事合法经营的企业，怎么会与毒品交易有关系？这简直是对整个公司名誉的污蔑！诸位如若不信，我可以把公司成立以来所有交易账目都给你们过目一下。"

王嘉恩说道："李经理，常言道人正不怕影子歪，既然你说你们公司从未染指过毒品交易，那么让我们查一查又有何妨呢？"

这句话犹如一个指令下达，学生们散落到角角落落展开地毯式搜查。然而楼上楼下、里里外外好几圈搜查下来，所有人的反馈都是没有找到毒品的半点踪迹。

王嘉恩的眉头皱了起来，难道是情报有误？李义夫心里却是长舒了一口气，脸上毫无掩饰地露出得意的神色。

看着学生们无功而返的窘迫样，李义夫心里说不尽地痛快。他嘲讽道："知道你们为什么这么多人都找不到吗？"

"为什么？"

"因为你找的是一件根本不存在的东西。要是能找到，那才是见了鬼了！"说完，李义夫哈哈大笑起来。

所有学生都觉得李义夫的笑声特别刺耳，他们满腔愤懑，但是眼前的事实又让他们无可奈何。

接着，李义夫理直气壮地下起逐客令："好了诸位，搜也搜过了，既然什么都没找出来，那还不快走？看在你们是中央大学学生的分上，我就不计较了。"

学生们没有动，所有人都面露不甘。

李义夫眉毛一挑，语气严厉起来："你们快走吧，没准过会儿我就改主意了，到时候你们要把这里恢复成原样才能走。而这几乎是不可能的事，不是吗？"

学生们垂头丧气地走出李家宅邸，王嘉恩的情绪尤为低落。原本以为情报足够准确，没想到此次搜查居然以一无所获的结局收场。弄不好还打草惊蛇了，敌人一定会更加警惕，往后想要找到毒品更是难上加难。回去的路上，王嘉恩一遍遍思索着，试图找出问题究竟出在哪个环节。

学生们走后，李义夫拍了拍胸口，说道"好险哪！刚才被吓得不行。想不到这帮学生还真有本事，居然能搞到申振纲他们的搜查令。你说姓申的是不是脑子坏了，居然真给他们签署搜查令，不怕这帮学生崽子到时候捅出什么娄子来吗？"

管家忧心忡忡道："先生，要不您还是先把货物转移到别的地方去吧。这太危险了，万一下次他们又来……"

对于管家的劝告，李义夫完全不以为然。他反唇相讥道："还有比最危险的地方更安全的地方吗？这帮学生我还不了解？做事全靠头脑一热，等那股劲过去了，事情也自然就过去了。"

见主人根本听不进去劝，管家也只好作罢。他不知道，主人此次不听他的劝真是大错特错，而且很快就要自食恶果。

这次搜查结果很快被反馈到了中共苏皖边区南京工委那边，工委书记唐宁当即作出指示：行动暂时中止，但对李义夫以及"宏济善堂"特货公司的监视不停止，继续密切关注其动向。

事情很快就有了转机。

几天后一个周末的下午，王嘉恩坐在宿舍里翻阅从学校图书馆借来的《福尔摩斯探案集》。他正在读其中的《诺伍德的建筑师》这一则案件，随着一页页翻去，王嘉恩跟随主人公一点点地接近故事真相。同时，一个现实中新的发现也在他面前闪现起来。

王嘉恩兴奋地合上书本，他当即找到张少安。

"我知道李义夫把毒品藏在哪儿了！"王嘉恩将自己的想法一点不漏地说了出来。随后，他们来到南京警察厅，还是陆建民接待了他们。

当王嘉恩说出自己的猜想和打算时，陆建民顿时被他的大胆所震惊，也感到有些为难。

"王同学，上次你们去他家里搜查，结果半点毒品的踪影都没有发现，这已经属于私闯民宅的行为了。而李义夫本人表示了大度，不予追究。倘若这一次再次扑空，那么我们也难以向对方交代，而且，你们要为此负全责。"

王嘉恩听出话里的意思，说道："陆主任，你放心，一切后果由我承担。"

见王嘉恩如此坚持和笃定，陆建民觉得他是很有把握的，于是想办法再次签出了一张搜查令，并派出调查科的两名警员一同前往协助。

南京丰富路35号，李义夫宅邸。

当王嘉恩一行人闯进卧室时，李义夫正躺在床上悠闲地吸着烟。一见众多来人，李义夫丝毫没有慌乱，他从容地掸了掸烟灰，语带嘲讽道："我的住处，什么时候变成任由小毛孩随便进出的游乐场了？"

一旁的管家脸上立刻露出愧色："先生，对不住，他们人实在太多，拦都拦不住。"

王嘉恩上前一步，说道："你别得意！我今天非把东西找出来不可！"

李义夫说道："你这次有搜查令吗？没有搜查令我可要告你私闯民宅了！"他心里笃定地觉得，南京警察厅不可能再给学生签发搜查令。

随行的警员亮出搜查令，李义夫脸上的神色也随之僵住了。

王嘉恩趁机压下了他的气场："搜查令也请你过目了，那现在我们可以开始搜查了吗？"

"请便！"虽然很是惊讶，李义夫心里还是得意地想道：谅你们也找不出什么来，除非把整幢房子拆了。

然而，没多久后他就滚下床，跪地求饶了。

同学们在屋里四散开去。王嘉恩在客厅里慢慢踱步，一边走一边仔细观察着李义夫的卧室。他发现自己上次来没有看错，卧室的内房与外房相比确实短了一截，但站在外面看去却又是一样大的。直觉告诉他，眼前这种情况绝对不正常。

王嘉恩脑海中立刻有了一种猜测，他回过头冲着床上的李义夫说道："李经理，你卧室有些面积是不是被浪费掉啦？没关系，我帮你找出来重新利用。"

"你说什么？"李义夫感到自己的心第一次慌起来。从一开始他就认定，这次来的学生里面其他人都好打发，只有这个为首的学生看上去不好对付。他心里猜测着，这个带头的别是已经看出什么了吧？他此时有些后悔没有听管家的话把那批货物转移。

　　这边，王嘉恩在角落里拿来一把扫帚，他用扫帚柄不断敲击着内房的墙壁。刚开始墙壁发出的都是沉闷的响声，随着王嘉恩不断变换位置，突然墙壁发出了一声空响。王嘉恩双眼一亮，先前的一种猜想在此时被坐实：李义夫的卧室内必有暗室，而他们要找的东西十有八九就藏在暗室中。接下去只需要找到暗室的入口。

　　从王嘉恩开始敲打墙壁，李义夫就一直紧张地注视着，他的心跳正在不停加快速度。直到那声空响传来，他分明感到自己的心猛地向下一沉。但他清楚，此时自己只能装作若无其事的样子，也只能在心里祈祷学生们最终找不出什么来。对于暗室入口的藏匿位置，他心里还是有几分底气的。

　　分散到各处检查的同学都回来了，所有人的反馈都是一无所获。眼看此次搜查行动又要落空。

　　面对不好的消息，王嘉恩毫不慌乱。他看了看天花板，说道："还有屋顶没有查。"

　　李义夫刚刚缓和下来的脸色瞬间又变了。

　　一名同学说道："屋顶又藏不了东西。"

　　王嘉恩似有深意地说了句："万一有呢？"

　　同学们赶紧去搬梯子。

　　这一下总算戳到了李义夫的痛处，他立即大声抗议道："你们在屋里胡闹不算，难道还要上房揭瓦不成？"

　　王嘉恩冷笑道："李经理家的瓦，我们今日还非要揭一揭了！放心，要是摔坏了照价赔偿就是。"

　　事实上，屋顶正中央开了一扇巨大的天窗，天窗下面有一排暗室。倘若让学生爬上屋顶看到那排小暗室，那么所有秘密就都藏不住了。

　　李义夫自知此时不能再坐以待毙，他迅速下床穿好拖鞋，正欲冲过来阻止。结果因为太心急导致一脚没站稳，整个人向后仰倒在床上。

　　紧接着，卧室内响起"咣当"一声金属撞击，所有人都猛地回过头去。声音在所有人都认为是木质的床板上响起来，顿时显得很诡异。下一刻，在数十道目光的逼视下，房间内的气氛一下子紧张起来，就连空气仿佛也随之凝结了。

这一声撞击，也将王嘉恩心头的谜底彻底揭晓了："李经理到底是有钱人，家里的床板结实得都能发出金属的声音。"

李义夫此时脑袋里已经因为慌张而乱作一团，但他还是强作镇定地说道："我家的床是经过特殊加固的，的确加了铁片，那又怎么样？"

"李经理刚才那一摔怕不是把铁片也撞坏了吧？要不我们帮你检查检查，顺便也让我们长长见识，看看装了铁片的床板到底长什么模样。"

说完，王嘉恩手一挥，许多名同学一拥而上，肥胖的李义夫在挣扎中像只面口袋那样被抬了下来。王嘉恩上前一把掀开了床垫，一扇铁门赫然出现在所有人的视线里头。

王嘉恩回过头来冷笑道："李经理，没想到你的床下暗藏玄机啊！"

李义夫急忙辩解道："这个只是酒窖而已，用来存放红酒的。"

"是吗？把存放红酒的地窖修在自个儿床底下，这可真是亘古奇闻，那我更要打开看看了。"

在几位同学的帮助下，王嘉恩打开了铁门，下面是一个正方形的通道，黑漆漆的，伸手不见五指。此时，李义夫的额前已经布满了大颗的汗珠，双腿也像抽搐似的抖动起来。

密室里的东西很快就一股脑儿被搬了出来，数十公斤鸦片、大烟、海洛因等毒品就这样被暴露在众目睽睽之下。一同在密室中发现的，还有"宏济善堂"特货公司近几年的毒品销售账本。除了李义夫自己外，在场所有人都傻眼了。他们知道李义夫家中藏有毒品，但万万没想到数量居然如此之多。

王嘉恩此时的说话声犹如法庭的审判官："李义夫，你还有什么话说？"

李义夫脸色变得煞白，整个人像漏掉气的皮球瘫在了地上。

"完了，这下彻底完了……"

随行的一名警员对王嘉恩说道："王同学，这个人就由我们带回厅里吧。"

警员的话马上遭到了学生们的反对，王嘉恩也毫不客气地说道："这个人应当接受大众的审判，而不是你们警察厅完全是流于形式的问讯。"他心里很清楚，一旦将李义夫交给警察厅，结果很有可能是李义夫通过上下打点运作得以全身而退。对他们来说，这是绝对不允许发生的。

警员有些尴尬："我们就这样回去了也没办法向陆主任交代。再说，你们学生也没有扣押犯人的权力。"

王嘉恩语气强硬道："这次就特事特办。回头我会向陆主任解释的，与你们无关！"

在王嘉恩的带领下，学生们将李义夫押解出家门。

南京警察厅的厅长办公室里。听完陆建民的汇报，申振纲惊讶不已："没想到这帮学生还真有两下子啊！"

"厅长，那个李义夫该如何处置呢？"

"他人现在何处？"

"被学生们关押在中央大学的礼堂内。"

"我签份逮捕令，你先以厅里的名义逮捕他。至于后续如何处置，还得看李部长他们那边的指示。"

"是！"陆建民内心暗暗为学生们喝彩。

中央大学宿舍内，王嘉恩正在津津有味地翻阅着《福尔摩斯探案集》。在众多扑朔迷离的案件中，那个叫作"巴斯克维尔猎犬"的案子是他最喜欢的，也是看的遍数最多的。

敲门声响起来。王嘉恩抬起头朝门外应道："请进！"

张少安拎着一袋东西走进来，他将东西放在桌上，说道："我代表中央大学'青年救国社'特意来犒劳一下你。这是正宗老门东的梅花糕，趁热吃。"

王嘉恩放下书，从纸袋里拣出一块梅花糕，笑道："这就算是犒劳了啊？我还以为怎么着也得去'韩益兴'餐馆或者福昌饭店摆上一桌呢。"

张少安也笑道："革命尚未成功。组织先给你记着功，等到胜利那天一并兑现。"

王嘉恩将梅花糕送进嘴里："那我一定得活到那天，到时候找你可不能不认账啊！"

张少安问道："话说，你是怎么想到李义夫的卧室里面还存在暗室的呢？"

王嘉恩扬了扬手中的《福尔摩斯探案集》，说道："是它给我的启发。"

张少安很好奇："说来听听。"

"第一次进入李宅搜查的时候，我发现李义夫的卧室有点特别，他卧室的内房与外房相比面积要小了一些，但站在外面看去又是一样大的，似乎有部分空间被隐藏起来了。不过当时我也只是猜想，并没有太当回事。直到看了这本书里面一桩叫'诺伍德的建筑师'的案件，它马上给了我启发。我直接将相关情节读出来，你就明白了。"

说着，王嘉恩翻开《福尔摩斯探案集》读出那部分扭转乾坤的故事情节：

"离这条过道的尽头六英尺的地方，曾经用抹过灰的板条隔出来一小间，隔墙上巧妙地安装了一扇暗门。小间全靠屋檐缝隙中透过来一点光照明，里面有几件家具，还存了食物和水，同一些书、报纸放在一起。

"在我们往外走的时候，福尔摩斯说：'这是建筑师的有利条件。他能给自己准备一间密室而不需要任何帮手——当然，他那个女管家除外。我应该马上把她也放进你的猎囊。'

"'我接受你的意见。可是你怎么知道这个地方，福尔摩斯先生？'

"'我先断定他就藏在屋里。当我第一次走过这条走廊的时候，发现它比楼下那条同样的走廊短了六英尺，这样一来他藏的地方就十分清楚了。我也料到他没有勇气能在火警面前待着不动。当然，我们也可以进去把他抓住，但是我觉得逼他出来更有趣。再说，雷斯垂德，上午你戏弄了我，也该我来迷惑你一下作为回敬了。'"

张少安哈哈大笑："没想到著名的神探福尔摩斯先生还在无意间帮中国破解了一个案件。看来，没事多读点侦探小说还是有好处的。"

"破案的过程，其实也是对人性的追溯和解剖，毕竟这世上最复杂的东西莫过于人心，只要把它理顺了，一切问题也就能迎刃而解了。"

"不管怎么讲，这次多亏有你，不然行动就会功亏一篑。"

"接下去，你有什么安排吗？"

张少安望向窗外的远方，整座城市被收拢在视线里头："那场期待已久的浪潮，是时候掀起来了！"

话音刚落，青年学生组织的一场浩大的抵制毒品运动在南京城内如江河奔涌般地展开了。

这天，姚胜利从外头回21号。在经过日本宪兵司令部时，紧闭的大门突然像巨兽的嘴一样张开了，一辆卡车从里面冲了出来。姚胜利赶紧将车闪到一边，卡车很快就开到了远处。姚胜利看见车棚里站满了荷枪实弹的宪兵，紧接着，第二辆、第三辆……没一会儿工夫，十多辆卡车从姚胜利眼前开了过去，车棚里都站满了宪兵。

日本宪兵司令部几乎倾巢而出，看样子是有什么重大行动。姚胜利一边想着一边将车开进 21 号大院，车子刚一熄火，一种猜想突然在他脑海中停了下来：今天是学生组织禁毒运动的日子，这群宪兵该不会是去阻止的吧？

这个想法甫一出现，姚胜利马上紧张起来。他很清楚，学生们多是浪漫主义者，对于战争的残酷性和日本占领当局的凶狠手段还缺乏较为客观的认识，倘若双方冲突起来，吃亏的只能是他们。

怎么办？日本宪兵已经出动，眼下情形已是迫在眉睫。姚胜利想到了一个人，他马上冲出车门，旋风般地奔上楼去。

方小雨正在办公室里整理文稿，突然敲门声响起来，然后没等她回应门就被一把推开了。只见姚胜利一头冲了进来，方小雨被他吓得险些从椅子上跳起来。

"发什么事啦？"

姚胜利关上门，快步走到方小雨面前压低声音问道："学生是不是要在今天展开禁毒运动？"

方小雨一愣，随即点头道："没错，这会儿应该已经开始了。"

"我刚才看到日本宪兵司令部至少出动了几百号人，看卡车开去的方向很有可能是去阻止学生的。"

听他这一说，方小雨也立刻紧张起来："你看清了吗？"

"我看得一清二楚。要是宪兵介入此事，学生们会有生命危险的！"

方小雨一下子站起来："我现在马上去现场！"

姚胜利制止道："不行，你绝不可以公开出面！"

"那怎么办？"

"为今之计只有你马上联系你的上级，请他们想办法。一定要快，晚了就来不及了！"

姚胜利走后，方小雨赶紧联系了唐宁。其实对于唐宁究竟能想出怎样的对策，她心里一点底都没有，只知道此时组织那边是自己唯一可以抓住的救命稻草。

另一边，唐宁接到情况反映后立即作出了应对的措施。南京中山路 9 号汪伪中央宣传部来了几名特殊的客人，更令人意想不到的是，宣传部部长林柏生亲自接见了他们。双方在林柏生的办公室里小谈了一会儿，接着就某件事达成了一致意见。

从方小雨那里回来，姚胜利被渡边勇叫到了办公室。渡边勇直接布置任务："据可靠情报，南京中央大学的学生即将在城内展开一场抵制毒品的运动。你马上带领所有人赶赴现场，一定要阻止学生们！"

"这不是宪兵的事情吗？为什么还要我们参与呢？"

渡边勇眉毛一扬："出了这么大的事情，畑俊六将军正看着，整个日本军部也在看着，功劳别全被宪兵给抢走了！明白吗？"

渡边勇这个安排正是姚胜利求之不得的，只要能够到现场，接下去就有更好的机会保护学生们。

这一天，南京上空万里澄澈，阳光明媚。国民大会堂门前的广场上聚集了以中央大学为首的南京各大、中学校三千余名学生，人声鼎沸，场面壮观。

一座临时搭成的讲台上，中央大学"青年救国社"社长张少安正在作着动员讲话，全场人头攒动却无一声嘈杂，所有人都全神贯注地面对讲台，他们内心的爱国情怀，还有对侵略者的憎恨，随着演讲人神情的激动而一点一点地升温。

演讲最后，张少安举起右拳，高声呼道："同学们，让我们向毒品宣战！向毒害了中国人一个世纪的妖邪宣战！"所有人都振臂响应，数千人的呼喊声如江河中的滔天浪潮，势不可当。

禁毒运动开始了。浩浩荡荡的学生队伍从国民大会堂出发，沿着国府路向西而去，接着转向中山路，途经新街口广场直奔夫子庙。一路上，学生们先后冲进"逍遥阁""云裳阁""广寒宫"等高档娱乐会所，找到了会所内用以容留吸毒的暗间，并将正在里面的毒客拖到了外面，毒具也一并没收，很快就装满了整整十大人力车。

学生们还拉起了横幅，上面写着"打倒烟、毒、舞"的标语。这句标语看似简单，实际是通过深思熟虑后才定下来的。这样写，表明此次运动打击的对象在于毒品，没有涉及其他问题，从而不会给敌人留下反击的漏洞。

张少安走在队伍最前面，他带领大家高唱着《旗正飘飘》《毕业歌》《开路先锋》等歌曲，将广大学生的爱国之情充分激发，歌声震彻云霄：

道路两侧，行人们自发地站成一列，他们没有像往常看热闹那样起哄，而是默默却坚定地注视着游行队伍，用目光向勇往直前的青年学生们致敬。在佩服学生们勇气的同时，也有人开始为他们的安危担忧起来。

果然，危机没多久就到来了。在队伍刚进入白下路时，几百名全副武装的日本宪兵从街道另一侧冲了出来，他们在队伍面前站定，组成一道坚固的屏障。望着宪兵手上黑洞洞的枪口，不少市民的心都揪了起来。

　　面对阻拦，学生们的脚步丝毫没有慢下来。眼见学生们一副毫不畏惧的样子，宪兵队长一声令下，所有宪兵举起步枪朝天空放了一枪。枪声一响起，路旁的行人立即吓得四散奔逃，但是学生们依旧脚步坚定地走来。宪兵队长又是一声令下，所有宪兵将步枪平指前方又扣动了扳机，子弹打在学生队伍前面，坚硬的地面顷刻间碎石飞溅。

　　与宪兵们一同到达的，还有姚胜利率领的特工。他们没有跟随宪兵上前阻止学生，站在街道一侧看着学生们向这边走来。看见学生们面对敌人的威慑，脚步却更加坚定，歌声更加响亮，姚胜利心中的豪情也被点燃了，他恨不得马上也加入学生队伍中去。

　　两拨人马的距离越来越近了。日本宪兵似乎也是心有忌惮，统统将刺刀卸了下来，将子弹也全部退了出来，然后才端着步枪冲向学生。姚胜利松了口气。转眼间，两拨人已经扭打在一起。

　　学生们哪里是日本宪兵的对手，没多久，他们就被压缩在一个包围圈里，横幅也在打斗中被撕烂。眼看学生就要吃亏，姚胜利再也按捺不住，他命令身边的吴永强等人道：

　　"所有人都听着，跟我上去阻止宪兵们攻击学生！"

　　吴永强猛地转过头来，他还以为自己听错了："熊谷长官，渡边长官的命令是配合宪兵们镇压学生的。"

　　姚胜利冷冷道："现在发号施令的人是我！"说完，他率先冲入人群，其他特工们你看看我、我看看你，也跟了上去。

　　混乱的人群中，姚胜利的声音几乎没人听见。见到他身上的制服，周围的学生纷纷向他发起了攻击。在厮打中，他的头发被抓乱了，衣服被扯出道道裂口。即便如此，姚胜利依然一次次试图将学生护在身后。

　　"熊谷君！"一声熟悉的呼唤，周围嘈杂的人声顷刻间消失。

　　姚胜利回过头，只见方小雨就站在自己身前，她的脸上含着浅浅的笑意，与这里紧张的气氛显得毫不搭调。

　　姚胜利急道："你怎么来了？"

方小雨说道："我见你来了，所以也来看看。"这句话在她心里刚形成时，其实是"我不放心你，所以也跟着来了"。

话音刚落，方小雨的身体被人撞了一下，她顿时一个踉跄，险些就摔倒了。姚胜利赶紧扶住她。

"你快走，这里太危险！"

即便刚才遭受了袭击，方小雨脸上依然没有显露出丝毫害怕的神色。她笑容未减，说道："我不走，我们一起留在这里保护学生们！"声音在周围的喧扰中显得有点轻，但很是坚定。

这时候，一名肥胖的日本宪兵将步枪倒转过来，挥舞着枪托冲向不远处的王嘉恩。经过姚胜利身边时，姚胜利趁着混乱忽然向他伸出脚。日本宪兵毫无防备，被绊得向前一个趔趄，一百多斤重的身躯狠狠砸在地上，疼得他哇哇乱叫。学生们趁机一拥而上，抢过他的步枪远远扔出去，接着是一顿暴风雨般的拳脚，打得他皮开肉绽、惨叫连连。刚才这一幕被方小雨看在眼里，她向姚胜利投来赞许的目光。

场中的冲突越来越激烈了，双方中不断有人被推倒在地。姚胜利和方小雨一边制止宪兵，一边大声提醒学生们注意安全。忽然，他们同时感觉到有一只手牢牢抓住了自己的手。当他们同时向自己手上看去时，发现正是对方的手紧紧握住了自己的手，带来踏实的安全感。他们也同时感到，有一股暖流从对方手中流遍了自己全身，驱走了紧张、恐惧等消极情绪。接下去，他们的手就这么紧紧握着，似乎再也分不开。

日本宪兵们被激怒了，他们有的重新装上刺刀，有的拉动枪栓装子弹。眼看一场流血事件就要发生，姚胜利根本无力制止，只能干着急。

"住手！"一声断喝传来。双方同时转过头，只见一群人远远地跑了过来，为首的是林柏生的秘书李立忠，南京警察厅调查科主任陆建民也在其中。

一排日本宪兵立即拦住了他们，宪兵队长操着生硬的中文盘问来人："你们的，是什么的干活？"

李立忠亮出工作证，说道："长官，我是国民政府中央宣传部林柏生部长的秘书，这位是警察厅调查科陆建民主任。"

宪兵队长摆摆手，宪兵们收起枪退到一边。宪兵队长说道："你们来得正好，请帮助我们一起阻止这些家伙！"

李立忠解释道:"长官,他们这次运动是林柏生部长特意安排的,是合法合理的,请您予以放行。"

宪兵队长露出疑惑的神色,李立忠又亮出林柏生亲自写下的情况说明书。宪兵队长听完翻译后终于点了点头,说道:"好吧,看在林部长的面子上。不过,为了安全起见,我必须让我的士兵把守在道路两侧,以免有不法分子趁机破坏,这也是保护学生们的安全。"

李立忠一抱拳:"多谢长官了!"

宪兵队长用日语命令道:"所有人都到道路两侧布防!"

所有日本宪兵都脱离人群跑到道路两侧,排成整齐的队列。接下来,学生队伍继续向前走去,两侧的日本宪兵就像是这场运动的仪仗队,场面显得别样,又有点滑稽。在侵略者目光的逼视下,学生们丝毫没有显露出怯色,他们的胸膛挺得更高,脚步踏得更有力,就连地面也为之深深震动。

那名刚才被姚胜利绊倒的日本宪兵鼻子已经红肿起来,脸上青一块紫一块,像是打翻了一只酱油瓶。学生队伍在经过他身边时,不少人都忍不住哈哈大笑。面对众人的嘲笑,日本宪兵纵然怒火中烧也不敢轻举妄动,只得压低声音骂了句"浑蛋"。

跟在学生队伍后面的,还有南京警察厅的押解队。直到运动爆发的这一天,中央大学"青年救国社"才正式将李义夫移交给南京警察厅。李义夫此时被伪警押解着,他低着头,面如死灰,裤裆里已经湿了一大片。在此之前,李义夫也是南京城内有名的地头蛇,靠着手下众多以及有日伪背景欺行霸市,百姓们对此是敢怒不敢言,今日他们终于等来了大快人心的时刻。

曾经趾高气扬的地头蛇,如今向受他迫害的人民大众低下了头,人们从震惊中回过神来后,无不拍手称快。押解队一路走去,道路两侧的人群中不停地有东西朝李义夫砸来,李义夫被捆住身子无法躲避,不一会儿就被砸得头破血流,更显得狼狈。人群中,咒骂、声讨也炮弹般朝李义夫砸来。

在南京城的老人们记忆中,犯人游街这种事还是皇帝在的时候才发生过的。不同的是,如今惩戒罪人的审判官是年轻的学生,他们爱憎分明,富有热血和激情,犹如大地上冉冉升起的朝阳,照亮了国家未来的希望。

此次禁毒游行的终点在新街口广场。一路上缴获而来的毒品在广场上堆成了一座小山,李义夫被五花大绑地跪在孙中山铜像前,他浑身颤抖个不停,裤管里淅淅沥沥的声音一阵接一阵。学生们眼中灿烂的阳光，在他看来却如末日将至般沉重。

接下去，随着张少安再次振臂一呼，学生们点燃了毒品，熊熊烈火仿佛早已想焚烧罪恶，顷刻间蹿起一人多高。学生们围在火堆前，拍着手唱起歌，不少人激动得流下了泪水，泪水也是滚烫的。愤怒的火焰将南京的天空映得通红，烧毁的不仅是毒品，还有侵略者妄图损害中国人身体的阴谋。悠悠苍天，朗朗乾坤，一个多世纪前虎门销烟的浩然正气降临在南京上空，一切魑魅魍魉在天道正义前终将灰飞烟灭。

毒品销毁后，便到了审判大毒枭李义夫的环节。行刑官当着所有人的面宣读了审判书：

"李义夫，男，原籍江苏盐城，南京'宏济善堂'特货公司总经理。在职期间以慈善事业和药品生意为掩护，暗中从事毒品销售的不法勾当，造成南京市面极大的混乱，给国家法度带来极大的冲击。为弘扬真理、彰显正义，特判处李义夫死刑，现验明正身，立即执行！"

审判书"啪"的一声被扔在地上，李义夫发出最后的求饶。紧接着一声枪响，声音从众人头顶上方传过。李义夫栽倒在地上，整个人像瘟鸡般抽搐了几下，然后双腿一蹬断了气。眼见祸国殃民的大毒枭被枪决，广场上爆发出雷鸣般的掌声。

接下去，学生们涌进了国民大会堂，张少安再次站上讲台。他激情未减，从一个多世纪前的鸦片战争开始到当今沦陷区内毒品泛滥，列举了帝国主义在中华大地犯下的种种罪行。说到动情处，他慷慨激昂地呼吁道：

"青年们要继续团结一心，英勇地与敌伪势力作斗争！"

一辆黑色轿车在会场外停住，林柏生从里面出来，接着匆匆地走进了会场。他没想到这件事情闹得如此之大，本想将自己与此事脱离开，结果学生这边连续催促，最后还派出代表直接到自己办公室邀请，他只得带着万般不情愿动身了。

来到国民大会堂，林柏生只是上台草草地说了几句话，主要是对此次禁毒运动给予了肯定，并表彰了其中几位在运动中表现突出的学生，最后还表态自己将继续支持学生们向毒品宣战。

刚回到21号，方小雨指了指姚胜利身上已经多处破损的制服，说道："我给你带回去缝补一下吧。"

姚胜利有些意外："你还会补衣服啊？"

结果方小雨俏眸一翻，说道："少废话！要不要？不要就算了！"

姚胜利赶紧脱下制服，笑嘻嘻地双手奉上。方小雨拿着制服脚步轻盈地离去，姚胜利在后面冲着她的背影喊道：

"那工钱怎么算啊？"

方小雨回首一笑："我会给你友情价的！"

姚胜利站在原地笑起来。虽然在深秋的风中脱了外套，但姚胜利感到此时阳光照在身上分外温暖，像是有一件无形的外套将自己包裹住了。姚胜利觉得方小雨掌心的温度还停留在自己的手上，而他不知道的是，方小雨回去后连夜学习了缝补。直到绣花针将手指戳出好几个洞，她才将姚胜利的衣服缝补完，而且外观上达到了还过得去的程度。

第二天，《申报》《大美晚报》等主流媒体以及《中华日报》、《南京新报》等汪伪政权官方报纸统统头版头条刊登了一则新闻：

南京学生组织禁毒运动，中央宣传部部长林柏生公开支持。

在日本南京占领军司令长官的办公室里，畑俊六气得脸色发青，他将一份《中华日报》揉成一团用力扔向前方。畑俊六几乎是吼出来的：

"浑蛋！这帮人在干什么？居然允许学生这么胡闹，大日本帝国的脸面都被他们丢尽了！这个该死的林柏生，良心真是坏透了！传我命令，马上将林柏生关押进老虎桥监狱，让他好好反省！"

"忠义救国军"南京特别行动总队据点里，姚胜利兴致勃勃地汇报了此次禁毒运动的全过程，他的手边放着一份《中华日报》，上面也有对此次禁毒运动的详细报道。

听完汇报，杜禹泽置之一笑道："这次畑俊六和汪精卫可真是狗咬狗，吃了对方一嘴的毛。"

"是啊，学生这次是巧妙地利用了日本人与汪伪集团之间的利益矛盾，以借力打力的方式实现了禁毒目的，确实值得赞赏。"

这次学生运动带给姚胜利内心深深的震撼。多年之后，姚胜利再回忆起这段往事，他感到自己的血液依然会为之升温，心底的那股子自豪也会再次油然而生。

成千上万人彼此挽着手，在寒风中大步向前。这才叫作"众志成城"，这才叫作"同仇敌忾"！抵抗侵略者需要汇聚起众人的力量，而共产党恰恰做到了这一点，称之为"中流砥柱"也不为过。而自己，只身一人插入敌营，上级只会给自己指派任务，是真正意义上的孤军奋战。然而仅靠个人的力量在整个抗战大局中又能起到多大作用呢？姚胜利坚信唯有广大民众参与其中，这场卫国之战才能取得最后的胜利。

禁毒运动过后，中共苏皖边区南京工委书记唐宁将整个过程写成书面汇报发给了延安，学生们的表现得到了中共领导人的高度评价。来自延安的回复中还有这么一句：

可借此次运动考察吸收表现优良的青年学子加入我党，为革命事业贡献力量。

张少安特别将王嘉恩在此次运动中的表现和功劳汇报给了唐宁，唐宁又汇报给了延安。他在汇报中这样评价王嘉恩：

南京中央大学政法系学生王嘉恩，志虑忠纯、智勇双全、满腔热忱，在此次禁毒事件中身先士卒，为最后的胜利发挥了决定性作用，显现出个人崇高的爱国主义思想和为国为民精神。现以我个人名义推荐入党，恳请组织予以考察。

延安方面很快给了答复：同意推荐，请苏皖边区南京工委尽快安排王嘉恩同志赴延安接受党组织进一步考察。

当张少安将这个消息转告给王嘉恩时，他高兴得险些蹦起来。延安，一个神圣庄严的名字，一个令无数青年学子心驰神往的地方，闪闪红星在那里大放光芒。王嘉恩做梦都没想到，那里会对自己发出召唤。

王嘉恩一把抓住张少安的手，问道："我什么时候可以动身？"

"马上。"

"太好了！太好了！"

张少安像念诗那样说道："巍巍宝塔山，清清延河水，延安，中国的革命圣地，也孕育着抗战胜利的希望……真羡慕你，可以去那里。"

"希望你不久后也能来，希望更多的青年学子都能去那里，那里才是中国抗战的希望所在，也是中国未来的希望所在！"

"更期待胜利的那一天，我们再次重逢。"

两只年轻的手紧紧握在了一起。

　　不久后，王嘉恩在同学当中消失了。他的去向没有人知道，于是各种说法一时间流传开来。有的人说他去了中共苏皖边区，也有人说他去了革命圣地延安，还有人说他去了战时陪都重庆。事实上这是南京工委的特意安排，目的是混淆敌人的视听。

　　不光如此，在这次禁毒运动后，包括王嘉恩在内的许多参与其中的学生都加入了中国共产党，为中国的革命事业注入了一股股新鲜的血液。

第十三章　一失足成千古恨！

姚胜利接到通知，日本南京派遣军司令畑俊六将于三日后在国际饭店举行寿礼，届时汪伪政府内部许多核心人物以及日本兴亚院、外务省、内务省、海军省、陆军省、航空部队、特高课、梅机关等重要机构均会有要员参加。寿礼的安保工作依旧由特工总部南京区配合日本宪兵司令部负责。

当嘉宾名单送到姚胜利手中时，在密密麻麻的人名中，他的目光马上锁定了一个人：丁立军。

这个名字此时牢牢黏住了姚胜利的目光。名字上的一笔一画仿佛都变成了一把锋利的刀子狠狠划着他的内心。姚胜利望着面前看不见的空气，名字的主人仿佛就站在面前，他咬牙切齿道："你终于出现了！"

上海市民一定还记得 1939 年底那场轰动一时的刺杀事件，当事人是一男一女，男的叫丁立军，当时是汪伪政府 76 号特工总部一手遮天的人物，女的叫郑静茹，是红极一时的社会名媛。刺杀案发生前，两人正陷入爱河如胶似漆，不久后女方却亲手策划了一场针对男方的刺杀事件。刺杀最后并没有成功，女方由此被捕入狱最后被处决。

正是这个丁立军，亲手将表姐送上了黄泉路。如今丁立军已离开 76 号，升任汪伪政府中央政治委员会委员，成为汉奸政权内炙手可热的人物，所以于公于私自己都与他有不共戴天之仇。姚胜利用红笔在丁立军的名字上用力写了一个"杀"字。

在据点，姚胜利兴冲冲地将畑俊六将在国际饭店举行寿礼的事向杜禹泽作了汇报，并出示参会人员名单。姚胜利认为此次是一个千载难逢的机会，必须部署一次刺杀行动，在这些侵华战争的元凶巨恶和重要帮凶中除掉任何一个对日方都是沉重的打击。

然而出乎意料的是，杜禹泽当场予以了拒绝。无论姚胜利怎样据理力争，杜禹泽反复只说一句话"没有上级命令不得行动"。那天，姚胜利失望地从接头地点离开，他无法理解上级的顽固不化，心里有千万个不甘。丁立军自从经历上次刺杀事件的九死一生后，犹如受惊的兔子，变得小心谨慎，平日里深居简出，办公地点就设在家中，据说晚上睡觉都穿着防弹衣。

这一次无疑是丁立军极其难得的露面，一旦错过，下一次的机会怕是就遥遥无期了。

颜超从后面追上来："你等一下！"

姚胜利回过身来："有事吗？"

"我跟你干！"

颜超的决定让姚胜利有些惊讶，他失望的内心也感受到些许安慰。

"你可想清楚了，这次任务极可能是有去无回的。"

"没想清楚我就不会来找你了。把名单给我看看。"

颜超刚翻开名单就指着其中一人说道："他也来？好啊，早就想干掉这孙子了！"

姚胜利看到他指的那个人正是丁立军，这让他颇感意外。

"你……跟他有仇？"

"没错。"

"能说给我听听吗？"

"1939年底，他害死了一个女人。那个女人，我仰慕许久了。我要替她报仇！"

听了颜超的这番话，姚胜利简直是震惊。虽然已经猜到那个女人是谁，但姚胜利还是问道："那个女人是谁啊？"

这时候大街上有风吹过，颜超在风中的说话声就如在叹息一般："她叫郑静茹。我以前在中统时，曾经和她编在同一个行动小组。"最后一句话，颜超似乎是鼓起勇气才说出口的："我爱慕她许久了！"

姚胜利险些就要说出"她是我表姐"，没想到眼前这位战友居然也早已对表姐心生爱慕，这也是维系他们接下去并肩作战的最好纽带。

"那么就让我们一起为她报仇吧！"

两人很快就商量出了具体计划：届时颜超扮作记者混入饭店，就在靠近大门的地方活动。舞会开始后，方小雨会邀请丁立军跳舞，她会尽量往大门口这边移动，以便给颜超创造机会。颜超得手后，姚胜利在人群中趁机丢出烟雾弹掩护颜超撤离。

三天后，寿礼在国际饭店举行。

当丁立军出现在自己视线中的那一瞬间，姚胜利感觉身体里仿佛有一座火山苏醒了，所有的气血都在朝上涌动。害死表姐的仇人就在眼前，自己等这一刻已经太久，姚胜利恨不得现在就冲上去掐死他，或者一枪打爆他的头。

如今已是表姐牺牲后的第四个年头了，不知道还有多少国人记得她？不知道家乡兰溪的人民是否已经知道她的英勇事迹？记得表姐当时告知伯父自己已经加入抗日锄奸组织时，伯父只是说，为了四万万人民，你可以牺牲自己。表姐被俘后，汪伪政府曾以此要挟伯父出任他们的司法部部长，结果遭到伯父的断然拒绝。得知表姐的死讯时，伯父的眼中散发出更加坚定的光芒，似乎丝毫不为所动。然而不久后，伯父头上的白发迅速增多，内心深深的悲痛也显露无遗。伯父早年跟随孙中山，是中国近代的革命先驱之一，一家人先后为国家民族作出了巨大贡献，同时也付出了巨大的牺牲。

姚胜利此时努力控制住情绪，不让眼泪又掉落下来。

宴会过后接着是舞会，许多衣着光鲜的男女搂肩搭背开始在音乐声中旋转身子。在一处角落里，畑俊六、影佐祯昭等一干日方高官正同汪系要员进行会谈，特工们里三层外三层地将他们团团保护起来。

姚胜利假装从那边经过，他看见丁立军明显有些心不在焉，眼睛时不时地瞄向舞池。姚胜利清楚，这个色中饿鬼的魂此时恐怕早已飞到舞池中，落在那些白花花的胳膊大腿上了。

姚胜利还看见渡边勇此时正与方小雨一起跳舞，他们还在兴高采烈地聊着些什么。他们二人都是身材高挑、体形匀称，因而舞姿看上去比一般人要更加美妙。紧接着，他看见颜超搂着一个舞女从自己身边快速转了过去。

在人群中，姚胜利还遇见了上次在新亚舞厅救助过的舞女。这次，姚胜利主动邀请对方跳了一支华尔兹，两人第一次跳舞就非常合拍。舞女始终平静的神态和略显深邃的眼神让姚胜利觉得，这个人或许是很有些故事的。

场中背景音乐换了一支，渡边勇与方小雨的舞也跳完了。渡边勇礼貌地冲方小雨鞠了一躬，然后告退。方小雨缓缓走到姚胜利身边，接过他递来的一杯红酒。

"怎么样？"

姚胜利说道："我看目标已经蠢蠢欲动了，接下去你可以开始你的行动了。"

方小雨一口气喝完杯中的红酒，说道："一会儿叫你的人可千万打准些，不要误伤到我。"

"你放心好了！"

角落里，特工拦住方小雨。

方小雨呼唤其中一个人："胡部长！"

胡庭峰走过来，问道："小雨，什么事？"

方小雨装出一副难为情的样子："那个……我很想请丁先生跳支舞，不知道可不可以？"

胡庭峰想了想，说道："那你跟我来。"

胡庭峰将方小雨带到丁立军面前并做了详细介绍。见方小雨貌美如花又是情真意切，丁立军马上接受了她的邀请，还对她做出一个十分绅士的邀舞动作，于是他们就牵着手往舞池走去。

丁立军说道："方小姐长得很像我一位故友。刚才要不是胡部长说出你的名字，我真的要把你当作她了。"

方小雨已经猜到他口中的故友是谁，但还是装作诧异道："哦？是吗？那我真是太荣幸了。"

"方小姐觉得，上天安排出一模一样的两张脸，到底为的是什么呢？"

"可能是为了安排以后更美妙的相遇吧，就像我跟丁先生现在这样。"

丁立军眼中光芒一闪。

"这个答案倒是很有意思。"

"那么丁先生的答案又是什么呢？"

"我觉得吧，这是为了让留下的遗憾有更多补偿的机会。"

"看来丁先生同那位故友之间有很多的故事啊。"

丁立军赞赏道："方小姐果然很聪明啊！"

"可是就算长得再像，也终究不是同一个人。人与人之间的区别不在脸，而在心。"

丁立军笑道："没想到方小姐不光长得漂亮，思想见识也是这么深刻睿智，像你们这样的女人真是尤物。想必方小姐身边围着众多追求者吧？"

方小雨下意识地看了一眼远处的姚胜利："确实如此。"

"那么不知谁有幸能入方小姐的眼呢？"

"没想到像丁先生这样的绅士也这么爱八卦消息。"

"呵呵，谁叫方小姐这般迷人呢！牢牢地抓住了我的心。"

说到这里，方小雨感到这个男人的双手明显加大了力道，似在传递某种信息。方小雨继续开起玩笑："那我得赶紧松开，免得人家指责我冒犯上级。"

"不不不，你的上级一点都不介意。他希望的是，你抓住了就别再松手，而且最好再用力点。"

方小雨心里涌起一阵恶心。

颜超的枪是在三分钟后打响的。

从跳舞一开始，方小雨就在与丁立军交谈时有意往门口这边移动，在他们到达离颜超最近的位置时，颜超迅速出手。这时候正好一支舞跳完，方小雨礼貌地告退，两人身体在颜超视线中分开。

可惜的是，那一枪却并没有打中丁立军。在那个电光火石的时刻，丁立军的身体似有察觉般地忽然移动了一下，那颗子弹就擦着他的脖子飞了过去。虽然没有直接命中，却也擦破了丁立军的脖子。

突如其来的枪声顿时让场中乱作一团，一大群特工扑上前用身体护住了几位长官，另外几名特工拔出枪向这边冲过来。方小雨也卧倒在地上，姚胜利的手已经伸进口袋抓住烟雾弹准备趁乱掷出来。

颜超正准备射出第二颗子弹。突然，他的身体一颤，从旁边射来的一颗子弹击中了他，紧随的是第二颗、第三颗……颜超再也没有机会开出第二枪，他的动作渐渐僵硬，身躯往地上倒去。

姚胜利看见此时渡边勇的枪口里冒出了一缕青烟。接下去，很快就确定刺客只有这一人，混乱的场面随即被控制住。倒在地上的颜超还没有咽气，他的身体在不停抽搐，鲜血在嘴角挂成一道红线，右手撑着地面想要重新站起来。渡边勇从一名汪伪特工手中接过一支冲锋枪走到颜超身前。渡边勇将左脚踩在颜超撑在地面的右手上，接着扣动扳机朝他的身体一通扫射。枪声停下来，冲锋枪弹夹中的子弹全部射进了颜超的身体，登时将他变成了一堆无声无息的烂肉。

人群中好多胆小的女人再次被渡边勇的凶狠行径吓得惊叫起来，姚胜利在一旁看着，脸上的表情十分平静，但胸腔中的那颗心痛得仿佛裂开了无数道口子。自从撤退到重庆之后，他已经有很久没有亲眼见到过战友的牺牲了。姚胜利觉得颜超的死是自己一手造成的，他的心此时已被悔恨填满了。

这一刻，渡边勇心里感到说不出的畅快。这次，中国特工总算没能得逞，自己终于实现了复仇。渡边勇将上次日本语言学家被刺以来的怨气全部发泄到了颜超身上。

事后，姚胜利遭到了杜禹泽的严厉训斥。在据点里，杜禹泽拔出枪顶在姚胜利的脑袋上。

"记着，从今以后你的命不止是你一个人的，你脚下的路是许多人用鲜血和生命为你铺的！"

"你打死我吧！"姚胜利跪在地上。战友的惨死和内心的悔恨让他感到万念俱灰。

杜禹泽将姚胜利带进一个房间，那里布置着一个简单的灵堂，颜超的照片放在一圈白色菊花中间。旁边还有一架陈旧的斯坦威钢琴。

看着钢琴，姚胜利想起在南京中央陆军军官学校学习的日子，那时候战友们都很爱听自己弹钢琴，每当姚胜利坐在钢琴前弹奏时，他们有时候会在一旁静静地聆听，有时候也会聚在一起慷慨激昂地合唱。那首由著名作家光未然填词，以纪念东北沦亡四周年的歌曲《五月的鲜花》是他们在一起时唱得最多的曲子。如今，他们又有多久没有聚在一起唱歌了呢？南京下关火车站一别到现在，他们当中的很多人早已经化作一缕忠魂消融在了祖国残破的土地上。

姚胜利在钢琴前坐下来，他的手指颤抖着划过琴键。随着钢琴声响起，姚胜利开始唱起那年奔赴战场前夕与战友们一起唱过的那首《五月的鲜花》：

"五月的鲜花开遍了原野，鲜花掩盖着志士的鲜血。为了挽救这垂危的民族，他们曾顽强地抗战不歇……"

一首曲子还没弹完，姚胜利发觉自己已是泪流满面。

刺杀丁立军的行动最后失败了，颜超还为此丢掉了性命。然而事情还没完，姚胜利没想到更大的波浪还在后头。

刺杀现场。

望着地上颜超的尸体，渡边勇觉得这个人似乎在哪里见过。他在记忆中搜寻着，一幕发生在过去的情景在他脑海中重新浮现出来：

那是在"中日亲善"友好学习教材的发布会现场，一位记者向畑俊六问道："请问将军，我可以将这些问答在我供职的报纸上如实报道出来嘛？"

那位记者的脸与颜超重合在一起——原来是他！

后来汪伪特工在搬运颜超尸体时，他的衣服里掉出了一张纸片。纸片已经被子弹打得稀烂，汪伪特工随手将纸片丢在一旁。如果纸片接下去只是被当作垃圾清理掉，那么断没有后面的大波浪。但可惜的是，纸片是被渡边勇看见了。

渡边勇捡起纸片，他的脑海里蹦出个猜想：这张纸片或许是打开消灭南京地区重庆分子工作新局面的钥匙。纸片马上被送到了日本南京派遣军战地医院最出色的军医菊水敬吾那里。

渡边勇对菊水军医说道："这张纸片或许就是我们清除南京地区重庆分子的突破口，你要最大程度地复原它。"

饶是优秀的菊水军医看到纸片后也立刻露出为难的神色："纸片的损毁程度几乎已经达到百分之九十九了，从理论上来讲，要复原它几乎是不可能实现的。"

"正因如此，我才来找你，我想大日本帝国最优秀的军医自然能够比一般人创造更多的奇迹。"

菊水军医只好答应下来："那好吧，我会尽全力的。"

安排好这件事后，渡边勇觉得要马上提审一个人。

在特工总部南京区的审讯室里，方小雨整个人被绑在刑柱上。渡边勇很少来这个地方，他记得上次来还是提审那名姓赵的中共分子，当时那名中共分子被击毙的情景还历历在目。看到此时方小雨面不改色，渡边勇在想，眼前这个女人会不会也是一名中共分子？

渡边勇拿起烧得通红的烙铁，在方小雨眼前晃了晃。他看见方小雨的眼神并没有丝毫的慌乱。

"方小姐看起来对自己现在的处境一点都不感到担忧啊！"

方小雨脸上浮现起冷酷的笑容："担忧能帮我从这里出去吗？"

在这之前，姚胜利已经料到渡边勇会将怀疑的矛头对准方小雨，他告诉方小雨，到时候就死不承认，没有确凿的证据，渡边勇也不敢对她造次。

渡边勇也冷笑道："方小姐看起来就像那些老牌的特工一样，有着很稳定的心理素质。"他的这句话立刻让方小雨心里闪过一丝慌乱。

"渡边长官过奖了，我只是坚信'清者自清'这四个字而已。"

"方小姐，我其实很好奇。那天你怎么会突然请丁先生跳舞呢？你们怎么会转到门口去呢？你们转到门口的时候怎么会有人朝丁先生开枪呢？相信这些问题会有让我意想不到的答案。"

方小雨淡淡道："巧合而已。"

"是嘛。我还是希望方小姐能给我一套说辞。"

"我去邀请丁先生跳舞完全是心血来潮。再说了，丁先生不就喜欢这个嘛？我算是投其所好吧。丁先生的舞跳得非常好，整支舞都是他带着我，转到门口也是他主动往那边去的。至于有人向他开枪，我想当时就算不是丁先生，是汪主席、胡部长，照样会有人对他们开枪。"

渡边勇眼珠一转："说完了？"

"就这些。"

渡边勇说道："这些话我怎么感觉每句都像是事先编好的？"

方小雨微微笑道："听上去不像是编的话，往往才是真正的谎话。"

姚胜利正坐在自己办公室里一杯接一杯地喝雨花茶，他觉得此时只有不停喝茶才能浇灭内心的焦躁。让方小雨面对审讯，姚胜利是既惭愧又担忧。但是这一关必须得过。只要方小雨不承认，渡边勇也拿不出确凿的证据，碍于胡兰成的面子就不会对她怎么样了。

果然，审问半天方小雨都是一口咬定自己与本案无关，渡边勇只得下令放了她，并亲自道了歉。

从昏暗的审讯室出来，眼前刺眼的阳光让方小雨觉得自己走进了一个全新的世界。

姚胜利又给自己续了一杯茶，他还没来得及喝一口，一阵熟悉的高跟鞋声就传入耳中。姚胜利连忙放下茶杯跑出去。

只见走廊里，方小雨从远处走来，她的头发有些凌乱，目光有些呆滞，唯独脚步显得异常坚定。姚胜利迎上前去，关切道：

"没事吧？"

方小雨呆滞的目光里闪烁起冰冷，没好气道："要你管！"说完一把甩开姚胜利的手往前走去，留给后面一连串冰冷的高跟鞋声。

回到办公室，害怕与委屈这时候才涌上心头，方小雨趴在办公桌上哭了起来。

三天后，菊水军医那边传来了好消息，纸片被百分之九十地复原了。然而菊水军医告诉渡边勇，这张纸片只是一张普通的旅社行李寄存单，南京市面上各大旅馆酒店都会用，所以它的价值并不大。

单子最上面有四个字，菊水军医复原了其中三个字，第二个字却是无论怎样都复原不了了。

四个字是：兴□旅社。

上面提供的信息也就到此为止了，但已经叫渡边勇喜出望外了。渡边勇由此作了一个大胆的猜测：纸片上写的"兴□旅社"十之八九就是重庆分子在南京的据点，而且还可能是总据点的所在地。

只要搞清楚那个"□"到底是什么字，很可能就获悉了重庆分子据点的准确位置。但那个"□"字实在无法还原了，渡边勇立马想出了一个迂回推进的方法。

这一次，为了慎重起见，渡边勇没有用特工总部南京区的人，而是向日本南京驻屯军借了十多名军特。那些军特都能够说一口流利的汉语，甚至还能听出微微的南京口音，他们如果扎进中国人的堆里是完全辨别不出来的。

之前，南京城内所有"兴"字开头的旅社都被收集记录下来，之后再由特工们带着行李去旅舍中寄存，然后将寄存单子带回来交给渡边勇。

比对开始后没多久，一张寄存单就在渡边勇眼中变成了那张纸片的孪生兄弟。

"就是它了！"

渡边勇看到寄存单上方的旅社名叫作兴宁旅社。

以前讲，那些重庆分子只有一半是人，另一半是属于"鬼"的，所以他们才能这么神出鬼没不露踪影。现在就连鬼都已经现形了，这可是真是一次伟大的飞跃。想到这里，渡边勇放肆地狂笑起来。

当日本宪兵与汪伪特务将兴宁旅社围得水泄不通时，里面的"忠义救国军"南京特别行动总队队员还不知道，一场灭顶之灾已经逼近。

离大门最近的两名队员首先听到了外面杂乱的脚步声，他们立即警觉地拔枪冲出去。迎接他们的是数发呼啸而来的子弹，他们被强大的冲击力重新推进屋内。其余的队员也纷纷拿起武器往外冲，一场战斗迅速拉开序幕。街上的行人被突如其来的枪声吓得东跑西窜。

阁楼上，杜禹泽将一大叠秘密资料丢进火盆中，资料马上在火中化为了灰烬。这时一名队员神色慌张地跑到他面前，说道："总队长，我们被日本人包围了！怎么办？"

杜禹泽脸上却是非常镇静，甚至还露出微微的笑容：

"战斗！"

"是！"队员往外跑去。

外面，进攻的日本宪兵和汪伪特工已经躺了一地。旅社内，队员们也倒下了不少。这场围捕是渡边勇亲自指挥的，以往都是重庆分子袭击己方，现在终于倒了过来，渡边勇心里有说不出的畅快。不过眼下重庆分子顽强的困兽之斗也令他颇感头痛。他本来是想通过劝降的方式兵不血刃地端掉这个据点的。

渡边勇叫过宪兵队长吩咐了几句，宪兵队长立马跑开。不一会儿，数挺轻重机枪被搬了上来，日方的火力顿时占了上风。在轻重机枪织成的密集火力网内，队员们一个接一个被打倒。

杜禹泽拎着一支冲锋枪从阁楼下来也加入了战斗，他已经将所有资料销毁，包括电台和密码本。杜禹泽鼓励下属：

"我们以前讲了那么多次为祖国民族而献身，今天已经到了履行的时候了！我们今天战死，明天我们的名字就会被记上忠烈榜，和文天祥、史可法他们一样名垂青史。兄弟们，战死方休吧！"

"是！"

枪声更加激烈了。

今天是周末，方小雨去上海出差了，姚胜利一个人在街上晃荡。阳光分外刺眼，姚胜利抬头看了看天空，他的右眼忽然一阵抽搐。俗话说，左眼跳财，右眼跳灾。姚胜利虽然并不十分相信这种迷信的说法，但此时他心里依然感到有些不踏实。

就在这时，两辆军用卡车载着满满的日本宪兵和汪伪特工从他身边飞驰而过，扬起漫天尘土。周围的行人赶紧闪避，姚胜利的目光紧追而去，只见卡车上的人全副武装，似乎是去增援某场战斗。而且看卡车开去的方向似乎是湖南路一带，内心的不安顿时转为了不祥的预感。姚胜利跳上路旁一辆邮差的自行车，用力往湖南路方向蹬去。

湖南路，兴宁旅社。

越来越多的日本宪兵和汪伪特工赶到这里，旅社内，"忠义救国军"南京特别行动总队的队员不断倒下，只剩下少数人还在支撑。这场战斗的局势已经越发明显。

眼见里面的枪声越来越微弱，渡边勇露出得意的神情。他让手下停止开枪，里面的枪声也随之停下来。渡边勇拿起扩音喇叭向里面喊道：

"你们已经被包围了，没有任何逃出去的可能。我希望你们能够看清形势，只要你们把枪扔出来，我们一定保证你们的生命安全！"

里面没有任何反应。

渡边勇继续喊道："各位，请不要犹豫了，你们的政府把你们丢在这里，自己躲在西南一隅过好日子。你们以为你们的政府还会记得你们吗？听着，现在能救你们的只有你们自己了，赶快投降吧，我们的耐心是有限度的！如果你们还执迷不悟，我们就只好采取强攻了！"

杜禹泽的声音从里面传出来："那么就请这位长官解释一下，1937年底，也是在这个城市，那些向你们投降的中国军人为何最后都被杀害了？"

杜禹泽的话直接揭穿了渡边勇的诱骗，他没有反驳也无法反驳杜禹泽的问题，只得答非所问地回复：

"里面的人，请不要跟你们的长官一样执迷不悟！我最后再说一遍，请马上放下武器！否则，我们将朝里面发射枪榴弹！"

旅社内的队员们你看看我、我看看你，一时拿不定主意。其中一名队员回过头来说道："总队长，留得青山在，不怕没柴烧，要不我们先投降吧！"

"闭嘴！"杜禹泽大声呵斥道："身为军人，岂可轻言投降？你当真以为投降了，小鬼子就会把你们奉为座上宾？1937年底在这里被他们杀害的弟兄还不够说明问题吗？"

然而杜禹泽这番义正词严的训斥没能消弭队员们心中的投降念头，最外面的两名队员率先丢出枪，举起双手朝门外走去。

他们向对面的敌军乞求道："我们投降了，别开枪！"

渡边勇喜悦道："很好，快到我们这边来！"

枪声从后面传来，两名投降的队员没走几步就栽倒在地。

旅社内，杜禹泽果断开枪处决了叛徒。他朝其他人警示道：

"谁敢当叛徒，跟他们一样的下场！"

话音刚落，又有一名队员丢掉枪跑了出去。杜禹泽还没来得及开枪，那名队员已经跑到了敌人面前。接下去，意想不到的事情发生了。

那名队员突然拉开衣服，一排捆在肚子上的炸药赫然出现。队员用力拉开了导火索，日本宪兵和汪伪特工吓得急忙后退，随后一声轰鸣响起。等硝烟散去，地上只有十几具被烧焦的尸体。

渡边勇终于被激怒了。他气急败坏地朝手下吼道："枪榴弹准备，给我炸死他们！"

转眼间，数发枪榴弹呼啸着飞向旅社。爆炸声过后，旅社内成了一片火海。

但仍有零星枪声从里面传出来。

渡边勇跺脚道："顽固的重庆分子！"

他手一挥，又有数发枪榴弹飞入旅社。爆炸过后，里面的枪声也停止了。

渡边勇向手下发出指令："你们进去看看还有没有活的。"

日本宪兵与汪伪特工从被炸毁的旅社大门蜂拥而入。刚进去，一股夹杂着焦肉与鲜血的味道扑面而来，不少人急忙捂住鼻子。

刚才还在激烈抵抗的"忠义救国军"南京特别行动总队队员已经躺了一地，日本宪兵与汪伪特工仔细检查着每一具尸体。突然一声枪响，一名日本宪兵中弹栽倒。众人一看，原来是一名重伤的队员在咽气前打出了最后一枪。

他们发现有两个人还有微弱的呼吸，其中一人似乎是他们的首领。宪兵队长跑到外面朝渡边勇作了一个"安全"的手势，渡边勇在远处点点头。

两个还活着的人首先被抬了出来，渡边勇走过去看了看，说道："马上送到中央医院，告诉菊水军医，如果救不活他们，那就请他切腹自尽向天皇谢罪！"

医护车刚离开，姚胜利就赶到了现场。他看见兴宁旅社门口围了一大群日本宪兵和汪伪特工，其中一个人似乎是渡边勇。那里看起来刚刚发生了一场大战。

糟了！姚胜利的心猛地一沉。

姚胜利没想到自己的预感竟然是真的，"忠义救国军"南京特别行动总队的据点暴露被捣毁了。战友们怎么样了？他们已经事先撤离了吗？不对，如果战友们事先撤离了，那么这里就不会发生战斗了。

接下来看到的情景让姚胜利心里微弱的希望彻底破灭。

一具具盖着白布的尸体从里面抬出来，鲜血不断地淌在地上。姚胜利感到眼前忽然一黑，明亮的世界刹那间变成了灰白。自己此时要不要过去？他的心里在纠结着。最后他的心一横，去！

姚胜利将自行车放到马路边，走到兴宁旅社门口。此时，他必须作出对这个地方完全陌生的样子。

一名汪伪特工看到姚胜利走来，连忙鞠躬致礼："熊谷长官！"

正在指挥清理现场的渡边勇闻声转过身来，说道："熊谷君，你怎么来了？"

"我刚好路过，大老远地看见你们执行任务，就过来看看有没有需要帮忙的。"

"不用了，任务已经完成。"

姚胜利指着一具刚被抬出来的尸体问道："这些是什么人啊？"

渡边勇面露得意："我们一直在找的'忠义救国军'南京特别行动总队。"

"哦？你是怎么找到他们的？"

"后面我慢慢告诉你。你来得正好，我们一起去找找里面还有什么有价值的东西没有。"

他们刚进入阁楼，就看到在屋子中央，一个火盆里还冒着烟。渡边勇急忙跑过去，只见里面只剩下一堆触手即碎的灰烬，所有资料都已被烧得干干净净。

姚胜利心里悬起的石头终于放了下来。他其实也完全相信杜禹泽的专业素质，渡边勇在这里一定找不到丝毫有价值的东西。

渡边勇在屋子里找了一番，最后叹气道："果然什么都没留下！看来也只能拿他们的尸体邀功了。"

姚胜利目光环视着整间屋子。这里，也就是在这里，自己与杜禹泽、颜超他们制定了一项项针对敌伪的制裁任务，最后都大获全胜。只有在这里，姚胜利才能感到心安，才知道自己并非是一枚孤独的钉子。如今，战友们已经牺牲，这里已经被敌人捣毁，曾经的心安之地再也不复存在了。姚胜利觉得，自己从此以后真的就成了一枚孤独的钉子。

他们从阁楼下来时，屋内的尸体已经全部清理完毕，有些尸体已经被炸碎，所以汪伪特工们是一块块捡起来放到担架上去的。日本宪兵们没有参与清理现场，他们在一旁悠闲地抽着烟，注视着汪伪特工们忙进忙出。

宪兵队长上前来汇报："报告两位长官，中国特工的尸体已经全部被清理完毕，接下来请指示！"

渡边勇说道："辛苦了，尸体先送到中央医院的冷藏间，你们再仔细找找还有什么有价值的东西。"

"是！"

走出旅社，渡边勇说道："熊谷君，我先回去了。"

姚胜利说道："我跟你一起回去吧！"

"不用了，今天是周末，你好好享受轻松的时刻吧！"

此时此刻，姚胜利心里哪有半点轻松可言呢？他回过身，看见一户人家窗台上晒着的枸杞，鲜红的颜色在阳光下像极了一大摊血，简直触目惊心。

从现场离开，渡边勇并没有直接回到特工总部南京区。在中央医院的急救室门前，两名日本宪兵端着步枪守在那里，枪头刺刀上的闪闪寒光吓得附近的护士病人都不敢靠近。

渡边勇赶到时，主刀的医生菊水敬吾正好从里面出来。

"怎么样，菊水君？"

菊水军医摘下口罩，说道："两个人都脱离生命危险了，不过弹片对他们身体造成的创口实在太深了，恐怕一时间很难恢复，需要住院静养一段时间，我看要不还是……"

渡边勇打断了他的话："菊水君，你只需要负责救活他们就行了。现在你的工作已经完成，其余的就交给我们吧！"

他吩咐身边一名汪伪特工："把他们转入普通病房，你们要二十四小时守在那里，不能让任何人靠近！"

"是！"

菊水敬吾立即不满道："渡边君，这里不是你的'杉魂'特别行动组，你有什么权利这样做？"

"菊水君，请你看在天皇陛下的分上予以理解，他们的主要身份并不是你的病人！"渡边勇深深鞠了一躬。

菊水敬吾冷哼着离去。

姚胜利也是事后才得知，上次针对丁立军的刺杀事件让日本大本营大为光火，冈村宁次亲自下令彻底清除占领区内中方潜伏人员。一时间，上海、南京等地不断有国共双方的潜伏组织被端掉，大批潜伏人员被捕、叛变或牺牲。姚胜利心里清楚，这就叫牵一发而动全身。而自己，居然亲手为战友们敲响了丧钟。姚胜利为自己当初的鲁莽悔恨不已。

除此之外，姚胜利还得知那天有两名队员伤重被俘，先是被送去了中央医院抢救，刚苏醒过来就被送进了特工总部南京区的审讯室。

得知这个消息，姚胜利很震惊，同时也担忧起来。特工总部南京区的刑讯手段向来令人不寒而栗，战友们落到他们手中会受尽折磨不说，还极有可能在酷刑之下将组织机密和盘托出。那两名被俘的战友是谁呢？会不会是……姚胜利已经不敢再往下猜想。

不久后，姚胜利就在审讯室里见到了其中一名被捕的队员。虽然已经做好心理准备，但见面时他依然惊得险些叫出声来。这个人居然是杜禹泽！

杜禹泽已经成为一个血人，若不是那双鹰隼般的眼睛依旧闪着精光，姚胜利几乎就认不出来了。

不久前，同样是在这里，那位中共人员赵先生的身影以及壮烈牺牲的情景重新浮现在姚胜利的脑海中。之后，杜禹泽就像赵先生那样在姚胜利的面前英勇就义了。

杜禹泽提出要写点东西。渡边勇以为他终于扛不住酷刑要招供，兴奋地叫手下替杜禹泽解开镣铐并拿来纸笔。姚胜利看到杜禹泽血肉模糊的手抓住笔，颤抖着在纸上用力写下了四个大字：

杀尽日寇！

同时，他看到一旁渡边勇的脸瞬间成了铁青的颜色。

渡边勇挥出一记重拳将杜禹泽击倒在地，回头冲周围的手下吼道："浑蛋，给他加刑！"

杜禹泽突然扑向姚胜利，姚胜利猝不及防，被推得连连后退。杜禹泽用尽全力将姚胜利一直推到了墙角，然后一把扼住了姚胜利的喉咙。杜禹泽用唇语向姚胜利下达了最后的指令：

你记住，潜伏者必须要做到隐忍，一定要把你个人的情绪压下去、藏起来！

在渡边勇看来，杜禹泽好似要与姚胜利同归于尽。枪声连续响了三下，杜禹泽倒了下去，在双眼闭上前还朝姚胜利露出一个微微的笑容。

望着杜禹泽倒在血泊中的尸体，渡边勇发疯似的暴跳起来：

"难道中国人的骨头都是铁做的吗？！"

他将手枪里剩余的子弹全部射进了杜禹泽的身体，接着一把抓过杜禹泽写下"杀尽日寇"四个字的宣纸用力撕碎，朝空中抛去。姚胜利感到自己全身的血在这一瞬间像烧开的水那样沸腾了起来。

回到办公室，渡边勇问道："刚才他对你说了些什么？"

姚胜利克制住内心的慌乱，说道："他说，杀了我一个，还有千千万万个人来取你们的命！"

渡边勇笑了："那不着急，先解决了他再说。你知道他是谁吗？"

"谁？"

"'忠义救国军'南京特别行动总队队长，杜禹泽。军统内少将级军衔。"

"哦，那可真的是条大鱼。渡边君是怎样捞到的呢？"

渡边勇将自己通过行李寄存单顺藤摸瓜找到据点的过程详细讲述给了姚胜利听。尽管心里满是无穷的悔恨和悲痛，但表面上姚胜利还是要装出庆幸的样子。

"这真的是上天保佑我们。哦不，应该是天皇陛下保佑我们！"

"我还要送给远在重庆的中国政府一份厚礼。"

"你又想搞什么名堂？"

渡边勇拨通了电话："吴，你的，来我办公室一趟！"

小特务吴永强敲门进来，先是给渡边勇和姚胜利鞠了一躬。

渡边勇说道："吴，叫你来是有个任务要请你完成，事成后有重赏。"

吴永强立刻头点得如捣蒜，还不忘趁机讨好几句：

"请渡边长官尽管吩咐，属下一定不遗余力！"

"你去把那些存放在中央医院的重庆分子尸体取出来，挂到城楼上去。"

"啊？"吴永强吓了一跳。

"怎么，有什么问题吗？"

吴永强为难道："报告渡边长官，这样做会在市民中间造成恐慌的，到时候……"

渡边勇摆摆手："不要紧，你只需按照我说的去做就行了！"

"是。"

姚胜利说道："在城门上挂尸体？渡边君，你这出戏唱得未免有些过了吧？"

"与中国人相比，我只是'东施效颦'而已。熊谷君，你可能还不知道吧，中国古代从商朝开始就发明了不少野蛮的刑罚，其中有割耳朵、挖眼睛，甚至用马拉的方式将活人撕裂等等，只有你想不到的，没有他们做不到的。若要说残忍，大日本帝国要拜中国人为师才对。"

"好吧，希望你说的与接下去发生的如出一辙。"

没多久后，另外一名被俘的队员扛不过酷刑终于松了口，交待出他们在城内设立的交通站、联络站，以及混杂在各行各业中的线人。针对他的供词，日本占领当局迅速作出反应。最终结果是，南京地面的重庆潜伏组织系统被彻底摧毁。

姚胜利又一次来到雨花台。

天空依然像上次那样阴沉，阳光好像再也没有重新出现。十多辆军用卡车载着被俘的抗日战士驶入刑场，即便没有阳光，卡车表面的墨绿色依旧闪闪发亮。此时即便有万千悲痛在撕扯内心，姚胜利依然只能保持住脸上的平静，在一旁默默指挥特工们将犯人带下车。

经过姚胜利身边时，许多人转过头来看了他一眼，目光平静得就像不经意间的回头。从他们的眼神里，姚胜利看到了一种视死如归的豪情。

他们所有人姚胜利在之前从未见过，也没想到会是以这样的方式见面。更没想到的是，第一次见面即是永诀。一阵惨烈的枪声过后，行刑队有序退场。姚胜利缓缓走上前，他感到内心的沉重似乎此时都堆积在了双脚上，以至于每踏出一步都要用尽全力。

刑场上的野草已经长到一人多高，将他们的身体遮蔽。从此，他们的名字以及事迹统统消失得无影无踪，只有极少数人还会记得，这个身躯曾经英勇不屈地与敌人抗争过。

烽火岁月，生死常态，死几个人根本不算什么，只是广袤的天地间从此又多了一些游荡无依的亡魂。

渡边勇答应给那名投降的"忠义救国军"南京特别行动总队队员嘉奖。当他再次站到渡边勇面前时，迎接他的却是一颗子弹。在倒地的瞬间，那名队员还感到不可思议，一直十分友好的渡边勇，怎么说翻脸就翻脸了呢？于是，他的双眼再也没能闭上。

姚胜利有些愤怒地质问渡边勇："你为什么要杀了他？"

他此时的愤怒并不是装出来的，他觉得这个人虽然叛变了，但至少能够活下去，毕竟大多数人都死了，哪怕有一个人还活着，对姚胜利来说都是一种安慰。

渡边勇回答得很是不屑一顾："没用了还让他活着干吗？"

南京的中央门、中华门、光华门等城楼上几乎是在同一时间都挂起了死尸，场面恐怖到让每天进出的人数都大幅缩减。同一天晚上，日本南京派遣军司令部内举行了隆重的庆祝典礼，畑俊六大将亲自为渡边勇授勋。对他们而言，随着"忠义救国军"南京特别行动总队的覆灭，消灭南京城内潜伏分子的工作已经取得了全面的胜利。

散场后，姚胜利从司令部出来。天空下起了很大的雨，姚胜利一直都很讨厌下雨，然而今晚的雨却让他备感亲切。此时在他看来，天空就像在哭泣，落下的雨珠就像是天空的泪珠。那么今夜雨下得这么大，说明天空一定是很伤心的了。

姚胜利沿着空旷而漫长的中山北路一直走去，他没有打雨伞，也没有披雨衣，这场雨让人有些猝不及防。他希望自己的泪水能够淹没在这茫茫雨夜中，从而让悲伤不在心里留下痕迹。他在一扇门前停住，敲了敲。

门马上开了，里面投射出暖色的灯光，方小雨就站在那一片暖色之中。她看着姚胜利，说道："我知道你今晚会来，但是没想到你会淋成这样。"

餐桌上放着一碗热气腾腾的茶，像是提前准备好的。

姚胜利在餐桌前坐下来，说道："不管你想没想到，我都只能来这里，因为我已无处可去。"

方小雨关上门，在姚胜利身旁坐下：

"所以我在这里等你。把衣服换下来吧，免得着凉了。我帮你烤干。这么大的人了，下雨了也不知道打伞。"

姚胜利笑了："难道你这里还有男人的衣服给我换？"

方小雨险些吐出一个"呸"字，她瞪了姚胜利一眼，没好气道："当然没有！但是有毯子给你披。"

姚胜利将身上湿透的衣服脱下来交给方小雨，然后披上她拿来的毯子。这只是一条普通的毯子，但上面好似储藏了无尽的温暖，姚胜利感到自己身上瞬间没有了寒意。

桌上有一杯日本的宇治茶。一股怒火瞬间从心头蹿起，姚胜利用力将茶杯扔了出去。茶杯在角落里碎成好几瓣，发出清脆的响声，把方小雨给吓了一跳：

"疯了吧你！"

"为什么你的家里还有这种茶？"姚胜利大声质问道。

"有这种茶怎么了？"

"在南京作恶的鬼子汉奸都在喝这种茶，你凑什么热闹？这样你跟他们还有什么区别？"最后几个字，姚胜利几乎是吼出来的。

方小雨觉得眼前这个男人简直不可理喻。但联想到他如今的境遇，她的心又软了下来。

接下去，姚胜利要来毛笔和宣纸。他将宣纸铺在地上，用力在上面写下了四个大字：杀尽日寇！墨迹甚至已经穿透宣纸渗到了地板上。一旁的方小雨看到他握笔的手已经暴起了青筋，里面的鲜血似乎将要像火山爆发时的岩浆般迸射出来。

姚胜利跪在地上，口中喃喃念叨着："再见了，我的战友！"此时，他的大脑里一片混沌，表姐、杜禹泽、颜超还有在淞沪会战、南京保卫战中牺牲的战友们一一浮现在眼前。

"你别这样，要是你的战友知道你现在这样，心里该有多难过！"方小雨在身旁轻声安慰道。

"可是我心里真的很难受！"此时姚胜利整个人蜷缩成一团，颤抖着，犹如暴风雨中无助的小鸟。

"我知道你心里苦，可是苦得过 1937 年这座城市里死难的军民吗？苦得过花园口决堤后数十万无家可归的同胞吗？苦得过这个多灾多难的祖国吗？"

有一只手抚过姚胜利的头，姚胜利的头渐渐靠在方小雨瘦弱的肩膀上。方小雨一时有些不习惯，但她并没有闪避，她的声音温柔地在姚胜利的耳畔响起：

"哭吧，先在这里把眼泪流光，然后继续去战斗。"

于是，姚胜利的泪水暴雨般倾泻下来。他跪在地上哭了很久，似乎眼眶中的泪水都在这一刻流干了。待他重新抬起头，正好看见方小雨的眼睛周围是红肿的，眼眶中闪烁着晶莹的光芒。此时，方小雨的目光不再如往常般冰冷，变得温柔而深情，脸上还挂着一丝隐约的笑容。先前凝结在她脸上的坚冰在这一刻尽数消融，化作涓涓柔情流进姚胜利的心中。姚胜利觉得这一刻的方小雨特别美丽。

窗外的暴雨好像已经停了，在午夜安静的时光里，他们就这样依靠在一起，直到窗外渐渐明亮起来。

"谢谢你。"这是姚胜利在陷入漫长沉默过后，说的第一句话。

方小雨看了看窗外，说道："新的一天到来了。"

"我向来都按时睡觉，这是我头一次经历通宵未眠。"

方小雨问道："是不是有不一样的感受呢？"

"原来黑夜是这么漫长。"

"黑夜再漫长，依然阻挡不了我们走向黎明。"方小雨的语气透露出内心坚定的信念。

"黎明来得太不容易了。"

"我们的国家此时正在黑夜中行走，但最终会走进黎明中。黎明到来的时刻也是胜利的时刻。"

"已经有太多的人为了胜利到来而献出了生命。"

方小雨似有触动，她沉默了几分钟，接着说道："也许我们不久后也会像他们那样。如果胜利的那天到来时，你我都活着的话，我希望我们都站在同一片土地上。"

姚胜利察觉到方小雨此时望着自己的眼神里藏着某种期待。

这时候，第一缕晨辉从外面照了进来。

此前，姚胜利一直坚信自己早已将生死置之度外。直至此时，与这个女子依偎在一起，他才发觉，原来自己还是这般地留恋着生命。

自己不能死，更不能让身边的这个女子死。姚胜利用力在心里发了一个誓。

方小雨的声音梦幻般地传来："和我们并肩作战吧！"

姚胜利听见自己的内心传出来一个坚定的声音：

"好的！"

第十四章　大洋彼岸的来人

　　一大早来到单位，方小雨看见自己办公室的门口放着一只包裹。她很奇怪，自己最近并没有邮购过，会是何人所寄？

　　方小雨先用金属探测针仔细检查了一遍，看见探测针没有异常反应她才放心拆开。包裹里面是一只小木盒和一张卡片，卡片上面画着日本那座大雪堆般的富士山，还写着一行汉字：

　　我跨越一望无际的大海，只为走进你所在的城市。

　　字迹看起来很是熟悉。方小雨打开木盒，一股芳香迎面扑来。小木盒里装着的是晒干的樱花花瓣，虽然已经失去水分，但上面的色彩丝毫未减。到这里，方小雨基本已经猜到这个包裹的寄件人是谁了。而后，她果然在卡片右下方看到了那个意料中的名字：工藤俊。

　　一年多前的往事也随这个名字的出现而再次涌上心头。

　　那是在日本横滨市举行的一次大东亚文学营活动，当时方小雨代表《女声》杂志参加了本次活动。那天，交流论坛结束后进入自由活动的环节，方小雨正在站在一幅樱花油画前品读画中的一首日本俳句诗。

　　一个声音在身旁响起："小姐，你好！"

　　方小雨转过身来，只见自己面前站着一名穿着灰色西装的年轻男子，脸上挂着礼貌的微笑。

　　方小雨回应道："你好，你有什么事吗？"

　　当对方说出娴熟的汉语时，方小雨起先还以为他也是来自中国的另一名交流者。

"我想，小姐刚才一定已经被这幅画给深深吸引住了。"

"哦？何以见得？"

男子微微一笑："从我叫了你整整五次，你都没有任何反应就足以看出来。"

原来对方已经叫了自己好几声，方小雨顿时感到不好意思，解释道："我刚才看得有些入迷了，非常抱歉！"

"没关系，专注是好事，现在的人已经越来越难做到'专注'二字了。"

"先生怎么称呼？"

"工藤俊。"

没想到对方是个日本人。方小雨对日本人素无好感，此次前来参加活动纯粹是受《女声》杂志总编的盛情委托。眼前这名能够说出流利汉语的日本人却没有让方小雨立即产生排斥。

方小雨于是也作自我介绍："我叫……"

"方小雨！"没想到对方直接叫出了她的名字，方小雨着实吃惊不小。

"没想到工藤先生居然知道我的名字。"

"我是《女声》杂志的读者，之前就在《女声》杂志上多次读到过方小姐的文章，可以说与你神交已久。更何况方小姐在会上的演讲如此精彩，如果我连你的名字都记不住，那就太对不起这次宝贵的相遇了。"

在方小雨听来，这种刻意拉近距离的套话纯属是别有用心，因此工藤俊的这句话反而激起了方小雨的防备。

"工藤先生只需记住我的演讲内容即可，至于名字，你完全没必要费心去记，从今往后我或许再也不会出现在你眼前。"

从工藤俊的眼神中，方小雨看到了惊讶，对方一定想不到自己会直接泼来一桶冷水。方小雨暗暗有些得意。不过工藤俊似乎很有涵养，对于这句带着挖苦的话他毫不在意。

"我们总能记住美好的事物，往往也包括里头的点睛之笔。"说着，工藤俊指了指墙上的画，"比如这幅画，我们首先看到的一定是上面的樱花，但也一定不会忽略题在上面的诗。"

这样一来，略显尴尬的气氛就被轻松化解了。这个男人的机智与诙谐开始让方小雨另眼相看，内心的排斥也渐渐微弱下去。

"工藤先生也是来参加文学营活动的嘛？"

"当然，我一向爱好文学，尤其是中国的秦风汉赋，还有唐诗宋词，从它们身上可以看见日本文学的雏形。我始终认为，日本文学与中国文学是不分彼此的，它们之间的联系就像人体中的血脉那样紧密交织在一起。"

"那你刚才为什么不在会上发言？你要是把你的这番见解说出来，一定会赢得热烈的掌声。"

"那是因为，我还觉得中国文学是日本文学的老师，作为学生，在老师面前要足够谦卑。'尊师重道'这四个字不光在你们的文化里广为流传，我们大和民族对此也是推崇备至。"

"没想到现在日本的男人还有爱好文学的，我还以为都去扛枪打仗了。"

"这并不冲突，就算是在战时我们的文明也同样需要传承。不过，可不可以不要提到战争？"

"为什么？"

工藤俊马上换了副一本正经的表情，说道："因为我和你们大多数中国人一样，深深地厌恶这场战争！"

方小雨笑道："你不怕我把你这句话说给你们的天皇陛下听吗？"

"当然不怕，因为你不会那样做。"

方小雨好奇道："你怎么知道我不会？"

工藤俊说道："是你的眼神告诉我的。你看不到自己的眼神，所以你的眼神不会撒谎。"

方小雨又忍不住笑起来："这像是小说里的台词。"

眼下，整个大和民族都变作了一台高速运转的战争机器。他们当中居然还有人明确表示厌恶战争，这着实让方小雨颇为意外，也迅速拉近了两人之间的距离。

那天，后来方小雨还问起工藤俊有没有去过中国，工藤俊摇摇头表示自己没去过。其实他对方小雨撒了谎，他是去过中国的。

那是 1937 年的年底，在隆冬刺骨的严寒中，工藤俊第一次踏上中国的土地。那次，他跟随父亲工藤隆盛少将去参观刚被帝国军队攻占的南京。来到国民政府时，他看到许多人被反绑着双手坐在地上，那些人中有的穿着卡其色军装，有的穿着蓝灰色军装，有的穿着黑色制服。随行人员告诉工藤俊，坐在地上的都是帝国军队的俘虏。俘虏中那些穿着卡其色军装的士兵是中国领袖的嫡系部队，也是中国最精锐的部队。8 月份在上海挡住帝国军队进攻步伐的就是他们，如今他们已经被捕获。那些穿着蓝灰色军装的是中国的地方武装，自己人管他们叫"杂牌军"，他们是从很远的地方赶来的。还有那些穿着黑色制服的是中国的警察，他们与中国的军队一起阻拦帝国军队进城，所以他们也是帝国军队的敌人。

工藤俊看到有位军官走到一名俘虏面前，他缓缓抽出刀，然后对着那名俘虏的脑袋劈了下去，随之响起一声金属碰撞的激烈声响。工藤俊的视线中，那名俘虏头顶的钢盔被劈成两半，一团混杂着红、白两种颜色的东西迸射出来。那一刻，工藤俊感到自己的目光狠狠地痛了一下。俘虏倒在了地上，军官看了一眼自己手中的刀，满意地点点头将刀收回鞘中。随后工藤俊听到耳边响起一大片"哗啦啦"的声音，他刚将声音同大海里浪花的翻腾联想到一起，激烈的枪声就响了起来。

枪声过后，工藤俊看到院子里所有被反绑着双手的人都已经倒在了地上，不同颜色的衣服中此时都流出同一种颜色的液体，在地面夸张地分布开，犹如一条条巨大的蚯蚓。

这些是多年前那个寒冬发生在工藤俊眼前的情景，尤其是关于那些鲜红色彩的记忆至今依然是崭新的。那时候帝国军队已经结束了对南京的进攻，南京城内的中国守军除了少数撤走的之外其余都已投降，然而整座南京城里依然不断有枪声响起。

工藤俊起初以为只有自己所在的这个院子里发生了杀戮，等他不久后走出院门才发现，杀戮正在这个城市的每一寸土地上演，大街小巷随处可见死状恐怖的尸体，或被子弹打得血肉模糊，或被火烧得难辨人形，更有被肢解得七零八落的尸体。凛冽的北风在耳边呼啸，工藤俊听见风中一遍遍响起死者的哀号，他们在求饶，在质问，在控诉。没想到南京居然是这番模样，工藤俊觉得自己像是走进了一处大型的屠宰场。他很想马上离开这个地方。

文学营活动结束后，目送着方小雨乘坐的轮船驶进大海深处，工藤俊觉得自己有了第二次去中国的理由。而在不久前，工藤俊接到了文化部的调令，派遣他前往中国南京担任重要职位，这让工藤俊欣喜万分。工藤俊觉得这份调令自己已经等了很久。

方小雨找出那张大东亚文学营的合影，照片中工藤俊就站在她身后。记得自己曾对他说过，不要留意她的名字，因为很可能再也不会出现在他的生活中。可生活总是会制造各种意外。凝视许久，方小雨忽然笑了起来。

两天后，方小雨回到中央宣传部参加例会。会上宣布了一件事情：成立中日文化交流中心。由一位从日本本土来的人担任中心主任，办公地址定在国际联欢社大楼内。听到消息时，方小雨觉得那位"从日本本土来的人"的身影已经浮现在她面前。

几天后，位于中山北路259号的国际联欢社内举行了中日文化交流中心的揭牌仪式。仪式上，方小雨果然见到了那个身影。

新上任的中日文化交流中心主任工藤俊作了致辞。在致辞中他指出，中华文化是日本文化的老师，在老师面前，日本作为学生首先要做到谦卑，要虚心学习中华文化中所有闪光的部分。他的讲话顿时赢来了热烈的掌声。会上还宣布了一项特别的任命：工藤俊担任中日文化交流中心主任的同时，还挂职中央宣传部常务副部长。

话音刚落，全场一片唏嘘声，几乎所有人脸上都是惊愕的表情。胡庭峰的脸色顿时阴沉了下来，自己劳苦功高，几乎打破了脑袋往前钻，也依然没够着常务副部长的位置，眼下一个日本来的毛头小子居然轻而易举就爬上了自己梦寐以求的位置，这让他内心无论如何也接受不了。

仪式后，方小雨与工藤俊见了面。见面这一刻，他们都感觉到虽然历经漫长时光，但彼此间并没有产生疏离感。和第一次见面一样，刚开始就有共同语言。

"发言很精彩。"

"是嘛。"

方小雨笑道："原来你是把这些话留到重要的时刻来说。"

"也可以这么讲，结果也与你当时预料的一样。"

"没想到你这次来中国是做我的领导啊。"

工藤俊竖起食指晃了晃，纠正道："我觉得不需要用'领导'这个词，我们今后都是为了致力于中日文化的交流发展，所以我们的目标是一致的，我觉得用'道友'来形容更加合适，也能让我们之间的距离更近一些。"

这时候姚胜利走了过来，正好听到了工藤俊的最后半句话。他听出了藏在里面的另一层意思，也觉察到这个人对方小雨似乎有某些隐秘的想法。

姚胜利冷冷道："工藤先生，距离不是说变近就能变近的。"

工藤俊目光转向姚胜利："这位先生怎么称呼？"

姚胜利刚要开口，方小雨已抢先介绍道："这位是熊谷昭夫，'杉魂'特别行动组副组长。"

工藤俊伸出手："原来是渡边勇长官的部下，久仰了。"

"不敢当。"握手时，工藤俊看出对方眼神中闪闪发亮的敌意。

工藤俊说道："熊谷君，你刚才说'距离不是说变近就能变近的'这句话是什么意思？"

"工藤君一定没有听说过，中国古语中有句话叫作'人与人之间的真正距离在于心'。如果你走不进对方的心，那么就算肉体上实现零距离也无济于事。"

方小雨意外地看了姚胜利一眼，最后半句话让她觉得有些耳热。

工藤俊眼睛一亮："肉体上实现零距离？熊谷君打的这个比方真可谓别出心裁啊！"

"过奖了，我只是一不留神说出了某些心怀鬼胎的家伙内心真实的想法而已。"

姚胜利的这句话顿时让原先只是有些尴尬的气氛一下子升级为紧张的状态，方小雨甚至嗅到空气中开始有火药味。如果下一秒这两个男人当众发生更激烈的冲突，那可真是不好收场。她迅速给工藤俊使了个眼色。

工藤俊立刻会意，说道："看来熊谷君的眼睛真是洞若观火，不过也要当心自己一不留神以小人之心度君子之腹。"说完冲方小雨点点头，转身走开。

回去的路上，方小雨突然停下来问道："人家工藤俊也没招惹你，你刚才干嘛要那样和他说话呢？"

姚胜利头也没回："我怎么和他说话了？"

方小雨追上去，说道："你刚才明显没给他好脸色看。毕竟是在欢迎人家的仪式上，你这样会让人家面子挂不住的。"

姚胜利冷哼一声，说道："对不怀好意的人也需要给好脸色看吗？"

方小雨意外地看着他，说道："你误会了吧？"

姚胜利较真道："我也是男人，有些你觉察不到的东西我能觉察到。"

方小雨"扑哧"一声笑出来："你什么时候变得这么小心眼了？看来我还不够了解你啊。"

"你胡说些什么呢？"姚胜利一把抓住方小雨的手，他们同时走进办公楼内。

姚胜利的这个举动让方小雨很不习惯，不过她并没有挣脱，说道："喂喂喂，你这到底是牵手还是捏手啊？都把我的手弄疼了。"语气里毫无责怪之意，而是浅浅的温柔。

"对不起！"姚胜利还是抓着她的手不放。

他们同时意识到这是自己第二次与对方牵手，内心有小小的羞涩，更多的是欣喜。

办公室内。

工藤俊坐在渡边勇对面，渡边勇将一杯冒着热气的茶推到他面前。

"尝尝，这是南京特有的雨花茶。"

工藤俊端起茶杯喝了一小口。渡边勇问道："工藤君感觉这茶如何？"

"不错，唇齿生香，沁人心脾。不过渡边君请我来不会是单单就为了请我喝茶吧？"

渡边勇点点头："那好，我们就切入正题。这次请你来，主要是为了完成一项秘密且伟大的研究。"

工藤俊放下茶杯问："什么研究？"

"针对中国人的思想教育。"

"思想教育？"

"是的。眼下虽然大半个中国已经落入我大日本帝国手中，但是中国人的抵抗依旧很顽强，帝国军人每前进一步都要付出惨痛的代价。长久下去，帝国就算最终占领整个中国也会元气大伤，而麾下要是有一大群表面温驯内心依旧敌视帝国的虏民也是一件很可怕的事。要想征服整个中华民族就必须先征服他们的内心，让他们从内心接受大日本帝国的统治。但是现在要想征服中国的成年人已是困难重重，所以只能从中国的孩子身上寻找突破口。"

"你的意思是，给中国的孩子从小就灌输'大东亚共荣'的思想，从而让他们从一开始就接受帝国的统治？"

"没错，就是这个意思。"

"这倒不失为一条好计策，就像中国古代兵法中提到的'不战而屈人之兵'。"

"不瞒你说，帝国已经被这场战争拖得精疲力尽，我们的将士浴血奋战了六年依旧没能征服整个中国，这个事实或许在告诉每一个帝国军人，单单依靠武力征服中国是根本不可能实现的事情，因此只能用软刀子。在你之前，教育部已经派遣国内知名语言学教授高野正司先生来南京负责编写工作，只可惜高野教授到南京不久就被中国特工杀害了。"

工藤俊脸上的肌肉抽搐了一下，说道："高野教授曾经是我在早稻田大学时的导师。"

渡边勇很意外："是嘛，那可真是太巧了。这样说来，工藤君也是完成老师未竟的使命。我想，对你来说也是一件值得高兴的事。"

"既然是老师未竟的工作，那我自当全力与赴。有时间你带我去祭拜一下老师，我与他也已经有很长时间没有见面了。"

"这个当然可以。"

工藤俊告辞时，渡边勇又叫住了他。

"渡边君还有什么事吗？"

"听说工藤君与机要室的方小雨主任早就认识？"

工藤俊笑道："渡边君也对我的私生活感兴趣吗？"

"不不不，我并没有窥探工藤君的私生活，我只是想提醒你，不要与中国的女人走得太近，因为中国的女人都太不简单。西施你知道吗？她是中国古代四大美女之一，也是中国最早的女间谍，她最后让一个国家都灭亡了，这样的女人难道不可怕吗？"

"非常感谢渡边君的提醒，我今后一定牢记在心！"

渡边勇分明看见了工藤俊脸上像刀子刻出般的不以为然。

第十五章　为了常德！

下了办公楼，姚胜利刚走到吉普车前，一阵"嗒嗒嗒"的响声就追到了他身后。姚胜利回过身，只见方小雨一脸焦急地问道：

"你要出去吗？"

"是啊，去国民政府开会。"

闻言，方小雨目光一喜："我也要去那里开会，能不能搭你的车去？"

姚胜利将耳朵贴到车门上，仿佛想要听清楚车正在对他说的话。方小雨奇怪道：

"你干什么呢？"

姚胜利猛地抬起头来，说道："我听清楚了，它说乐意之至。"然后跑到副驾驶室拉开车门，并夸张地做了个"请进"的手势。

"多此一举！"方小雨嘟囔着坐进车，脸上却已笑出浅浅的酒窝。

吉普车刚驶出 21 号大院，姚胜利问道："你要参加的会议，时间是不是提前了啊？"

方小雨立即扭过头来："你怎么知道的啊？"

"你一向守时，每次要去参加会议都会控制好时间。这次你却很匆忙，我想唯一的解释就是会议时间突然提前了。"

方小雨笑道："观察得很仔细，分析得也很准确，你不去做侦探真是屈才了。"

姚胜利突然提速，方小雨的身体由于惯性向后一仰，她急忙抓住门把手。

方小雨埋怨道："你就不能慢点开嘛？不怕出事？"

姚胜利一副理直气壮的样子："耽误了身旁这位女士的大事，那才要出事呢。"说完又是一踩油门，车子又蹿出一大段距离。

"你慢点！"

姚胜利一脸坏笑着道："哎呀哎呀，油门怎么把我的脚给黏住了？拔不下来了。"

方小雨无奈地将脸扭向车窗外，结果正好看见后视镜里的自己笑了起来。

吉普车兴高采烈地跑进了国民政府办公大院。

上午的会议开完已经到了中午时分，他们一同去二楼的食堂就餐。电梯门打开后，姚胜利十分绅士地向方小雨做了个"请"的手势。方小雨很是意外，客气道："你先走吧。"

姚胜利走出电梯，嬉笑道："你就这么喜欢看我的背影嘛？"

方小雨顿时白了他一眼："地面滑，我怕你摔跤，在后面看着你。"目光中却满是温柔。

今天来开会的人好像特别多，开饭没一会儿，食堂里的空座已经所剩无几。姚胜利和方小雨坐在一处临窗的位子边吃边聊，外面的阳光落在餐桌上，照亮了他们所在的这一小方空间。

工藤俊端着饭盆停在他们面前，指着那张多出来的椅子问道："我可以坐在这里嘛？"他的眼睛只看着方小雨。

姚胜利说道："请坐吧！"语气中却无半点邀请的热情。

方小雨有些尴尬，她没想到工藤俊也在这里。

工藤俊已经坐了下来。他问道："二位在聊些什么呢？"

姚胜利语气冷淡地说道："没什么，一些工作上没完没了的事。真是要多枯燥有多枯燥，要多乏味有多乏味，一般人是懒得听的，工藤君要是愿意听的话就听好了！"

这时，方小雨忍不住用肘轻轻撞了姚胜利一下。

工藤俊毫不在意地一笑，说道："没关系，工作本身就是一件令人愉快的事情。请二位继续说吧，我很愿意听。"

姚胜利看见工藤俊此时望向自己的目光里居然还闪烁着挑衅，一股怒火在心底直直地蹿起。接下去，姚胜利毫不示弱地继续与方小雨聊起来，而且故意挑他们之间较为亲密的往事来说。工藤俊整个过程只在旁边一声不吭地听着，安静得就像一团空气。

工藤俊的安定让姚胜利暗暗吃惊，他于是拉过方小雨面前的一盘白煮虾，动手剥起虾壳。

"我来给你把壳剥了吧，女士的手还是不要沾上腥气。"

方小雨也不客气，静静地看着姚胜利为自己剥虾壳。看到方小雨目光中流淌的温柔，工藤俊心里终于有了一丝不悦。他拿起醋瓶，往一只小碟子里倒醋。

"白煮虾要蘸醋才好吃，在日本还要配上绿芥末……"

姚胜利直接打断了他的话："这里不是日本。"

方小雨也说道："白煮虾我还是更喜欢原味，谢谢你工藤君。"

工藤俊的手颤抖了几下，几滴醋洒出来落在餐桌上，将餐桌布印出失落的深黄色。工藤俊觉得还有一滴醋落在了自己心上，迅速将整颗心浸透了。

汪伪政府的食堂提供有饭后甜点，服务人员端着一盆银耳汤向他们这桌走来。就在服务员俯身准备将银耳汤放到桌上时，姚胜利偷偷往脚边的垃圾篓踢了一下，垃圾篓突然挡在服务员脚前，服务员猝不及防，顿时向前一个趔趄。结果整盆银耳汤都扣在了工藤俊头上，有一部分还进到了衣服里。

方小雨惊叫了一声，服务员也吓得呆住了。

姚胜利将脸对着天花板，像在感慨般地说道："看来有些位子不能随便坐啊！"拿过抹布递给工藤俊。

"把脸擦一擦。"

方小雨正要制止，只见工藤俊看了一眼脏兮兮的抹布，当真接过去擦起了脸。她马上愣住了。

食堂的负责人走了过来，先是厉声训斥了那名服务员几句，然后朝工藤俊歉意地鞠了一躬，说道："工藤长官，真是对不起！我们的工作人员太不小心了。"

工藤俊摆摆手以示自己不计较。

食堂负责人朝服务员吼道："还不赶紧向工藤长官道歉！"

服务员如梦初醒，点头如捣蒜地向工藤俊赔礼道歉。

姚胜利看不下去了，他咳嗽了一声，说道："工藤君，中国有句话叫'得饶人处且饶人'，看在人家并非有意的分上，你也别太计较了。"

这句话听似劝告，却已经将工藤俊发火的理由全部掐灭了。工藤俊看了方小雨一眼，说道："没关系，下次注意吧。"

　　事实上，他也不想在方小雨面前发脾气，尽管内心此时已经蹿起了少说有一丈高的火焰。

　　姚胜利开完下午的会议时，方小雨的会仍然在进行中。他原本打算等方小雨一会儿，结果渡边勇打来电话要他立即返回。虽然不放心将剩下的时间交给方小雨和另一个人，但姚胜利还是不得不先行离开了。回去的路上，刚在会上得知的一件事反复在姚胜利心里闪过。

　　会上，陈公博代表汪精卫向所有与会人员宣布了一件事：将联合日本南京派遣军司令部举行南京国民政府成立三周年阅兵仪式，地点定在南京北郊的大校场机场。同时向南京警察厅、南京警备军司令部以及特工总部南京区下达了安全保卫任务。

　　会上无意间得知的一个信息引起了姚胜利的注意。阅兵当天，日本空军在执行完阅兵仪式的飞行任务后，还将出发执行一项特殊的任务。姚胜利感觉到此事不同寻常。自己不便去做过多的打听，否则极有可能招致暴露的风险。眼下自己的组织已经全体覆灭，能够依靠的只有方小雨那边的情报网了。

　　方小雨走出会议室大门时，正好看见同样走出会场的工藤俊。她揉了揉有些酸痛的腰部，向迎面走来的工藤俊抱怨道："这会开起来，简直没完没了。"

　　"这种枯燥的事情，还是不应该让方小姐这样美丽的女士来参加。"

　　方小雨反问道："这两者有关系吗？"

　　工藤俊也觉得自己刚才的恭维实在有点没头没脑，他尴尬地将话题转移开：

　　"好在快到下班时间了。"

　　方小雨看了一眼手表上的时间，下午四点二十分。要是回到特工总部南京区差不多是五点钟，那索性就不回去了。

　　她想起什么，说道："要不，我请你吃个早一点的晚饭吧？"

　　心仪女子的主动邀约让工藤俊心头一热，他立即用中国的俗语答应道："那当然荣幸之至！"

　　方小雨说道："之前天青街上开了家'吉玲园'的分店，那里的'百草黄焖鸡'可是招牌菜，也是山东的名菜。当年就连山东省主席韩复榘对它都是赞赏有加，工藤君想不想去尝尝？"

工藤俊学着姚胜利嬉皮笑脸的模样说道："我感觉自己的脚已经要跑向那里了。"

方小雨报之以礼貌地一笑。

"那走吧。"

日落时分，两人走出吉玲园的大门。

工藤俊看了一眼天际正在下沉的夕阳，说道："我送一送你吧。"

"不用了，我想慢慢地走回去，就当饭后散步了。"

见方小雨执意要独自回家，工藤俊便也没有再坚持。

走出几步，方小雨回过身来说道："你别跟他一般见识哦！"

工藤俊当然知道方小雨话里的"他"是指谁，她的话虽然听起来是在安慰自己，内中的情感却明显地偏向另外一方。他登时心头一酸，情难自抑地说了一句：

"若是泼向你，我肯定要去挡下来的。"声音在行人熙攘的大街上显得很轻，似乎只飘到了工藤俊自己的耳朵里。

忽然间，一束强烈的阳光照在方小雨身上。她整个人都在工藤俊的视线里亮起来，身上的光芒一直照到他的记忆深处。

工藤俊向天空看去，夕阳已经跌入地平线下面，只剩下琥珀色的晚霞。大地上，夜色开始从四面八方包围而来。刚才这一束光亮，像是夕阳刻意抛出的。

夜晚，姚胜利来到方小雨的住处。

一进屋，姚胜利直接在沙发上坐下来，然后跷起二郎腿，将脚掌放在茶几上。

方小雨知道他是在赌气，说道："你倒是把这里当成自己家了啊！"

"这么大的屋子你一个人住岂不是太浪费了？不如分点给我吧。"

方小雨笑着拿起一个苹果砸向姚胜利，姚胜利右手一抄将苹果接住，用力咬了一口。

方小雨说道："你白天有点过分了哦！"

姚胜利将身子往后一靠："谁让他不识相呢，对待不识相的人根本不需要客气。”

姚胜利的话虽然有些刻薄，却让方小雨感到自己的心马上变热了。眼前这个男人一系列粗鲁的行为同时将"我很在乎你"这五个字诠释到了极致。

"对了，你是有什么事情找我嘛？"

姚胜利仍不打算切入正题，他很享受与方小雨的二人世界，就算没有打情骂俏的话语，他依然会感到丝丝温馨涌入心口。姚胜利将手轻轻放到方小雨的手上，然后握住。方小雨吓了一跳，赶紧抽出手。

姚胜利没想到她会躲闪，说道："你怎么啦？"

方小雨不好意思道："你掌心的老茧太厚，扎疼我了。"

姚胜利明白她的意思，故作惊讶道："是嘛，那我赶紧把它割了。"说着拿起茶几上的水果刀就要往自己手掌心割。

方小雨连忙抓住他的手腕，说道："我不是那个意思。"

姚胜利嬉笑着将水果刀扔到茶几上："还以为你嫌弃我了呢。"再想到刚才有些滑稽的情景，方小雨"扑哧"一声笑了出来。随着两个人都绽放笑容，温馨的气氛在整个屋子里荡漾开来。

接着，姚胜利说明了来意。方小雨听完也马上重视起来。姚胜利走后，她连夜拨通了自己的上级中共苏皖边区南京工委书记唐宁的电话。

仅仅一天后，唐宁那边就传来了他们想要的消息。

中山北路，青禾公寓。

方小雨说道："你说的事情，我们的人已经打听到了，是跟第九战区有关。"

"第九战区？"

"最近第九战区内战事异常激烈，日军向常德等第九战区重要城市频频进攻，几场交锋下来，双方的损失都不小。"

姚胜利说道："看样子日本人是想要先拿下它们然后直取重庆。不过余程万将军率领的虎贲师也不是吃素的。"

"你知道吗，日本人已经对常德形成包围，眼下余程万师长率部在抵挡，他已经连续几次向战区司令部发出紧急求援电报，但各路援军都被阻拦在外围无法靠近，常德目前的情况很危急。"

姚胜利问道："这次守卫常德的国军有多少兵力？"

205

方小雨说出一串令姚胜利倒抽一口凉气的数字：

八千三百三十人。这还是算上伤员的数字。

而日军的兵力更是让姚胜利忧心忡忡：

三万人。这是战斗力满级的日本士兵数量。

姚胜利联想到之前淞沪会战、武汉会战等中日之间的大规模主力会战。在那几次会战中，中方在兵力数量占绝对优势的情况下依旧不敌败退。眼下常德守军的兵力与敌军对比实在过于悬殊。这次会战还未结束，但姚胜利觉得结果已经清晰展现在面前了。

姚胜利听说过余程万这个人，黄埔一期出身，早在北伐战争中就立下赫赫战功。姚胜利觉得如果此时常德城内的中国军队数量多于日军或者与日军大致相当，那么此次会战还有可能挫败日军。但眼下中日兵力实在过于悬殊，即便余程万这样的骁将怕也是巧妇难为无米之炊。

"常德会战的战果很重要。眼下中美英三国代表人正在开罗举行座谈，国际反法西斯力量的眼光都聚集在常德。只要常德多坚持一天，中国在国际上的话语权就多一分。自从缅甸战事失利后，美英等同盟国现在开始质疑中国军队的抗战能力，这一仗无论多么艰难都必须要打出国威来！"姚胜利从方小雨的这段话里听出了一种坚定，无关党派界限，是一位为国家民族而战的战士从心底发出的呐喊。

方小雨继续道："我们得到可靠消息，日本北九州的兵工厂最近研制出了一种威力极强的燃烧弹，目前已经有一批运到中国，将要在中国战场上投入试验，地点就是常德战场。面对兵力数倍于己的日军，余师长的部队已是强弩之末。倘若让日军将那批新式燃烧弹投放在常德战场，后果简直不堪设想。我们还探听到，这批燃烧弹会随日本木更津航空队来参加阅兵仪式，随后直接被木更津航空队运往常德。这批新式燃烧弹事关抗战全局，无论付出多大代价都必须阻止日军的阴谋。"

明天就要开始举行阅兵仪式了，不知道此时通知重庆军统方面还来不来得及。姚胜利的脸色渐渐凝重起来。

方小雨像是读懂了姚胜利此时的想法，她劝告道："你好歹把这个情况告诉给重庆那边，这样一来，不管他们来不来得及准备，你都对国家民族尽到了责任。"

姚胜利觉得方小雨的这番话很有道理，他忍不住感慨道：

"你们探听情报还真是把好手。"

方小雨凝视着姚胜利，重复了两个字："你们？"

姚胜利有些奇怪："怎么了？"

过了一会儿，方小雨说道："我希望你能够和我站在同一战线，不光是抗日民族统一战线。你明白我的意思吗？"

姚胜利猛然想起上次雨夜过后，也是在这里，他们依偎在一起，方小雨对自己说的那番话，还有那种期待，此时再次闪现在她的目光中。他还记得后来自己心里响起了一个无比坚定的声音，指引自己向一个伟大的信仰靠近。

姚胜利走进街角的一个公用电话亭，拨通了于少春办公室的电话。此时电话另一头的那个人曾是自己的上级，也险些将自己送上了黄泉路。再次联系上他，姚胜利已经全无作为下属的恭敬，他觉得如今的自己已经与这位昔日的上司站在了两条不同的阵线上了。

电话响了十几下，那头才慢悠悠地接通。姚胜利绷紧喉咙处的肌肉，让自己发出了与往日不一样的声音。

那头还是熟悉的声音："喂，哪位？"

姚胜利说道："是军统局的于少春副主任吧？"

"我是于少春，你是哪位？"

"我是什么人不重要，重要的是我给你带来了很重要的情报。"

"什么情报？"

"明天下午，南京大校场机场将举行阅兵仪式，日本木更津航空中队参加完仪式后将携带最新研制的燃烧弹直接前往常德战场。想必目前常德的战局已经够让蒋委员长头疼了，你们一定不希望日本人将那批燃烧弹扔到常德的国军阵地上去吧？"

于少春警觉地追问道："你是从哪得知这个消息的？"

"这个问题无可奉告。你只需要知道，你们准备的时间已经不多了。"姚胜利挂断了电话。

第二天上午，姚胜利来到位于南京北郊的大校场机场。

大校场机场修建于民国十八年，在抗战爆发前，大校场机场被定为中国最高级别的航空总站。在抗战初期的空战中，许多中国战机就是从大校场机场起飞与日机作战的。南京沦陷后，日方又对大校场机场进行了扩大规模的改造。

姚胜利记得上一次来这里是帮助中国空军地勤人员接收苏联援华的伊—15、伊—16 战斗机。他沿着跑道向前走去，前方有一排排螺旋桨仍在转动的战斗机，这些是日军引以为豪的空中武器——零式战斗机。零式战斗机的机身涂成青苍色，上面印着的圆形太阳图案犹如一滴巨大的鲜血，显得格外醒目，也勾勒出这个民族嗜血的本性。零式战斗机是由日本三菱公司的总设计师崛越二郎设计的，性能在全世界可谓是遥遥领先，甚至连美英等西方国家的战斗机实力都无法与之匹敌。零式战斗机刚刚服役就立了大功，在璧山一战中以少胜多，短时间内打垮了中国空军，也让太平洋战场上的盟军飞机几乎无招架之力。

今天早上，渡边勇才告知姚胜利关于这次阅兵仪式的另一个重要消息：

参加这次阅兵的爱知型轰炸机在完成仪式上的飞行后，将携带北九州兵工厂最新研制的燃烧弹奔赴中国中部的城市常德，将那里变成火海。

姚胜利只能祈祷中美联合空军已经做好了准备。

阅兵这天的天气很好，虽然天空中飘荡着几朵稍微带点灰色的云，但阳光格外耀眼。广场上，扩音器里播放着雄壮的《军舰进行曲》。

最前面的是日本航空部队的表演。

银色的零式战斗机在空中化作一个个蹿来蹿去的白点，飞行员高超的驾驶技术令观众眼花缭乱。爱知型轰炸机发射出的曳光弹在空中划出道道绚烂的轨迹。精彩的空中表演惹得地面爆发出阵阵热烈的喝彩声。与 1941 年的莫斯科红场阅兵一样，这些战斗机轰炸机表演过后就要奔赴中国中西部地区支援帝国一场规模空前的战役。帝国军人们豪情万丈，整装待发。

航空部队表演过后，一列列阵容整齐的军队踏着齐刷刷的步伐走过司令台，狂热的日本军人高喊着"天皇万岁"的口号，争先成为日本这台战争绞肉机上最大的零部件。对他们而言，死亡是一件从容的事，更是一件无上光荣的事。当一整个国家民族都已发疯了的时候，作为国人要做的似乎就只有让自己加倍丧心病狂。

当整齐的海军陆战队方阵踏着有力的步伐从司令台下走过时，姚胜利感到身旁的渡边勇起了变化，他的脸颊变得通红，呼吸沉重而急促。姚胜利清楚，此时渡边勇心中跳动着的，是一种近乎疯狂的渴望。

最后上场的是南京国民政府南京警卫军。部队的所有官兵都头戴德式M35钢盔，身穿德式卡其布军服，手中端着中正式步骑枪。姚胜利看到德式M35钢盔的侧面还印着一枚青天白日的徽章，这好似是中国军人独特的标记，唯一不同的是青天白日徽章的外围被涂上了一圈血红色，看上去有些狰狞。这圈红色是为了将南京汪伪政府军队与重庆国民政府军队更清楚地区分开来。

望着眼前熟悉的场景，姚胜利的思绪不知不觉又回到了过去。他想起了自己在德械师的那些日子，记得多年前这里也曾经举行过一次盛大的阅兵。那些曾经与自己肩并肩走过这里的战友们，如今大多已在抗战的巨大熔炉中化作灰烬。这时候有一阵风吹过广场，带来些许寒意，姚胜利的心里也感到一阵悲凉。

国民政府南京警卫军全部走过广场后，所有部队均已检阅完毕，整场阅兵仪式也就到达了尾声。

看到爱知型轰炸机消失在云中，姚胜利开始担忧起来，如果重庆那边没把自己的情报当一回事，守卫常德的虎贲师将士们就真的凶多吉少了。此时的他一点都不知道，在昆明的空军基地，中美联合空军的战斗机正在密密麻麻地冲上天空。

当天晚上，姚胜利邀请方小雨去湖南路的浪韵西餐厅品尝了招牌菜剔骨牛排，晚餐到一半时服务员还向他们推荐了一瓶进口的法兰西红酒。餐毕后，姚胜利又拉着已经微醉的方小雨去大华大戏院看了一场电影。那天晚上播放的电影是1922年上映的无声电影《诺斯费拉图》。电影讲述的是西方吸血鬼的故事。当青面獠牙的德古拉伯爵出现在屏幕上，一步步逼近熟睡中的受害人时，方小雨吓得一下子靠到了姚胜利身上，姚胜利趁机将她整个人拥入怀中。

方小雨连忙挣扎了一下，说道："你干吗啊？"

姚胜利一脸坏笑地回答："给你壮壮胆。"

"去你的！"

他们身后传来被刻意压低的笑声，似乎是在偷偷地笑他们。黑暗中，姚胜利看到方小雨的脸颊好像红了。

电影散场时到了晚上十点左右，外面的行人已经变得稀少，姚胜利和方小雨并肩走在清冷的大街上。外面刚下过一场雨，湿漉漉的水汽携带着丝丝凉意渗入他们的身体，两旁路灯昏黄的灯光将他们的影子在地上拖出很长。此时，方小雨的酒已经醒得差不多了。

"你冷吗？"姚胜利转过头来看着方小雨在风中猎猎舞动的长发和衣服。

方小雨用手拨了拨被风吹乱的头发，说道："还好。"

这时，姚胜利试图再次握住方小雨的手，但对方却将手移开了。

"电影怎么样？"姚胜利只好转移话题。

"很精彩，只是这种类型不太适合女孩子看，会做噩梦。"

姚胜利笑了笑："里面的吸血鬼吓到你了？"

"有一点。"

"还好它们不是真实存在的。"

"是啊，要不然太可怕了。"

"不过，我倒是挺羡慕吸血鬼的。"

"哦？为什么？"方小雨投来好奇的目光。

"因为他们可以长生不死。多想成为他们中的一员，那样也就能长生不死了。我可以与侵略者一直战斗下去，而且每次战斗都可以冲在最前面，因为子弹打不死我，炮弹炸不死我。而且也可以替战友们挡子弹炮弹，挨上多少发都无所谓，这样战友们也就不用牺牲了。最后不用流血受伤就能把侵略者打退，你说，这该有多好！"

方小雨忍不住"扑哧"一声笑了出来，说道："你可真能胡思乱想。"

他们已经走到了方小雨的住处。

"我到了。"

"嗯。"

方小雨进屋，房门"砰"的一声将两人隔开。姚胜利向前方的夜色中走去，此时他不知道的是，身后的屋内，有一个身影迫不及待地扑到窗户前目送着他的背影渐行渐远，他只要转过头就能看见，但他没有。于是那个身影也就显得失落起来。

"傻瓜！"站在窗前的方小雨笑着说道，眼角却流下了一滴泪。

方小雨想起了头顶那枚发夹。发夹曾经摔成了两半，是姚胜利让它又完好如初。想到这儿，方小雨心里涌起阵阵幸福，她伸手朝那枚发夹摸去，不料摸了个空。方小雨的心蓦地一惊，连忙又摸了一遍，还是摸了个空。

方小雨飞快地跑到梳妆台前，她看见镜子中的自己，头顶空荡荡的，那枚发夹已经不在那里。方小雨顿时瘫在梳妆台边。

夜深了，中山北路清冷的街道上已经几乎看不到行人，一位收工的馄饨摊主正推着车往前走，快走到一幢公寓前时，他听见有隐隐约约的哭泣声从公寓楼里传出来。大概是小两口子闹矛盾了吧，馄饨摊主这样想着，并没有在意。在他缓缓经过公寓楼时，一个年轻的女子从里面冲出来，要不是馄饨摊主及时刹住了车，女子就已经撞在推车上了。

"姑娘你慢些！"馄饨摊主朝已经跑到前面的女子喊道，女子却已经扎入夜色中无影无踪。

馄饨摊主摇摇头，说道："现在的年轻人真是一点都不懂得慢一点。"继续推着车往前走去。

车轮碾过地面发出的响声在空旷的街道上显得格外清晰，馄饨摊主不紧不慢地走着，刚才那个飞奔的身影再也没有进入他的视线。馄饨摊主很想知道那个身影奔去了哪里，却又自言自语道：

"管这些年轻人的事作甚……"

走了一大段黑漆漆的路，前面终于有路灯立在街旁了，在迎面而来的橘黄色灯光中，馄饨摊主打了个哈欠，等他重新睁开眼，看见灯杆下面还蜷缩着一团黑影。馄饨摊主探着脑袋看过去，他发现那团黑影是个人。

经过那个人身边时，馄饨摊主没有停下来，此时浑身的疲惫已经压倒了好奇心，他只想回家睡觉。

走出一小段路后，馄饨摊主停了下来，他回头看了一眼，又拉着车退回到那团人影旁。借着路灯的光，馄饨摊主看清了那就是刚才差点撞到自己推车的年轻女子，她穿着单薄的衣服，身体在凉薄的夜风中微微发抖。女子的脑袋低垂在胸前，头发全部披散下来，看不清她的脸。

馄饨摊主走上前探着身子问道："姑娘，你怎么了？"

女子没有反应，似乎根本没听见。馄饨摊主又问了一遍，女子这才缓缓抬起头来。

四目相对时，馄饨摊主看到了在黑色头发里面闪烁的泪光，他看到女子的眼皮是红肿的，胸前的衣裳已经湿了一大片。望着女子楚楚可怜的样子，馄饨摊主不由心生怜爱，他去推车里取出一件棉衣盖在女子身上，女子也没有拒绝。

"姑娘啊，你这是怎么了？是跟家人吵架了吗？"馄饨摊主蹲下身子问道。

女子摇摇头。

"那是别人欺负你了？"

女子又摇摇头。

"那你是怎么了呢？大半夜的一个人跑到街上来，还穿得这么少，你知不知道这样会生病的。"

女子终于说话了，只是她说的话在馄饨摊主听来就像是在梦里说的一样：

"外面再冷也没有心里冷。"

馄饨摊主被这句莫名其妙的话搞得一头雾水。不过从这句话判断，女子是遭遇了伤心的事情。馄饨摊主想起了自己死在炮火中的女儿，眼前这个女子与女儿年龄相仿，他心里顿时涌起一阵酸楚，忍不住伸手摸了摸女子的头，他感到满手的湿冷。

"能跟阿叔说说，发生了什么事吗？"

女子自言自语般地说道："我的东西丢了。"

"别哭孩子，东西丢了还能去找回来，不能先把身子哭坏了。"

女子抬起头看着馄饨摊主。

"我送你回去吧。"馄饨摊主将女子扶起来，女子顺从地跟着他走到推车前。馄饨摊主将女子扶上车，然后推着车往来时的路走去。

"孩子，可惜阿叔的馄饨都卖完了，要不然可以给你做一碗。"馄饨摊主边推车边说道。

女子坐在车上还是一言不发，就这么静静听着馄饨摊主的说话声和车轮声在空荡的街道上飘开。

"孩子，没有必要那么想不开，有些东西丢了就丢了，也许明天有更好的东西在等着你呢。"

"孩子，活着比什么都重要，特别是这年头，动不动就死人，我们可要比那些死掉的人幸福多啦，你说在理不在理？"

"孩子，开心点。像你这个年纪，是人这辈子中最开心的时候哪！"

馄饨摊主滔滔不绝地说着，他发觉自己已经很久没有一口气说出这么多话了。眼前这个柔弱的女子让他感到亲切，似乎就是自己的亲人。

推车在一扇打开的门前停住，那扇门此时被夜风推搡着，发出阵阵"吱呀"声，但就是一直关不上，似乎是知道主人还没有归来。馄饨摊主松开车把，说道："孩子，这是你家吧？"

女子点点头，馄饨摊主将她从车上扶下来。

"快回去吧，不早了。"

女子转身向那扇门走去。走了几步又转过身脱下棉衣还给馄饨摊主。

"阿叔，谢谢你！"女子说道。

馄饨摊主看见女子还对自己露出了笑容，即使脸上满布泪痕，女子的笑容依旧美丽动人。他顿时心头一热，逝去的亲情仿佛在此刻回温了。

"孩子，凡事想开些，要活得开开心心的！"在女子进门前，馄饨摊主像父亲般地又叮嘱了一句。

女子回身冲馄饨摊主招招手，然后关上门。馄饨摊主露出欣慰的笑容，溜开欢快的小碎步往前方的夜色中走去。

姚胜利一上班就注意到方小雨红肿的眼睛。早会一散后，姚胜利马上敲响了方小雨办公室的门。

一进去姚胜利就问道："你的眼睛怎么了？"

"噢，老毛病了，被风吹到就会这样，可能是昨晚吹了风的缘故吧。"

方小雨的言不由衷当然没有逃过姚胜利的眼睛。姚胜利注视着方小雨的眼睛说道："可是你的眼睛看上去并不像被风吹了，而是流过了眼泪。"

方小雨的脸顿时红了一片，她将笔一甩，气恼地说道："你有完没有完了？"

姚胜利笑着说："我想让它消失而已。"

方小雨也意识到自己的失态，语气缓和起来："我已经搽了药膏，马上就会消肿的。"

"你真的没事？"姚胜利问道。

"没事！"

"那就好。"虽然还有疑问，但姚胜利此时也只好转身告辞。

"熊谷君！"

姚胜利重新转过身："嗯？"

"我的那枚发夹丢了，就在昨天。"

闻言，姚胜利点点头。

走到自己办公室前，姚胜利并没有进去，他将门锁上，然后急匆匆的脚步声就在楼道内荡开了。没一会儿，一辆黑色的轿车冲出了21号大院。

姚胜利来到昨天的阅兵场，他在宽阔的场地中搜寻起来。找了一遍又一遍，却没有找到那枚发夹。

姚胜利走进大华大戏院，他来到昨晚看电影的放映厅门前，一个工作人员跑过来拦住了他，说道："先生，你有什么事吗？"

"你去告诉里面的人，电影提前结束了，叫他们马上走！"

"对不起先生，里面正在进行地面翻修，暂时不对外开放了。"

姚胜利朝他亮出工作证，工作人员顿时吓得后退一步。

"不要让我再重复一遍！"

"是！是！"工作人员赶紧退到一边。

姚胜利让工作人员将影厅里的灯全部打开，他看见影厅里的座椅已经全部被拆除，地面被凿得坑坑洼洼，到处都是碎石块和沙土，在这样的环境中要想找到一枚发夹绝非易事。他掏出一支微型手电点亮，在四下里寻找起来。

外面，白昼在天空中流逝，不久之后日光消散，夜幕降临了。姚胜利的脸上已经沾染上了泥土，双手被划开许多道血痕，但他并没有感觉到疼痛，心里只有一种感觉，那就是自己离要找的东西已经越来越近了。

突然有个东西在他眼前闪烁了一下。那是一枚发夹，发夹上面还有一串塑料山楂。姚胜利扑过去将它一把抓在手中，仿佛生怕它会突然长出翅膀飞走。他小心地将上面的泥土擦掉，染满泥污的脸上绽开了灿烂的笑容。

方小雨刚打开门就看到姚胜利站在面前，她愣住了。

"你这是……"方小雨指着姚胜利脸上的泥土问道。

姚胜利摊开手掌，一枚塑料山楂发夹在掌心闪烁起光芒。方小雨心头登时涌起一阵喜悦，脸上也绽开笑容。

姚胜利说道："找到了。"

没等方小雨伸出手，姚胜利主动将发夹扣到方小雨头发上。方小雨注意到姚胜利手上醒目的血痕，一把握住他的手。

"你是为了找它才……"方小雨用指尖抚摸着姚胜利手上的血痕，心疼地说道。

"这些都不重要了，重要的是它重新回到你身边了。"

姚胜利发现方小雨眼睛上的红肿已经消退了，好像就是在刚才那一瞬间消退的。她的脸上，曾经伤心的痕迹已经无影无踪，一大团笑容如同早春的桃花在上面绽放开来。姚胜利感觉到自己的心"怦怦"跳起来，似乎在催促他马上实施一项准备已久的行动。

在这一刻，方小雨感到面前这个男人的眼睛会让自己心里涌起暖流，这个男人的身躯是可以用来倚靠的。朝晖中，她主动朝这个男人迈出一步，也是漫长跋涉的最后一步，然后两个人拥抱在一起。

马路的另一边，有一辆吉普车静静停在路旁。有个年轻男子此时就坐在车里默默看着那对拥抱在一起的男女，在他手边的副驾驶座上放着一大束鲜艳的玫瑰花。

年轻男子发动了汽车，在经过一只垃圾箱时，他抓起玫瑰用力扔了进去。他知道，这束玫瑰此时是多余的了。垃圾箱里的玫瑰花瓣溅上了污水，看上去就像在哭泣。

姚胜利终究还是等来了好消息。那些前往常德战场执行投放新型燃烧弹任务的日本轰炸机，在途中被中美联合空军歼灭，常德免去了一场灭顶之灾。

中美英三国领导人在开罗举行会晤后，签署了《开罗宣言》，其中具体提及了战后对日本的处置，世界反法西斯战争胜利的曙光也进一步明显。

第十六章　替死鬼

连日心情的阴郁让渡边勇在一天晚上走进了位于贡院东街的新亚舞厅。他其实并不喜欢这类声色犬马的纵情场所。

新亚舞厅已经修缮一新，看不到之前爆炸的痕迹了。渡边勇要了一杯红酒，在一处角落里坐下。他刚坐下就有穿着妖娆的女人前来邀舞，渡边勇直截了当地拒绝。他根本无心跳舞，来这里只是为了暂时的逃避。女人却不死心，继续说着甜言蜜语邀请。渡边勇终于不耐烦了，他直接拔出了枪，吓得女人尖叫着逃离。

煽情的音乐缥缥缈缈地从舞池里传出来，还有男女轻佻的欢笑声。渡边勇将酒杯晃了晃，欣赏了下里面发出的温润红光，然后一口气喝完。就在放下酒杯的时候，一声惊呼传到他的耳中。

只见不远处的一张沙发上，一名喝得满脸通红的日本陆军下级军官正将一名舞女压在身下。这幕情景登时让渡边勇的心里涌起一阵极度的厌恶。陆军那帮家伙身上有的只是原始的情欲和粗野，他们压根不知道礼仪为何物。

舞女的衣服已经被撕掉了一大片，露出里面柔软的白色。周围已经有不少人围观，但无一人上前阻止。舞女绝望地闭上了双眼。渡边勇走了过去。

渡边勇看都没看舞女一眼，事实上他才不关心这种下贱的女人，况且还是个下贱的中国女人，他只觉得自己有义务维护帝国军人的形象。

"放开她！"渡边勇说道。

下级军官站起来，理了理身上的衣服问道：

"你说什么？"他似乎没看清楚渡边勇衣服上的军衔。

"放开她。"渡边勇重复了一遍。

这时，下级军官眼睛眯成一道缝，接着露出淫邪的笑容。

"你也想要她吗？"

"我是让你放开她！"

下级军官突然睁大双眼，迸射出两道凶狠的光芒。接着，他举起瓦罐般的拳头朝渡边勇挥过来。但他慢了一步，渡边勇的拳头已经重重地击中他的脸颊。那一瞬间，渡边勇手上强壮肌肉的爆发力发挥到了极致，下级军官整个人飞出两米开外，一头栽倒在地上。

周围顿时响起一片惊呼声。

渡边勇缓缓走到那名下级军官面前，下级军官的半边脸已经肿成了柿子。他蹲下来，说道："记住，失礼是要付出代价的。"

回到办公室，渡边勇关掉灯，办公室登时陷入一片黑暗中。他喜爱待在这种黑暗的环境中，因为他需要安静，而在他看来只有足够黑暗的环境才是足够安静的。

思路理清后，一个问题随之在渡边勇的脑海中出现：中美联合空军怎么知道帝国轰战机要去常德？

尽管此次阅兵涉及的部门不止特工总部南京区，但是渡边勇觉得这个情报也有可能是从自己这边泄露出去的，因为南京警察厅、国民政府南京警备军司令部虽然也接到了安保任务，但主要还是配合特工总部南京区。接下去有必要在内部作一次排查。

姚胜利走进办公室时，渡边勇正在修复一只文件夹。

看着他聚精会神的样子，姚胜利说道："坏了就丢了呗，还修什么啊？"

渡边勇头也没回："你当我是你们中国人啊？这么喜欢浪费！"

这句稀奇古怪的话让姚胜利顿时一个激灵。渡边勇居然突然称自己是"中国人"，他瞬间明白这是语言上的突袭，倘若自己没反应过来，顺着惯性下去回复一句"谁说的"或者"哪有的事"，那就真的中了圈套。

"你糊涂了吧？什么你们中国人？"

渡边勇马上纠正道："哦，我刚才不小心说错了，应该是他们中国人。"

姚胜利漫不经心地在他对面坐下来："找我来有什么事？"

渡边勇抬起头来："叫你来是有件事要问你。"

"什么？"

"你怎样看待这次帝国的轰炸机遭到中美联合空军暗算的事？"

姚胜利回答得干脆了当："有人出卖了消息呗。"

渡边勇双眼一亮，目光中带着逼视："那你觉得这个人会是谁呢？"

"吴永强、丁晨……"姚胜利将周围的人列举了一遍，唯独没有提到方小雨，这次是福是祸还很难说，他要保护她避免被卷进来，"也有可能是你我当中的一个。"

渡边勇笑了起来："真有意思，居然将自己也列为了怀疑对象。这样的怀疑方式真是前所未见。"

"要足够诚实，才能摆脱嫌疑啊。"

"我相信这个人不是你，当然也不会是我。"渡边勇虽然表示自己对姚胜利没有怀疑，姚胜利却看见他的眼睛里此时蒙着一层难以名状的东西。姚胜利很清楚，那才是渡边勇的真实想法。

渡边勇叹息道："上头的问责可就要砸过来了。"

"无所谓。"

"你的心倒是放得很宽啊。"

"就算天塌下来也有你渡边长官顶着，压不到我们头上。"

接下去，渡边勇、姚胜利、吴永强等人均遭到了隔离审问，但最后也没问出什么有价值的东西来，于是这件事只能草草收场。姚胜利清楚的是，这件事肯定不会就这么过去，必须要有一个替罪羊来承担所有责任。关于替罪羊，姚胜利的心里已经有了人选。

在方小雨住处，姚胜利得知指挥常德保卫战的虎贲师师长余程万日前被国民政府军事法庭判处了死刑，罪名是擅自率部突围。他惊得长大了嘴巴。

姚胜利忿忿道："余师长率部突围也是迫不得已，常德保卫战已经取得了战略意图，总得给虎贲师留下点种子啊。"

方小雨捧着一杯热茶，受姚胜利的影响，她也渐渐喜欢上了雨花茶。方小雨说道："阎锡山把太原丢了，唐生智把南京丢了，他们就连个小处分都没受到。国民政府这样做，就不怕前线正在浴血奋战的将士们寒心嘛？"

姚胜利觉得自己对那个政权的恶感顿时又增加了许多。接下来他将自己的打算告诉了方小雨，随后在南京工委的安排下，吴永强私通军统成为汪伪政府内部潜伏人员的证据很快就伪造出来了。只要成功将证据放入吴永强的办公室，那么他必定跳进黄河也洗不清。

那天轮到姚胜利值夜班。夜幕降临后，姚胜利仔细确认了一遍，整幢办公楼内的其他工作人员已经全部离开。他迅速来到吴永强办公室前，掏出事先准备好的特种钥匙插进锁孔中。

对姚胜利来说，今晚是天赐良机。然而终究是人算不如天算，这天吴永强下班后是要与女朋友约会的，因为是女朋友生日，他们约好今晚在上海路的欣雅咖啡厅吃晚餐。吴永强还买了一件精致的礼品，他准备在晚宴上正式向女朋友求婚。

走出政府大门没多远，吴永强突然想起给女朋友的礼物落在办公室了，他急忙转身往回走。吴永强没想到，当自己转过身后，接下去踏上的竟然是黄泉路。

廊道里的灯已经关闭了，吴永强没有带手电筒，他只好摸着墙壁往里走。突然，他猛地停住，只见前方有个黑影正在自己办公室门前弯下腰。

吴永强喝道："谁？"

姚胜利被这突如其来的一声吼吓了一跳，手中的特种钥匙也掉在了地上。

吴永强接着大声问道："是谁在那里？"

姚胜利大声回答："吴，是你吗？"

吴永强赶紧走过去。

"熊谷长官，您怎么在这儿呢？"

姚胜利飞快地从地上捡起特种钥匙："今天我值夜班。"

"您在我办公室门前做什么呢？"吴永强不客气的语气中已明显带有怀疑。

姚胜利故意作出惊讶的样子："哦，这是你的办公室啊？你看黑灯瞎火的，我不小心走错了，难怪钥匙都插不进去。吴，我们一起去把走廊的灯打开吧。"

"好的。"

走廊的灯需要到走廊尽头的机房去打开总开关，姚胜利以不清楚机房确切位置为由让吴永强带路。从吴永强刚才的眼神，姚胜利判断出对方并没有完全相信他的话，而且已经对他产生怀疑，他此时需要快刀斩乱麻。姚胜利偷偷将手伸进衣服内。

走在前面的吴永强似乎觉察到了姚胜利即将实施的举动，他闪电般地将手伸向腰间的枪套。姚胜利的动作更快，他从后面钳住吴永强的双手，用膝盖狠狠地往他的脊椎骨上撞去。只听吴永强的脊椎骨发出一声脆响，整个人瘫软了下去。吴永强张大嘴巴似乎想要将什么喊出来，但身体中正在快速流失的生命力让他的喉咙只能发出一声"啊"。

姚胜利手一松，吴永强的尸体"扑通"一声倒在地上。

接下去，姚胜利将吴永强的尸体搬进自己办公室，他从尸身上找到钥匙打开吴永强办公室的门，将准备好的证据藏到里面。然后脱下吴永强的衣服穿到自己身上。他必须替吴永强从大门口走出去。

传达室内，门卫魏长锁正一瓶红高粱就着一碟茴香豆喝得满脸通红。他看见吴永强从视线中经过，大声招呼道：

"喂，吴永强，要不要进来喝一杯？"

外面的吴永强冲他摆摆手就走了。

姚胜利悄悄走到特工总部南京区大院后面，从墙上攀爬进去。回到办公室，他脱下吴永强的衣服重新穿到尸体身上，然后扛着尸体从窗外的下水道爬到停车场，将尸体放入汽车的后备箱中。

明天早上要去警政部对接工作，这是抛尸的最好机会。

第二天一早，姚胜利就驾车离开特工总部南京区。路上，他将车速加快了不少，为的是能够节省出二十分钟时间将尸体运到指定地点掩埋起来。最后，尸体成功地埋进了泥土中。

吴永强的失踪起初并没有在 21 号内部造成什么大的影响，但后面在他办公室内发现的东西登时引起了一场轩然大波。

发现的东西有：十来根印有重庆中央银行编号的大金条和军统给他下达的指令，其中包括刺杀日本语言学家高野正司、寻找美国记者留下的大屠杀胶卷、催促他尽快知悉阅兵仪式的具体时间地点等。

这个发现让其他几个平素与吴永强要好的小特务目瞪口呆，也让整个汪伪政府大为震惊。吴永强的远房亲戚，也是安排他来这里工作的组织部长梅思平为此受到了政府主席汪精卫的严厉斥责，梅思平的对头林柏生等人也借题发挥，梅思平差点被革了职，一时间在汪伪政府内部颜面尽失抬不起头来。

对于姚胜利来讲，总算将一场险些发生的危机扼杀在了萌芽阶段。

第十七章　时光深处的故人

姚胜利得到消息，日本空军华东方面军司令官松本健雄即将来南京考察。

那天，姚胜利跟着渡边勇一同在下关码头负责保卫工作。浩瀚的长江水面上，汽笛声从遥远的江心飘来，没多久，庞大的"森川"号军舰缓缓靠岸。乐长一挥手，岸上负责迎接的乐队奏起雄壮的《军舰进行曲》。

松本健雄等一行人沿着踏板从军舰上走下来，姚胜利看到随行人员中有一个年轻女孩，穿着一身蓝色博多织和服，面容青春姣美，只是目光不知为何有些呆滞。

刚来到地面，女孩就看到了站在人群中的姚胜利。她呆滞的眼睛为之一亮，突然脱离队伍奔向姚胜利，一头扑进他的怀中。姚胜利被弄得一时手足无措。

"佐藤君，真的是你吗？"女孩用日语说道。

周围人的目光纷纷朝他们移来，姚胜利正要开口，另一个声音传入他们耳中。

"怎么，见到男友就忘记爸爸了吗？"二人看过去，只见松本健雄带着微笑。他看上去是一个和蔼的中年男人，脸上丝毫看不到日本高级军官的冷峻和威严。

姚胜利连忙立正向松本健雄敬了一个标准的礼。

"松本将军！"

松本健雄微笑着还礼："我记得你以前总是叫我松本叔叔的，现在怎么变拘谨了？看来我们的小伙子已经真的长大了啊！"

姚胜利连忙改口,这一幕突如其来的情形着实让他一头雾水。

之后的一天,松本健雄在城西的梅静园约见了姚胜利。

梅静园是日本南京派遣军司令部临时给松本健雄准备的宅邸。来到梅静园,姚胜利在侍从的指引下走进一幢日式木屋中。屋内白烟袅袅,松本健雄穿着一身黑色和服正在泡茶。

姚胜利走到松本健雄面前,鞠了一躬:"将军阁下!"

松本健雄一指对面,说道:"熊谷君来了,请坐。"

姚胜利学着日式的礼仪跪坐下来,松本健雄将一碗热气腾腾的茶放在姚胜利面前,姚胜利再次道谢。

姚胜利端起茶杯喝了一口,然后放下,说道:"不知将军阁下找我来所为何事?"

"为了晴子。之前在码头,晴子有些唐突,还望熊谷君不要见怪!"

"属下不敢。"

"你一定很奇怪,晴子当时见到你的反应吧?"

姚胜利点头道:"确实如此。"

松本健雄将一张照片放在姚胜利面前,说道:"你看看这个。"

姚胜利将照片拿起来一看,照片中是一位年轻的日本军官,那军官的面容竟然与自己高度相似。

这张照片让姚胜利吃惊不小,他猛地抬起头,问道:"将军阁下,这是……"

"你看到的这位军官叫佐藤秀夫,是晴子在京都大学的同学,也是恋人。佐藤秀夫还没等大学毕业就参了军并被派往中国,晴子这次来就是为了找他。那天在码头,晴子是把你当成了佐藤秀夫,因为你们长得实在太像了。"

"原来是这样。那么佐藤秀夫在什么地方呢?"

"他已经为天皇陛下献身了。在台儿庄战役中,他所在的联队被中国军队包围,全联队的将士都战斗到了最后一刻。"

"晴子知道这件事吗?"

松本健雄脸上这时候流露出痛惜的神情:"当晴子得知佐藤秀夫阵亡的消息后大哭了一场,然后昏迷了三天三夜,等醒来后整个人就变得精神恍惚。我为她找遍了全日本的医生,所有医生都说晴子这是心病,得有人帮她解开心里的结。"

姚胜利马上意识到松本健雄这是有求于他，便说道："将军阁下需要我怎么做，请吩咐。"

"感谢你的坦诚，那我就直说了。我想请熊谷君扮演'佐藤秀夫'陪在晴子身边，直到她从心里的阴影中走出来。"

松本健雄说完站了起来，姚胜利连忙也跟着站起来。松本健雄说道："熊谷君，请你理解和谅解一位父亲对女儿满含愧疚的爱，拜托了！"说完还朝姚胜利深深鞠了一躬。

姚胜利赶紧说道："请将军阁下放心！"

告辞的时候，松本健雄交给姚胜利一只档案袋，里面是佐藤秀夫的详细资料，包括饮食习惯、说话的方式等详细信息。

"接下去你就集中精力记熟佐藤秀夫的信息，到时候你就搬进梅静园来住。渡边君那边我会去打招呼。熊谷君，再次感谢你！"

"是！"

回去后的当晚，姚胜利立即来到方小雨的住处将这一情况告诉了她。

"好机会！"方小雨面露惊喜，"松本健雄此次来南京是专门为了研究对重庆加大打击力度的轰炸方案的，倘若能够将其除掉，那么重庆就能免受敌机更大规模的轰炸。松本健雄身份特殊，平时就连汪伪政府中层人士都无法接触到，我们正愁找不到除掉他的突破口，这可真是送上门来的机会！"

"我也这么想。既然如此，那就将计就计！"

方小雨举起酒杯，与姚胜利碰了一下，酒杯发出一声欢快的脆响。

之后，姚胜利花了一个月时间将佐藤秀夫的所有信息与自己合二为一。一天，姚胜利来到梅静园，他拉开一扇门，里面有个穿着粉红色和服的少女跪在桌前折纸，桌上放着好几串折好了的千纸鹤。

姚胜利轻轻走到少女身边，他没有出声，就静静地站在一旁看着少女聚精会神地折千纸鹤。少女身上有淡淡的香味飘来，里面似乎有樱花的气息。过了一会儿，少女转过头来，她顿时愣住了，手中的千纸鹤飘落到了地上。

"佐藤君！"少女突然扑进了姚胜利的怀中，双手环住了姚胜利的腰，她身上那股樱花的气息也变得更加浓郁。

"晴子！"姚胜利也将她抱住，此时他脑海中想到的却是另外一个女子。

"佐藤君，我是在做梦吗？我没想到还能见到你！"

"你没有在做梦，我就在你身边。"

"佐藤君，后来去中国的同学来信说你死了，所有人都相信了，只有我不信，我就知道一定会见到你的！"

说完，松本晴子哭了起来，泪水将姚胜利的肩膀打湿了一片。

"晴子，怎么哭了？见到我，你应该高兴才是啊！"

松本晴子抱紧了姚胜利："佐藤君，你知道你走后我有多想念你嘛？我每天早晨对着大海祈祷，黄昏时候也对着大海祈祷。我想象着有一艘船停到岸边，看到你从船上下来，告诉我，战争已经结束了。可是每天大海上面只有出发的船，没有回来的船。每天都有许多和你我一样的年轻人登上前往中国的船，他们去了以后就再也没有回来。后来听说你为祖国玉碎了，我不相信。我想让你听见我在呼唤你，就每天折千纸鹤，把对你的思念写在上面，然后等风吹起的时候将它们放出去，我相信它们一定会飞到你身边的。"

"对，你放出的千纸鹤都飞到我身边了，来自故土亲人的挂念让我们更加英勇作战。"

松本晴子放开姚胜利，说道："佐藤君，我们去看樱花吧，然后采一些花瓣回来，我给你做水信玄饼。我记得你最爱吃我做的水信玄饼，里面放的就是樱花花瓣。"

姚胜利笑起来："傻瓜，现在是秋天了，樱花早在春末的时候就谢了。"

"是嘛，太可惜了。我想念樱花，自从你走后，我觉得所有樱花都失去了色彩。"

"别难过，到了明年春天，樱花会重新开放的。"

"佐藤君。"

"嗯？"

"我想去街上走走，我已经好久没有在街上走过了，你要像以前那样牵着我的手。"

"那走吧，让我们一起回到过去的美好时光。"

南京的天气很好，姚胜利牵着松本晴子柔软的手走在南京的街巷上，松本晴子的目光好奇地扫过街道两侧的商铺、中式楼房、西洋式建筑物和经过的电车。她那双如山溪般清澈的眸子在一片灿烂的阳光中显得更加明亮有神。

置身秋季的美景中，松本晴子说道："原来南京比我想象中的还要美！"

姚胜利望着晴子的笑容，似在自言自语地说道："六年前，这里血流成河，就像地狱一样……"

"佐藤君，你看起来好像不高兴。"

姚胜利回过神来，只见松本晴子正一脸好奇地看着自己。

姚胜利猛然惊觉，此时自己是那名叫"佐藤秀夫"的日本军官，也是眼前这个女孩的恋人。

"啊，没有啊！"

"你刚才怎么了？不舒服吗？"松本晴子追问道。

"那倒没有！只是情不自禁地想起了祖国在这个城市战死的那些士兵们。"

松本晴子闭上眼睛，双手在胸前合十。她是一个虔诚的佛教徒。她的家乡奈良有着深厚的佛教文化和历史悠久的寺庙古迹，被称为"寺社之都"。姚胜利在心里长嘘了一口气，他的后背此时已经渗出了一层汗珠，刚才一个情不自禁的小举动险些让自己暴露。

这时候一辆自行车从远处冲了过来，若不是姚胜利拉了松本晴子一把，她就会被自行车撞个正着。自行车擦倒了旁边一个小孩，车上的人并没有停下来，而是径自离去。

小男孩坐在地上哇哇大哭起来，松本晴子连忙跑过去抱起小男孩，用日语问道：

"弟弟，你没事吧？"

小男孩停止了哭泣，他望着松本晴子的脸没有说话。

姚胜利连忙替小男孩查看伤势，然后用日语说道："他没事，只是被吓着了。"

一个年轻妇女跑了过来，小男孩叫了声"妈妈"。年轻妇女快速地从松本晴子手里接过小男孩，对着他们二人微微点头。松本晴子用日语说了句"你好"。年轻妇女也不回答，而是抱着小男孩飞快地走了。

"她为什么看起来很害怕呢？"松本晴子望着那个年轻妇女的背影奇怪地说道。

"因为她不认识我们，中国人都很害怕不认识的人。他们从小就被告诉不能同陌生人讲话。"

松本晴子说道："刚才那个孩子真的好可爱。"

"是啊。"

"佐藤君，我也想能与你有一个可爱的孩子。我们结婚吧，从此不要再分开了！"

姚胜利没想到松本晴子突然提到了结婚，这让他措手不及，一时不知该如何回答。

"我回去就跟爸爸说，让他为我们主持一场隆重的婚礼。"

"这个……"

"怎么了佐藤君，你不愿意吗？"

"没有没有，我只是觉得，和我年纪相仿的帝国军人都在浴血奋战，我不应该在这个时候只顾自己的事情。"

"我不是这个意思，佐藤君。只要我们结了婚，第二天你马上就可以回到战场上去。"

姚胜利没有说话。

"佐藤君，答应我好吗？"松本晴子的目光变得无比渴望。

姚胜利依旧没有开口。

松本晴子已经将头靠在姚胜利肩膀上，她还在一遍一遍地重复着："佐藤君，答应我好吗？"

此时，一辆电车从他们身侧经过。姚胜利没有看到，电车里有个身影正倚在窗前望着他们靠在一起的身影，一滴泪珠快速地从眼眶中飘落，落到风中无影无踪。

为了结婚的事，松本健雄再一次召见了姚胜利。前往见面时，姚胜利带上了那支"掌心雷"手枪，并在枪口装上了微型消声器。手枪中装的全是钢芯弹头的子弹，穿透力极强，姚胜利完全有把握将松本健雄一枪毙命。然而到了之后姚胜利就发现自己并无下手的机会，松本健雄的厢房外围着一圈日本特工，就算自己到时候得手了，走出厢房不超过二十步事情就会败露。

松本健雄依旧穿着上次那身黑色和服，说道："说实话，我并没有打算让晴子和你结婚，而是想等晴子恢复后慢慢告诉她真相，让她接受这个事实。"

"是，请将军阁下三思！"

"不过现在的情形看起来，要是不答应晴子，那我们之前为她做的事就全都白费了。我想了想，那就答应她吧。不过我向你保证，只要晴子恢复过来，你随时可以解除与她的婚约。说白了，你们的婚姻就是做做样子而已。"

姚胜利微微鞠了一躬："将军阁下英明！"

"熊谷君，我没打算让晴子同你结婚绝不是因为你个人的问题，而是帝国的军人随时都准备着为天皇陛下献身，我不希望晴子到时候一个人在郁郁寡欢中度过一生，希望你能够理解。"

"将军阁下不必多虑，您说得没错，帝国军人的生命都属于国家，应当为帝国的伟大事业奉献自己的一切。"

"我听晴子跟我说起过，佐藤秀夫在大学里曾经向晴子承诺，到时候会向晴子求两次婚，一次是订婚的时候，一次是结婚的时候。所以我想啊，你们这次先把婚订了，倘若她在你们结婚之前恢复了，那么婚也就不用结了。你觉得如何？"

"将军阁下所言极是。"

"过几天，国内一批参加过对华作战的老兵将要随旅行团来南京地区观光，第一站是中国军队留下的吴福线工事，到时候还是由'杉魂'特别行动组负责游玩的安保工作，我想让你全程陪同。我到时候也会带上晴子一同参加，你们就在那儿举行订婚仪式吧。我想，对于军人而言，在征服的他国土地上订婚是一件充满荣耀的事。"

姚胜利想都没想就一口答应了下来，他顿时觉得刺杀松本健雄的机会真正来到了。

然而那天的观光活动，松本健雄因为临时有重要会议而取消了行程，原本说好的订婚仪式也由此被迫取消。眼看得手的机会一下子又溜走了，姚胜利不由地大失所望，可该演的戏还是要继续演下去。

出游那天，太阳突然躲进了云层中，天空顿时阴沉下来。这样的日子一定是不适合出游的。

彼时中国军队用来阻挡日军向南京进犯而修建的吴福防线如今已经被当作旅游景点。姚胜利心里清楚，一道战时修建的工事又能有多大的观赏价值呢？日方安排参观吴福线工事完全是向日本国民展示日军在中国战场上的所向披靡，从而号召更多的人投身到这场战争中来。这道防线的工事是德国军事顾问法肯豪森将军指导修建的，当时被称为东方的"马其诺防线"。然而这道"东方马其诺防线"并没有发挥应有的作用，在撤退大军一路狂逃之下，这道防线完全成了摆设。

在陪同日本旅行团去吴福线工事游览之前，姚胜利一定没有想到此行自己居然有出乎意料的发现。

参观那天，姚胜利站在一处被炸塌了的工事面前许久，他惊讶地看到这处工事上的射击孔居然有正常的三倍多大，这无疑是一个愚蠢又糟糕的设计，因为这样的工事设计对里面的人起不了任何的掩护作用。

然而，让姚胜利感到更加惊讶的还在后面。

姚胜利弯腰钻进工事，工事残存的墙壁上此时还能看出一片片刺目的暗红色，他的脑海中立即浮现起当初炮弹击中这里时里面血肉横飞的情景。姚胜利根据这座工事的破损程度判断出当时上面就挨了一发炮弹，按理来说钢筋混凝土结构的工事是绝不会这般不堪一击的。

在他下一秒抬起头时就找到了这个问题的答案。

检查工事顶部的断面时，姚胜利看到被炮弹豁开的地方露出的是切成条状的竹子，而本来应该露出来的是至少有中指那么粗的钢筋！姚胜利简直不敢相信自己的眼睛，他瞬间明白了，难怪工事会这般不堪一击。一个隐藏许久的旧案就这样被拽了出来，只是如今已经没有了追查的必要。他现在心里想的是，倘若工事里面的是钢筋，那么几年前那场南京保卫战会不会就是另外一种结局了呢？姚胜利站在里面很久，他默默凝视着那处断口，里面裸露出来的竹条此时在他看来就像残肢断腿上裸露出的白骨般恐怖，无声地控诉着某些国民政府高官的卑劣行径。

"佐藤长官！"观光团的日本向导在外面冲他招招手，提醒他道，"不要在里面停留太久，会有危险的！"

姚胜利走出工事，这时候他听到不远处几个日本游客正在议论一座破败的工事，他们好像也发现了工事内部的秘密。

"中国人居然用竹子来修建工事，真是愚蠢！"

"说得没错。"

"中国人就是一帮愚蠢的人。"

姚胜利感觉那几个日本游客的议论此时犹如一根根尖刺在不停扎着自己的耳朵。望着这道连绵数十里、一眼望不到尽头的防线，他忽然感觉到很可笑。在欧洲战场上，法国那道号称"固若金汤"的马其诺防线不也没能挡住德军进攻的步伐吗？事实上在陆军机动能力和攻坚能力不断增强的现代化战争中，再坚固的防线都无法提供可靠的保障。况且自己眼前这道看似雄伟的工事实际上只不过是一道豆腐渣般的工程。

其实他与当时许多战友一样被欺骗了，被自己的长官欺骗了，被国民政府的顶层设计者欺骗了。这样的欺骗自中日开战以来已经上演过许多次，就像这道工事，对于士兵们来说是用来依托以杀伤敌军的有力武器，对于高官们来说那只不过是自己中饱私囊、借以发国难财的又一大好机会。倘若这道防线真的是固若金汤的，那么这座战场上此时游荡的冤魂能够减少多少呢？还有1937年底的南京大撤退，明明已经下达了撤退命令，可在当时许多中国军官只顾自己奔逃，没有将撤退命令下达到位，这直接导致后来大批中国军人被日方围捕，惨遭屠杀，其中不乏国军中的精锐部队。还有1938年黄河花园口决堤，上层的多少决策的执行是以牺牲下面的人为代价的。静默中，姚胜利忽然发出一声长长的叹息，惹得不远处几个正认真观赏的日本游客回过头来惊讶地看着他。

身旁的松本晴子也奇怪地问道："佐藤君，你怎么了？"

姚胜利意识到自己的失态，他连忙说道："没什么，只是觉得今天的天气有些不适合出游。"

"是吗，佐藤君想念阳光明媚的日子了吗？"

"那当然，阳光下闪闪发光的晴子才是最美丽的。"

松本晴子的脸上立刻浮现起一团红晕，脸上的笑容越发甜美地说道："佐藤君，你有多久没看过我跳伞舞了？"

"上次看还是在京都大学的时候吧。"

"你想看吗？我的伞舞已经跳得比以前更加好了。"

"当然想，可是现在没有道具。"

"没关系。"松本晴子接过姚胜利手中的黑布大伞跳起来。尽管笨重的黑伞与松本晴子曼妙的舞姿有些不协调，但姚胜利还是感到了赏心悦目。

一支舞跳完，松本晴子将黑伞交还给姚胜利。就在姚胜利伸手接伞的时候，他看到松本晴子的眼角有泪水在闪烁。

"晴子，你怎么流泪了？"

松本晴子连忙用指头抹了一把眼角，装作惊讶地说道："是吗？可能是下雨了落到我眼中了吧。"

姚胜利抬头看了一眼天空，明明还没有下雨，可就在他低下头时，雨丝就从上面飘了下来。姚胜利打开伞举到头顶，将松本晴子拉到伞下面。

"你是不是有什么话想对我说？"

"记得当初我们说好的，一毕业就结婚，我会说服爸爸。但我从英国留学回来却发现你不在学校了，同学们说你去了中国。"

"对不起晴子，这是天皇陛下赋予每一个大和民族子民的崇高使命，希望你可以谅解我。"姚胜利学着日本人说话的腔调回答道。

"不不不，我没有责怪你的意思，我只是……只是……"松本晴子忽然一把抱住了姚胜利，这让姚胜利有些措手不及。但一想到熊谷昭夫与松本晴子是一对恋人，姚胜利便也伸出手抱住了她的身体。

松本晴子在姚胜利耳边轻声说道："佐藤君，我真的好想念你！"

雨一下子变大了，似有隆隆雷鸣从遥远的地平线上传来。

不远处，方小雨独自撑着一把伞站在雨中。她默默地望向姚胜利所在的地方，尽管那把宽大的黑伞遮住了他们大半个身躯，但还是可以看出伞下的两人此时正依偎在一起。方小雨用力咬着嘴唇，她感到眼泪正从自己的眼眶中流下来。

虽然知道远处那个男人此时只是为了执行任务而逢场作戏，方小雨依旧感到阵阵失落。雨滴带着丝丝寒意，方小雨觉得这股寒意一直渗进了自己心里头。如今身处敌营，时刻行走在刀尖上，在惊心动魄的时光中好不容易遇见一个温暖的臂弯，然而好景不长，那个臂弯很快就属于了别人。方小雨望向远方，只见烟雨迷蒙中，地平线显得越发悠远，仿佛在离自己而去。有一片叶子飘进视线中，那片叶子先是被树抛弃，接着被风推搡着，最后落在地上，干净的身子渐渐被和着泥土的雨水一点点弄脏。方小雨心里的失落顿时变成了难过。

嘴唇上忽然传来火辣辣的疼痛，似乎已经被咬破了。

游览回来的当晚，方小雨身体的温度一下子蹿了上去。吃了好几片退烧药依旧不见效果，半夜时分，方小雨感到房间里的一切都在视线中旋转起来，她跌跌撞撞地出门拦住一辆正欲归家的黄包车。车夫本已无心拉客，直到方小雨开出三倍价钱才勉强同意。

"你这姑娘，大半夜还往外面跑啥？还偏偏要坐俺的车，俺老婆还等着俺回家呢。"黄包车夫在前面不满地抱怨道。

虽然额头像烧开的水一样滚烫，但方小雨感到自己的心在不停冷下去。

输液室里，满脸倦意的值班护士不耐烦地取来输液瓶替方小雨挂上。午夜寂静的时光从四面八方包围过来，就连值班护士也好像溜去睡觉了，唯有月光从窗外投进来，在地上印出一大片落寞的苍白。方小雨觉得身下的铁椅异常冰冷，她忍不住哭了一场。

第十八章　对不起，我别无选择

日本空军华东方面军总司令松本健雄正式公布了女儿的婚期，日本南京派遣军总司令畑俊六、南京国民政府主席汪精卫以及一干日伪高官均收到了请帖。

当姚胜利叩响方小雨住处的门时，一瓶已经见底的红酒从她脚下滚到了一旁。敲门声响了好几次，方小雨才摇摇晃晃地去开门。她其实喝不了多少酒。

门一打开，姚胜利就感到一股酒味迎面扑来。他顿时皱起了眉头：

"你怎么喝那么多酒啊？"

方小雨没好气道："要你管！"

"少喝点。"

姚胜利正准备走进屋去，方小雨却还挡在门前，似乎并没有让他进入的意思。

"你不打算让我进屋去吗？"

方小雨将双手横叉在胸前，毫不客气地反问道："进去干嘛？有事就在这里说好了。"

"我看你是喝多了。"

"对啊，我喝多了，所以还是在门口说事吧，省得一会儿我撒酒疯，你来不及跑。"

"别闹了，让我进去，外面有点冷。"

方小雨依然挡在门前，不依不饶道："就不让你进！你有事说事，没事就走人！"

方小雨此时与平日判若两人的表现让姚胜利有些意外。

"你今天吃错药了吗？"

"对，我今天吃错了好多药，正在处在精神错乱当中，谁都阻挡不了！"

姚胜利只好说正事："我明天就要与松本晴子订婚了，想必你已经收到请帖了吧？"

"那是自然，熊谷长官大喜之日我当然得来喝一杯喜酒，要不然多亏？"

"你就没有什么话想对我说吗？"

方小雨"哼"了一声，说道："我能有什么话？想必祝福的话你已经听到得够多了，也不少我这一句吧？能够娶到将军大人的千金，我由衷地替你感到高兴。"

姚胜利心头一酸："小雨，你能不能不要这样和我说话？"

"那你喜欢怎么样说话？请指示。哦，我差点忘了，以后你就是将军大人的乘龙快婿了，我们应当对你客气一点，这么讲来，说话的方式是应该换一换。"

"我不是这个意思！我只是想来向你告个别，因为之后有相当长的一段时间我恐怕都得待在那个人身边了。"

姚胜利没有说出口的话是：这次任务，我不知道自己能不能全身而退，更不知道能不能平安归来。

方小雨却依旧是一副无动于衷的样子："那么你现在道好别了吗？"

姚胜利感到自己的喉咙像是被堵住了，他有些艰难地吐出一个字：

"嗯。"

"那你可以走了。我也困了，想早点休息。"

姚胜利原本以为方小雨会依依不舍，却没想到对方反应竟是这般冰冷。这时有夜风袭来，姚胜利感到一股透彻心扉的冰凉。

他只好挥挥手，说道："晚安！"然后转身离去。

姚胜利走进清冷的夜风中，没走出多远，身后传来拖鞋拍打地面"嗒嗒嗒"的声音。姚胜利知道，此时有个人正向自己飞奔而来。

果然，一连串娇喝从后面追上来：

"你给我站住！给我站住！"

姚胜利停住脚步，几乎是下一秒，他的身体就被一双手从后面环住，另一具柔软的躯体紧紧贴上了他的后背。

"我说了让你站住，你听见没有？"方小雨哭着将头埋进姚胜利的肩膀。

"我听见了，可我还是要走的。"

"我知道。"

"我不希望你这么难过。"

"难过？我为什么不能难过？我当然要难过了！为什么老天爷对我这么残忍？我一直在失去，现在，连你也要离我而去了，我难道就连难过都不可以吗？"

"对不起小雨，我别无选择！"

"我也一样，面对你的离去，我竟然只能难过。呵呵！"

"你要记住，我们现在做的是有利于国家和民族的事，哪怕需要我们牺牲自己的生命，我们也应毫不犹豫。"

"你别说了，我都明白。"

"那为什么不微笑着送我离开呢？你不希望我最后凯旋吗？"

方小雨湿漉漉的目光变得深情，说道："我只想让你在去之前，吻我一次。"

在深夜清冷的街头，姚胜利与自己心爱的女子热烈长吻。这是他的初吻，他吻得很是笨拙，却很是深情，只想把每一分爱意都化作唇齿间的柔情，送入心爱女子的心中。

最后，他一把推开方小雨，转身走进夜色中。他明白若自己不狠一狠心，那就会一直沉浸在这个情境中不愿离开了。

身后，方小雨将手在嘴边围成喇叭状，冲着姚胜利的背影喊道："你给我听着，一定要完好无缺地回来！"

此时方小雨心里没来得及说出的话是：姚胜利，我爱你！

第二天，梅静园里头举办了一场日式婚礼。席上，松本健雄穿着一身米白色和服，和服上绣着几只展翅高飞的白鹤。这样的打扮有点像他本人的寿礼。此时的松本健雄一点也不知道，一首专门为他准备的致命插曲已经与婚礼的奏乐声一同响起。

姚胜利感到小小的心慌，他是头一次经历日式婚礼，对此完全摸不着头脑，只能随机应变。酒席就摆在梅静园的院子里，酒席中央还临时搭起了一个小小的讲台。当松本健雄走上讲台，热闹的现场顿时变得寂静无声，所有人都凝视着讲台，用目光向这位军神致敬祝贺。

松本健雄以一位父亲的身份表达了对女儿的不舍以及对两位新人的祝福，饱含真情的告白令场中众人为之动容。当姚胜利挽着松本晴子来到场中时，松本健雄竟然走到姚胜利面前鞠了一躬，顿时引得全场一片唏嘘。

在众人惊讶的目光中，松本健雄握着姚胜利的手，说道："佐藤君，万分感谢你愿意做照顾晴子的接班人，成为他生命中的太阳，给她温暖，让她生活在明亮中。祝愿你们的爱情如同富士山脚的樱花那样，永远绽放最美的色彩！"

全场随之响起一片热烈的掌声，日本司仪走上讲台开始唱祝福歌曲。在咿里哇啦的日语歌声中，姚胜利与松本晴子同时将脸转向对方。

当看见姚胜利与松本晴子亲吻时，方小雨感到自己的心像被一只巨大的锥子狠狠刺了一下，她第一次体会到这种疼痛，当真是透彻心扉。

仪式过后，婚宴正式开始，宾客纷纷举起酒杯。一个穿着藏青色西服的年轻男子走到方小雨身前，正要向她敬酒，目光却冷不丁地瞧见方小雨的眼眶中盛满了泪水。男子脸上立即露出惊讶的神色。

"方小姐？方小姐？"

方小雨抬起头，一滴眼泪从她的眼眶中滚落出来，在脸颊上划出一道透明的线路。

"嗯？"

"你怎么哭了？"

方小雨看见坐在自己周围的其他人也都在注视着她，赶紧一抹眼泪说道："谁说我哭了？我明明在笑！大喜的日子有什么好哭的？老毛病了，一碰到酒精就不停流眼泪。医生说让我少喝酒，可今天这个高兴的日子不喝能行吗？"

男子尴尬地笑笑，扬起手中的酒杯与方小雨的酒杯相碰，说道："干杯！"

方小雨没有发现自己的眼泪刚才已经滴落到杯子中。当她把杯里的酒一饮而尽时，发觉酒的味道居然是极其苦涩的。

舞曲声响起，姚胜利与松本晴子首先跳起优美的华尔兹，场中不少男女也跟着手挽手旋转起身子。

男子没有马上离去，对方小雨说道："可以请你跳支舞吗？"

听到这话，方小雨心头蹿起一股火，她将酒杯往桌上重重一蹾，说道："跳什么舞？吃饱了撑的吗？"

男子讨了个没趣，只得握着酒杯悻悻离去，嘴里还嘀咕道："不跳就不跳，莫名其妙发什么脾气嘛？"

工藤俊坐在另一张桌上，特殊的身份让周围的人不停向他敬酒寒暄，然而工藤俊每次都是心不在焉地应付一番，他的目光始终对着一个方向。

方小雨的脸颊已经喝得通红，举着酒杯的手也有些摇晃起来，但她依然一次次将酒杯倒满。旁边的人开始劝她，她都是充耳不闻。就连平日里与她熟识的几位同事也感到很是意外，以往拘谨的方小雨此时为何豪迈得如同变了个人？

又是一杯酒下肚，方小雨感到自己的脑袋仿佛下一秒就要裂开了，眼前开始发黑，浑身上下的血液像是炉子上烧开的水。即便如此，她依然再一次将酒杯倒满。就在她举起酒杯要喝的时候，一只手从旁边伸出来钳住了她的手腕。

方小雨迷离的眼睛转过来，只见工藤俊不知何时已经站在自己身旁。

"你干什么？"

工藤俊说道："这话应该我来问你吧？"

方小雨笑起来："问我？我在喝酒啊，这你都看不出来吗？"

"我当然看出来了，但我看到你不是在喝酒，而是在发疯。"

方小雨一把挣脱工藤俊的手，杯中的酒也将桌面上打湿了一大片。

"发疯又怎么样？碍着你事了嘛？"

这时候旁边的人纷纷劝解起来。

"方小姐，你喝得够多了，不要再喝了。"

"人家工藤先生也是为你好，你不好这样说话的。"

"就是啊，你今天比我们这些大老爷们儿还要爷们儿！"

工藤俊没有再说话，他夺下方小雨手中的酒杯扔在一旁，然后拉着她离开宴席。

一路上，方小雨不断试图挣脱工藤俊都没有成功，她不断质问"你要带我去哪儿"，也始终没有得到工藤俊的回应。在一口水井旁，工藤俊总算停下来并放开了方小雨。方小雨连忙揉揉手腕，埋怨道：

"你抓疼我了！"

工藤俊依旧一声不吭，他打上来一桶水，然后将那桶水从方小雨的头顶浇了下来，方小雨顿时发出一声惊叫。

在水井旁边洗衣服的几位妇女统统惊呆了。

"你有病啊！"方小雨赶紧掏出手帕擦掉脸上的水渍。

"我在帮你清醒。"

"谁要你帮，狗拿耗子多管闲事！"

"我相信，肯去拿耗子的狗，都是因为心甘情愿。"

方小雨突然间觉得，委屈就像刚才那桶井水那样淋了自己一身，还将自己的心凉透了。她感到酒已经醒了大半，脑袋也不再疼痛欲裂了。可是脑袋恢复了，心却又难过了起来。方小雨忍不住哭了起来，已经擦干的脸上又湿了一大片。此时，她只想痛痛快快地哭上一场。

工藤俊默默地看着眼前这个女子低头痛哭，他不想去说任何宽慰的话，他觉得她的确需要这一场大哭。

不远处，妇女们的眼光由惊讶又变成了好奇。

婚宴上面，松本健雄本人也喝高了。与其他日本军官不同，松本健雄对产自日本本土的清酒没有多大兴趣，反而对浙中金华一带酿造的红曲酒爱不释手。红曲酒最大的特点是后劲强盛，几杯酒下肚后，松本健雄的脸色就已经同红曲酒一样了。后来，在松本健雄强烈推荐下，畑俊六、影佐祯昭等日本高官也品尝了红曲酒。

这次婚宴上用的红曲酒是从金华最大的酒坊采购来的，一共有五坛，其中三坛被抬上了婚宴。那三坛红曲酒成了锄杀松本健雄的利器。

由于松本健雄等人的身份非同小可，此次婚宴上他们的供酒事先经过了严密筛查。姚胜利亲自参与了筛查工作，当手下将酒坛打开时，姚胜利趁所有人不备，将藏在衣袖中的药粉投入酒中。

投进酒中的药粉是唐宁从黑市上高价购得的特殊毒药。这种毒药来自国外，但并没有大批量生产，起初由一位炼药师无意间合成，后来被勒令销毁。但那名炼药师偷偷留了一小瓶下来，那瓶毒药之后又流进了中国的黑市。

不论何时进入体内，毒性都只会在午夜时分发作，而且只对患有心律不齐的人起作用。姚胜利事先探听到松本健雄患有先天性的心律不齐,这就大大增加了胜算。毒性发作时,中毒者会突然感到头昏脑涨,继而陷入昏睡,然后心跳慢慢停止,像极了心脏疾病发作的症状。更重要的是,此种毒药的挥发性极强,掺入液体中能够随液体一同挥发掉,因此不会在酒坛里面留下残渣,堪称杀人于无形。

婚宴进行到很晚才散场,醉得不省人事的松本健雄是被姚胜利和渡边勇扶进自己卧室的。另一间厢房里,穿着婚纱的松本晴子正坐在桌前等待自己的丈夫。桌上放着许多折好的千纸鹤,每只千纸鹤都被涂成了红色。这些千纸鹤是之前松本晴子没来得及送出去的,上面写满了密密麻麻的字,无不倾诉了对爱人的思念。松本晴子轻轻抚摸着千纸鹤,脸上满是幸福的微笑。

姚胜利将渡边勇送到梅静园的大门口,渡边勇递给姚胜利一支烟,自己也掏出一支点上。渡边勇吸了一口烟,说道:"你一定想不到,自己会在突然间步入婚姻吧?"

"的确没有想到,就跟做梦一样。"

"你真的已经准备好了吗?"

"什么?"

"佐藤秀夫是佐藤秀夫,熊谷昭夫是熊谷昭夫,这两个人无论长得有多么像,终究不是同一个人,你代替不了她心里的那个人。再长的戏剧也会有谢幕的那一刻,你想过没有,当有一天她知道你并不是自己深爱的那个人,你该如何向她解释呢?"

"我也不知道,只能走一步看一步吧。既然戏已经开场了,总要继续演下去的。"

渡边勇叹息一声:"就怕到最后无法收场啊,中间演得再好也是白搭。"

"也许吧。"

"你注意到了吗?她今天在酒宴上的表现很反常,可以说是判若两人。"

姚胜利很清楚渡边勇口中的"她"指的是谁。哪怕只是为了任务,自己与松本晴子结婚依旧是对她深深的辜负,渡边勇此时的这句话准确地戳到了他的痛处。

"想必你选择同晴子结婚,便是决心同她一刀两断了。但是,你当真能够做到吗?"此时渡边勇说的每一个字都像是对姚胜利的拷问。

"渡边君，你到底想说什么？"

"我只是想提醒你，一定要作出正确的选择，否则不光会让自己后悔莫及，还会伤害到无辜的人。"

想起方小雨，姚胜利的心就被刺痛了一下："她在哪儿？"

"这会儿大概跟工藤君在一起吧，我后来看见工藤君拉着她走了。"

姚胜利仿佛在自言自语："他们会去哪里呢？"

"你既然选择同晴子结婚，就不应该再对另一个女人心存关切。一个中国女人和一位我天皇陛下的忠诚子女孰轻孰重，我想你心里也清楚。再说了，松本将军的眼里是不揉沙子的，希望你好自为之！"

烟抽完了，话也说完了，渡边勇起身告辞，走进前方的夜雾中。

这个城市的另一边，秦淮河在黑夜中悄无声息地流淌着，水面映着苍白的月光，以及岸上行走的两个人模糊的身影。方小雨不再是之前湿漉漉的狼狈模样，她已经换了一身新的衣裳，只是目光还有些迷离。在她身旁，工藤俊默默地跟随着。

两个人靠得很近，却又互不搭理，似乎是毫不相干的两个人。他们这样又走出了很长一段路，工藤俊终于打破了沉默：

"你打算去哪里？"

方小雨停下脚步回过头来："我回家啊！"

工藤俊朝身后一指："你的家在那个方向，你没有往回家的方向走。用你们中国人的话说，这叫'南辕北辙'。"

方小雨冷冷道："我想散散心而已，你要是不愿意可以自己先回去。"说完，继续朝前走去。

这时候，一位黄包车夫跑到他们身边热情地招揽生意。

"两位要坐车吗？我给你们情侣价。"

方小雨没有搭理他，工藤俊则是摆摆手示意不用。黄包车夫失望地离去了。

又走出一段路程，两个油头粉面的男青年迎面走来，与他们擦肩而过时，其中一人还故意撞了方小雨一下，方小雨顿时一个趔趄。她并没有在意，继续朝前走去。那位撞人的男青年却伸手拦住了她。

方小雨大声说道："你想干嘛？"

男青年一脸坏笑道："我说这位小姐，刚才我走得好好的，你一上来就撞了我一下，我得给自己讨个公道啊！"

方小雨说道："你有没有搞错？刚才撞人的是你，被撞的是我，我没追究你，你反而还倒打一耙了？"说完又要往前走去。

男青年又伸手将她拦了下来。

方小雨有些火了："你到底想干嘛？"

男青年步步紧逼："我没想干嘛，就想讨个公道，我不能让你白撞了。"

"你要怎样？"

两位男青年对视一眼，同时露出猥琐的笑。撞人的男青年说道："我给你两个选择，一个是帮我揉揉被你撞到的地方，另一个是去警察局评评理。"

这时候工藤俊上前一步，说道："还有第三个选择吗？"

两名男青年似乎刚注意到还有一个人在场。撞人的男青年打量着工藤俊全身，见他身形有些消瘦，语气中便充满不屑：

"是你在说话吗？"

"正是。"

男青年掏了掏耳朵，似乎没听清工藤俊刚才说的话："你是什么东西？"

工藤俊笑道："我是什么东西不重要，重要的是让你知道，我们还有第三种选择。"

"什么？"

工藤俊手一扬，一团黑影从他的掌心飞向那名撞人的男青年。顷刻间，男青年脸上出现了一道长长的血口子，从两侧的嘴角分别延伸出去，这样一来，他的嘴巴看上去就扩大了一倍。男青年捂住嘴巴，发出杀猪般的号叫。

那团黑影已经被工藤俊收回手中，是一枚拴着铁链的手里剑，其中两枚尖刺上染着鲜红的血。

工藤俊望着两人说道："我也给你们两个选择，一是自己去医院包扎，二是再给你们划上几下。"

两名男青年立即连滚带爬地逃进夜色中。

方小雨脸上带着些许惊讶，说道："没想到你身手这么好。"

工藤俊收起手里剑："父亲大人要求我学会的。只是许久没有施展，手都有点生疏了。"

方小雨往来时的方向走去。工藤俊追上去，说道："我送你回去吧，看起来晚上这个地方并不安全。"

方小雨没有拒绝，她开玩笑似的说道："你愿意跟着就继续跟着吧，不过腿走伤了可跟我没有关系。"

"当然，我负全责！"

梅静园中客人已经全部走光，只剩下满院子的狼藉。姚胜利回到松本晴子所在的新房。一进门，松本晴子便如小鸟般地扑进姚胜利的怀中。

"客人们都回去了吗？"

"是呀。不过就算没有，我也应该回到我的晴子身边了。"

松本晴子立即露出羞涩的笑容："爸爸还好吗？"

"将军阁下喝多了，我和渡边君已经扶他回房休息了，你不用担心。接下来的时光，是属于我们两个人的。"

松本晴子起身走到钢琴前坐下，打开钢琴盖说道："佐藤君，你想不想再听听我弹奏《樱花》？"

"那当然，我已经有好久没有陶醉在晴子优美的琴声中过了。"

松本晴子开始弹奏，同时口中也高声歌唱起来。在甜美的歌声中，姚胜利仿佛看见了富士山脚下灿烂绽放的樱花，风吹动花瓣漫天飘舞，如同天空中落下一场深情款款的雪。

此时，面对眼前这个陌生的、却像冰雪般纯洁的女孩，一种难以名状的情感笼罩了姚胜利的内心。琴声渐渐停下来，松本晴子抬起头，她的眼波中此时荡漾起春水般的柔情。

"佐藤君，你还会让我继续等待下去嘛？"

声音仿佛在呼唤。

姚胜利深吸一口气，他慢慢走向松本晴子，身后的灯光突然熄灭了，房间陷入一片黑暗中。

中山北路，青禾公寓。

方小雨已经来到家门前，身后的工藤俊也停下脚步。方小雨回过身来，说道："我到家了。"

"好的，我的任务终于圆满完成了。"

方小雨脸上挤出一丝笑容："今天真的谢谢你！不过，刚才你其实没必要下那么重的手。"

工藤俊一本正经道:"在我眼中,你是不能被侵犯的,就像富士山顶的白雪不能被玷污那样。"

"谢谢你,不过我不值得你这么上心。"

"我只是想向你证明,真正在乎你的人是谁,真正会守护在你身边的人又是谁。"

方小雨自然听出了含在话中的那层重要信息,她连忙岔开话题道:

"不早了,你赶快回去休息吧,明天还要上班呢。晚安!"说完不等工藤俊回复就走进屋内并关上了门。

工藤俊响亮的告白依然穿透门板传入屋内:

"如果你愿意,我可以一直守护在门口。我会让你明白,你真正值得托付的人此时就在这里!"

屋内的方小雨靠在门上,用双手捂住了耳朵。同时,她在心里一遍遍默念道:

姚胜利,我爱的人永远是你!

一大早,梅静园所有人都是被一声满含惊恐的尖叫惊醒的。人们意识到出事了,纷纷从房间内跑出来,循着尖叫声传来的方向而去,他们都在松本健雄的卧室前停下。

两位穿着白大褂的军医正面色焦急地给松本健雄做心肺复苏,满脸苍白的女仆瘫坐在一旁的地上,胸口急剧起伏着,仿佛刚刚从一个噩梦中挣脱出来。

围在门口的人从中间让出了一条道路,姚胜利挽着松本晴子走进卧室,此时的松本晴子仿佛走路变得极其困难。他们刚走进门,两位低头抢救的军医同时抬起头来,与他们对视了几秒钟后,其中一名军医摇了摇头。

松本晴子的身体瞬间瘫软下去,姚胜利连忙扶住她。一名军医开始收拾医疗器械,另一名军医走到他们面前鞠了一躬,说道:"非常抱歉,我们已经尽力了,将军阁下已经过世,请节哀!"

尽管心里早已一清二楚,但此时姚胜利还得装出一副无法接受的样子。他一把抓住军医的手,问道:"将军阁下昨天还是好好的,为什么会……"

另一名军医此时走到他们面前:"我们初步诊断,将军阁下是因为饮酒过量而导致了心脏衰竭。将军是在睡梦中离世的，所幸没有遭受丝毫痛苦。"

姚胜利顿时给了他一巴掌，军医被抽得转了一圈。姚胜利怒不可遏地骂道："浑蛋，将军阁下不幸逝世，还何谈什么所幸？你的良心简直坏透了！"

军医立即意识到自己说错了话，连连鞠躬道歉。

松本晴子挣开姚胜利的手向床边缓缓走去，姚胜利在后面可以清楚地看到她的肩膀在不停地抖动。姚胜利摆摆手，两名军医赶忙告退，门外围观的人也识相散去。

走到床前，松本晴子轻轻喊道："爸爸！"

床上的松本健雄没有任何的反应，他脸上的表情安详，甚至还带着欣慰的笑容，似乎流连在一个美梦中不愿出来了。

松本晴子又喊道："爸爸，我是晴子！"

松本健雄依旧一动不动。

松本晴子继续喊道："爸爸，我是您的女儿晴子啊，您为什么不理我呢？"

松本晴子突然转过头，问道："佐藤君，为什么爸爸不理我了呢？"

这句话犹如一枚刚磨过的针，狠狠地在姚胜利心房上扎了一下。任务圆满完成了，然而却深深伤害了一个女孩，给她造成的伤口，恐怕穷尽一生的时间都无法痊愈了。她是无辜的。

松本晴子转过头去，凝视着父亲的遗体，仿佛僵直成了雕像。身后传来脚步声，姚胜利转过身去，只见渡边勇、工藤俊、方小雨等人站在门外。

突然，松本晴子发出了一声凄厉的尖叫，她晕倒在了父亲床前。与此同时，众人一起冲上前去。

昨天还喜气洋洋的梅静园，今天已经换成了另一番景象。白色的帷幔高高挂起，哀伤的乐曲从屋内传出来，今天的梅静园俨然成了一座灵堂。大门两侧站满了日本宪兵与汪伪特工，不断有日本海军省、陆军省等机构的高官进进出出，他们胸前佩戴着白花，神情肃穆。姚胜利站在门前不断朝前来吊唁的人致礼接待。除此之外，还有不少围观的南京市民三五成群地站在远处冲这里指指点点，这里前后两天截然不同的情况似乎已经成了他们嘴里的谈资。

渡边勇来到姚胜利身边："晴子现在这么样？"

"没什么大碍，就是因为将军阁下的突然离世受了些刺激。医生给她服了些镇定剂，她已经睡下了。"

"我听说将军阁下是因为饮酒过量引发了心脏衰竭？"

"医生是这么说的。"

"我记得将军阁下昨天只喝了一种红色的酒，是中国产的对吧？"

"是啊，将军阁下多年前在位于中国浙江中部的金华游玩时尝过这种酒，特别喜欢，所以这次我专门安排人去金华最大的酒坊购置了这种酒。这种酒，当地叫'红曲酒'。"

"昨天酒席上，我看见畑俊六大将、影佐机关长他们也都喝了那种酒。"

"没错，在将军阁下的建议下，他们都尝了尝，不过并不怎么喜欢，我个人也觉得无论色泽还是味道都远不及清酒，真不明白将军阁下怎么会喜欢上那种酒的。怎么，渡边君怀疑将军阁下的死与红曲酒有关吗？"

"不瞒你说，我心里的确产生了这种怀疑。为此，我专门检查了剩下的两坛红曲酒。"

姚胜利立刻故作急切："检查结果怎样？"

"检查结果显示，那两坛红曲酒的成分是标准的，也就是说，里面没有被掺进任何东西。不光如此，我还检查了那三只喝空的酒坛，结果也是一样。"

"这就奇怪了，既然酒里没有被下毒，那么为何将军阁下他们身体的反应会这么大呢？"

"到现在只能解释为将军阁下的体质与那种红曲酒是格格不入的了。不过，军部到时公布的说法仍然会是将军阁下死于中国特工卑鄙的暗杀。"

"哦？为什么？"

"倘若让外界的人得知将军阁下是因为饮酒过量而身亡的，不光将军阁下本人蒙羞，更会让整个帝国军队颜面扫地。除此之外，让我们的战士知道将军阁下被中国特工谋害，那样会激起战士们内心的怒火，让他们更加英勇地作战。"

姚胜利看了一眼来往的人，问道："这是你的意思吗？"

"这是军部的意思。"

"可惜将军阁下去世了还要被蒙蔽在谎言之中。"

"军部也是从大局考虑，相信将军阁下的英灵是能够理解的。你接下去有什么打算么？"

"什么意思？"

"将军阁下已经去世了，你之前答应他的事情其实不必再履行，接下去你打算继续陪在晴子身边吗？别忘了，还有另一个人在等着你。"

姚胜利的目光情不自禁地望向晴子所在的房间，想了一会儿说道："我现在只知道，自己绝不能让不幸的人再增加悲痛！"

渡边勇拍拍姚胜利的肩膀，转身走进屋内。这时候姚胜利在离去的人群中看到了并肩走在一起的方小雨跟工藤俊，这样的情景无论是从前面看还是从后面看去都会觉得他们是一对情侣。姚胜利收回目光，面对眼前人群来来往往的热闹场景，他却感到自己的内心空落落的。

丧事结束后，松本健雄的遗体被隆重地火化，并在日本军部安排下由她的女儿松本晴子和女婿佐藤秀夫一同送往家乡奈良县安葬。送行那天，"森川"号军舰停泊在江面上，安静地反射着炫目的光泽。乐队在岸上排成整齐一溜儿，慷慨激昂地演奏着《军舰进行曲》，一如当初欢迎松本健雄来南京时的情景。

军舰放下了踏板，神情漠然的松本晴子捧着父亲的骨灰盒缓缓走上去，姚胜利也一同登上军舰。随后，军舰缓缓发动。岸上的人们齐刷刷地挥起手，姚胜利看见方小雨也在人群中，她的身边站着工藤俊，两个人还是那副亲密无间的样子。距离隔得太远，姚胜利无法看清方小雨的脸，不知道此时她的脸上是否露出了不舍的神情。

随着军舰的加速，岸上的人已经成了模糊的黑点，视线的前后左右已经被在太阳底下亮澄澄的水面所占据。姚胜利目光望向一旁的松本晴子，她低头凝视着手中的骨灰盒，仿佛要把它看穿。

姚胜利说道："晴子，外面风太大了，要不还是进舱休息吧？"

对于姚胜利的关怀，松本晴子却无动于衷，仿佛没有听见。这让姚胜利产生一刹那的错觉，以为对方已经知道了他并不是佐藤秀夫，因而对他不理睬了。姚胜利觉得，在这片无边无际的水面上，自己只是孤身一人，像是一截漂流的苇管。

其实出发前，姚胜利为这件事与方小雨大吵了一架，方小雨坚决反对姚胜利同行，原因是显而易见的，贸然去日本无疑会大大增加暴露的风险，况且日方也没有明确要求姚胜利陪同护送。其实姚胜利自己也并非不清楚自己这一选择背后存在的巨大风险，他只是觉得自己已经亏欠松本晴子太多，甚至可以说已经亲手毁了她的一生。姚胜利心里产生了一个强烈的愿望，那就是要力所能及地为一个被自己伤害的无辜人做补偿。要是这个心愿无法达成，姚胜利觉得后半辈子自己的心都不会安定下来。因而他不顾方小雨的强烈反对，坚持与松本晴子一同前去日本。

他不想让自己成为一个他人眼中冰冷无情的人，仅此而已。

姚胜利其实没能看见，那天送行的人散去时，工藤俊主动去牵方小雨的手，却被方小雨一把甩开了。工藤俊原先觉得自己已胜券在握，此时却只能用诧异的目光看着方小雨快步离去。

旁边有人说道："看样子，工藤君还没成为最后的赢家。"

工藤俊转过身，只见渡边勇站在身旁。

"我想是的。不过我相信自己离赢家仅剩一步之遥了，而且天皇陛下刚刚赐予了我一个宝贵的机会。"

渡边勇饶有兴趣道："哦？是什么？"

工藤俊冲军舰远去的方向扬了扬下巴。

渡边勇笑起来："你这是乘虚而入！"

工藤俊也笑起来："无妨，毕竟他是自己离开的。"

渡边勇拍拍他的肩膀："那祝你成功！"

第十九章　温暖的柚子

方小雨回中央宣传部向部长汇报工作。听完汇报，部长忽然问道：

"小雨啊，你今年多大了？"

上司忽然问起了自己的年龄，方小雨很是惊讶，她如实说出了年龄。

部长说道："你看你也不小了，年轻人不要只把心思放在工作上，个人的事情也要认真考虑起来。组织也很关心你的终身大事，如果你真的有困难，那就让组织来帮你一把。我正好有个不错的人选，就是工藤俊，你们也认识。他的父亲是将军，他现在又是中日文化交流中心主任兼宣传部常务副部长，可以说条件好得不行。而且据我所知，他本人对你也蛮有好感的。"

方小雨说道："部长，我现在只想好好工作，不想考虑其他的事情。"

部长笑了起来："孩子话！工作跟生活都是必不可少的，我们努力工作不就是为了获得更好的生活？这其中也包括找到不错的另一半。工藤俊确实是个不错的对象，年纪这么轻就坐上了重要位置，未来一定前途无量。而且人品也没得说，据我所知，政府内部有不少高官都想把自己的女儿介绍给他呢。你可要考虑清楚，要是错过了，到时候后悔可来不及了。"

方小雨有些急了："他比我还要小四岁啊！"

"原来你是担心这个问题，这你就多虑了。其实判断一个人是否可靠并不在于生理年龄，而在于心理年龄。毕竟工作会让一个人迅速成熟的，尤其是高层次的工作。所以你完全不需要……"

方小雨没等部长说完就站了起来，说道："感谢部长的好意，但是小雨心里已有他人，所以只能辜负您的苦心了！"

说完，方小雨快步离去，留下身后一脸惊愕的部长。他没想到方小雨竟然拒绝得这么决绝，他既感到生气又很是不解。

走出中央宣传部大楼，方小雨长长舒了口气。刚才拒绝部长的那一刻她发觉，原来爱上一个人也如信仰般坚定。方小雨心里默念着那个名字，朝天上明亮的太阳露出了笑容。

敲门声响起时，方小雨刚刚剥开一只柚子。工藤俊进来后，迎接他的是满屋的柚香。

"看来我来得正是时候。"工藤俊笑着说道。

方小雨将一小瓣柚子送进嘴里，说道："你不会是闻着味道找来的吧？"

"所以来求美人打赏一点啊！"工藤俊说着向柚子伸出手去。

方小雨一把打开了他的手，说道："先说正事。"

工藤俊将一份文件放到桌上："这是中心最新签发的文件，按规矩也要抄送你们这里一份。"

方小雨惊讶道："抄送的文件一般不都是机要员送来的嘛？"

工藤俊说道："是啊，不过我今天正好来 21 号办事，就顺便带来了。"方小雨注意到他的神情有些不自然。

事实上，工藤俊就是为了送这份文件而来，他为此甚至缺席了一个重要会议。

临走的时候，方小雨将半只柚子递给工藤俊。

工藤俊接过柚子："这是犒劳嘛？"

方小雨嫣然一笑，说道："给你的跑腿费。"

从办公室出来，阳光正好照亮了整段走廊。工藤俊将柚子捧在手心，阳光从前方照过来，每一粒果肉都在闪烁着。工藤俊感觉到手中的柚子正在阳光中变暖，暖意又传遍了他的全身。此时，柚子红彤彤的果肉让他觉得，自己已经牢牢抓住了一颗心。

柚子的果肉吃完后，工藤俊将柚子皮留在了办公桌上。他觉得这样，柚子的香味就会一直弥漫在自己周围。

后来的一天早晨，工藤俊来到办公室，他看见桌上的柚子皮不见了。他顿时大惊失色，连忙叫来秘书询问。秘书告诉他，自己昨晚打扫的时候看见柚子皮已经干瘪，于是就替他清理掉了。

"啪"的一声，秘书挨了一个响亮的耳光，半边脸颊肿了起来。秘书摸着自己火辣辣的脸颊，眼里尽是不可置信——平日里一向和颜悦色的工藤长官居然会如此大发雷霆。

工藤俊吼道："你扔到哪里去了？"

秘书的手颤抖着朝外面指道："一楼的垃圾堆放点。"

最后一个字还未落地，工藤俊已经旋风般地冲了出去。

在一楼的垃圾堆放点，几名清洁工人正在将垃圾移入清运车。突然，他们被一声断喝吓了一跳。

"住手！"

理好的垃圾重新从他们手中掉下来落了一地。

工藤俊跑到他们面前气喘吁吁地问道："这是今天第几车？"

其中一名工人回答道："报，报告长官，这才第一车。"

工藤俊松了口气。他在垃圾中翻找起来，自己的双手和干净的西装都变得脏兮兮的。一团鹅黄色终于出现在视线中，工藤俊兴奋地将它捧起来，他感到熟悉的味道迎面而来，瞬间驱散了整个垃圾堆的臭气。

工藤俊将柚子皮贴在胸口，脸上浮现幸福的笑容。此时他一点都没有发觉，旁边几名工人正目瞪口呆地看着他。在他们眼中，这位这个地方的最高长官正做着无比怪异的举动。

方小雨正在给一堆稿件做终审。敲门声响起来，她头也没抬地说了句"进来"。

工藤俊走进来将一份文件轻轻放到桌上。

方小雨看了一眼文件，说道："你又是来给我送文件的吗？不过这次可没有柚子犒劳你了哦！"

工藤俊说了句"文件后面有惊喜"就快步走出了门。方小雨看得出来，此时他很紧张。她带着好奇将文件翻到最后一页，一片闪亮的字迹映入眼帘：

我现在越发觉得，很多事情都习惯以猝不及防的形式到来。可能是因为猝不及防的事情会让人更加相信是上天的安排，因而本身也就更加真实可信了吧。

对你的心动也是如此，带给我的首先就是猝不及防的慌乱感。说实话，我并不是一个会在女孩面前羞涩紧张的人，平时与其他女孩交流都是自然流畅，偶尔开开玩笑也从不会有心理负担。唯独到你面前，我会莫名地慌乱。与你聊天，感觉思路会时不时地被束缚住，每一句话都要反复斟酌。简单地说，就是聊得郑重其事吧。我能够分辨出，这种感觉是独一无二的，是只会对一个人产生的。记得与你初遇，那是在大东亚文学营的活动上，那次见面闲聊对你来说想必是稀松平常的，但对我来说就像是心跳突然被偷走了一拍。之后，你的名字、你的祖国、你所在的城市，包括你办公室的门牌，总之与你相关的一切，好像在我心里都变得不一样了，应当是重量改变了。

我曾经把这些告诉过爸爸，我问爸爸，自己是不是喜欢上这个女孩了？爸爸告诉我，这不是喜欢，这是爱。喜欢没有那么沉重，只是浅浅的一层情绪，随时可以剥离；而爱犹如咬定青山不放松的执着，更加强烈，也更加真挚。"爱"字本身大概就是无比虐心又让人无比留恋的吧。我承认，爱你，我爱得很卑微，但又在卑微里绽放出了无比高贵的花朵。

其实这番话放在我心里很久了，一直想要鼓足勇气对你说出来，然而每次话到嘴边又退了回去。我想，大概是因为格外在乎，所以才患得患失吧。思念犹如一只小虫子在悄悄并不停啮咬着我的心。爱上一个人之后，内心大概再也不会平静了吧。

以前我觉得，有些东西只要把它晾在一边，时间长了，自然而然就淡化了、忘记了。很多东西也确实如此。但终究还是有例外，就像对你的念想，即便很长时间没有联系，就在我以为已经归于沉寂的时候，它却又一跃而起，犹如久违的惊喜，让我内心激动不已。由此看来时间未必能战胜一切，有些东西，因其已与内心的至真至诚紧密相连，即便面对时光变迁也依旧岿然不动。

这段时间，我想了很多，我觉得还是要对你说出来，如此，无论结果如何，至少不留遗憾。我庆幸，自己最美好的年华里能够有你的身影，一路走进我的心里。这段时光就像你送我的那只柚子，芳香、柔软、可爱，里面包含着一团深情的红色，打开的时候，闪现的是大大的惊喜。多好啊！

致我深深爱着的人。

方小雨赶紧合上文件，却再也抑制不住自己扑通乱跳的心。

第二十章　她和他

回到南京后，姚胜利刚走进特工总部南京区大院，就看见一男一女走进了办公楼。男的是工藤俊，女的是方小雨，他们彼此说笑着，看起来一副亲密无间的样子。

姚胜利的脚步停了下来。自己在日本的几天里，他们俩之间是否发生了不同寻常的事情？姚胜利决定找方小雨当面谈谈。

当他来到方小雨办公室门前时，工藤俊正好从里面出来。姚胜利看到他脸上春风般的笑容，顿时气不打一处来。他心里其实早有定论，这小子八成是趁自己不在时钻了空子。不过，他相信自己的空子也绝对没那么好钻！

姚胜利敲门进去。

方小雨正在审一大堆《女声》杂志的稿件，她抬头看了姚胜利一眼，又低下头去，说道："熊谷长官，有事吗？"

"我刚从日本回来。"

"哦，欢迎回国。"

"我给你带了点礼物。"

"谢谢，无功不受禄，你还是拿回去吧。"

方小雨直截了当的拒绝让姚胜利大为惊讶。

"你不想知道我在日本的经历嘛？"

"为什么要知道？又不关我的事。"

姚胜利眉头微皱起来，他感到这个女子对他的态度变了。

"你怎么了？"

"什么怎么了？"

"我觉得你今天好奇怪。"

方小雨抬起头瞪了他一眼："你才奇怪好不好，一进来就问了人家那么多莫名其妙的问题！"

"我刚才看到他从你办公室出去了。"

"对啊，他在这里待了好久了。"

那句"他在这里待了好久"让姚胜利内心的不痛快立刻扩大了无数倍。

"他来你这里做什么？"

方小雨将手中的稿件一推，抬起头来看着姚胜利："我们在谈工作，难道谈工作都不行吗？熊谷长官，你管得未免太多了吧！"

话说到这里，姚胜利也有些生气了："你好好跟我说话可以吗？"

"对不起，本小姐说话本来就是这样，你要是不爱听可以走！"方小雨直接下了逐客令。

姚胜利讨了个没趣，只好悻悻离去。

当他推门出来时，正好看见站在过道里的渡边勇。

渡边勇一脸幸灾乐祸："被她赶出来啦？"

姚胜利没有理会他，径直向前走去。

渡边勇的声音从后面传来："我觉得，你们俩很有必要打上一架了！"

姚胜利脚步顿了顿，继续向前走。

在办公楼下的大门前，姚胜利与工藤俊打了个照面。那一瞬间，姚胜利清楚地看见工藤俊脸上的得意神色以及带着挑衅的目光，渡边勇的那句话也在耳畔回响起来，姚胜利觉得很有必要给他一点教训。

"喂！"姚胜利叫住他。

工藤俊缓缓转过身来："你想干什么？"

"这话应该我来问你！"

工藤俊嘴角扬起一丝不屑，继续向前走去。这丝不屑也彻底将姚胜利内心的怒火勾了起来。

"站住！"这两个字姚胜利几乎是吼出来的。

工藤俊又停下脚步："你到底要干吗？"

姚胜利直截了当道："你最好离她远点！"

"哦？为什么？"

"因为，她是别人的女人，不属于你！"

工藤俊冷笑道："谁的女人啊？"

"你心知肚明。"

"我只知道，她现在需要我陪在身旁。"

姚胜利也冷笑道："你这是自作多情，更是自讨没趣！"

"你有什么资格说我？一个脚踏两只船的人居然教训其他人不要觊觎别人的女人？真是天大的无耻！"

姚胜利不知道自己是什么时候挥出第一拳的，工藤俊也毫不示弱予以还击，接下去他们俩在大门前打成了一团。

门卫马上赶了过来，几名在一楼活动的小特务也跑到一旁，但是面对这两位都在火头上的日本长官，谁都不敢上前将他们拉开，只是不断用言语劝阻着。

方小雨听到了楼下的动静，她起身走到窗前往下看去，结果第一眼就看到姚胜利用一个漂亮的过肩摔将工藤俊放倒。她将目光收回来，脸上露出了笑容。

姚胜利和工藤俊为这事都受了处罚，各自被关了三天禁闭。期间，渡边勇来看望过姚胜利一次。渡边勇有些无奈地说道："我当时要是不开那个玩笑，你估计也就不会做下那件蠢事了吧？也亏你想得出来，要打架也要找个隐蔽的地方吧？你们都是长官级的人物，在下属面前打架像什么样子？你们简直把大日本帝国军人的脸都丢尽了！"

姚胜利鞠了一躬："抱歉渡边君，是我太冲动了。"

这件事也在一时间成了政府内部人员茶余饭后的谈资。每当别人在方小雨面前谈起时，她只会说两个字：幼稚。

这天下班后，工藤俊的车大模大样地停在了办公楼大门外面。这是一辆敞篷的菲亚特轿车，工藤俊穿着一身笔挺的条纹西装坐在里面，副驾驶座位放着一大束鲜艳的玫瑰花。瞅这阵势似乎是要向心爱的女人求婚。

方小雨从楼里出来时，工藤俊赶忙捧着鲜花迎上去。他先是将玫瑰递过去，然后鞠了一躬，说道："不知在下今晚是否有荣幸请方小姐跳舞？"

工藤俊真挚的告白和浪漫的场景让经过的男女工作人员发出一阵阵嘘声。

尽管心里有些不愿，但为了不使工藤俊当众难堪，方小雨还是接过玫瑰并跟他上了车。

姚胜利赶到门口时，汽车刚好冲出大门，只留下一路扬起的尘埃。姚胜利没看到的是，前面汽车副驾驶座上的女子此时向后看了一眼，他们各自的视线被扬起的灰尘隔开了。

围观的人已经全部散去，姚胜利还站在原地。汽车已经在视线中消失，车轮扬起的尘埃也已落下，姚胜利感到失落此时正在一点点填满自己的内心。之前自己为了完成任务不得不离开心爱的女子来到另一个陌生的女子身边，没想到任务完成后，心爱的女子已经走到了别人身边，最后只剩下自己形单影只。

姚胜利在原地站了很久，身边来来往往的人都向他投来异样的目光。他们都感到奇怪，平日里活蹦乱跳的熊谷长官这会儿为什么看上去跟丢了魂一样？

有人拍了拍姚胜利的肩膀。姚胜利转过身来，只见渡边勇站在面前。

"人都走不见了，你还有什么好看的？"

"我没在看他们。"

渡边勇说道："如果我是你，我会追上去把人抢回来。"

"你这话说的，怎么跟英雄救美一样？"

"没错啊，把她从错误的人身边抢回来，本身就是一种解救。"渡边勇亮出车钥匙在姚胜利眼前晃了晃，"我的车要不要借你用一下？"

姚胜利转身往回走去："都走出去这么远了，哪还追得上，况且既然决心走，那就没什么好追的。"

"来我办公室聊一会儿！"

在办公室里，渡边勇向姚胜利问起了他那几天在日本的情形。

"将军阁下的骨灰已经入土，我们请了法师为他超度，相信他的灵魂已经顺利地到达天国。"

"晴子的情况怎么样？"

"她很好。希望她再也不要来中国了，她应该远离战争。是战争让她失去了亲人，整个帝国都亏欠她的。"

"是啊，真羡慕她，可以回到远离战火的家乡。说实在的，我早已经想从这场该死的战争中脱离出来了。对华战争进行了这么多年，大日本帝国真是得不偿失。"

姚胜利玩笑道："那可不行，你要是不干了那可是帝国的一大损失。"

"要不要我帮你打个圆场，你跟她坐下来再好好谈谈？"

"真不用。渡边君，你的好意我心领了，事情我自己可以解决的。"

姚胜利离开时，渡边勇在他身后说道："熊谷君，其实我看得出来，那个人让你心里很难过，对吧？但我真心希望你不要放在心上，更不要被儿女情长绊住。与大和民族的伟大事业相比，这就跟灰尘一样不值一提。实现帝国的伟业，你我都是功臣，到时带给你内心的成就感远胜于此。"

姚胜利清楚这是渡边勇难得的肺腑之言。他笑了笑，轻描淡写道："你太小看我了，我怎么会难过？只有帝国军人牺牲的消息才会让我难过，这又算得了什么？"

"好，你这能样想，我就放心了！中国古人曾经说过'问世间情为何物，直教人生死相许'，情会让人不惜生死，可见有多么危险，应当远离。"

事实上，姚胜利刚说完心里就已经难过起来。

当晚，姚胜利来到新亚舞厅，里面正在举办一场大型的舞会。这里是自己与方小雨经常来跳华尔兹的地方，也是记忆中一个不能忘却的地方。

今天没有女性来邀请姚胜利跳舞，姚胜利独自坐在沙发上注视着人头攒动的舞池，手边一瓶红酒即将见底。

忽然，他在人群中看到一个熟悉的身影。有一名舞女从他身边走过去，姚胜利叫住了她。

舞女转过身来："这位先生要跳舞吗？"

"我不跳舞，是想问你些事。"

舞女直截了当地拒绝："对不起先生，我已经约了人，你想打听事情的话可以去找外面的包打听。"

姚胜利拿出一沓钱拍到舞女手中。舞女态度顿时来了个一百八十度急转弯。

"先生尽管问，包你能听到想知道的。"

姚胜利指着舞池里的那名舞女问道："你知道她叫什么名字吗？"

"哦，你说她啊，我们都叫她'秋雨儿'，但不知道她的本名。她平时话不多，好像不太喜欢说话，反正她这个人总让人感觉有点怪怪的。”

“她来这里多久了？”

“她好像是民国三十一年来这里的，老家在河南。她还有个弟弟，他们是逃荒出来的，听说家里人都死了。她其实干这行真的是太亏了。”

“哦？这话怎么说？”

“她其实也读过书的，哪像我们，这么大的人了大字还不识几个。她弟弟在读书，急需钱，所以她就干了这行，毕竟来钱快嘛。她有文化，说出来的话就和我们不一样，所以很多客人都喜欢点她。”

“谢谢你！”

接下去的时间里，姚胜利默默看着那名舞女的身影在舞池中变换，回忆起那些与她有关的往事时，姚胜利感到有淡淡的温暖落在自己冰冷的心上。

舞会散场已将近凌晨。从新亚舞厅出来，姚胜利在寂静的贡院东街上走着。前面，拐角处的路旁出现了一个身影，在夜色中姚胜利感到有些眼熟。

走到近旁，姚胜利发现正是那名叫“秋雨儿”的舞女。这时她也看到了姚胜利，马上露出笑脸：

“你好啊，这么巧，在这里碰到。”

姚胜利问道：“这么晚了，你不回家在这里做什么呢？”

“马上走。”她显得有些慌乱。

这时，夜风吹起她的秀发，姚胜利看到她的脸上青一块紫一块，似乎遭到了殴打。

“你脸上怎么了？”

秋雨儿连忙侧过脸去：“没什么。”

“能和我说说是怎么回事嘛？我想此时你一定想对其他人说说。这里只有我一个人，所以不会有第三个人知道。”

秋雨儿低下头去，目光显露出失落来：“我欠了人家钱，说好今天晚上还清的，谁承想今天挣了一晚上钱也没凑齐，人家就动手了。”

“你缺钱花吗？”

“我自己并不缺，主要是我的弟弟，他还在读书，我要是不供他，他就上不成学了。”

姚胜利取出一沓钱：“你欠他们的，这些够不够？”

秋雨儿笑着拒绝："我自己可以还清的。"

"你想让人家再抽你几个耳光吗？"

"只要能换来钱，哪怕挨几拳都没关系。"

姚胜利有些不落忍："你何必这样作贱自己呢？"

秋雨儿坚定地说道："我有亲人要保护，我也只剩这一个亲人了。"

姚胜利收起钱："做你这行的，几乎看到钱就恨不得扑过去，你真是个另类。"

秋雨儿笑笑："我只拿我应得的。"

姚胜利查到了她债主的名字，几天后，债主鼻青脸肿地躺在了地上，姚胜利将指关节掰得"咔咔"响，在他身前蹲下来。

"还要钱吗？"

债主坚决地说道："不要了！"

姚胜利掏出一沓钱丢在他怀中："那不成，欠的钱还是要还的。你数数，够不够数。"

"不用数不用数，爷给的一定够数。"

姚胜利嗓门调大了音量："我让你数数！"

债主连忙从地上爬起，一张张数起钱来。

看他数完，姚胜利再次问道："够不够？"

债主磕头如捣蒜："够了够了！"

"够了就滚蛋！"

债主两条腿终于得到释放似的蹿了出去。

"站住！"

债主吓得一个激灵，他以为姚胜利要反悔，哆哆嗦嗦地转过身来。

"以后你要是再敢欺负她，我让你尝尝趴在地上找自己门牙的滋味！"

"知道知道，再也不敢了！"

"滚吧！"

债主一口气跑到看不见姚胜利的地方才停下来，嘀咕道："妈的，真邪了门，这娘们儿居然还有硬点子罩着。"

姚胜利一连几天晚上都来到新亚舞厅，但他却从未走进过舞池。这天晚上，姚胜利依旧是孤零零地坐在角落里喝酒，刚开始还有舞女上前来邀舞，但因为姚胜利的态度冰冷，后面舞女们也就不再理会他了。眼前是灯红酒绿、醉生梦死。这里没有痛苦、没有烦恼，有的只是无尽的欢笑和美好良辰，难怪有许多人情愿深陷其中。

姚胜利一口喝完酒，将酒杯重重蹾在茶几上。他注视着舞池内晃动的人影，心中猜想着里面是否有和自己一样的潜伏者？如果真的有，那他们来自哪个阵营？如今，东西南北皆狼烟四起，国土支离破碎，沦陷区却依旧日夜笙歌，那里的人们终日沉迷于寻欢作乐，内心是否还有抵抗侵略者的斗志？还是早已经心安理得地当起了亡国奴？

如果自己还是在学生时代，那一定会冲上前去振臂高呼，以此唤醒国人麻木的内心。但现在自己已成长为一名战士，深知空洞的口号对于救亡图存根本无济于事，况且自己目前还是一名敌营中的潜伏者，必须做到全副隐形。

这时候舞池中央传来了热烈的掌声，姚胜利再次望去，只见人们停下来正不停鼓着掌，似乎舞池中央有精彩的表演。姚胜利离开座位往舞池走去。

一男一女两个身影出现在姚胜利视线中，这两个人此时在默契的配合下正表演着极度曼妙、优美以及优雅的舞步，一时间成为全场的焦点。

眼前两人都是姚胜利熟悉的面孔，男的是工藤俊，女的是方小雨。姚胜利不知道的是，这阵子他们也都是每晚来到这里跳舞，他们的舞步都已得到极大提升。男的英俊、女的美丽，加上优美的舞步，他们成了全场目光关注的焦点。

曾经，其实就是不久前，他和方小雨才是这里舞池中的焦点。一阵失落登时在姚胜利心头升起。他转过身去不想再看这让自己伤感的一幕。

刚转过身，一个身影就跃入视线。

那名叫作"秋雨儿"的舞女就站在眼前，不过她并没有穿舞女的裙衣，而是穿了一件黑色晚礼服，头顶除了一枚粉红色的发夹之外没有其他饰物。

她今晚的打扮让姚胜利有些吃惊。

"你今晚怎么……"

秋雨儿笑着反问道："今晚怎么了？"

"你今晚的打扮有些不同啊。"

"你看不习惯吗？"

"那倒没有。"其实姚胜利打心底觉得，眼前的装束与这个女子更加相衬。

"今晚没有女士邀请你跳舞吗？"

"不是，我自己不想跳而已。"

有个穿着条纹西装的平头男子走过来，对秋雨儿说道："小姐，可否请你跳支舞？"

秋雨儿往姚胜利身上一靠，说道："对不起，我已经有舞伴了。"

平头男子识相离开。这时候舞池里响起一支新的舞曲，是西班牙名曲《一步之遥》，此时适合跳探戈。

秋雨儿挽起姚胜利的手，说道："走吧，下一支舞开始了，别让有些人风头出太久。"

姚胜利暗暗惊讶，难道自己内心的失落已经显露在脸上了？或者这个女子的眼睛居然可以洞穿自己的内心？

秋雨儿的探戈舞跳得非常娴熟，姚胜利却只是停留在半入门的阶段。所幸他们一开始就配合得十分默契，每当姚胜利露出破绽，秋雨儿都能用自己优美的动作巧妙掩饰过去。

舞池中围观的人们纷纷转移了目光，就连刚才还是全场焦点的工藤俊和方小雨都停下舞步做起了观众。不一会儿，围观的人们纷纷鼓起掌来。工藤俊面无表情地看着眼前起舞的两人，他身边的女子脸上肌肉在微微颤抖着，动作幅度小得或许就连她自己都没有感觉到。但是她眼神中的妒嫉，或者直接说是醋意能够清晰地看出来，特别是当秋雨儿纤白的手从姚胜利的肩膀滑向腰间时，她眼神中的那抹醋意马上会闪烁起强烈的光芒。

在这里，我们的主人公还是浑然未知的，但作为旁观者却不难看出，这个心生醋意的女子并没有将主人公在自己心里抹去，她或许仅仅是出于某种难言之隐，事实上在他们的那条工作阵线上，有太多东西是无法说出口的，即便被人误解、被人质问，甚至被人冤枉也必须将秘密默默守护在心底，这便是他们的无奈，更是他们的职业操守。好了，言归正传。

工藤俊转身走开，几秒钟过后，热烈的音乐突然停下来。人群中有人喊起来：

"你干吗把音乐关掉了？"

众人看过去，原来是工藤俊关掉了舞曲。

"探戈不适合这里。"工藤俊大声向人们解释道。

但是这对男女的舞步并没有随之停止，他们依旧按照节奏将每一个舞步都跳到了极致，直至跳完整支舞曲。

姚胜利走到工藤俊面前，说道："跳舞并不依赖于舞曲，而重在心灵的配合。工藤先生，请你不要破坏这里和谐优雅的气氛。"

这时候旁边也有人不满地嚷道："舞都还没跳完，你怎么好把音乐关掉的？"

"就是，你这人太没素质了！"

工藤俊原本觉得自己预先安排好的一切都在有条不紊地进行着，随着舞步的旋转，他与这个女子的心灵也在不断靠近。然而这首和谐的乐章却突然被打断了，另一对起舞的男女将他们的光芒压了下去。尽管姚胜利是无心之举，但工藤俊还是把他当作了所有不快的起源点。

都说在恋爱中，理智的人都会变得不理智，不理智的人都会变得更加不理智，而更加不理智的就会完全失去理智。此时，工藤俊就完全失去了理智。

姚胜利看到眼前这个男人嘴角扬起一丝冷笑，似乎有许多恶言恶语马上要喷涌而出。他的眼中冒起一团火焰，脸上肌肉扭曲成一团。这是失去理智的前兆。

工藤俊下一秒便失去了理智。他觉得自己上次跟这个男人还没有打尽兴。他的手朝姚胜利挥出一记勾拳，被姚胜利轻松躲过。

人们自动向后退去，他们没有一人阻止，或许是觉得这两个男人的的确确应该打上一架。姚胜利与工藤俊已经战成一团，两个人旗鼓相当，打得难解难分。

事实上，姚胜利还是以守为主，他并不想同工藤俊发生过于激烈的搏斗，同时也摸清了他的斤两。但他随后发现自己的忍让换来的只是工藤俊一次次变本加厉的攻击。姚胜利不想再同他纠缠下去，他故意卖出个破绽，工藤俊情急之下果然上钩。接下去，姚胜利闪电般地出招，工藤俊猝不及防被击中，整个人像燕子一样飞出去，重重地砸在一把大提琴上，将大提琴砸得木屑飞溅。

战斗结束了。

这时候方小雨再也按捺不住自己的性子，她冲到姚胜利面前给了他一个响亮的耳光，竟然打得姚胜利向后一个趔趄，脸颊马上显现出五根手指印。

"你浑蛋！"方小雨捂着嘴向门外跑去。

姚胜利原本以为自己教训了这个冒失的家伙就能心情大好，没想到方小雨会甩自己一耳光，而且下手这么重。他摸摸自己火辣辣的脸颊，内心的难过反而加剧了。

午夜的大街有些湿冷，姚胜利与秋雨儿并排走着，虽然中间也隔着距离，但他们的肩膀时不时地会碰上一下，不过每次都被他们忽略了。

姚胜利提议道："我们去吃夜宵吧。你想吃什么，鸭血粉丝还是小馄饨？"

秋雨儿摇摇头。

"那我们去秦淮河坐船，顺便听听那里的评弹。"

秋雨儿笑起来："你也不看看几点了，这会儿歌女们都已经回家睡觉去了。"

姚胜利想不出自己接下来还可以说些什么，他们就这样肩并着肩在大街上走着，时不时地相互对视一眼，却都没有说话。

直到他们互道再见时，姚胜利也并不知道，这名叫"秋雨儿"的舞女能够穿着晚礼服陪自己跳舞，代价是放弃了今晚的所有薪水。她当初向领班提出这个要求时，领班一开始是坚决不允许的，最后表示她只要放弃今晚的所有报酬就可以。领班这么说其实是为了让秋雨儿打消这个念头，没想到秋雨儿毫不犹豫地接受了这一条件。

姚胜利同样没有注意到的是，就在舞厅里他与秋雨儿携手起舞的时候，方小雨原本优美有序的舞步突然变得混乱，其间高跟鞋好几次踩在工藤俊的脚背上。一支舞结束后，工藤俊一双雪白的皮鞋已经布满灰色的脚印，显得有些狼狈又滑稽。

工藤俊自嘲道："我想我应该穿双黑色的皮鞋来的。"

方小雨满含歉意道："对不起工藤君，我给你拿回去洗洗吧。"

"不用了，事实上我并不想擦掉这些脚印。"

"为什么？"

"因为这是你的痕迹，也是我们更近一步的见证。"

方小雨别过头去不说话了。

工藤俊坚持将方小雨送回到住处。来到门前，这次方小雨依旧没有请工

261

藤俊进去坐坐的意思。工藤俊说道："晚安。"

方小雨"嗯"了一声，正要开门。

就在方小雨转过身的那一瞬间，工藤俊忽然张开手臂从后面抱住了方小雨。方小雨吓了一跳，连忙挣扎起来。

工藤俊的两只手此时就像钳子般牢牢制住了方小雨的身子，方小雨觉得自己此时被工藤俊身上的气息包裹得严严实实，到后面她索性也不挣扎了，但也没有主动转过身迎向他的拥抱，就任由工藤俊在后面抱住自己。

平心而论，方小雨对眼前这个男人也并无恶感，倘若不是已经有人住进了心里，她很有可能会对这个男人动心的。

这时候街上响起了钢琴弹奏的声音，弹的是1937年上映的电影《三星伴月》主题曲《何日君再来》。

"答应我、答应我、答应我……"工藤俊将脸深深埋进方小雨的秀发中，好似要钻进她的身体里，嘴里不断重复着这三个字。

街上刚飘过一阵清冷的雨。对面的一个角落里，姚胜利静静站在一大团阴影中注视着前方拥抱在一起的两个人。

在这之前，他送完秋雨儿，并不想马上回住处，于是一个人在街上漫无目的地走着，不知不觉中，他看到青禾公寓立在自己面前。这时正好一辆车停下，姚胜利看见方小雨和工藤俊从车里出来，他赶紧闪入旁边的一处角落里。

接下去，姚胜利看见工藤俊突然从身后抱住了方小雨，他激动得险些从角落里冲出来。姚胜利也听到了《何日君再来》的钢琴声，他觉得琴声很契合眼前那两人拥抱在一起的场景，同时却也放大了自己内心的难过。

对面不远处，两个人就这么抱着，时间好像在他们一动不动中过去了很久。方小雨终于推开了工藤俊，她笑笑说：

"时间不早了，快回去休息吧！"然后进屋，轻轻关上门。

工藤俊对着屋里大声说道："晚安，明天早上我来接你！"

雨又在空气中飘起来，工藤俊走在空旷的街上，他的头发已经被打湿了，刘海耷拉在额边，脸上却满是笑容。他一边走一边不停笑着，犹如一个疯了的人。

在一个拐角处，姚胜利突然闪出来挡住了工藤俊的路，工藤俊脸上的笑容随之僵住。

工藤俊抹了抹脸上的雨水，说道："你还想跟我打架吗？"

姚胜利冷冷道："我没心思跟你打架，不过你确实很欠揍，也很卑鄙。"

工藤俊反唇相讥："什么叫卑鄙？"

"趁人之危就是卑鄙。"

"那也只怪你自己没看好。你自己不珍惜，但不代表别人不会珍惜她。你给我听好了，她已经答应跟我在一起了。"

姚胜利顿时语塞，结合刚才方小雨的表现来看，工藤俊应该没有说大话。

"跟你比，我起码更懂得珍惜。"

说完，工藤俊越过姚胜利径直离去。

姚胜利站在原地很久，细雨不断打湿他的头发和肩膀。虽然身上只是湿了一小片，但姚胜利却感到透骨的凉意。下一刻，他向青禾公寓走去，经过一扇窗户前，他看见里面有个男人正在弹钢琴，月光跟随他灵动的手指在琴键上跳动着，好似也参与了弹奏。那个男人还抬起头与姚胜利对视了一眼。

来到方小雨的门前，屋里还开着灯，方小雨应该还没有睡。就在姚胜利伸出手准备敲门的时候，屋里突然黑了下去，姚胜利的手也随之僵在了那里。

之前，姚胜利想了许多自己敲开门后的造访理由，他觉得借雨伞这个理由最恰当，况且天空确实下着雨。雨，在一瞬间变大了许多，在地上撞出"哗啦啦"的响声。姚胜利站在屋檐下，他忽然觉得雨落在地上的声音会让人感到难过。他抬起头望着漆黑一团的天空，群星的光辉已经被雨帘冲得稀稀疏疏，唯有月亮依旧明亮耀眼，此时正往地面抛洒下大团大团的冰凉。

雨幕中，姚胜利听到一声叹息："又是一个伤心的人啊！"

这一刻，姚胜利觉得自己像极了一个被抛弃的人。

一天，姚胜利收到一封从大洋彼岸的日本寄来的信。拿到时，他有些奇怪，自己在日本无亲无故，谁会给自己寄信？

姚胜利心里很快又猜到了是谁。

打开后，只见信的第一句写道：

亲爱的佐藤君，这也是我最后再这么叫你一次了。原因是我已从那个漫长的梦中走出来，也真正地认识了你。

果然是她。她居然已经恢复了记忆，然而恢复后的第一件事却是刺破了姚胜利的伪装。姚胜利不知道自己应该高兴还是难过。

　　那是另一个你，这个你并不属于我，因为你不是我的佐藤君。军部的叔叔告诉我，佐藤君已经为天皇陛下玉碎了，他死得很光荣，应该为他高兴。然而我却一点都感觉不到高兴，我的佐藤君再也不会回到我的身边了，我除了难过还会有什么呢？

　　我现在每天都要折上许多千纸鹤，我在每只千纸鹤身上都写下我的祈祷，然后把它们放到海边。只要风一吹起，它们就会飞起来，我坚信它们会飞过大海来到每一位在中国的国人面前。我折千纸鹤并不仅仅是为了祈祷你们平安无事，我也在祈祷这场战争尽快结束，它已经让中日两国失去了太多的人，还有多少"佐藤君"已经与他心爱的"晴子"生死永隔了呢？所以，快点停下来吧！我不想提我的爸爸，但是日本付出的代价已经够惨重的了。

　　也万分感谢你当初为我做的一切，我虽然不知道你的名字，但你真的很像我的佐藤君。我相信你一定也有心爱的人，你一定要保护好她，同时也务必保护好自己，只有这样，两个人才都不会承受痛苦。从今天开始，我也要为你祈祷，答应我，一定要好好活着，为了你自己的"晴子"，更为了所有爱你和你爱的人。

　　看完此信，姚胜利感到一阵暖意。这个女孩的内心纯洁得就像富士山顶的白雪，没有一丝尘埃。这样的女孩定是与世无争，更是与人无害的。是这场战争亏欠了她。姚胜利不知道在自己剩余的生命中还会不会同她相遇，两个国家虽然相邻，但是中间隔着深远的海洋，这种可能性想必是微乎其微了。

　　既然如此，那就愿她余生安好。

第二十一章 为了她，放你走

姚胜利敲门进去时，渡边勇正在擦拭他那把武士刀。姚胜利想起来自己第一次与渡边勇见面时，他就是在擦拭这把刀。

渡边勇放下抹布，用手指在刀刃上弹了一下，刀刃立即发出龙吟般低沉绵长的声音，显示这是一把利器。

姚胜利在对面坐下，说道："找我有事啊？"

渡边勇头也没抬："等我擦完再说。"

姚胜利就在一旁默默地看着陶醉在武士刀中的渡边勇，他觉得真正的战士便是如此，对武器保持着深深的痴迷，这也正是其可怕之处。

擦拭后的刀身凝聚着一团寒气，闪闪发亮，逼人目光。渡边勇满意地点点头，将刀合进鞘中。

"有什么任务吗？"

渡边勇往椅背上一靠："说来话长。之前成立中日文化交流中心并非仅仅为了促进中日两国之间的文化融合，其实主要是为了继续完成高野教授留下的那份奴化教材草稿，工藤君此次来南京就是为了替帝国完成这项工作。你或许并不知道，工藤君曾经是高野教授的学生。目前教材已经完成了，将于后天正式递交给教育部，我想请你从现在开始入驻交流中心，主要是协助工藤君保护那份教材的安全。"

渡边勇交代的这项任务让姚胜利眼前一亮。但他不知道的是，一张大网已经向自己张开。

姚胜利口上故作不解："在内部还要搞这一套啊？"

渡边勇凝视着他，意味深长地说了句："我们内部并不安全。"

姚胜利明白了渡边勇是什么意思，说道："吴永强不是已经逃跑了吗？"

渡边勇又露出一个大有深意的笑容："干他们这行的，从来都不会是一个人。"

"那好吧，我马上进驻中心。"

姚胜利告辞出门。一分钟后，渡边勇对着面前的一团空气大声说道："出来吧，他走了！"

静止的窗帘晃动起来，从后面闪出一道鬼魅般的身影。工藤俊拉过椅子在渡边勇对面坐下来。

"你知道吗，我上一次躲在窗帘后面还是孩童时代。那次我不小心摔坏了父亲最喜爱的手表，躲在窗帘后面一整天不敢作声。直到后来父亲一边呼唤我一边说，他不会再责怪我打坏他手表的事，我才出来。结果迎面而来的是父亲狠狠的一巴掌。"

"你当时一定没想到，你的父亲会欺骗你吧？"

"确实如此。"

"来自身边人的欺骗，往往更令人难以防备。"

"你是不是对他有什么误会？"

"我当然也希望自己对他只是误会而已。但发生的许多事情越来越让我觉得，怀疑很有必要。"

工藤俊好奇道："你到底在怀疑他什么？"

渡边勇说出了自己的想法，结果工藤俊立马惊得从椅子上站起来：

"渡边君，你居然对我说，一名大日本帝国的优秀战士其实是中国特工假扮的？这简直是天方夜谭！"

渡边勇示意他重新坐下："工藤君，你先冷静一下，听我慢慢说。我也知道'谨慎'两个字的重要性，但是自从高野教授被暗杀，重庆分子给我们带来的一次次打击让我感觉有一道鬼影活跃在其中，而且每次最后都能金蝉脱壳。直觉好几次都告诉我，那道鬼影一定就在自己身边！"

工藤俊目光落在桌角的一本《福尔摩斯探案集》上，取笑道："渡边君，你是不是在对我重复侦探小说里面主人公的台词呢？"

渡边勇脸色严峻起来："我没心思跟你开玩笑。之前发生的那么多事告诉我，我们内部一定潜伏着中国的卧底，如果不把卧底找出来，那么他就会像毒药那样继续渗透，最后深入骨髓，造成难以挽回的损失。"

"好吧。你需要我怎么做？"

"你只需要将他引入彀中，我有绝对的把握让他原形毕露。"

"能否说得具体些？"

"你带他进入交流中心，并且把教材的藏放地点告诉他，接下去就看他的具体反应了。"

工藤俊还有些犹豫："这会不会太冒险了？毕竟这是绝密，万一出点差错……"

"像他这样狡猾的大鱼，如果不是钓饵的诱惑力实在太强，是断然不会上钩的。再说了，你应该是最希望我的猜测变成事实的。"

工藤俊一愣："此话怎讲？"

渡边勇语带讽刺道："你不想离那个人越来越近吗？而他是唯一的阻碍，我想你一定很希望把挡在自己前面的障碍清理掉。"

"好吧，那就按照你说的办。"

工藤俊起身告辞。他走了几步又回过身来问道："渡边君，如果到最后你发现你错了，你会怎么办？"

渡边勇笑道："那我就切腹自尽，给所有人一个满意的说法！你放心，一切责任由我担当。"他说得满不在乎。

渡边勇的胸有成竹让工藤俊霎时觉得，熊谷昭夫的内奸罪名基本上已经被坐实了。以自己对渡边勇的了解，对方是从来不会说大话的，他能够这样说，一定有充足的底气。但是自己真的要去协助他吗？如果最后自己与渡边勇联手将熊谷昭夫送进监狱，那么另一个人又会有什么想法？会不会因此恨上自己？实际上这才是工藤俊最在意的事情。

姚胜利心头的喜悦其实只持续很短时间就过去了。

他为这件事踌躇了很久，眼下这是自己拿到那份教材的唯一机会，一旦错失，再想完成任务也就希望渺茫了。但他内心还有一层顾虑，这会不会是渡边勇抛出的诱饵，就等着自己上钩？之前自己有过那么多的行动，渡边勇心里很有可能已经产生了怀疑。一番激烈的思想斗争后，姚胜利还是决定冒险一搏。无论是吉是凶，这都是最后的机会，决不能放弃。

出门后，姚胜利看见工藤俊站在走廊里，好像是在等他。工藤俊叼着一根烟，从他脚边扔着的几枚烟头可以判断出他已在门外等了不短的时间。

工藤俊脸上挤出一个礼貌的笑容，姚胜利也对他笑笑。此时工藤俊的笑容让姚胜利心里有一丝异样的感觉，这个男人不久前与自己还是剑拔弩张，他的脸上还能隐约看见自己拳头造成的瘀青。工藤俊抽出一支烟递给姚胜利，姚胜利接过来点着吸了一口，然后吐出一个漂亮的烟圈。他们同时向前走去。

姚胜利说道："渡边君都已经交代给我了。明晚过后，你的任务就完成了吧？"

"是啊，但愿能够顺利完成，我也算对得起老师的在天之灵。"

姚胜利"呵呵"了声，说道："我实在想不出还能出什么事。"

"中国有句古话：小心驶得万年船，还有句话叫做：行百里者半九十。越是最后关头越要高度注意，否则稍有疏忽就前功尽弃了。"

"任务完成后，你有什么打算吗？是继续留在这里还是回日本去？"

工藤俊目光一闪："我暂时还不想走，这里还有我留恋的东西。"

姚胜利当然知道工藤俊留恋的东西是什么。

在中日文化交流中心，姚胜利遇到了方小雨。

"你怎么也在这儿？"见面时，姚胜利吃惊地问道。

没想到方小雨直接一句话顶过来：

"与你有关系吗？"

姚胜利讨了个没趣，只好闭上嘴。

方小雨主动挽起工藤俊的手，脸上带着笑容说道："没你在身边，我感觉自己像是被关在这里一样呢。"

工藤俊目光中满是温情："没关系，就算是坐牢，我也会陪着你。"

姚胜利觉得自己胃囊里的酸液此时全部涌进了心里，整颗心酸到作疼。自己在这里纯属多余。

其实方小雨本不该出现在这里的。

在这之前，工藤俊敲响了方小雨办公室的门。方小雨正在擦拭那枚镶嵌着塑料山楂的发夹，听到敲门声，她连忙将发夹放进抽屉。从敲门声的频率来看，此时站在门外的一定是工藤俊。

方小雨打开门，工藤俊递给她一串喷香的冰糖葫芦。山楂果上面的糖是刚浇上去的，还没完全变硬，散发着热气。

工藤俊说道："我刚刚做的，趁热吃。"

方小雨咬了一口，发现山楂果里面的核都已经抠掉了，吃起来又脆又香。

工藤俊急忙问道："味道怎么样？"

方小雨赞许地点点头。

工藤俊接着说道："我来是想告诉你，明天我暂时不能接送你上下班了。"

"哦？为什么呀？"

"教材我已经编写好了，后天就要交付给教育部，明天我必须二十四小时留守在中心护卫那份教材的安全。"

"是这样啊，那你去吧。"

工藤俊张开手臂给了方小雨一个拥抱。

"我不在，你自己上下班注意安全。"

"放心吧！"

"我走了。"工藤俊转身离去。

"等一下！"

工藤俊重新转过身来。

"那个……"方小雨想了想，说道："你可不可以带上我一起呢？"

工藤俊顿时一愣："你也想要去那里？"

方小雨冲他温柔地一笑，说道："我想在你执行这么重大的使命时能够陪在你身边。"

"这……"工藤俊露出为难的神色。

方小雨目光正视着他："你是不相信我还是不愿意带上我呀？"

"没有！既然你要去，那就一起去吧！"

"你不要多心，我只是想为你分担些困难而已。"说完，方小雨轻轻依偎到工藤俊怀里。

但是，这并没有阻止工藤俊心里生出一朵疑云。不过，他并没有将此事向渡边勇汇报。倘若渡边勇知道，一定会反对并且阻止的。这样正好也让自己心里那件一直想证明的事情早见分晓。

第二天上午十点，编写小组工作人员完成了教材的最后校对工作，教材被装进一只大号的信封，然后交到工藤俊手上。工藤俊将教材放进了机要室的保险柜中，这只保险柜是经过特殊改装的，不但连接着警报器，而且还分别装有自爆装置和防爆装置。外面那层铁皮具有高强度的抗爆性，而里面会在警报器响起三十秒后统统炸成碎片。

姚胜利决定在夜晚动手。楼下的日本守卫到了晚上要换岗，其间会有十分钟的空余时间。那十分钟是他逃出这里的唯一机会。

这天白昼的时间显得格外漫长。工藤俊与方小雨在值班室里看书，享受着二人的惬意时光。姚胜利在整个交流中心游荡着，犹如一只被风吹得到处跑的气球。他时不时地站到窗前抽烟，一低头就会看见楼下日本守卫头顶的钢盔和别在枪口上的刺刀，这两样东西都在太阳底下闪着逼人的寒光。

姚胜利手一松，烟头落地，蹦跳到一个角落里静静熄灭。他摸了摸别在腰间的那支勃朗宁 M1903 手枪，犹如握着战友的手，冰冷的枪身此刻却带给他踏实和温暖。

姚胜利想到了方小雨，此时她一定像温驯的小猫依偎在工藤俊的怀中。想到这里，他的心里就难过起来。姚胜利觉得自己其实是没资格吃醋的，因为自己也曾经给了方小雨那么多难过与伤心，或许眼下正在发生的就是所谓的"现世报"吧。

他不知道，方小雨与工藤俊的亲密无间究竟是逢场作戏还是情出肺腑？她对自己冰冷的态度究竟是否是她的本意？眼下是任务千钧一发的时候，姚胜利却很想先把这两个问题搞清楚。

他更为方小雨的安危担忧。也许到了晚上，这里就会有一场恶战发生，对于自己能否拿到那份教材，姚胜利心里没有十足的把握；拿到后能否全身而退，他心里亦没有十足把握。姚胜利下定决心，即便自己走不出这里，也要将那份教材毁掉。但是，他不希望方小雨牵扯进来。

身后传来熟悉的脚步声，姚胜利转过身去，只见方小雨出现在他的视线中。但此时方小雨是目视前方的，不知是的确没有看见他还是故意装作如此。

姚胜利咳嗽了一声，说道："小雨。"

方小雨停住脚步看过来。

"干嘛？"语气依然冰冷。

"你怎么会来这里的？"

"我得来陪着他。"

"听我说，赶快离开这里，好吗？"

"为什么？"

"因为这件事与你无关。"

"不！"方小雨拒绝得直接且坚定，然后头也不回地走开了。

身后，姚胜利无奈地长叹一声。

其实从在这里见到方小雨的那一刻，姚胜利心里就已经猜到对方八成也是为与自己同样的目的而来。但是，姚胜利并不希望方小雨卷到这场争斗中来，更不希望她有性命之虞。

晚上，渡边勇派人给他们送来了上海路东京坊味道纯正的蟹黄寿司。在办公室里，三人围坐在一张桌上吃寿司。

此时方小雨同工藤俊并排坐在一侧，姚胜利坐在桌子另一边。工藤俊手把手教方小雨如何往寿司上面蘸上绿芥末和酱汤。姚胜利面无表情地将寿司一块块送进嘴里。越来越逼近的时间与眼见二人的恩爱举动而引起的内心不快让美味的寿司变得味同嚼蜡。

姚胜利原本的打算是在机要室里直接干掉工藤俊，但工藤俊却坚持将办公地点移出机要室换到另一间办公室里。工藤俊对此的说法是自己一点都忍受不了机要室里面的气味。

吃完寿司，姚胜利盖上饭盒站起身。工藤俊这时将目光从方小雨身上移过来，问道：

"你要去哪儿？"

姚胜利伸了个懒腰，说道："喝了那么多水，肚子都胀了，撒泡尿去。"

姚胜利走出门后，方小雨说道："要是他不在这里，那该多好。"

工藤俊问道："为什么？"

"这只电灯泡的光太亮了，把我眼睛都闪花了。"

工藤俊脸上顿时掠过一丝喜色。

"没关系，明天这只电灯泡就要熄灭了。"

方小雨俏皮道："要不，你直接现在给他关了得了。"

两个人都笑起来。

工藤俊一时情难自抑，搂紧了方小雨，将嘴唇往她的脸上凑去。方小雨连忙拿起一块寿司堵住了他的嘴。

工藤俊不知道的是，让姚胜利离开这里的确是方小雨此时内心的真实想法。他更不知道，此时依偎在自己怀里的这个女子，在决定跟他一同来这里时就已然将生死置之度外。

在来这里之前，上级向方小雨下达了指令：不惜任何代价销毁那份教材。方小雨心里清楚，完成这一任务的代价极有可能便是牺牲掉自己的生命。但她觉得只要能完成任务，哪怕自己最后牺牲了也是值得的。唯一的念想，便是姚胜利能够在这场争斗中全身而退。这阵子，自己努力做出一副冷落他的样子，其实每次以那样的态度对他，尤其是看到他脸上显露出失落的神情，方小雨心里都会默默地难过许久。方小雨清楚地知道，自己在工藤俊面前只是演戏，从没有入戏，对姚胜利那份坚定的爱从未动摇。

从办公室里出来后，姚胜利径直奔向机要室。外面没有开灯，机要室黑色的门此时反射着月光，好像在悄悄呼唤着他。姚胜利飞快地闪身进去。

此时楼下的守卫开始换岗，原本站满了人的大门口一时间看不到一个人，加上里面漆黑一片，让这幢楼在夜幕中犹如荒废许久一般。

夜色中，一个人影出现在门前，紧接着快速走进楼内，又重新消失了身影，整个过程快得犹如夜幕下神秘的昙花一现。

姚胜利摸进机要室，那只保险柜此时就静静立在角落里。姚胜利白天偷看过工藤俊打开保险柜，他当时所站的位置虽然无法看清楚上面的刻度，却已经记住一共拧了多少圈，但也不能保证百分之百准确。如果弄错了，保险柜的警报器就会发出响声。

姚胜利深吸一口气，然后凭借记忆重新操作起来。保险柜响起"咔嚓"一声，门打开了，一份用大号信封装着的文件首先出现他的视线中。姚胜利感到浑身的血液都热起来，他的手快速伸进去，一把将信封抓住，犹如抓住了一只已经追捕许久的猎物。然而，他还没来得及将手从里面抽出来，整个人忽然僵住了，因为有一支枪从身后顶住了他的脑袋。

同时，一个冰冷的声音在身后响起："站起来！"

姚胜利顺从地站起身，举起双手。

身后的声音又命令道："给我转过来！"

姚胜利并没有照做。身后的人立马拉动了一下枪栓，在黑暗中发出清脆的响声。身后这把枪已是蓄势待发，随时会射出子弹穿透自己的脑袋，姚胜利只得乖乖转过身去。

在他转过身的那一瞬间，房间内的电灯亮起来，强烈的光线刺得姚胜利眯起眼睛。即便视野变得狭小，姚胜利依旧看清了此时站在眼前拿枪指着自己的人。

此时，姚胜利反而坦然了许多，说道："你早就知道我会来？"

工藤俊嘴角勾起一丝冷笑："你以为，我真的被爱情冲昏头脑了吗？"

"哦，我差点忘了，大和民族是一个足够冷静的民族。"

"如果我没有猜错，你一定有个中国的名字，那个名字才真正属于你，对吧？"

"既然落到了你手中，那便是天意。直接给我一个痛快就是，不用说那么多。"

"那好，我现在就送你上路！"

姚胜利从容地闭上双眼。他心里毫无畏惧，只是还留着遗憾。此行的任务还未完成，而且自己再也没有机会完成了。还有方小雨，怕是再也见不到了。

接下去，却是一声空响。姚胜利身子猛地一震，重新睁开了眼睛。视线中，工藤俊已经将手枪收起，刚才的空响表明枪里没有子弹。

这一逆转的情形让姚胜利顿时愣住了。

工藤俊将枪插回枪套中："我不杀你。"

"为什么？"

"杀了你，她会恨我一辈子的。"

在这里，我们不说主人公心里其实也存在贪生怕死的那一面，但此时他的的确确在心里舒了口气。

工藤俊又强调道："我这次只是看在她的分上放你一马，你走吧。今天的事我就装作不知道。但如果下一次你又落在我的手里，那么我手里的枪一定是装着子弹的，而且我会毫不犹豫地扣动扳机。"

"谢谢你！"

这时候又是一声枪响，这次是实实在在的子弹射出枪膛所造成的动静。姚胜利看见工藤俊像被人用力推了一把似的倒在了地上。

枪声来自另一个方向。那里，渡边勇表情冷峻地举着枪，一缕白烟从黑洞洞的枪口升到空中。

地上，工藤俊仿佛能够听见鲜血流出身体的"哗啦"声响，他吃力地用手撑住地面想要重新站起来，但试了好几次都没有成功。渡边勇缓缓走过来，他的脸上浮现出一丝笑容，因为笑容是在冷峻的表情中浮现的，所以看上去也特别冷。

"你知道吗，尽管我已经有心理准备，但这一幕依然是我最不愿面对的。"

姚胜利嘲讽道："你难道不知道，生活中往往会是怕什么就来什么吗？"

"你误会了，我并不是怕，只是感到极度惋惜而已。"

"我已经落在你手中，你已经胜券在握，还有什么好惋惜的？"

"我在惋惜，一位天皇陛下的子民，却站到了敌人的阵营，让整个大和民族蒙上了深深的耻辱。"

原来到这一刻，渡边勇依旧蒙在鼓里。姚胜利也笑了："你错了，站在你眼前的这个人一开始就站在敌人的阵营，他跟你们这个充满肮脏罪恶的民族没有半点关系！"

渡边勇双眼一亮，说道："你真的是中国人？"

"没错，你一定没想到吧？"

"那么能告诉我，你一直假借的这个名字，真正的主人在哪儿吗？"

"他事实上从未存在过。"

"干得好！真是出乎意料。你知道吗，我已经很久没有这么大吃一惊过了。"

"那我很荣幸。"

"能告诉我你的真实名字吗？"

"那你听好了，我叫姚胜利。"

"姚胜利。"渡边勇重复一遍，"要胜利？这名字取得很振奋啊！"

"就像我们最终会走向胜利，你们注定失败。"

"只可惜你看不到胜利了！就算你叫'胜利'也无济于事。"

"无妨，能够在胜利前夕牺牲也不错，我身后的战友会迎来胜利的时刻。你大概还不知道吧？欧洲战场上，苏联红军已经开始反攻，你们的老大德国就快撑不住了。太平洋上，美军也在逼近你们的本土，你们这群法西斯已经是秋后的蚂蚱，没几天可以嚣张了！"

渡边勇终于被激怒，他气急败坏地吼道："我先结果了你再说！"

枪声再次响起，这声枪响却并不是来自渡边勇。相反地，渡边勇握着枪的手中了一发子弹，枪脱了手掉在地上。

方小雨出现在他们的视线中，她手中握着一支勃朗宁 M1903 走到姚胜利身边，将枪口对着渡边勇。

渡边勇捂住手上的伤口试图阻止鲜血流出体外，但鲜血依旧从他的指缝间肆无忌惮地流出来，在他衣袖上挂出一道道红色的线条。

情势在一瞬间又发生了大逆转，渡边勇凄然笑道：

"这就是你们中国古语中时常提到的'螳螂捕蝉，黄雀在后'吗？"

方小雨讽刺道："绝顶聪明的渡边长官，在张牙舞爪的时候难道没有想到身后还有一张黄雀的尖嘴在对着你吗？"

"看来我只能束手就擒了。不过……"

"不过什么？"

"我还有最后一击！"渡边勇突然闪电般地伸手到怀中抽出一支微型南部十四式手枪指向方小雨。

姚胜利连忙发出预警："小心！"

但是晚了一步，渡边勇手中的枪已经响了。在枪响的前一秒钟，躺在地上的工藤俊突然一跃而起挡在方小雨身前，于是从渡边勇枪膛里射出的子弹全部打进了工藤俊的身体中。与此同时，工藤俊手一扬，那枚早已藏在掌心的手里剑以迅雷不及掩耳的速度插在了渡边勇喉咙上。紧接着方小雨手中的枪也响了，渡边勇眉心中弹，仰面栽倒在地。工藤俊也重新倒在地上。

方小雨扑到工藤俊身前扶起他，鲜红的血正不断从他的嘴里涌出来。三枪均命中要害部位，在临死的时刻，工藤俊的脸上却浮现出幸福的笑容。

"工藤，工藤，你怎么样了？"方小雨带着哭腔呼唤道。

工藤俊气若游丝，表明他的生命已将走到尽头。

"我很好，从来没有像现在这么好过，你不用哭的。"

方小雨哭道："你怎么这么傻呀？我不值得你这样的！"

"我说过，愿意一直守护着你，我不会食言。"

姚胜利走到渡边勇身边，他已经断了气，眼睛睁得大大的，嘴巴也微微张开，仿佛还有一百个不服气想要说出来。姚胜利伸出手去合上渡边勇的眼睛，他觉得唯有如此，这个充满杀戮和野心的人才会永远平静下来。

姚胜利又来到工藤俊身前。工藤俊说道："我刚才全都听到了，原来你叫

275

姚胜利，这个名字的确让人振奋。"

说完，又转向方小雨说道："姚先生是个不错的男人，有他在你身边，我就放心了！"声音已经越来越微弱。

方小雨脸颊上已经布满了清亮的泪痕，她不断摇着头，似乎这样就能挽留住即将逝去的人。

工藤俊又说道："我知道你们来这里都是为了找那份教材，但你们都还不知道，你们要找的东西已经不在这里了，渡边勇已经将那份教材转移，就藏在他自己的办公室内。事实上，他除了自己之外谁都不相信。"他说话的语速越来越快，似乎想要赶在自己逝去之前把所有的话都说出来。

这句话顿时让姚胜利和方小雨惊得面面相觑。

工藤俊对方小雨说道："其实，我一开始从你的眼神里就知道你接纳我并不是真心的。你每次看他，眼神中都有着深深的眷恋；而面对我，你的目光深处是空洞的。我知道你对我并不是真实的情感，眼神不会撒谎。"

方小雨低下头去。

工藤俊转过头对姚胜利说道："我能拜托你一件事吗？"

"你说。"

"在今后的时光里，你要保护好小雨，绝对不能让她受到一点伤害。"

姚胜利点点头："我答应你，放心吧！"

工藤俊剧烈咳嗽起来，血伴随着咳嗽更加凶猛地从嘴里涌出来。姚胜利心里很不是滋味，眼前这个曾经与自己剑拔弩张的男人已是命不久矣，而自己的命，居然是他救下的。

方小雨已是泪流满面，她更加拥紧了工藤俊，在他耳边温柔地说道："等到来生，我一定陪伴你到老，永远不会离开你半步！"

工藤俊已经像水蒸气般迷离的双眼这时候重新大放光芒，然而方小雨马上意识到，这如同夕阳落下山峰前的最后一束光芒。下一秒，怀中这个男人的目光、脸上的表情以及整个躯体都变得僵硬，生命已经从他身上的伤口尽数流尽。

方小雨泪如雨下。

姚胜利拔出插在渡边勇喉咙上的手里剑，擦干上面的血迹，然后放到方小雨的掌心。看见这枚手里剑，方小雨立即想起那天在秦淮河畔，工藤俊用

276

它打退了两名调戏自己的流氓。这枚手里剑一直守护着她，如今栓在上面的铁链已经不见了，手里剑这一次发出去后没有被收回，仿佛也代表着工藤俊义无反顾的牺牲。

姚胜利弯腰拿走渡边勇手中的枪，说道："我们要马上离开这里。"

方小雨放下工藤俊的尸体，与此同时，门外传来一阵嘈杂的声音。姚胜利马上判断出，那是在奔跑中的军靴拍打地面造成的动静，此时一大群人正向这边奔来。

姚胜利奔到窗前，他正好看见一大群端着步枪的日本宪兵冲进楼里，后面，身穿黑色制服的汪伪特工也紧紧跟着。姚胜利立即明白，他们此时哪怕插上翅膀飞出去，也会被乱枪击落。

姚胜利将弹夹退出来一看，里面还有五发子弹。方小雨手中那支勃朗宁M1903容弹量是七发，刚才激战中方小雨已经开了两枪，那么她的枪里也剩下五发子弹。两人加起来一共还有十发子弹，哪怕一枪击毙一人，也无法将前来增援的日本宪兵与汪伪特工全部消灭。

这时候外面传来沉闷的响声，姚胜利清楚，日本宪兵此时已经踏上楼梯，没多久就会出现在他们面前。姚胜利咬咬牙，说道："一会我拖住他们掩护你撤退！"

方小雨摇摇头："这样我们谁都走不了。"

"那该怎么做？"

"一会儿你用枪指着我，就说这一切都是我干的。"

"你疯了吧！"

"我们之间必须有一个人活下去，并且在这里继续潜伏，你在这里更有优势。别忘了，你的任务也是我的任务！"

这时候，军靴踩踏楼梯的声音又清晰了许多。

方小雨急道："别再犹豫了！要不然真的来不及了！"

姚胜利颤抖着举起枪，将枪口顶在方小雨的后脑勺上，同时另一只手接过方小雨手里的枪插进腰间。

方小雨说道："替我好好保管，它跟着我很多年了。"

"你知道吗，我曾经以为你的心已经属于另一个人了。"说着，他向躺在地上的工藤俊看了一眼。

方小雨的眼泪又一次流了下来："傻瓜，我怎么会离你而去？我那样做完全是为了赢得工藤俊的信任从而拿到那份教材。"

即使知道得有些晚了，即使知道得有些不是时候，姚胜利依然感到深深的欣慰。

"砰"的一声巨响，房门被用力踹开，宪兵队长朝仓次郎布满横肉的丑脸首先出现在姚胜利视线中，尾随而至的日本宪兵立即将他们围在中间。

朝仓次郎看了看躺在地上的渡边勇和工藤俊，说道："熊谷长官，这是怎么回事？"

姚胜利脑海中早就想好了措辞："特工总部南京区机要处方小雨，买通中日文化交流中心主任工藤俊，企图窃取重要资料，被渡边君发现，二人合谋杀害了渡边君，随后他们一人被我击毙，另一人被我当场抓获。"

朝仓次郎走到方小雨面前："方小姐，没想到你也会有让人吃惊的一面。"

方小雨笑道："能让朝仓队长如此刮目相看，真是我的荣幸。"

朝仓次郎对姚胜利说道："熊谷长官，你打算怎么处理这个破坏分子？"

姚胜利知道自己此时只有一个回答："全凭朝仓队长发落！"

朝仓次郎一挥手，两名日本宪兵押着方小雨往门外走去。朝仓次郎走到渡边勇的尸体边，惋惜道：

"渡边君驰骋沙场，身经百战而不死，没想到今天却在这里死于非命，真是让人难过！"

"渡边君为天皇陛下尽了忠，是大和民族优秀的子民！"

"没想到方小雨会做出这样的事情，熊谷长官，这次多亏有你，要不然就让他们的阴谋得逞了，军部一定会嘉奖你的。真没想到大和民族也会出工藤俊这样的败类！"

"你叫手下先把尸体运走吧，另外把这里先保护起来。"

"好的。"

姚胜利走到窗前，他正好看到方小雨被押着走出大楼，她还反抗了一下，结果旁边一名日本宪兵给了她一枪托，方小雨被打得向前一个趔趄。姚胜利感到，那一枪托也重重打在了自己的心上。更有甚者，想到接下去等待方小雨的会是什么，姚胜利简直不寒而栗。

第二十二章　带我回家

南京，老虎桥监狱。

监狱墙上有一扇又小又高的窗户，一缕阳光从外面射进来，给这里阴暗压抑的气氛带来了一丝光明。遍体鳞伤的方小雨靠墙坐着，她望着眼前这缕虽然微弱却真实存在的阳光，心里一片明朗。她知道，距南京千里之遥，有个地方叫延安，那里遍布光明，犹如美丽的天堂。那里就是自己的家。方小雨在心里一遍遍地问着，自己究竟还要多久才能回到那个温暖光明的家？

在方小雨的事情上，姚胜利拼尽了全力，他试图让方小雨的审讯工作交给汪伪政府，这样一来最起码可以让方小雨少受点皮肉之苦。但他最终没能成功，方小雨被移交给了与21号仅仅一墙之隔的日本宪兵司令部。

方小雨的审讯工作由新调至宪兵司令部的少佐军官渡边雄一全权负责，渡边雄一也是渡边勇的兄长。当姚胜利得知这一消息时，内心顿时涌起强烈的不安。

渡边勇是方小雨杀死的，现在由其胞兄审讯方小雨，这意味着什么？之后又会发生什么？姚胜利简直不敢往下想。

审讯室内，伤痕满身的方小雨躺在一条长椅上，四肢分别被绑在长椅的四只脚上面。方小雨已经昏迷，渡边雄一拿起半桶冷水对着方小雨头部浇下去，方小雨顿时被惊醒。

一名宪兵走进来，将手中一篮刚采摘来的樱花交给渡边雄一。

渡边雄一将篮子举到面前闻了闻，说道："你看，樱花绽放了。方小姐，你喜欢樱花吗？你知不知道樱花为什么会开得这么美？让我来告诉你：因为樱花下面埋着尸体，樱花是靠吸收尸体中的养分长大的。在我们日本当地流传着这样的说法：如果下面埋着的是美丽的尸体，那么樱花也会开得更加美丽。因此我很好奇，要是方小姐这么美丽的人埋进樱花树下，那么树上又会绽放出怎样美丽的花朵呢？"

方小雨吐出一口血水，说道："这样的花，就算再美丽也是邪恶的，是根本不配在春天这样美好的季节里绽放的。"

渡边雄一笑了："方小姐，看来你还是不够了解美。美是不分正邪善恶的，有的美甚至要靠邪恶才可以存在。你去过中国与缅甸的边境金三角地区吗？那里的田野中种植着成片的罂粟花，罂粟花是制造毒品的原料，这是一种极其邪恶的花，但同时也美得令人心醉。如果你去那里，一定会被花海所迷醉的。"

"你错了，罂粟花再美，在我眼中也是丑陋不堪的，因为它制造出了罪恶。美丽必须是纯洁无瑕的。"

渡边雄一拿起一片樱花放进嘴里，闭上眼睛嚼起来。

"真是甘甜美味。方小姐，你想不想与这些美丽的花瓣融为一体呢？我猜你一定想，让我帮帮你好吗？"说完，渡边雄一开始动手脱掉方小雨的衣服。

方小雨没有挣扎，牙齿紧紧咬着嘴唇，默默承受着身体的屈辱。她心中笃信，只有肉体可以被玷污，精神是无法被玷污的。

渡边雄一手一扬，衣服就像从树上散落的花瓣飘舞着落地。灯光下，一具像花一般美丽的身体出现在渡边雄一视线中。虽然上面遍布伤痕，但丝毫没有影响到带给眼睛的美感。

渡边雄一用手指轻轻地在方小雨身体上划过，感叹道：

"女性真是上帝创造的一件杰作，尤其是漂亮的女性。"

方小雨想到了自杀，这是大多数女性在身体遭受屈辱时的选择。此时只要咬断自己的舌头，血就会从断口处喷涌进气管，造成气管堵塞，然后渐渐窒息死去。

但是她内心期待着那个身影的出现，她希望自己离开这个世界时，那个身影就陪在她身边，如此，她才不是孤独的，她先前已经孤独了太久，以至于她是如此害怕孤独。因为对那个身影深深的眷恋，方小雨此时战胜了自杀的念头。

接着，渡边雄一拿起花瓣一片一片放到方小雨身体的伤口处，这样一来，她的身上仿佛绽开了无数朵樱花。

"看吧，多么美丽，美丽的花瓣和美丽的女人融为一体了！这样的美，世间难寻。方小姐，你想不想知道那些尸体究竟是怎样与樱花融为一体的？我读给你听。"

渡边雄一拿起书，开始读其中的一段话："不管是马的尸骸还是猫狗的尸骸，甚至是人类的尸骸，只要是尸骸都会腐烂生蛆、臭气熏天的。而且，尸骸还会渗出水晶一般的腐液，樱花树的根脉宛如贪婪的章鱼一般张开触手将尸骸揽入怀中，调动起所有如海葵的腔肠一般的根须吸吮腐液。

"是什么造就了花瓣？是什么形成了花蕊？我仿佛看到了那被须根吸吮的水晶般的腐液静静地排成一列，沿着纤维管梦幻般地向上涌动。

"你为何要一脸苦相？难道这不是一种美妙的透视方法吗？如今我终于能够凝神观赏樱花了，我已经从昨天和前天那使我不安的神秘之中摆脱出来并获得了自由。"

渡边雄一合起书："你听到了吧？樱花就是这样绽放的。它实现了丑陋与美丽的互相转化，它多么伟大！就像我们大和民族、我们的天皇陛下一样伟大。"

渡边雄一还在反复念叨着，他瞥见方小雨紧闭着双眼，怒火瞬间在心头蹿起。他一把掐住方小雨的脖子，用力给了她一个耳光，然后揪住她的头发将她的脑袋往墙上撞去，口中歇斯底里地咆哮：

"你为什么要闭起眼睛？你为什么对美丽视而不见？你这个可恶的女人！你居然愚蠢到同神圣的大和民族作对，我要让你生不如死！"

"咚咚咚"的撞墙声在空荡的审讯室里格外清晰，施暴的全过程，方小雨始终不吭一声。

雪白的墙壁上渐渐出现血印。渡边雄一松开手，他看到这个女人依旧咬着嘴唇，显现出倔强来。

"你为什么不喊疼？你难道不怕死吗？"

方小雨又吐出一口血水，发出坚定的声音："中华民族的子女无惧死亡！"

渡边雄一看见方小雨身上的樱花花瓣已经被抖落掉一大半，他突然跪倒下来，从地上捡起花瓣重新放到方小雨的伤口边，口中求饶似的道歉着：

"对不起，对不起，我居然破坏了这无与伦比的美丽！我有罪，我要向天皇陛下谢罪！"

渡边雄一突然像个孩子似的痛哭流涕起来。

在宪兵司令部的办公室内，姚胜利与渡边雄一爆发了激烈的争吵。

姚胜利要求将方小雨带走，理由是方小雨是汪伪政府内部的反叛者，她的审讯工作理应交给汪伪政府司法部执行。但是渡边雄一表示，方小雨杀害的是日本军人，损害的也是日本的利益，理应接受日方的审判。他们谁也没能说服谁。

从宪兵司令部回到自己的办公室，姚胜利将自己锁了起来，他一整天都没有走出门，情绪陷入自责、悔恨当中。姚胜利清楚，凭借自己如今在汪伪政府中的位置，要救出方小雨其实并非难事。然而自己绝不能那样做，否则没等任务完成就前功尽弃了。

姚胜利看到一只蜜蜂闯进屋内，外面，春天大概已经悄悄到来了。蜜蜂停在姚胜利面前，脑袋上两只凸起的眼睛似乎在注视着他。

姚胜利自语道："真羡慕你，一生只属于美丽的春光，每天都可以与鲜花做伴。"

蜜蜂又"嗡嗡"了两声，好似在作回应。它并没有马上飞走，在姚胜利周围盘旋着。看着飞舞的蜜蜂，姚胜利想起另一个人，要是那个人背上也有两片翅膀该有多好，那样她就能从被囚禁的地方飞出去了，从此再也不会被抓住。

姚胜利一把抓住蜜蜂，用钢笔在蜜蜂两片透明的翅膀上分别写下"思""雨"两个字。

他松开手，蜜蜂迅速蹿出窗外去。

老虎桥监狱。

遍体鳞伤的方小雨蜷缩在角落里。敌人连续的审讯却始终没有从她口中得到过一个字，于是刑罚一次比一次严酷。从当初作出那个选择起，自己就早已将生死置之度外。她如今唯一在意的，就是那个人。那个人是她的爱人，也是战友，他与她执行的是同一个任务。如今她暴露被捕了，他将继续完成那个任务。就算自己最后牺牲了，他还活着，也是她生命的延续。想到这里，方小雨感到浑身的疼痛都消失了，一股暖意涌遍全身。

忽然，她听见了"嗡嗡"的声音。抬头看去，只见从那束阳光中飞出来一只黄澄澄的蜜蜂。方小雨坐起身子。看来外面美丽的春天已经到来了。她心里顿时涌出喜悦。

蜜蜂停在方小雨面前，她伸出手去，蜜蜂就在她手掌心降落下来。蜜蜂还在扑腾着双翅，方小雨看到它的两片翅膀上好像还写着什么字。

方小雨对蜜蜂说道："你可不可以先停一下？"

蜜蜂果真停止了扑腾，它的两片翅膀平铺在身体左右。方小雨看到上面的字竟然是：思雨。

而且笔迹十分熟悉。方小雨感到一阵惊喜，这只蜜蜂是他派来探望自己的吗？

她在心里默念道：你一定要好好的。我的肉体虽然时日不多了，但是我的灵魂与你永远不会分开。

这天晚上，方小雨做了一个梦。她梦见自己和姚胜利骑在这只蜜蜂身上一路飞去，抵达了她魂牵梦绕的延安。延安的春天到来了，大地上百花齐放，生机勃勃，就像天堂一样美丽。然后，他们坐在蜜蜂身上，在万花丛中尽情遨游，亲密无间。这不正是她唯一向往的事吗？

然后她就笑醒了过来。醒来后，周围还是一片漆黑，冰冷的墙壁，惨白的月光。但是方小雨相信，明媚的阳光还会再来，它是生生不息的。

渡边雄一再次提审了方小雨。

这次他交给方小雨一张照片，照片上是两个小男孩，其中稍大一些的男孩挽着裤腿，正在背另一个男孩蹚过积水，年纪稍小的男孩在年纪稍大男孩的背上撑着伞。渡边雄一指着那名稍大的男孩说："这是十岁那年的我。"

方小雨说道："那么，另一个男孩想必就是渡边勇吧？"

"没错，那是我弟弟。我们从小一起上学，每到下雨天，我就是这样背着他走过积水的。"

方小雨说道："兄弟情深，很感人、很纯真。我一直觉得，有一个可爱的弟弟或者妹妹是一件非常幸福的事。"

"确实如此。"这时候，渡边雄一脸上的肌肉抽搐了一下，说道，"但是，我可爱的弟弟已经死在了你的手里！"

方小雨正色凛然道："他作恶多端，罪该万死！"

渡边雄一眼中闪起怒火，冷笑道："现在，杀害我弟弟的凶手已经落到了我手里，你说，我该怎样处置呢？"

方小雨也冷笑道："你错了，对你来说不是处置，而是报复！"

渡边雄一点头道："也可以这么说。不过，我今天并不想对你用刑。事实上，我给你准备了一份礼物。"

说着，渡边雄一朝门外呼喊道："朝仓、岩井！"

从门外走进来两个男人，分别是日本宪兵一分队队长朝仓次郎和二分队队长岩井健二。方小雨马上意识到了什么，她心头顿时掠过一阵战栗。

朝仓次郎和岩井健二同时朝渡边雄一鞠了一躬。

渡边雄一对方小雨说道："方小姐，你一定还不知道吧，我们大日本帝国的军人不光是在战场上所向披靡。"

方小雨立马听出了话里的弦外之音，内心的惊恐瞬间放大。

渡边雄一朝门外走去，朝仓次郎和岩井健二对着渡边雄一的背影又鞠了一躬。紧接着，审讯室内响起凄厉的尖叫声。

大门外，姚胜利正在忐忑不安地踱步。无论他如何恳求，把守在门前的宪兵就是不允许他进去。当尖叫声传到耳中，他立即冲到门前，却被两侧的日本宪兵一把拦住，姚胜利无奈地退开。尖叫声又响了一下，此时仿佛化作一把锥子狠狠扎向姚胜利的心。

回到住处，姚胜利找来一枚锥子对着手用力扎了下去，望着像泉水一样涌出的鲜血，姚胜利感到一种赎罪般的痛快。他觉得自己是需要受惩罚的，眼睁睁看着心爱之人被侮辱，却没能尽到保护她的职责。

姚胜利请朝仓次郎在樱井阁吃饭，这是南京浦口红灯区里规格最大的日式妓院。

一入座，朝仓次郎就急不可待地将手放在日本侍女雪白的肩膀上。看见姚胜利身旁没有侍女陪伴，他问道：

"熊谷长官为何没有叫侍女呢？"

姚胜利举起酒杯扬了扬，说道："在下只爱美酒，不爱美人。朝仓队长请随意。"

朝仓次郎拿起酒杯与姚胜利碰了一下。

酒席开始没多久，朝仓次郎已经喝得满脸通红，整个人如风中的稻草人般摇晃起来。姚胜利知道机会来了，他对侍女挥挥手，侍女们乖乖退出门去。

接下去，在姚胜利的步步诱导下，朝仓次郎果然将那天审讯室里发生的事情一点不漏地说了出来。

当说到方小雨脸上痛苦的表情和身体激烈的挣扎时，朝仓次郎脸上还浮现出自豪的神情。听到这些话，姚胜利觉得自己的心立马崩裂出一道道伤口，鲜血像火山爆发时的岩浆般从里面喷涌出来。他的内心甚至产生了直接在这里将朝仓次郎撕成碎片的念头。

朝仓次郎还在津津有味地说着，姚胜利脸上却早已聚满了杀气。

南京，玄武湖畔。

一座简易的木屋内，朝仓次郎静静地躺在冰冷的地面上，他的手脚都被捆绑起来，如同等待宰杀的狗。

姚胜利坐在一张破旧的椅子上抽着烟，他的目光爱惜地停留在一张照片上，照片上是方小雨穿着旗袍站在一株开满花的山楂树下。忽然，姚胜利的眼泪落到了照片上。

朝仓次郎的脑袋稍微晃动了一下，眼睛慢慢睁开。他刚一动身子，发现自己已经被捆得严严实实。

姚胜利走过去将他扶起来。

朝仓次郎还带着睡意的目光里闪起疑惑，问道："熊谷长官，这是怎么回事？"

姚胜利笑了笑，说道："我把你给绑架了啊！"

朝仓次郎吓了一跳："您说什么？为什么要绑架我？"

姚胜利亮出照片："为了替她报仇！"

看到照片上的方小雨，朝仓次郎的身子登时像触电般抖动了一下。

"她是您什么人？"

"此生至爱之人。"姚胜利吻了一下照片，然后小心地放进口袋中。

朝仓次郎连连求饶。

姚胜利平静地说道："告诉我，你哪只手先碰她的？"

朝仓次郎依然求饶个不停。

姚胜利一拳打在他的脸上："住口！"

朝仓次郎只好乖乖闭上嘴。

姚胜利重复了一遍："你哪只手先碰她的？"

朝仓次郎战战兢兢道："右……右手……"

姚胜利拿来一支注射器，里面装的是高浓度的麻药，虽然不会让人昏迷，却会使人浑身上下都失去知觉。

朝仓次郎对着注射器瞪大眼睛："你要做什么？"

姚胜利将麻药注射进朝仓次郎的体内，麻药很快发挥了药效，他的身子像被抽掉骨头般瘫软下去。

接下去，姚胜利将一台碎木机推到这里。一按开关，碎木机迅速运转起来，发出恐怖的"嗡嗡"声。

朝仓次郎吓得喊叫起来："你要干什么？"

姚胜利像拎小鸡一样将已经无法动弹的朝仓次郎从地上拎起来，抽出朝仓次郎的右手按进碎木机中。朝仓次郎看见自己的右手在一瞬间变成了四处飞溅的肉末。

姚胜利望着漫天飞舞的肉末，笑着说道："你看，我给她报仇了！"

朝仓次郎眼前一黑，吓昏了过去。这一次，他再也没能醒来，因为身体中的血趁着他昏迷的时候全部跑到了外面。

姚胜利将朝仓次郎的尸体塞进碎木机，正要按开关，他的手又停在了那里。接着，他又将朝仓次郎的尸体从碎木机里抬出来。回想起刚才血肉横飞的那一幕，姚胜利的心难过起来，他发觉自己居然变得和日本人一样凶残了。

姚胜利将朝仓次郎的尸体埋在屋外一处臭水沟旁，这里平时基本没人来，臭水沟的味道也能掩盖尸体腐烂的味道。掩埋完尸体，姚胜利将那台碎木机沉入了玄武湖中。

除掉朝仓次郎后，还剩下渡边雄一和岩井健二。姚胜利知道自己必须暂时收手，因为最终的任务还没有完成，这次已经是擅自行动，任何贸然的行动都可能引发致命的后果。

方小雨的审讯工作连续开展了好几次都没有取得任何进展，日本人终于失去耐心，在方小雨案件的批示单上，畑俊六简单批了一个字：杀。

得知这一消息，姚胜利无力地瘫坐在椅子上。自己为营救方小雨想尽了一切办法，到头来却依然没能救下她。姚胜利感到深深的绝望。

临刑前，姚胜利终于争取到一次探视的机会。姚胜利带上了他从北平前门买来的冰糖葫芦。

当看见方小雨躺在角落里的地上，怒火瞬间在姚胜利心头蹿起。他回身一把揪住狱卒的衣领吼道：

"为什么连张床都没有？"

狱卒被姚胜利通红的双眼吓得瑟瑟发抖。

"长官，这不关我们的事啊，是上头的意思！"

姚胜利一把推开狱卒，狱卒连滚带爬地逃了出去。

姚胜利走上前去，他看见方小雨浑身上下遍布伤痕血污。方小雨此时听到声音，从地上坐起来，看到姚胜利，她苍白的脸上立刻露出笑容：

"你来看我啦！"

方小雨瘦了，脸庞的棱角更加明显。姚胜利的心痛起来，他一把将方小雨抱在怀中。

"对不起，我来晚了！"

方小雨说道："不晚。真好，还能再见你一面。"

"不止这些，我还有惊喜带给你。"

"什么呀？"

姚胜利变戏法似的亮出冰糖葫芦。方小雨脸上登时露出惊喜。姚胜利将冰糖葫芦放到她手中：

"正宗的北平前门冰糖葫芦，在这里可是有钱都买不到的哦！"

方小雨吃下一枚山楂果，迫不及待的样子看起来像个孩子。

"你最近去北平出差了吗？"方小雨问道。此时她的语气平常得好似只是他们独处时光里的一次闲聊，全然没有临刑前相见的沉重。但她越是这样，姚胜利心里越是难过不已。

姚胜利说道："我刚去了趟北平，但不是去出差。"

方小雨好奇道："那你去做什么呀？"

姚胜利指指方小雨手中的冰糖葫芦，深情地说道："就是为了给你买这个。"

方小雨不可置信道："你去北平就是为了给我买这个？"

"没错。只要你想吃，无论何时、无论多远，我都会去为你买来。"

泪水涌出方小雨的眼眶，她心里此时却铺满了大片阳光。

姚胜利柔声道："今晚，我哪里也不去，就在这里，就在你身边，一步都不会离开。"

方小雨靠在姚胜利怀中。姚胜利望着她身上的伤痕，心疼地问道："很痛吧？"

方小雨笑着说道："你来了它们就不痛了。"

第二天便是执行死刑的日期。原先日本宪兵司令部指定由渡边雄一担任掌刑官，当天渡边雄一因为身体不适而临时退出了这次行动。得知这个消息时，姚胜利是欣喜的，他立马以"'杉魂'特别行动组"和"特工总部南京区"的双重名义申请由自己接替掌刑官。日本宪兵司令部同意了这一申请。如果整个局势能够由自己掌控，营救的可能性就大大提高了。然而转念一想，姚胜利的心马上又跌回了谷底。倘若自己提前暴露了，那么战友们将白白牺牲。

尽管营救方小雨的念头不断变得强烈，姚胜利依然一遍遍告诫自己：绝对不可以轻举妄动！

牢门打开了，特务们走进来对姚胜利说道："熊谷长官，到时间了。"说完就要上前给方小雨戴镣铐。

姚胜利喝道："滚开！"

特务们乖乖退到一旁。

姚胜利将方小雨从床上抱起来，说道："我带你离开这里。这个地方太黑了，外面春天已经来了，我们一定要去看看。"

方小雨此时脸上满是幸福的笑容："好的。"

姚胜利抱着方小雨向外面走去，倘若周围不是昏暗阴森的狱墙，那么他们看上去就是一对走向婚礼现场的新人。

外面，淡黄的阳光覆盖在斑驳的墙壁上，这样一来，刚刚经受完寒风的墙壁顿时就显得不那么落魄了。路旁，柳树已经冒出嫩芽，还只是一小撮的绿色整齐地排列在枝条上晃荡着光芒，犹如孩子顽皮的眼睛。

有风吹来，方小雨的长发飘舞着，她留恋地看着早春的柳树，说道："真美呀！草长莺飞二月天，拂堤杨柳醉春烟，真想多看几眼这美丽的春天。"

这时，两名特务走上前来，手里拿着沉重的镣铐。

姚胜利冷冷扫了他们一眼，厉声道："干什么？"

其中一名特务说道："熊谷长官，我们需要给犯人戴上镣铐。"

"滚开！"

那名特务顿时露出为难的神色："熊谷长官，我们也是奉命行事，您不要难为我们。"

姚胜利正要发脾气，方小雨拉着他的手，安慰道："没关系，即便戴上镣铐，相信你也能抱得动我。"

方小雨对着那两名特务笑了笑，主动伸出手去。

姚胜利说道："你们轻一点！"特务们连连答应。

戴上镣铐后，姚胜利抱着方小雨进了囚车。

枪声是从好多个方向响起的，囚车被四面八方射来的子弹打得火星四溅。营救者显然是一群训练有素的人，而且对此次营救行动也作了周密部署。战斗一开始，他们就占据了有利位置，结成整齐的队形扑向囚车。好几名押运特务还没来得及拔枪就被打倒在地。

前一晚，在去监狱前，姚胜利还去了另一个地方。

状元境的一栋民宅里亮着灯光，透过窗户还能看见里面晃动的人影。姚胜利将一张折起来的纸塞进信箱，然后对着门敲三下，两短一长，之后转身闪进了夜色中。

在之前，姚胜利曾经跟踪过方小雨一次，他知道这里其实是中共地下工作者的一处据点，他没有向任何人说起过。如今，屋子里的人是姚胜利最后一线希望。

营救现场。

虽然对面才是自己的战友，身边的是敌人，但是姚胜利依旧只能拔出枪加入战斗。战斗进行没多久，姚胜利与剩下的十几名特务被压制到了一处角落里。

营救的人已经扑到了囚车边，他们打开囚车的铁门将方小雨扶下车。这让姚胜利欣喜万分，他一边向营救的人胡乱射击，一边在心里不停催促着：

快走！快走！

就在这时，远处响起了日本三八式步枪整齐凶猛的射击声。与此同时，好几个营救人员中弹栽倒。

两拨人都朝同一个方向看去，只见一队日本宪兵正向这边冲来。这一刻，姚胜利明白了，渡边雄一必定早就料到路上会有人来劫囚车，于是安排了这一队日军暗中尾随。临行前，他所谓的身体不适只是一个幌子，为的就是试探内部是否还残留着方小雨的同党。姚胜利庆幸自己没有轻举妄动。

营救人员带着方小雨一起边打边撤离，但是方小雨的身体套着沉重的镣铐根本跑不快。姚胜利心里清楚，如果带着方小雨一起撤离，结果必然是一个都跑不掉。他相信这一点营救人员也清楚，但是他们依旧没有撇下方小雨。

姚胜利带领残余的特务冲出去与赶来的日本宪兵会合。那个拉着方小雨的营救人员也被击中倒地，方小雨停止了逃跑。姚胜利跑到了她的面前，其余的特工从他们的身边跑了过去。

姚胜利掏出一根细小的铁丝对折后弯成直角正要伸进锁孔，方小雨一把抓住了他的手，说道："你要做什么？"

"我要救你！我们一起离开这儿去延安。"

"那么，你的任务呢？"

"管不了这么多了！"

"看着我！"

姚胜利不为所动。

方小雨又重复了一遍："看着我！"

姚胜利抬起头来，方小雨说道："你要明白，你并不是执行哪方面的命令，而是肩负着民族的重任。你一定要冷静，要坚持到完成任务！"

接下去，方小雨在姚胜利脸颊上印下一个深情的吻，随后推开他向不远处的枪林弹雨冲去。

"不要！"

姚胜利刚喊出口，那边，方小雨的身体已经被好几发子弹贯穿。她的身体不断抽搐着，脸上却是灿烂的笑容。太阳重新投下了光辉。姚胜利的视线里头，方小雨此时沐浴在一大团光芒中，她的全身都在闪耀着金光，朵朵血花犹如春花在她身上绽放。姚胜利觉得此时的方小雨正爆发出一种前所未有的美丽。

方小雨倒在了地上。姚胜利重新向她走去，此时他走得特别慢，双脚似乎变得格外沉重，因而每迈出一步都要使出浑身力气。

姚胜利从地上抱起方小雨，她的眼睛还没有闭合，苍白的嘴唇动了动，发出微弱的声音：

"我死后，一定要把我的骨灰撒在延安的土地上。我想家了！"

姚胜利艰难地点点头，此时他的喉咙仿佛被哽住了，已经说不出话来。一滴晶莹的泪珠在方小雨眼睛闭合前流了出来，姚胜利用手指摁住两侧的眼角，防止自己也跟着流下泪来。眼下周围都是敌人，自己必须要让伤心不留痕迹。

这时候，渡边雄一走了过来。他还是注意到了姚胜利眼眶中的泪水，好奇地问道：

"熊谷君，你怎么哭了？你为何看上去……"

渡边雄一的这句话没能说完，他突然感到有个东西在转瞬之间穿透了自己的身体。他刚低头就看到自己的左胸处赫然出现了一个血窟窿，他还看到姚胜利右手握着一个东西，一缕青烟从手指间飘了出来。渡边雄一抬起头，映入眼帘的是姚胜利那双像着了火一样的眼睛和肌肉已经扭曲到变形的脸。

渡边雄一的喉咙动了动，似乎想要说些什么，却没有发出声音。他的脸上有隐隐的笑容浮现，整个人缓缓倒下。

望着方小雨脸上如睡梦般安详的表情，姚胜利知道，心爱的人终于自由了。

夜晚，姚胜利的住所立起了两块灵牌，其中一块写着方小雨的名字，另一块上面没有写名字，它是立给白天营救中牺牲的那些中共战士的。

在方小雨的灵牌前放着那串还没有吃完的北平前门冰糖葫芦，山楂果上面还留着方小雨细碎的咬痕，这让姚胜利有一种错觉，他觉得方小雨只是暂时放下冰糖葫芦去做一件事了，事情做完她就会回到自己身边，并且继续吃完这串冰糖葫芦。

姚胜利倒上一杯酒，洒在中共战士的灵牌前，说道："谢谢你们为她所做的一切。"他又想起前一晚自己站在那栋民居前，透过窗户看着屋里晃动的人影，这分明就是一家人。一起生活、一起战斗，哪怕走向牺牲也是不离不弃。

姚胜利将手伸进右边口袋，他清晰地记得在白天的混战中，方小雨将一件东西迅速塞了进去。

手重新伸出来时，呈现在眼前的是一张折起来的纸。将纸摊开后，姚胜利看到一大段话：

我最亲爱的人，我好想与你一起看看这个世界到底有多大，看江河百川归入大海，看秀丽山峰纵横万里。苍茫天地间，只有我们的身影互相陪伴。我最亲爱的人，我好想与你一起看看一辈子到底有多长，看花开花谢春去秋来，看日月星辰东升西落。世事变迁中，唯有你我始终不离不弃。我想，这便是爱情最本真也最美好的模样吧。

我最亲爱的人，我多么想与你相守在一起，这样的日子每一天的每一秒钟都值得留恋。你的笑脸、你的背影，你走路那轻微的脚步声，都与我内心那美好的梦紧紧相连。看不见你的身影，我的内心就会陷入深深的失落。我最亲爱的人，我是多么留恋与你在一起的时光，好想永远在里面不出来。

但是我们的祖国正在受难，我听见她正在哭泣。我深深地明白，当祖国有难时，任何爱情都是难以美好的。作为她的儿女，我们要勇敢地拿起武器，反抗侵略者的暴行，脚下祖国的每一寸土地，哪怕每一粒尘埃都值得我们用生命去保卫。

我最亲爱的人，你要记住，我们今日的浴血奋战，是为了明日更多人的生命、独立、自由和尊严。救国救民的战斗何其光荣，哪怕牺牲，也是无怨无悔！望你秉持我以及万千烈士的遗志，在腥风血雨中坚定信念，继续前行。我坚信，唯有你我奋不顾身，中华民族才能战胜黑暗，迎来解放的那一天。

我最亲爱的人，不用为我哭泣，待我成尘时，你将见到我的微笑。我会永远在你的心中，与你永不分离！

姚胜利看得满脸泪水，脸上却又挂着欣慰的笑容。他抬起头，这时候烛光闪动了一下，他分明看见方小雨的身影出现在光芒中，冲着他微笑，笑容让他感到振奋。姚胜利迅速抹去了脸上的泪水。

事后，姚胜利得知了一个令他震惊的消息：方小雨并没有死！清理现场的特务发现她一息尚存，便立马将她送去中央陆军医院抢救。经过十几个小时的抢救，方小雨总算得以从鬼门关捡回一条命。

经过与日本宪兵司令部的几次交涉，姚胜利总算争取到一次在日本宪兵陪同下探视方小雨的机会。如今，见面已是万分宝贵，但只要能够再见她一面，姚胜利心里已是全然不管不顾。

中央陆军医院。

病床上的方小雨双眼紧闭，脸色蜡黄，整个人显现出被抽掉生命般的虚弱，也看得姚胜利无比心痛。

医生说道："她的生命力很顽强。身上中了十多发子弹，当时送到医院时身体中的血已经流失了三分之二，大部分器官都已经停止运作，唯有心脏还是跳得强劲有力。我们所有参与抢救的医护人员都觉得她一定还不想死，大概还有放不下的东西吧。"

听到这里，姚胜利又是一阵心痛。

或许是听到了说话声，方小雨紧闭的双眼缓缓睁开。她看到的第一个人是姚胜利。那一瞬间，方小雨的目光里先是闪现出惊喜，接着又露出微微的责怪，最后化作温柔的笑意。

方小雨喉咙里发出一声"呀"，声音还是无比温柔。

姚胜利呼唤道："小雨！"

方小雨又是一声"呀"。

姚胜利疑惑地看向医生："这是怎么回事？"

医生解释道："是这样子，子弹打坏了她的声带，她再也不能像正常人那样说话了，只能发出像'呀'这样的语调。"

姚胜利急忙问道："那声带还有修复的可能性吗？"

医生摇摇头："目前医学界还未完全掌握较为成熟的声带修复技术，而且她的声带损伤实在太严重了，没有变成完全发不出声音的哑巴已经是万幸了。"

姚胜利的心顿时跌落下去。他挥挥手，医生告退出门。

方小雨的右手动了动，向姚胜利伸来，然后拉过他的手，在掌心慢慢写下几个字：

不要难过，我还可以看见你，这就足够了。

姚胜利欣慰地笑起来，他情难自抑地俯下身去，温柔地亲吻着方小雨的额头，泪水却不停地滴落到她脸上。

方小雨的死刑在雨花台刑场上执行，满满三卡车荷枪实弹的日本宪兵与汪伪特工负责押送。姚胜利明白，在这样的情况下救人只是天方夜谭。他申请了一同前往，因为他很清楚，此时是方小雨最需要他陪伴的时刻。

雨花台刑场姚胜利已经来过多次，从前在这里送别了许许多多的战友，没想到今天来是要送走自己深爱之人。对他来说，这是更加残忍的事情。

这天，平日里耀眼的阳光居然逃避般地遁入了云层。只见得天空肃穆，万里乌云，卡车刹住的声音听上去就像一声声悲鸣。

下车后，姚胜利只是默默走到一旁，看着方小雨虽戴着镣铐却脚步从容地走上刑场。微风吹起她的缕缕秀发，与脸上的伤痕营造出一种凄楚的美丽。目光交汇时，方小雨冲他嫣然一笑。那一刻，姚胜利清晰地看见方小雨目光中的无限不舍以及万千话语。她的笑容如朝阳般灿烂温馨，姚胜利却感到自己的心抽痛起来。

姚胜利似乎感到时光正在往后退去，退到了几年前初春的一天。那一天，也是在一大片疯狂生长的深草中，有一个美丽的身影。在她的身后有一个黑洞洞的枪口，坚硬的生铁散发出冰冷诡谲的光芒，犹如死神不怀好意的眼睛。美丽的身影却毫无畏惧，从容笃定地立于草丛中，犹如一丛绽放的杜鹃花。

姚胜利嘴角微颤着，似在喃喃自语道："不要打她的脸，千万不要毁了这上天造就的美丽！"

一旁的行刑官转过头来，他以为姚胜利是在向自己发号施令，连忙应允道："是，长官！"

随着行刑官一声令下，枪口从方小雨的后脑勺下移到了肩部，对准了那颗活蹦乱跳的器官。

一声凄厉的枪响过后，方小雨美丽的身影静静倒在了草丛中。姚胜利同时听见自己内心发出一声惨烈的悲鸣，仿佛也被子弹击中了。眼前的情景竟然与自己在梦中无数次见到的表姐被处决时的情景如出一辙。

紧接着，一声轰鸣狠狠击中了姚胜利的心。眼前的世界里，只见高大的山峰顷刻间倒塌，化作尘土，大江大河的滚滚惊涛死去般归于静止，天空突然裂开巨大的口子，大团大团黑暗涌出来遮蔽了整个天地。而自己孤身一人，茫然又无助地立在这个崩塌的世界面前，想要呐喊一声却发现喉咙已经发不出声音。

在思维中止前一秒钟，方小雨和另一个人在姚胜利心里合二为一，从此成为一道再也愈合不了的伤疤。

第二十三章　画像的秘密

劫囚行动惊动了日方高层。这天，畑俊六的专车横冲直撞地驶进了汪伪政府的大院内。会议上，畑俊六亮出一张由日本陆军省签发的委任状说道："现在我宣布，从今天开始由熊谷昭夫接替渡边勇担任'杉魂'特别行动组长兼任特工总部南京区代理区长！"

上任后，姚胜利借着清点物品等名义将渡边勇的办公室查探了好几遍，结果半点教材的踪影都没有发现。

对于重要的东西，出其不意的藏所才是最安全的，这也就是中国民间说法中所谓的"灯下黑"。姚胜利停下来调整了下思路，他仔细回想起渡边勇办公室里哪些地方是自己十分熟悉、之前的查找却又忽略了的。

之后的一天，临近下班时天空忽然下起了暴雨。姚胜利没有带雨伞，暴雨下了很长时间也没有停歇的迹象，他只好先待在办公室。姚胜利想起了之前那个暴雨夜，自己在一幢废弃的办公楼内遇见了那名被通缉的外国记者。那么这个暴雨夜，自己是不是也会有意外的收获？

等到整幢办公楼内只剩下自己以后，姚胜利进入了渡边勇的办公室。

那把渡边勇经常擦拭的武士刀依然横在刀架上，此时看起来像是被遗忘了。之前就是在这里，渡边勇的武士刀横在了自己脖子上，第一次来就经历了一场生死的考验。而后也是在这里，渡边勇一次次交代给自己任务，自己则是一次次机智地阻止了日本人的阴谋。如今这里只有自己独自一人，姚胜利竟有些不习惯。办公桌上已经能够看到薄薄的一层灰，显示那些已都是较远的往事了。

姚胜利仔细端详着办公室里的每一样物品。如今，自己在这里已经不需要再小心翼翼。

查看了一圈下来依旧一无所获。姚胜利很清楚，存放绝密文件的地方，首先需要的是隐秘。然而之前自己几次的查探可以说是细微到了极致，已经确定这间房子里没有暗格密室之类的隐秘空间存在。其次是需要足够坚固，可是保险柜、密码箱等里面也依旧没有找到那份奴化教材。

姚胜利走到窗前，他抬头望向夜空。外面的烟雨迷蒙中，方小雨的身影仿佛正向自己缓缓走来。姚胜利知道，此时的方小雨正在天空中满怀期待地注视着自己，只有完成任务，才能对得起她的牺牲。

外面的风雨渐渐微弱，明月从乌云中探出身子，将银白色的光芒挥洒向大地。这时候，有一束月光从窗外射进来，正好照在墙上那幅日本天皇的画像上，也将姚胜利的目光吸引了过去。

姚胜利凝视着此时沐浴在月光中的日本天皇，他突然留意到日本天皇衣服上的一块纹饰看上去特别逼真，似乎并不是画出来的。之前姚胜利来过这个办公室多次，却始终没有看出来。现在因为这束射进来的月光，他才注意到这个细节。

姚胜利伸出手去，果然，那块地方有微微的凸起。姚胜利用力一扯，那片纹饰被扯了下来，露出一处暗格，里面放着一只鼓鼓的信封。

只见信封上赫然写着几个日本字："中日亲善"教材。

姚胜利将信封拿出来，他一点都不想看看里面的内容。里面的东西让太多人失去了生命，还差点变成阴霾笼罩在所有中国人的心头。姚胜利一秒钟都不想再等待。他掏出打火机，将信封连同里面的东西变成了一团火焰。

燃烧后的纸灰落在地上，碎掉，最后被风吹得无影无踪。

姚胜利静静地看着这一幕，他没想到胜利来得如此平静。他再次向天空望去，只见月亮表面的阴影不见了，像极了一张纯净的笑脸。

从办公楼里出来的时候雨正好停了，姚胜利回过身再看了一眼办公楼，明天这里依然会人来人往，热闹不已。但是明天出现在这里的人中不会再有自己的身影。任务完成的时候也是自己彻底暴露的时候，必须立即撤离。姚胜利心里产生了留恋，因为这里是遇见方小雨的地方，所以值得留恋，即便这里是敌营。

姚胜利来到状元境的那栋民房前。民房里头依然像他上次来时那样，人影晃动，灯火温馨。姚胜利敲响了门，三短一长。

门马上打开了，一位中年男人站在里面。

姚胜利说道："是方小雨让我来的。"

中年男人将姚胜利让进屋，马上又关上门。

中年男人说道："你是姚胜利吧？营救小雨那天我看到过你。"

"是的，我是姚胜利，是方小雨发展的外围人员，也是她的恋人。"

"我是中共苏皖边区南京工委书记唐宁。之前听小雨说起过你。"

"对不起，我没能解救她。"

"你的任务完成了吗？"

"我已经找到了那份教材并且毁掉了它，就在今晚。"

"营救那天，小雨偷偷告诉我，她已经将任务交托给一位可信任的人，他完成了任务就会找我。我答应她，到时马上安排他加入我们组织。"

在一个小房间里，唐宁移开衣柜，后面墙上画着一枚巨大的红星。虽然画工并不精美，却很醒目。姚胜利在红星前站直身子，右手握成拳头举起，然后说出那句铿锵的誓言：

"我志愿加入中国共产党……为共产主义事业奋斗终身！"

姚胜利内心感到一阵暖意，仿佛是红星的光辉一瞬间照到了身上。眼前的这颗红星就是中华大地上朝阳，驱散黑暗，如信仰般崇高。

唐宁说道："我代表党组织欢迎你，姚胜利同志！要是小雨能看到这一幕，那该有多高兴……"

姚胜利微笑着流下了热泪。

"我请求组织向我下达新的任务！"

唐宁点点头："眼下不管是欧洲战场还是太平洋战场，法西斯的军队已经节节败退，无论是希特勒还是日本天皇都无力挽回局面，我们可以为不久后就要到来的胜利做准备了。但是，皖南事变的爆发让我们认识到与国民党之间的矛盾是中止而不是终止，他们必定会重新与我们开战，我们要及早做准备。"

"国民政府罔顾百姓疾苦，腐败不堪，迟早会被全国人民抛弃。我曾多次目睹高官种种卑劣的行径，真是羞与为伍！倘若孙中山先生泉下有知，一定也会感到深深的失望。"

"中国共产党诞生于国家危难之际，你加入中国共产党，满腔的报国之志一定不会无处伸展的。"

姚胜利说道："那就请组织下命令吧！"

"原本我们打算让小雨以中共特使的身份前往重庆，进入国民政府内部。表面上是以我党的名义协助国民政府着手准备中日战争结束后的事宜，实际是为了掌握第一手信息来源。现在小雨牺牲了，那就由你代替她完成这个任务吧。"

姚胜利没想到加入中共后接到的第一个任务也是潜伏到敌人的阵营，得知这是方小雨未竟的使命，姚胜利马上产生了强大的干劲。

"我一定不辜负党组织的重托！"

"以后，你的代号就叫作'秋水寒'。"

"秋水寒？"姚胜利重复了一遍，他觉得这个代号有些怪异。

唐宁微微一笑，说道："你一定觉得这个代号听起来有些奇怪吧？我告诉你，'秋水寒'其实是小雨的代号，也是她原先写文章用的笔名。我想啊，既然你是她的爱人，也将接替她的事业，那就继续用她的代号吧，让'秋水寒'为党的事业永续奋斗下去！"

姚胜利闻言欣喜，说道："就让我成为第二任'秋水寒'吧！"

两人的手紧紧握在了一起。

临走时，唐宁送给姚胜利一本书。书名叫《西行漫记》，作者是一位叫埃德加·斯诺的美国记者。

唐宁说道："这本书送给你，你在里面看到的就是共产党人真实的模样。"

姚胜利的目光落在书的封面上，虽然还没看过书里的内容，但他知道里面一定与一个伟大的信仰有关。几十年后，这本书有了另一个闪闪发光的名字：《红星照耀中国》。

回家的路上，姚胜利邂逅了一位叫"图奥"的瑞士记者。

图奥说得一口流利的中文，甚至还能听出淡淡的南京口音，想来一定是在南京生活了很久的缘故。

接着，姚胜利与图奥聊起了中国。令姚胜利感到惊奇的是，中国浩瀚的几千年历史在图奥的口中如数家珍。之后，他们又聊起了中日之间的战争。他们谈到了甲午海战、"九一八"事变、长城抗战、绥远抗战、卢沟桥事变、淞沪会战、平型关战役、南京保卫战、台儿庄战役、徐州会战、武汉会战……中日之间的每一次战役图奥都能说出详细的来龙去脉。虽是初次见面，却让姚胜利有种一见如故的感觉。

最后，姚胜利问道：

"先生以为，这场战争里中国的命运最终会是怎样？"

图奥没有回答，他转身走去，路灯灯光将他的背影在地上拖得很长。他似乎不愿回答这个问题。

眼看图奥即将消失在夜幕中，姚胜利在后面再次问道："先生以为，这场战争里中国的命运最终会是怎样？"

夜幕中传来图奥的回答："不管胜利还是失败，都不要去与敌人讲和！"

图奥的话让姚胜利感到了莫大的振奋。

第二十四章　为了她，我不走

任务完成后，唐宁马上安排姚胜利离开南京前往中共苏皖边区根据地，再由那边的同志安排前往重庆。

但是姚胜利临出发前又改变了主意，他意识到自己还不能马上离开，因为岩井健二还活着，一旦自己此时离去，那么今后再次遇到岩井健二的可能性会变得微乎其微。唯有亲手干掉岩井健二才能告慰方小雨的在天之灵，也才能让自己不留遗憾。姚胜利还是留了下来。

接下来的日子里，姚胜利隐藏起了身影，如猎豹般四处搜寻手刃仇人的机会。他已然在这个城市暴露身份，所幸茫茫人海给了他最安全也最可靠的掩护。

岩井健二仿佛嗅到了危险的气息，他深居简出，行踪难以捉摸，着实给姚胜利造成了不小的困难。几番寻找无果，姚胜利并没有灰心，他坚信岩井健二的蛰伏不过是暂时的，这个家伙喜欢烟火味，喜欢花枝招展的美女，喜欢往热闹的地方扎堆，这些都是他的天性，天性终究是无法压制的。自己需要做的，便是继续等待。然而姚胜利没有想到这一等，时间就进入了1944年，心中满怀的希望随着时间漫漫的流逝而变得渺茫起来。

这一年是风云变幻的一年，南京傀儡政府的领导者终于被病魔打垮了，曾经的热血青年变成了病床上一具苟延残喘的躯体，他一手组建的那个小朝廷也变得风雨飘摇起来。对于姚胜利而言，先前的等待终于在这一年见了成效，姚胜利没想到手刃仇人的机会是以偶然的形式到来的。

中央饭店要举行一场盛大的宴会，汪精卫因病暂时卸任南京国民政府主席，将前往日本接受治疗，由汪伪政权第二号人物陈公博暂时代理南京国民政府主席一职。这场宴会一来是为了欢送汪精卫，二来是为了宣布陈公博走马上任。姚胜利抱着试一试的想法买通饭店负责会务的工作人员，弄到了一张会议出席人员的名单。刚瞄了一眼，姚胜利就看到了那个自己日思暮想的名字：岩井健二。

这小子终于露面了。

姚胜利跟随一个厨师班提前进驻中央饭店。事实上，姚胜利并没有完成任务后可以全身而退的把握，但他并不在乎，只要能够手刃仇人，哪怕最后是鱼死网破也在所不惜。

舞会上，打扮成贵宾的姚胜利坐在其中。汪伪政府只来了高层人士，如今渡边勇、工藤俊等与自己有过密切接触的人都已经不在了，因此姚胜利无须担心自己会被人认出来。为了保险起见，他还是贴了假胡子并戴上了一副平光眼镜，将自己打扮成一个学者的模样。

岩井健二坐在会场另一头的角落里，他身边围着七八名全副武装的保镖。姚胜利没有带枪，杀死岩井健二有很多种方式，但此时他没敢贸然行动，因为他并没有把握能同时解决掉这七八名保镖。姚胜利从容不迫地喝着红酒，观察着岩井健二那边的情形。

一个穿得花花绿绿的舞女站在了姚胜利面前，冲他伸出手说道："可以请这位先生跳个舞吗？"

站在眼前的人居然是秋雨儿。姚胜利意识到了什么，马上放下酒杯牵起对方的手走进舞池。

"好久没见了。"秋雨儿说道。

"是啊。"

"可以告诉我你这次来的任务吗？"

姚胜利冲远处的岩井健二扬了扬下巴，压低声音说道："看见那个穿白西装的肥胖男人了吗？今天我要杀掉他。"

秋雨儿"哦"了一声，说道："那为什么还不动手？是遇到困难了吗？"

"对，他身边的保镖太多，我一时不能接近。"

"往他们那边走。"说完，秋雨儿拉着姚胜利一路旋转到了岩井健二所在位置的附近。

秋雨儿不断变换着各种娇媚的姿势，配上五颜六色的灯光以及她撩人心魄的眼神，姚胜利清楚，她这么做是为了引起岩井健二的注意。

果然，没多久后岩井健二冲保镖挥了挥手，一名保镖走到他身旁弯腰听吩咐，然后朝姚胜利这边走来。那名保镖做了个手势示意他们停下来。

姚胜利佯装有些生气地问道："你有什么事？"

保镖粗鲁地将姚胜利一把推开，这时候岩井健二走上前来，他作出一副绅士的样子用半生不熟的中文说道："这位小姐的舞跳得真不错，只可惜你的这位舞伴跳得实在太蹩脚，配不上你的舞步，不如让我来陪你跳一支。"

秋雨儿笑着冲他点点头，主动伸出手去，两个人随即在舞池里旋转起来。为了不使对方的保镖怀疑，在岩井健二挽过舞女手的时候，姚胜利阴沉地看了他们一眼，甚至还发出了一声带着不满的冷哼。

接下去，姚胜利退到一旁注视着他们二人，他们已经成为全场的焦点，甚至已经有掌声响起来。一首曲子结束，岩井健二挽着秋雨儿的手来到原先落座的地方休息。秋雨儿故意一个趔趄，岩井健二连忙扶住她，关切地问道："小姐是不是不太舒服？"

秋雨儿说道："不好意思，我有些累了，想找个安静点的地方休息会儿。"

岩井健二的脸上登时掠过一丝喜色，他觉得这是给他的暗示，赶紧说道："我知道这里有个安静的地方很适合休息，就让我带小姐去吧。"

秋雨儿喝醉似的倒进了他的怀中，岩井健二扶着舞女朝通往二层的楼梯走去，保镖们紧随其后。待他们走出一段距离，姚胜利赶紧跟了上去。

姚胜利躲在一处拐角后面看到他们进了一间套房，他迅速记下了房号。同时，他看到岩井健二将保镖们训斥了一顿，似乎在怪他们不该那么多人跟过来。保镖们识趣地四散开，房门口只剩下两名保镖。姚胜利心里马上有了主意。

他迅速闪进走廊另一头的厨房，找到一件厨师的白大褂穿上，再找出一些水果打算做一份水果拼盘。姚胜利的设想是自己打扮成服务员借"送水果"的名义进入房间，就算在房门口被拦住也没关系，自己完全有把握击毙那两名保镖。姚胜利也清楚，自己必须要保证秋雨儿的安全。他拧开水龙头开始清洗水果。

大门突然被推开了，一个男人扑了进来。男人不小心被地上的拖把绊了一下，肥大的身躯狼狈地摔倒在地。姚胜利连忙放下水果跑过去将男人扶起来，当他们面面相对的那一瞬间，姚胜利露出了笑容。

眼前这个男人就是自己寻找了许久的岩井健二！此时他喝得满脸通红，目光迷离，完全不知死亡已经向自己逼近。姚胜利感到自己的呼吸一下子沉重起来，全身血液都由流淌变成了汹涌。想来是皇天不负苦心人，手刃仇人的机会终于到来了！

岩井健二粗鲁地推开姚胜利，用蹩脚的中文说道："你，去给我弄点吃的。"

为了打消岩井健二的警惕心，姚胜利对他鞠了一躬，用日语说道："长官好，很高兴可以为您效劳！"

岩井健二惊讶地看了姚胜利一眼，然后跌跌撞撞地向切菜板走去。切菜板上放着一块鲜嫩的鹿肉。岩井健二像豹子一样扑过去，切下一小块鹿肉放到口中，这幕情景看得姚胜利一阵反胃，他觉得他们简直是一个还没有把畜生的习性进化干净的民族。

转眼间大半块鹿肉已经进了肚子，就在岩井健二咂吧着嘴准备离去时，姚胜利突然出脚将他绊倒。岩井健二的后脑勺重重磕在灶台上，痛得他叫了一声。姚胜利趁机举起菜刀对着岩井健二的喉咙闪电般地砍了下去。只听"噗"的一声闷响，岩井健二的脑袋迅速与脖子分离滚到了水池里，没有头的身体重重倒在地上。接下来，姚胜利用最快的速度藏好了岩井健二的尸体并擦干了四周的血迹。姚胜利觉得自己杀死朝仓次郎和岩井健二的方式已经够残忍了，但是与日本军队在中国犯下的累累暴行相比，这顶多算个小小的处分而已。姚胜利走到窗前，抬头朝窗外的夜空看了一眼。他觉得此时此刻方小雨就在夜空中注视着他，他的脸上露出欣慰的笑容。

姚胜利在心里默念道：小雨，安息吧！

他迅速脱掉白大褂，结果刚出去就碰到了两名保镖。其中一名保镖拦住了姚胜利，问道：

"看见岩井长官了吗？"

姚胜利向身后的门一指，说道："岩井长官喝多了，正在水池旁吐个不停，我这不正要去给他找点醒酒药。"

保镖命令道："你去把门打开！"

姚胜利顺从地转身去开门，然后跟在他们后面走进去。进门后，保镖们看见水池旁空无一人。

那名拦住姚胜利的保镖指着水池严厉地质问道："这里哪有岩井长官？"

姚胜利赶紧装出一副无辜的样子，辩解道："我哪敢骗你们，刚才岩井长官还趴在水池前吐得脸都绿了呢，怎么转眼工夫人就不见了？"随后双眼一亮，说道："该不会是摔倒了吧？"

两名保镖立刻向水池奔去。在他们刚跑到姚胜利前面的那一瞬间，姚胜利双手齐出击中两名保镖的后脑勺，只听两声脆响，两名保镖瞬间倒地。

姚胜利带着秋雨儿提前从会场撤离。

午夜清冷的大街上，他们并肩走着。姚胜利觉得此时的情景很熟悉，那一次，自己与方小雨看完电影也是并肩走在这条街上。

"到现在，你的任务已经全部完成了吗？"秋雨儿问道。

"是的，非常感谢你的帮助。"

"那么完成之后呢？是要离开了吗？"

姚胜利看了看星光闪烁的夜空，感慨道："是时候该离开了。"

秋雨儿不再说话了。姚胜利感觉到，身旁这个人其实还有很多话想要对自己说，于是又主动打破沉默：

"其实你不用那么帮我的，你为我做的已经够多了。"之前走进房间的那一刻，姚胜利整个人都呆住了，此刻，他的内心涌起强烈的歉意，"也没必要那么作践自己。"

秋雨儿脸上露出满不在乎的笑容："这有什么呢？我们做舞女的，天生不都是用来作践的吗？"

"不，每个人都有尊严，无关职业的高低贵贱，每个人都应该受到尊重，舞女也不例外！"

秋雨儿停住了脚步，姚胜利也跟着停下来。秋雨儿转过身来望着姚胜利，姚胜利感到自己的视线变得模糊起来，眼前的人变成了方小雨，对方深情的目光正注视着自己。秋雨儿握住姚胜利的手，抬起来放到自己胸口，姚胜利可以清晰地感受到她的心跳。对方的心，此时正与自己的脉搏一起跳动着。

"其实我也不明白自己为何要帮你那么多，或许是因为你曾经让我感受到过温暖吧，仅凭这一点就足够我报答了。"

姚胜利的脑海中立即浮现出自己制止汪伪政府工作人员欺侮她的情景，心头顿时一热，脸上也露出欣慰的笑容。接下去，他们在岔路口分开。

"今后还能再见到你吗？"秋雨儿问道。话音刚落，路灯突然熄灭了，似乎出了故障。于是秋雨儿眼中的款款深情姚胜利没能看清，湮没在了夜色中。

"我想一定可以的，只要我们还在这片国土上，肯定可以再见面的。相信到了那会儿，日本人已经被我们赶走了。"

"你要记住，为你所做的一切，我无怨无悔！"秋雨儿的声音庄严有力地，如同宣誓。

转身离去后，姚胜利没有看见身后的人依旧站在原地注视着他的背影，也没有看见身后的人眼眶里流出了泪水。此刻姚胜利没有想到的是，之后的岁月中，自己直到生命消逝的时刻也没有再见到她，她的身影从此永远消失在了广袤的土地上与广阔的时空中。在动荡的岁月里，离别总是司空见惯的，相遇才是难上加难。

第二十五章　欢乐颂

姚胜利离开南京的那天，天空中的阳光很刺眼，与姚胜利来的那天一样晃得人睁不开眼睛。姚胜利的行李箱里放着一只青花瓷瓶，瓶中装着方小雨的骨灰。

走在街道上密集的人群中，来南京第一天看到的情景重新浮现在脑海里面：洗衣服的妇女们纷纷抄起木棒槌，灌汤包铺子的伙计挥舞着菜刀冲向日本宪兵。他欣慰地明白了，这个国家还有救，哪怕此时置身黑夜中看不到曙光，但只要坚定不移地战斗下去，最终会走向胜利。

从今天开始，无论是姚胜利还是熊谷昭夫都已经与自己无关，自己将拥有新的名字、新的身份。明天、未来，还有更多的战斗等待着自己。

赵先生、杜禹泽、颜超、方小雨，他们的身影在视线中一一浮现。姚胜利感到自己的内心此时有一束光芒升起，这大概就是信仰吧。他们都是有信仰的人，他们都是最勇敢的战士。因为心中有信仰，所以足够勇敢。信仰就像光明和温暖，让在寒冷黑夜中前行的人们看到希望的曙光，并为之矢志不渝地追求奋斗着。一个有信仰的民族是充满希望的，是一定不会被打败的。

1945 年 8 月 15 日晚，重庆，朝天门码头。

夜幕下的嘉陵江面飘荡着若隐若现的雾气，犹如大轰炸下的亡灵在留恋着家园。遥远的汽笛声瞬间刺破江面的静谧，像是在呼唤着什么。

岸边的沙地上摆着许多白色的蜡烛，微小的火焰在顶端跳跃着。一群年轻的学生双手合十蹲在地上，江面上的风吹起他们身上的长衫。姚胜利朝他们走过去。

"你们在做什么呢？"

其中一名学生说道："我们在悼念轰炸中死去的同胞们。"

姚胜利笑了笑，说道："可是你们摆的蜡烛太少了，还不够亮，在天堂的同胞不一定能够看到。"

一会儿后，姚胜利将一大包白蜡烛递给那位学生：

"把它们全部点亮吧，在黑夜中只要有它，我们就无所畏惧。我们都需要它。"

"谢谢你！"学生们七手八脚地点起蜡烛来。

沙地上又摆上了一圈蜡烛，将四周照得更亮了。姚胜利站到那群学生中央，与他们一起祈祷。

这时候有个学生拿出口琴吹起来，他吹的曲子是那首贝多芬的《第九交响曲》，也叫作《欢乐颂》。这让姚胜利回忆起那晚与军统局同事们在沙坪坝礼堂内看过的音乐会，当时会上演奏的也是这首《欢乐颂》。

《欢乐颂》分别标注了起点和终点。在这个时间卷轴内已经发生了许多事情，其中包括战斗、牺牲还有胜利。姚胜利回来后，听说那个漂亮的女琴手已经死在了一场惨烈的轰炸中，一缕芳魂就此消散得无影无踪，还有当时一起看演出的同事，有的已经死在围剿日谍的战斗中，还有的已经死在叛逃的不归路上。有太多自己熟悉的人已经消失在战争的岁月里，他们有的就连名字也没能被人记住。

姚胜利来到沙坪坝区的那座礼堂。在往昔那段遭受轰炸的岁月里，礼堂已几经修缮，此时市文化馆正在举行庆祝胜利的大会。最后一个节目结束后，市文化馆的馆长在台上宣布闭幕，台下的人们纷纷从座位上站起来准备离去。

"请等一下！"姚胜利洪亮的声音穿透全场，人们同时停下身来。

姚胜利一路飞奔到舞台上，文化馆馆长向他走过来。

"这位先生，你有什么事吗？"

"还有一个最重要的节目，你们忘记了！"

这句话弄得工作人员面面相觑，文化馆馆长问道："是什么节目呢？"

"大家需要来一场《欢乐颂》，请加演一场！"

文化馆馆长露出为难的神色："主意倒是不错，可是我们没有指挥手。"

"我可以的！"

或许是被姚胜利此时坚定的目光所打动，文化馆馆长点点头，他走到扩声器前对台下的人们说道："请大家坐回到位子上，我们将为大家加演一首《欢乐颂》！"

人们重新坐下，慷慨激昂的乐曲霎时间响遍全场。姚胜利在台上用力挥舞着双手，他感到自己身体中的血液此时正燃烧起来。他没有看到的是，人们在重新坐下后不久又纷纷站起来，他们炽热的眼神凝视着台上这幅雄壮的画面，脸上的肌肉抽动着，不少人的眼角都溢出了热泪。

抗战胜利后不久，国民党和共产党这两个曾经并肩作战的政党开始呈现出剑拔弩张的态势。姚胜利有过将方小雨安葬在重庆的打算，然而回想起方小雨临终的嘱托又打消了这个念头，他决定就算千难万难，也一定要让心爱的人在她心爱的土地上长眠。

之后在国民政府组织的一次友好访问中，姚胜利终于得以踏上了延安的土地。在那里，映入姚胜利视线中最多的是荒凉且坚硬的山脉。他觉得生活在这里的人们，内心一定是无比坚定的。

姚胜利走了很多地方才寻觅到一处绿草成茵的山坡，他取出那只青花瓷瓶，将方小雨的骨灰撒向地面。

当骨灰被山风吹得四散开来时，他说道："我最亲爱的人，我的好同志，你回家了！"为方小雨隐忍许久的泪水，在这一刻终于决堤而出。

延安是一个盛产民谣的地方。姚胜利跟着访问团一路走去，听到了不少富有地方风情的民谣。

有一阵歌声传入姚胜利的耳中，等他们走过去时歌声已经停止了。这是一个祖孙两人的卖唱摊。

姚胜利离开队伍，他拿出一枚银圆放到拉二胡的老人手中，请求道："请再唱一遍好吗？"

老人重新拉起二胡，孩子重新开始歌唱：

"红日照遍了东方，自由之神在纵情歌唱。看吧，千山万壑，铜壁铁墙，抗日的烽火燃烧在太行山上……"

歌声在旷原上传出很远，姚胜利的目光随歌声望向远方，只见一轮红日正从漫漫黄沙上升起，他从来没见过这般赤红的太阳，那是一种纯净的色彩。

尾声　在万千大众中重逢

　　姚胜利再次来到南京是在 1952 年的春天。湖南路的一幢居民楼前，姚胜利敲了敲门。门开了，房东太太的头从里面探出来。

　　"先生，你找谁呀？"房东太太用南京方言问道。

　　"你好，我找一下住在这里的图奥先生，他是一位瑞士记者。"

　　"图奥先生？"房东太太的脸上浮现出疑惑的神色，接着眼睛一亮，"你是说那个洋记者啊？他早就回国了。"

　　"什么时候的事情？"姚胜利连忙追问道。

　　房东太太拍了拍额头，不确定地说道："我记得那会儿好像是抗战刚胜利，1945 年？对对，那会儿就是 1945 年！都快十年了，你说这日子过的。要不是因为他是外国人，我还真想不起来了呢，一般人我都记不住的。你是他朋友吗？"

　　姚胜利笑着点点头。

　　"那不应该啊，既然你们是朋友，那他怎么走了也不和你说一声呢？"

　　"他大概想悄悄离开吧。"姚胜利告别了房东太太。

　　走在熟悉的街道上，姚胜利看见了许多从前就熟悉的身影，其中包括在水池旁洗衣服的家庭妇女们、上海灌汤包铺子里忙前忙后的伙计。此时的他们只为自己简单平淡的生活而忙碌，他们的身影是毫不起眼的。然而他们都曾经拿起武器与侵略者英勇战斗过。

　　或许，这就是这个民族，平凡而又伟大。无论从前、现在还是以后，永远都是如此。

姚胜利穿过人群继续往前走去。忽然，他看见方小雨的身影从自己眼前快速闪过，他惊诧的目光赶紧往那个方向追去，但方小雨的身影已经不见了。紧接着，姚胜利看到杜禹泽、颜超等人接连从自己眼前闪过。

这时候，前方奔过来一群孩子，他们欢乐的声音也随之传来：

"方小雨，你快把飞机还给我！"

"杜禹泽，你快拉我一把！"

有个跑在最后面的男孩急急忙忙地喊道："你们等我一下！"

前面的孩子一齐回复道："快点，姚胜利！"

姚胜利的眼眶瞬间湿润了，他轻轻呼唤了一声："小雨……"

一大团光影中，姚胜利看见方小雨缓缓转过身来，冲自己嫣然一笑，漫长时空的隔阂瞬间化为乌有。

这一刻姚胜利脸上露出了欣慰的笑容。他明白了，方小雨、赵先生、杜禹泽、颜超……他们从未离开，他们的身影永远在万千大众之中。

……

2015年9月3日。浙江兰溪市区一所民房内。

一位耄耋老人坐在电视机前。电视机此时正播放着庆祝抗战胜利七十周年阅兵仪式。

老人望着屏幕怔怔出神。载着抗战老兵的车辆缓缓从视线中开过去，老兵正举着苍老的手敬礼。忽然，老人看到了一张熟悉的面孔，接着又是一张……老人的肩膀开始颤抖，泪珠沿着眼角深深的皱纹流淌下来……

新中国成立后，兰溪被浙江省政府定为革命老区县，兰江畔的横山顶上矗立着一座革命烈士纪念碑，上面有萧劲光将军亲手题下的字，每年清明节都有成千上万人前来瞻仰。

通往横山山顶的路上有一位头发花白的老人，他的双腿有些颤颤巍巍，脚步却很是坚定。纪念馆的工作人员看见老人径直往革命烈士纪念碑所在的方向走去，这位老人先前也来过多次，从老人依旧挺直的身板可以看出他曾是职业军人。工作人员像往常那样目送着老人慢慢走过去。

老人在纪念碑前停下，他的目光长久地注视着碑面。渐渐地，他的目光变得恍惚，他看见碑面上出现了许多个名字。紧接着，他在碑面上看见了许许多多的身影：

只见一群青年男女高举着"驱逐日寇，复我山河"的旗帜，口中高唱：

热血滔滔，热血滔滔，在黑夜寒风中大步前行。

他看见了自己的战友董存瑞，站在桥底下高举炸药包，导火索上的火花照亮了他年轻的脸庞。

他看见了自己的战友邱少云，在熊熊烈焰包围中，他的身影如泰山般岿然不动。

他看见了自己的战友杨根思，抱着炸药包孤身冲进敌人当中。

他看见了自己的战友黄继光，义无反顾地扑到敌人的碉堡前，挺起自己的胸膛堵住了敌人的机枪。

……

天色开始暗下来，工作人员准备下班。当他走出屋外的时候，发现那位老人居然还在原地，于是他打算去提醒老人该离开了。当他来到老人身边时惊讶地发现，生命的气息已经从眼前这具躯体上尽数散去了。老人的身子靠着纪念碑，脸颊就紧紧贴在碑面上。老人脸上的表情很安详，就像是走进了向往许久的美梦中。

这是他第一次面对死亡，眼前这个逝去的老人并没有让他感受到死亡的沉重，反而有种如释重负、犹如从漫长等待中解脱出来的感觉。工作人员抬头望向天空，似乎想要在那里找到老人飘逝的灵魂。他觉得此时老人的灵魂一定还停留在半空中，向着地上那具伴随自己走过了漫长光阴、如今即将永诀的躯体致敬。

虽然这位老人先前已经来过好多次，工作人员却还是不知道他的身份以及姓名。他看见老人脖子上挂着一只破旧的怀表，款式看起来像是半个多世纪前的，里面的指针已经不走了，想必早就已经报废了。怀表上面隐约刻着两个字，工作人员认了好久才勉强认出来：

胜利。

这时候夕阳射出了在遁入黑夜前的最后一道光芒，光芒打在怀表上，整只怀表都闪闪发亮起来，像极了一枚勋章。

对，这两个字就是胜利，今天是个胜利的日子。半个多世纪前的今天，自己的民族取得了一次伟大的胜利，直到今天还在热烈庆祝，并且会永远地庆祝下去。

（全书完）

番外一　表姐的日记

1937 年 8 月 9 日

今天白天有两名日本士兵强行闯入虹桥机场，被我方守军击毙，日本驻上海领事馆的代表马上向俞鸿钧市长抗议并反诬这是中国军队的寻衅滋事。听到这一消息时，我似乎已经嗅到空气中有火药的味道。这个夏天，上海的空中总是聚满阴沉的乌云，我觉得这是种不祥的征兆，上海恐怕即将要发生战争了。弟弟，我听说已经有中国军队从南京向上海开来，我不知道这里面是否也包括你。尽管姐姐对与你的重逢已经期待许久，但心里仍然希望你能够远离战火。可是姐姐也清楚，你一定不会做逃兵的，冲锋陷阵的战士中一定会有你的身影，姐姐为你自豪！

1937 年 8 月 13 日

上海终于开战了，虽然想到这一天会到来，但还是没想到居然会这么快。弟弟，不知此时的你，是否已经在上海的战场上了？一想到战场上的枪林弹雨，姐姐就会陷入忧心忡忡。此时的我，最担心的有两个人，一个是我的勋烈，另一个就是你。你知道吗，其实姐姐希望你没有在上海，你因为犯了军纪而被开除了，或者你所在的部队因为另有任务没有来上海。我亲爱的弟弟，我们的国家、我们的民族正遭受着苦难，但是每一个中华儿女都在战斗。你一定要好好的，姐姐期望能够与你一起迎接胜利的到来。

1937 年 9 月 19 日

弟弟，今天是中秋，我想此时此刻的你一定坚守在阵地上吧？

今天的月亮特别圆，你说它看上去像不像一枚月饼呢？姐姐在想，坚守阵地的你，此时手里是不是也捧着一枚月饼？此时，姐姐正坐在家里的桌前，爸爸、勋烈他们都在，唯独少了你。我给大家分完月饼，盘子里还多了一枚，我知道，那是给你留的。

姐姐想着，将这枚月饼留到你赶跑侵略者后回来吃。姐姐相信一定你会回来的。

宋朝时，大文豪苏轼在中秋那天说但愿人长久，千里共婵娟。姐姐此时对着月亮说，只愿华夏儿，驱虏把家还。

中秋了，虽然你们不能与家人团聚，但是你们一定要知道，全国人民都在你们身后默默为你们鼓劲和祝福，你们要无所畏惧、奋战到底！

1937 年 11 月 20 日

上海沦陷，南京告急。

在日军排山倒海的攻势下，上海这座坚固的堡垒还是被攻占了，日军下一个目标必定是南京。

亲爱的弟弟，此时的你一定在紧张的守城防御工作中吧？我想不久后，保卫南京的战斗就要打响了。南京是中国国民政府的首都，是孙中山先生的陵寝所在地，南京保卫战至关重要。希望你们能在唐生智长官的带领下打好这一仗，千万不能辜负全国人民的期望，也对得起孙中山先生的在天之灵。当然了，你也一定要保护好自己。战事越来越紧，姐姐的心也提得越来越高，有时候会从噩梦中惊醒，然后庆幸那不是真的。姐姐经常为了你在天主跟前祈祷，求天主保佑我最爱的弟弟平安无事。姐姐也相信，你可以保护好自己，也能保护好身后的百姓。你一定要记住，军人的职责就是"保家卫国"四个字！

1937 年 12 月 25 日

苦守了一周的南京还是陷落了，日军发疯了吗？他们难道不知道《日内瓦公约》规定放下武器的士兵和手无寸铁的老百姓是不能伤害的？

弟弟，你在哪儿？你是否已经逃出了那座已经成了地狱的城市？你知道吗，当南京大屠杀的消息传来，姐姐险些晕倒，几乎每天晚上都在做噩梦，每次都会梦见你血淋淋地站在我面前。我一遍遍地祈求着天主赶快把弟弟还给我，赶快让一个完好无损的你出现在我面前。

在那场惨烈的保卫战中，你们已经拼尽全力了，有那么多的战士牺牲在城墙前。老百姓不会怪你们的，孙中山先生的在天之灵也不会怪你们的。亲爱的弟弟，你快回来吧！回到姐姐身边来。战争无情，我只求一家人能够团聚，一个都不能少。

1938 年 1 月 12 日

今天，姐姐加入了一个秘密组织，中统。想必这个组织你也听说过的吧？或许你与很多人一样，对这个组织有着这样那样的偏见。但其实面对同一个敌人，所有真心抗日的力量都应当抛开门户之见，拧成一股绳，这样才能无坚不摧。从今天开始，姐姐将开始隐蔽战线的斗争，前方一切都是未知的，包括凶险和不测。但想到也是与你并肩作战，姐姐就觉得浑身上下充满力量了。

1939 年 5 月 15 日

今天姐姐遇到了一位故人，他叫丁默邨，曾经是我中学的校长，如今，他是汪精卫政府下属特工总部也就是人们口中的"76 号"的主任。他是一个名副其实的大汉奸，也是一名双手沾满抗日志士鲜血的刽子手。像这种国家民族的罪人，相信任何一位有志之士都是欲除之而后快的。

上级给我下达了指令，接近这个人，找机会除掉他。这也是姐姐我一直想做的事。虽然他是我的老相识，但对于这样罪大恶极的人是不用念什么旧情的。

1939 年 6 月 21 日

又至一年端午节。

今天姐姐拎着一袋从五芳斋买来的粽子走在大街上，突然有个小男孩跑过来往我身上吐了口口水，他还骂了我一句"汉奸"。我还没有回过神来，好几个小男孩跑过来围住了我，他们一齐往我身上吐口水，一齐骂我是"汉奸"。

其实我知道，这绝不是他们的本意，一定是某个大人教唆他们这么做的。可即便明白这一点，姐姐心里还是感到了酸楚。大街变得空荡荡的，从我周围走过的人仿佛都在远远地避开我。虽然之前就已经做好了心理准备，但被人误解的滋味终究不好受。

姐姐坚信，在未来，我们这些战斗在隐蔽战线的人们所受的委屈和所作的牺牲终究会被理解。也许要等我们全部牺牲以后，也许是在我们的子孙那一代。对此，我觉得不应有怨恨。人生在世短短数十年，只要无愧于心，就不会留下遗憾。

弟弟，姐姐真的特别怀念那些上大学的日子。那些年，我们穿着学生装，演话剧、集物资、赴前线。跟随在游行的队伍中间，与许许多多青年男女一起手挽着手，在寒风凛冽中大步向前走去，口中高唱着《热血歌》。那时候有你在身边，可以从容地站在阳光下，脸上也不用贴上伪装。

（日记写到这里戛然而止了，或许写作者意识到作为隐蔽战线的人，不宜留下过多与自身有关的东西，免得日后招致祸患，于是就此收笔。由此以后，血泪、温情都是在无形间演绎，当真是悄无声息，默默无闻。）

番外二　小雨轻抚山楂果

讲述人：姚思雨、姚念晴

我们是一对姐妹。

我叫姚思雨，是姐姐。

我叫姚念晴，是妹妹。

从小到大，我们都和爷爷一起生活。家乡在浙江中部一个叫"兰溪"的小城，那里有一条穿城而过的江，水面上的闪闪银光是那里的全部记忆。

我们从未见过奶奶，也从未见过父母亲，爷爷是我们唯一的亲人。我们也从未听爷爷讲起过他们，他们似乎都是不存在的。

爷爷曾经是职业军人。听人讲，他在抗日战争与解放战争中都为祖国立下了汗马功劳，但他自己从来都不会提起这些。按照国家的政策，曾为祖国作出重大贡献的人，亲属在升学等方面能够享受优惠政策。然而我们每次升学，爷爷都是婉拒了市里给予的优惠政策。爷爷的做法让所有人都不理解，他在这一点上似乎很固执。

我们曾经向爷爷问起原因，爷爷告诉我们，在那段战火纷飞的岁月里，他身边成千上万的战友都为祖国献出了宝贵的生命，他能活到现在已是上天的额外关照，又有什么资格去向国家索要特殊待遇呢？爷爷这番话有着深深的说服力，也让我们清晰地感受到了一位老辈革命者崇高的情怀。从此以后，我们也用"自立自强"四个字来要求自身。

老家有座横山，那其实只是个小山包。山顶有座塔，据说年代很是久远了。不过横山在老家的知名度并不是取决于那座塔，而是那面革命烈士纪念碑，它在兰溪人民心中的高度比横山还要高。记得读小学时，每到清明节，学校就会组织我们去那里扫墓。那里其实没有墓的，只有一座碑而已。

到了那里，我们排成整齐的队列，每个人都不可以说话，尤其不可以发出笑声，必须一本正经的。老师说，在革命烈士面前是不可以嬉皮笑脸的。操场上的那面国旗，还有我们系在脖子上的红领巾为什么是红色的？因为是烈士们用自己的热血染成的。此时他们正看着我们，我们是他们的接班人，他们正在考察我们呢。

爷爷也经常去那里，起初他独自一人去，后来身体渐渐不行了，我们就坚持要陪他一块儿去。每次到了那里，爷爷只是站在那面革命烈士纪念碑前，一言不发，最后朝石碑敬个姿势很标准的礼。整个过程其实也没有多长时间。

爷爷的这一举动或许会让人觉得奇怪，但我们很理解爷爷的心。那个祖国多灾多难的年代里，有成千上万的人共同扛起了一个责任。也正是因此，侵略者的阴谋才没有得逞。在那段暗夜般的岁月里，有太多人悄无声息地消逝了，然而他们内心炽热的信仰永不熄灭，最终汇聚成黎明初降时的朝阳。时至今日，他们当中被人所知的依然只是少数，大多数人的名字都已经湮没在茫茫历史深处。如今那面庄严的石碑是他们事迹的有力铁证，所以哪怕只是去石碑前敬个礼，也能表明他们从未被忘记。

爷爷似乎特别喜爱山楂。我们的住处有一个很大的院子，他将院子里都种上了山楂树。到了九月份，青涩的山楂果儿就挂满枝头了。再到十月份，被深秋的风一吹，山楂果儿便熟透了，在空气中散发出淡淡的香味。每当看到枝头结出红彤彤的果实，这原本值得高兴的事，爷爷却又会流下眼泪。我们猜想，那一刻爷爷大概是想到了一些伤心的往事。

从我们的童年开始，爷爷就会用山楂果儿做一种叫作"糖炒山楂"的甜食，吃起来又香又脆。来串门的邻居尝过后都大加赞赏，回到家后也纷纷照做，但最后没有一个人做成功的，好似只有爷爷掌握着诀窍。于是他们便来求教，但爷爷总是笑而不语，仿佛用力坚守着一个秘密。但是，糖炒山楂的香味早已飘出院子，在当地远远传播开去。

后来，有很多食品商找上门来，但无论他们将价格抬到多高，爷爷始终都不肯将糖炒山楂的制作诀窍透露出来。当我们问及爷爷原因时，爷爷说，他只想把糖炒山楂做给自己的亲人吃，听得我们心里暖洋洋的。

每次看着我们狼吞虎咽的样子，爷爷脸上就会露出欣慰的笑容。有时候，他还会喃喃自语，说的都是同一句话："曾经有个人，每次吃起来就跟小孩子一样。"

这句话我们从没刻意去记，却早已一字不漏地印在了脑海中。爷爷说这话时，我们总会看见他眼眶里含着一颗泪珠，似乎马上就要滚落出来。

爷爷是在 2015 年九月初的一天离开我们的。那一天是有特殊意义的日子，祖国举行了纪念抗战胜利七十周年的阅兵仪式。更值得一提的是，阅兵仪式上增加了抗战老兵车列。我想，每一位为国家民族作出贡献的人，无论贡献大小都不能被遗忘。

爷爷在那一天显得与平时不一样。

在这里先说一句，爷爷已经近百岁了。像这样的老人该用什么来形容呢？我们觉得爷爷已经在与岁月的抗争中占了上风，但付出的代价是原本高大挺拔的身躯终日里病态般地蜷缩着。

那一天，爷爷的身躯突然重新挺直起来，而且红光满面，仿佛回到了青春时代。我们惊讶于爷爷突如其来的变化，殊不知那只是夕阳落山前最后一刻的霞光。

爷爷看完阅兵仪式就出门去了，他不允许我们跟随，也不肯告知此行的目的地，口气强硬得充分显现出他曾经的职业军人身份。当屏幕上出现抗日老兵车列时，我们曾经开玩笑地问爷爷，车上有没有认识的人。没想到爷爷认真地说，每个人他都认识，那个时候，他们朝夕相处，亲如手足。听到爷爷的话，我们顿时感到一股强大的力量迎面而来，我们的内心被深深震撼到了。

我们站在院门前目送着爷爷的背影渐行渐远，院子里的山楂树已经结出青涩的果实。我们想象着，等山楂果儿全都熟透了，爷爷就又可以给我们做糖炒山楂了，那味道，胜过世间所有的零食。

天色渐渐昏暗下来，爷爷的身影还未出现在院门口，我们内心的焦急不断加重。后来，一位年轻小伙子找上门，对方是横山风景区革命烈士纪念馆的工作人员。他带来一个不好的消息：爷爷今日傍晚时分在横山上的革命烈士纪念碑前去世了。

闻此消息，我们先是感到深深的震惊，随即又替爷爷感到无比欣慰。我们想，今天是个胜利的日子，爷爷一定是去与他曾经的战友们重逢了，这是他晚年唯一的心愿。在我们看来，这也是爷爷最好的归宿。

工作人员要我们跟他一同赶去横山革命烈士纪念馆把爷爷接回来。此时有风吹来，我们同时流下了眼泪，内心却如阳光普照般欢朗明媚。

白昼即将消散，夕阳在天际放射出红艳艳的霞光，像极了山楂果儿熟透后的颜色。我们突然感到脸上有缕缕的凉意，此时有细细的雨丝在空气中飘荡开来。

出院门前我回过头，我们看到每一棵山楂树的枝叶下都闪烁起一团红彤彤的光，温柔地刺破夜色，生生不息。

山楂果儿成熟了！这是我们第一次见证它们的成熟，没想到变红的那一瞬间竟然显现出如此神圣的模样，让我们的内心为之激动起来。泪水再次噙满了我们的眼眶。

微风轻拂，细雨飘荡，天地间交织出一片迷蒙的温情。那些战友们一定已经听到了爷爷的呼唤，历经漫长的分别时光，他们总算能够重逢了。

大抵是刚才那场小雨的滋润，山楂果儿才成熟了。这场小雨来得是如此突然，莫非是因对山楂果儿的深情思念而来？小雨、思念，紧接着，我们的脑海中飘现出一个像雨一样的女子。她只是个模糊的身影，看不清容貌和神情，她的形象在我们心里却又无比鲜明。

那个女子也是爷爷万千战友中的一个，关系却要更近许多。虽然不知道她的名字，但我们能想象到里面也带有一个"雨"字。她的名字一定如江南的雨，婉约含蓄却也不失欢脱可爱。

接下去，他们之间更多的往事涌现在我们脑海中，好似无意间拾到一段被遗忘的岁月。在其中，藏着他们不被大多数人所知的一面。那一面其实也并非与众不同，不过是甜言蜜语、柔情侠骨、爱恨别离，普通人都会有的情感而已，毕竟，他们也只是普通人。我们的心一点点感受到甘甜，仿佛是糖炒山楂的味道在里面荡漾开来。

眼前满枝的闪闪红色，像极了深秋时节一场深沉的爱恋。

番外三　姑姑的挂念

讲述人：宋远良

我叫宋远良，今年已经七十五岁了，我能够清晰地感觉到自己的身体就像正在腐朽中的老树。每天，我做的事就都是吃饭、喝茶、摆弄花花草草，以及耐心等待不知何时到来的死亡。

但是在不久前有一个人先我而去，那就是我的姑姑。姑姑去世时将近百岁了，她叫宋秋雨，听父亲讲，姑姑是在秋天的一场雨中来到人间的，她曾经还有一个很好听的艺名：秋雨儿。

我接到姑姑去世的讯息，同样是在深秋一个下着绵绵细雨的夜晚。联系上我的是一名南京社区居委会的工作人员，对方在电话里告诉我，姑姑在南京的家中安然离世。我已经很长时间没出过门，得到消息后，我不顾身体的诸多不便，马上启程前往千里之遥的南京。我要赶去送姑姑最后一程。

前往南京的高铁缓缓开动时，我的目光望向车窗外正在落下的雨点，我觉得姑姑是化作一缕轻烟飘入了秋雨中。

在我年少时，每到假期就吵着要去姑姑家玩。姑姑在南京定居，她在文化局工作。在我的印象里，姑姑长得很漂亮，唱歌非常好听，舞也跳得很优美。她一直都是一个人生活，终生没有嫁人。在她还年轻的时候，身边围着不少追求者，周围的朋友也给她介绍过不少条件很好的男人，但都被姑姑一一婉拒了。我也是后来听父亲讲的，有个男人一直占据着姑姑的整颗心，尽管姑姑已经与那个男人有很长时间没有见面了。事实上，直到姑姑去世，那个男人也没有出现，我猜想他也已经不在人世了。不过这也好，他们可以在另一个世界重逢。

姑姑与那个男人的故事我知道一些。他们见面的时候还是在上个世纪40年代，那时，日本侵略者的铁蹄正践踏着我们国家支离破碎的身体。面对侵略，四万万民众用身体筑成了最坚固的防线，姑姑就是那时与他相遇的，地点就在南京。我坚信姑姑日后选择定居南京，与之有很大的关系。

姑姑在当时的身份是一名舞女，这个职业无疑是遭人嫌弃的，即便在今天，人们对这个职业的偏见还未完全消弭。但谁都不知道，姑姑是受过良好教育的，她本来的身份是一位大家闺秀，而之所以成为舞女，完全是为了我父亲。那是1942年，家乡河南遭遇百年未有的大旱，饿殍千里、瘟疫横行，姑姑带着我父亲逃出变成了地狱般的家乡，一路颠沛流离来到南京。为了继续供我父亲上学，姑姑选择做了舞女，因为这个行业来钱快，还能够挣到小费。姑姑虽然沦落风尘，却严格秉持着"卖艺不卖身"的原则。直到遇见那个男人。

姑姑帮助那个男人完成了一项杀敌行动，在行动中姑姑负责勾引一名日本军官上当，给那个男人制造刺杀的机会，代价是姑姑牺牲掉了自己的身体。这个代价对于女性来说是足够沉重的，更严重的是，那次行动造成了姑姑从此无法怀孕，也就是永远失去了做母亲的机会。

在当时听完姑姑的讲述，我曾多次问姑姑为何要为对方作出如此大的牺牲。姑姑只是笑笑说，他曾经给过我温暖，我需要报答他。话虽如此，但我依然很不理解姑姑的做法。直到年岁日长，最后变成头发花白的老者，见惯了世情冷暖，我才渐渐理解了姑姑的心。

在当下这个和平稳定的社会里，人与人之间的关怀尚且来之不易，更何况是那个冰冷阴暗的年代，人性的温暖更是弥足珍贵吧。那个男人当初就像为姑姑在寒风中点燃了一支蜡烛，火光虽然微弱，却温暖了她整个身心，也足以令她日后倾尽所有去报答。

其实，姑姑就连对方的名字都不知晓。但我想，如此的情谊更显难得。不知未曾与那个男人重逢是否成了姑姑今生唯一的憾事？听姑姑讲，他们是在一个飘着细雨的夜晚分别的。

我想着，那时候的告别终究是与现在不一样的。别看我现在已经七十五岁了，我还能熟练地使用智能手机，在微信上发朋友圈，和朋友视频聊天，距离感几乎是零，也就不存在真正意义上的分别。而在那个没有手机、没有微信，甚至电话都没有普及的年代里，一旦分开便真的是杳无音讯，犹如两滴水同时融进了大海里。不知那个男人在晚年是否还会回忆起与姑姑的那段短暂相处的日子？他是否能够感知到在茫茫人海的另一个角落里，有一个人用漫长的余生时光来完成了对他的念念不忘？

这些问题，我已无法知晓答案，只能在心里祝愿他们能够在离开人世后都升入天堂，在那片美景中再次相遇。

补充篇　1937 年南京的阴霾

1937 年 12 月 13 日，南京，中华门。

古老的城墙已经千疮百孔，俨然没有了往日高大威武的形象，此时犹如一个身体虚弱的老人在隆冬的寒风中瑟瑟颤抖着。地面上一片狼藉，横七竖八的尸体、熊熊燃烧的火焰、千疮百孔的沙包、炸了膛的枪支、到处散落的弹壳……这里刚刚结束了一场惨烈的战斗。

日军士兵像潮水一般冲进城，对他们而言，前面所有的抵抗都已肃清，他们终于迎来了胜利的时刻。士兵们在城门两侧站定，排成整齐的队列。此时他们的脚边躺满了军人的尸体，其中有中国军人的，也有自己战友的，他们稍微一挪脚就会踩到尸体上去。

远处，马蹄声断断续续地传来，没多久就变得无比清晰。日军指挥官松井石根骑着战马缓缓进城。这时候，阳光撕开浓密的乌云照射在地面上，给他的全身镀上了一层金灿灿的光芒。此刻，他看上去犹如战神降临人间。但实际上，他内心的情绪已经恶劣到了极点。这场辉煌胜利的背后，是帝国军人巨大的伤亡数字，他无论如何都高兴不起来。

松井石根勒住缰绳，高大的战马在嘶鸣中停住脚步。他抬头看了一眼天上的太阳，将指挥刀拔出鞘举到眼前。寒风击打刀刃发出"铮铮"的响声，刀身在太阳下贪婪地反射着精光，指挥官的心中随之涌起一阵狂热。

锋利的刀刃上、刺眼的寒光中，一个民族罪恶的灵魂正在缓缓升起，这个城市也掀开了历史上最为血腥的一页。

渡边勇当时参加了那场攻城战役。那场战役带给他的是无穷无尽的羞耻和恼怒，因为指挥官的愚蠢指挥导致大日本帝国白白牺牲了许多宝贵时间和大批优秀军人的生命。后来破城时，还有一个中国士兵站在大批日本士兵面前，他是一个十五六岁的孩子，穿着一身破旧的、明显不合身的军装，帽顶那颗青天白日徽章歪在一边。他整个人站在原地一动不动，仿佛已经与地面钉在了一起。所有日本士兵都不敢向前，他们以为这个少年兵的身上绑着炸药要与他们同归于尽。

少年兵的脸看上去尽是茫然，犹如寒冬腊月清晨缥缈的雾气。日本兵都紧张地凝视着那个少年兵，唯独渡边勇果敢地冲上去将刺刀用力扎进少年兵的胸膛。冲入国民政府大院时，渡边勇用刺刀挑起地上已经被踩满脚印的中国国旗丢进火堆。那天，其他日本士兵都看到渡边勇红着双眼，犹如一头发狂的野兽。

另一方面，中国军队的最高长官终于下达了撤退命令。命令由通信兵送到各个阵地。当官兵们看到撤退命令时却又统统惊呆了，只见撤退命令上明明白白写着四个字：

正面突围。

正面突围就意味着要迎着日军猛烈的炮火而去，这哪里是突围？分明就是敢死队的反冲锋，无异于送死！官兵们被这道命令搞得莫名其妙，心想指挥官的脑子是不是已经坏掉了？

那天，所有被堵在南京城内的中国军人都陷入了惊慌失措，他们变成一群逃窜的兔子，从唯一还没有被占领的挹江门蜂拥而出，直奔下关码头。等到了那里，所有人却又都傻了眼，只见长江水面上空荡荡的，就连一只小木船的踪影都没有。事实上，在南京保卫战开始前，他们的领导者，也是这场战役的指挥官唐生智将军，为了体现中国守军背水一战的决心，让交通部长俞飞鹏下令销毁了江面上所有渡船。这一下可坏了事！没有渡船，军人们望着江面只能干着急。在他们身后，追击而来的日军已经步步逼近。

这群军人最终还是没能逃过被俘虏的命运，在日军明晃晃的刺刀前，他们被迫丢掉武器，接着被三五个捆在一起。在这之前，日本人给了中国军人二十分钟的考虑时间以显示他们的人道主义。在这个问题上，姚胜利同他的队长产生了分歧。

队长打算向日军投降，他相信有《日内瓦公约》在，日本人不敢做出什

324

么出格的事。姚胜利却是坚决反对，他觉得一旦放下武器，那么他们就成了一群待宰的羔羊。既然人家是穷凶极恶地打进你的家门的，就不要指望他们会遵守什么文明的约定了。

最后，队长拿枪顶住了姚胜利的脑袋。只可惜姚胜利的枪里已经没有了子弹，而队长的枪里还有五发子弹，于是队长就凭借这五发子弹获了胜。

所有解除武装的中国军人先是被集中押解到一处广场上，一位面容和善的日军少佐带着一名四眼翻译官来到他们面前。日军少佐露出友善的笑容，对所有战俘叽里呱啦地说了一通日语。然后四眼翻译官就开始了翻译：

"你们好！这位是中村少佐。少佐说，虽然你们在之前与大日本皇军进行了殊死搏斗，但现在你们已经是皇军的俘虏，皇军一定会不计前嫌优待你们。同时，中村少佐也十分佩服你们在这场战役中体现出来的军人气概，他会安排轮船送你们过江回家。"

说到这里他停顿了一下，转头朝中村少佐看去。中村少佐点点头，似乎用眼神达成了某种默契。

四眼翻译官继续说道："路上为了维持秩序，当然也是为了你们的安全考虑，就请你们先委屈一下，需要先把你们的双手反绑起来。不过请你们放心，上船前一定会给你们解开的。"

中村少佐一挥手，一群日本兵拿着绳索围上来将每个俘虏的双手反绑到了后面。再后来，日本人好像并没有说谎，中国战俘虽然被反绑双手，但一点都没有受到虐待，日本人甚至还派了好多辆卡车送中国战俘去登船。

登船地点在南京城外幕府山北麓与八卦洲之间的江滩上，那个地方是长江中一条狭长的江岸，因为弯多水急，形似草鞋，所以得名草鞋峡。到那里时，俘虏们看到江面上没有一只船。见许多俘虏开始露出怀疑的神情，中村少佐立刻让四眼翻译官打起了圆场：

"请大家不要着急，耐心再等一会儿，船马上就到了。皇军就送你们到这里，船上会有人给你们解开绳索的。一会儿登船你们要保持秩序，千万不要争抢。"

一番话说得可谓情真意切，这让许多俘虏的警惕心又松懈了下去。四眼翻译官说完，所有日本兵都转身快速离开了这里。

日本人像逃离一样的不寻常举动马上引起了姚胜利的警觉，他环顾四周，只见除了战俘们所在的地方之外周围都是高地，不祥的预感瞬间涌上心头。

突然，远处飘来一声"哗啦啦"的声音，紧接着是第二声、第三声，很快响成了一片。俘虏们被这突如其来的声音弄得面面相觑。

电光火石间，姚胜利率先明白了过来，他大声预警：

"快趴下！"

激烈的枪声紧随而至。猝不及防的俘虏们像收割中的庄稼一样成片栽倒下去，浓烈的血腥味瞬间在空气中弥漫开来。

姚胜利因为及时扑倒在地，没有被子弹击中，他刚倒地，马上又被两三具躯体压住，一股股黏稠又温热的液体正从上面流下来落在他的身上。

枪声响了许久，其间还夹杂着手榴弹、迫击炮、掷弹筒的爆炸声。枪声停下来后，姚胜利不敢抬起头，也不敢动弹一下。接着他听到军靴踏在沙土上的声音，日本兵一定是来检查还有没有幸存者的。紧接着连续响起刺刀捅穿血肉的恐怖声音，还伴随着声声微弱的惨叫，姚胜利此时只能像鸵鸟一样将头深埋进沙土中。自己能否躲过这一劫全凭天意。压在他上面的几具躯体突然一阵颤动，姚胜利甚至看到一双漆黑锃亮的军靴几乎要贴到自己脸上，他屏住呼吸，一颗心早已慌乱地跳动起来。

右肩忽然一凉，紧接着疼痛袭来。姚胜利知道，自己右肩肯定也挨了一刀。好在刀锋扎进去并不深，他咬紧牙关忍住疼痛，此时必须装作死人，才有可能死里逃生。

不一会儿，眼前的军靴总算走远了。

又过了好长时间，姚胜利听到有人用日语喊了一声，他听明白那是"收队"的意思。等到场中声音全部静下来，姚胜利迅速翻身起来，一幅触目惊心的场景登时映入眼帘：

数不尽的中国战俘尸体将整个草鞋峡都覆盖住了，鲜血在地上流得就如大江大河奔腾。

姚胜利顾不得自身的疼痛，扑到队长身旁，他发现队长光是胸口就中了五六发机枪弹，整个人几乎被打碎了。队长微微侧过头，眼睛看着姚胜利，喉咙里发出微弱的声音：

"他妈的，真没想到！"

即便队长已成了这样，姚胜利依旧难掩内心对他的怒气：

"都他妈怪你！"

队长的脑袋歪向了一旁，似乎懒得听姚胜利说话了。姚胜利探了探队长的鼻息，发现他已经断了气。

接下去姚胜利顾不上去看看还有没有人活着，此时他只想着自己能逃出生天。他找到一片尖锐的石头磨断捆住双手的绳索，然后从衣服上撕下一条布带简单给伤口做了包扎。他还在一具军医的尸体身上搜寻到一小瓶碘酒和一包消毒棉。

在江边，姚胜利寻来一截长满青苔的树干，他用力将树干掰成几段，然后用绑腿带将树干扎成一个小木筏。为了防止到了水中木筏与自己脱离开，他还将左手与木筏捆在了一起。

十二月的江水冰冷刺骨，姚胜利在水中没多久就失去了知觉。等他重新醒来，发现自己正躺在一片滩涂地上。他还以为自己又被江水重新冲回到了草鞋峡，但是周边没有俘虏的尸体，而完全不同的地形特征告诉他，自己成功漂到了对岸，也脱离了险境。

此时，他在心里问道：仗打败了，连南京都丢了，那么这个国家是不是也已经完蛋了呢？

姚胜利用力咬断绑腿带，甩了甩发麻的左手。刚站起身，他就感到一阵头晕目眩。自己已经很久没有进食，体内仅剩的热量也已经被冰冷的江水最大程度地消耗掉了。姚胜利索性重新坐在地上。他觉得国家民族此时统统都不关自己的事了，自己此时最想的仅仅是吃上一口热乎的食物。

他想起来自己口袋里还有一包压缩饼干，连忙伸手去摸，却摸了个空，压缩饼干一定是在漂流时被江水冲走了。

水面上一个白花花的东西吸引了他的注意，走近一看，那是一条死鱼。等将死鱼捞上来，他心里又凉掉了半截，死鱼已经发出刺鼻的恶臭，身上还有白花花的蛆掉下来，想必已经死了很长时间。姚胜利只好将死鱼又扔回水里。

姚胜利打算去附近找找看有没有村庄。他果然在不远处找到了一个小渔村，村内只有五六户人家，都已空无一人。姚胜利在每户人家都翻了个遍，结果除了一缸缸日常饮用水之外，半点可吃之物都没找到。看样子老百姓都出去逃难了，临走时一定也将所有粮食都带去了。姚胜利失望地离开。走之前他脱下军装，找了几件老百姓的衣服换上。

村外是一片农田，田中已无庄稼，只有野草在肆无忌惮地生长。姚胜利走在田埂小路上，这时有个东西在他视线中快速闪烁了一下。他连忙走过去，那个东西埋在泥土中，只露出一截白色。姚胜利将它拔出来，顿时喜形于色——手中的是一截萝卜。

姚胜利没等将表面的泥土抖干净就将萝卜吃了下去，生萝卜吃起来会有些辣口，但这截萝卜吃在嘴里却是甜滋滋的。接下去，姚胜利陆续又找到了几截萝卜，连日来空荡荡的胃囊总算得到了满足。肚子填饱了，姚胜利没打算马上离去，他返回村子，在其中一间屋子里睡了一觉。如今自己最需要的就是休息，自从仗开打，自己几乎就没真正合过眼。

在啃萝卜的时候，姚胜利似乎听见风中传来一声深沉的惨叫，他以为自己因为饥饿出现了幻听。他一点也不知道，此时在长江对岸，那个自己刚刚逃离的城市里，一场惊天动地的屠杀刚刚拉开序幕。